CONSTELADO

千 里 远 景 ， 如 在 尺 寸 之 间 。

宋词世界

诗文化散文三部曲

李元洛 著

中国工人出版社

图书在版编目（CIP）数据

宋词世界 / 李元洛著. 一北京：中国工人出版社，2022.10

ISBN 978-7-5008-7981-7

Ⅰ. ①宋… Ⅱ. ①李… Ⅲ. ①散文集－中国－当代 Ⅳ. ①I267

中国版本图书馆CIP数据核字（2022）第181635号

宋词世界

出 版 人 董 宽

责任编辑 姚 宁

责任校对 丁洋洋

责任印制 黄 丽

出版发行 中国工人出版社

地 址 北京市东城区鼓楼外大街45号 邮编：100120

网 址 http://www.wp-china.com

电 话 （010）62005043（总编室）

（010）62005039（印制管理中心）

（010）62379038（社科文艺分社）

发行热线 （010）82029051 62383056

经 销 各地书店

印 刷 三河市东方印刷有限公司

开 本 880毫米×1230毫米 1/32

印 张 14.375

字 数 282千字

版 次 2023年2月第1版 2024年2月第2次印刷

定 价 88.00元

文脉诗心两缱绻

——漫谈李元洛诗文化散文三部曲（代序）

古　耜

西方文学家时常争论这样一个问题：诗和散文谁更占据文学的高端？英国大诗人柯立基认为：诗是将“最妥当的字句放在最妥当的地位”，散文只是“把字句放在最妥当的地位”。言外之意，诗比散文有着更高的语言要求。得过诺贝尔文学奖的俄裔美国诗人、散文家布罗茨基亦写道：在文人等级思想的内部，“诗歌占据着比散文高的地位，而诗人在原则上高于散文家。”（《诗人与散文》）英国散文家柯勒登·布洛克的观点正好相反，他觉得：“散文是文明的成就……最好的散文能说的东西，诗说不出来，最好的散文办得到的事，诗办不到。”（《英国散文之病》）相比之下，中国作家和学人很少在文学样式的层面区分诗与散文之轩轾，而更喜欢探讨其不同的个性与优长，倡导诗文并举，各臻其妙。譬如，美学大家朱光潜指出：“诗和散文各有妙境，诗固往往能产生散文所不能产生的风味，散文也往往可产生诗所不能产生的风味。”因而“诗有诗的题材，散文有散文的题材。”（《诗论·诗与散文》）台湾诗文大家余光中也不主张在诗和文之间做简单的扬此抑彼，而是情愿将它们一视同仁地称作“缪斯的左右手”，进而在散文集《记忆像铁轨一样长·自序》中坦言：“散文不是我的诗余。散文与诗，是我的双目，任缺其一，世界就不成立体。”

曾经同流沙河一道，最早将余光中诗歌介绍到大陆的李元洛先生，亦乃泛舟诗海文潮的卓然大家，其高屋建瓴的古今诗学研究，苦心孤诣的散文艺术经营，还有间或捧出的诗词和楹联佳作，使得他对文学园林里的诗歌和散文，不仅拥有深入的理解，独特的体认以及与之相联系的精湛的鉴赏、解析与建构能力，而且于无形中引发了一种新奇高蹈的审美构想——把诗歌和散文之美由文体层面上升到文化高度，使二者互衬互补，相辅相成，形成双美合璧而又独领风骚的艺术气派。而作为这番艺术实验的成功实践，便是作家先后推出的分别以唐诗、宋词、元曲、清诗、绝句为审美对象的诗文化散文系列。其匠心卓荦和别开生面之处至少体现在以下几个方面：

第一，以丰沛深挚的主体情致同历史和现实对话。就语言形式而言，诗和散文具有显而易见的差异，不过这明显的差异中依然包含着深层的相通与相融：它们都属于靠近生命主体的文学样式，都把抒情言志作为自身的重要内容和根本使命。元洛先生深谙此中壶奥，他的诗文化散文始终浸透了诗文共有的强大的主体意识以及相应的艺术情致。在《寄李白》中，作家深情写道："在盛唐痛苦地走一回，留下了许多失意、屈辱与悲愤，在中国诗歌史中潇洒走一回，却坐定了最重要的黄金般的章节。你的诗，写出了历史上一位最不得意者最得意的浪漫情怀，没有你，盛唐气象将不可想象，中华民族文化将黯然减色……中国读书人也会顿感天地寂寞而绕室彷徨。"这当中有对传统文化及其璀璨标高的热情礼赞，也有对天才诗人在"家天下"里悲剧命运的严肃思考，还有对时代和文化复杂关系的清醒体认。这时，作家激越而多思的精神图谱跃然纸间。《卷起千堆雪》聚焦历史上的苏轼与黄州。其笔墨所至，激活了历史现场，唤醒了人物命运，不仅从文学创作和文化积累的层面，重申了苏轼的价值所在，更重要的是透过苏轼逆境和困境中的生存，着力张扬了一种为作家所由衷称赏的乐观旷达、自强不息的处世态度，于是，古人身上有了作家的心影。《与狼共舞》立足元代官场考察散曲创作，就中捕捉到的重要主题，便是"文章糊了盛钱囤，门庭改做迷魂阵，清廉贬入睡馄饨"（张可久），这是作家对那个时代世风庸劣、官场腐败的严厉鞭挞和无情批判，但又何尝不包括一种深深的当下情怀和普遍的人性忧患，从而使经典流传搅拌着历史回声？

第二，以意象和"语象"的珠联璧合开辟富有创意的艺术境界。意象是心意与物象即主观与客观的融合，是诗美构成的核心要素和基本手段，也是诗之所以为诗的突出特征和重要标志。散文自然也有意象，但更为常见的、构成其语言主干的却是童庆炳先生所命名的“语象”，即一种贯穿于散文叙事的微观细致的语言现象，它包括散文的描写、叙述、议论以及相应的全部修辞手段。由此可见，意象是含蓄、弹性的，而“语象”是精确的、绵密的，在通常情况下，属于诗的意象和属于散文的“语象”各有所司，也各有所长，而元洛先生的诗文化散文偏偏致力于意象和“语象”的结合，即调动“语象”的精确和绵密来阐发意象的含蓄和弹性，以此形成写实与写意相得益彰的叙事形态。其具体路径大致如下：

首先是立足设定的意象情境，引入作家特有的生活经验和生命体验，展开“亲到长安”式的书写。请看《月光奏鸣曲》。该文以“月光”为核心意象，先后捧出唐诗中的“春江花月”“边塞月”“山月”和“故乡月”。而同每一种月光邂逅，作家除了做必要的主题点染和知识介绍，都将自己生命中珍藏的相关记忆和诸般情境注入其中，展开身临其境的描述和阐发。这样一种努力，不但丰富了既定意象的内涵，而且很自然地强化了作品应有的现场感和带入感，从而减少了现代读者阅读古代诗歌作品时很难避免的生疏与隔膜。

作为一种艺术构思和表现手法，作家诗文化散文所选择的意象有时会承载较为繁复的历史信息或相对幽远的艺术密码，每当这时，作家采取的对应方略是：围绕锁定的意象，调动充盈的腹笥，展开圆通周遍的解读与阐释。其神思与健笔，时而“入乎其内”，时而“出乎其外”；时而“知人论世”，时而“以意逆志”；时而“八面受敌”，时而“卒章显志”；时而广征博引，时而现身说法。一时间作家与古诗的灵动对话，不仅发散出密集的诗学知识与审美经验，而且为散文文体的突围和鼎新，尤其是为知性散文究竟该如何发展，提供了重要借鉴。关于这点，我们细读《独钓寒江雪》《清秋泪》《春兰秋菊不同时》等篇章，应当会有体悟。

第三，以经过古代文化淘洗的诗性语言发掘和整合古诗之美。中国古典诗歌是在古代文化的语境中用古汉语写成的，这决定了从事诗文化散文创作的作家，除了要有足够的文学史修养，还必须具备出色的驾驭古代汉语的能力，因为只有这样，方可建立起古诗与今文的深层联系。拥有家学背景且长期与典籍相伴的元洛先生正好拥有此种优势。

阅读作家的诗文化散文不难发现，其字里行间分明回荡着一种当下散文久违的文言气息，即一种在古汉语中浸润已久，进而吸收并盘活了其营养的颖异超拔的叙述风度。其突出特点在于：烹词煮字典雅而不失鲜活；凝练而兼有丰腴；不仅辞采熠熠，而且声调琅琅。就整体叙事而言，则注重使用对称、排比、回环、反复等手段，强化句子的节奏，掌控句子的变化，进而凭借句式的调整、句群的搭配以及长短句的穿插起伏，形成诗歌与散文共同珍视的旋律感和音乐性，进而做到了以诗歌为散文添彩，同时以散文为诗歌加冕。显然这种颇有难度的语言追求，唤醒了汉语叙事在白话兴起后久湮不彰的表现力，使通篇作品有了张力和质感，韩昌黎诗曰：“字向纸上皆轩昂”，元洛先生诗文化散文的语言境界庶几近之？！

综上所述，“诗文化散文三部曲”是诗与散文的交融，是文学与学术的联姻。可以说，在唐诗宋词元曲的接受史上，尚未见有以散文的方式来阐释和表述者，在现当代散文史上，以唐诗宋词元曲作为审美与创作对象而自成系列者，似乎也得未曾有。元洛先生的诗文化散文陆续成稿于新旧世纪之交的前后几年。当年这些作品在报刊陆续发表时，即收到良好反馈：先是学术界、评论界夸赞不绝，褒奖有加，一些选刊和选本则纷纷转载以示推重，继而一些出版单位青眼频频，竞相刊行，从而为文坛注入一派沉郁雅健之气。此后多年，作家对自己的呕心之作一直抱着对艺术负责也对自己负责的态度，进行着精益求精的提升润色，直到前不久以越发精湛亮丽的风貌再度奉献文坛。其中有关清诗和绝句的文字由沪上出版家捷足先登，付诸梨枣，而对应着中国文学史重要发展历程的《唐诗天地》《宋词世界》《元曲山河》皇皇三卷，则由中国工人出版社欣然接受并郑重推出，这无疑为喜爱诗文化散文的广大读者带来了阅读和欣赏的方便，同时也为学术界和评论界进一步研究和认识李元洛的诗文化散文，提供了更加完善和精美的版本。

我与元洛先生结缘于新世纪之初文坛之上的嘤鸣相召。此后二十余年，尽管天各一方，且缘悭一面，但心中共存的对文学的那份真情与深情，却使我们声波频频，雁笺不断，既切磋文本，亦臧否文事，彼此共情多多，相感甚欢。先生以长者的渊博和宽厚，赐我以华章，待我为挚友；我视先生，则为足堪仰止的师长，每每受益多多。值此三卷大书即将付梓之际，先生命我泚笔为文，弁于卷首，论资历才学我自知难堪此任，但想到多年的交往和友谊，似又不宜过谦。于是，不揣浅陋，写下以上文字，权且作为对元洛先生阳关三叠的由衷祝贺！

2022年12月匆匆于滨城

目　录

落英缤纷

中华民族真是一个善于命名的民族。大而至于家国，小而至于个人，都必须先行正名，而且往往是赐以嘉名，冠以美号，以祈求多寿与多福，喜庆与吉祥。

在文学艺术的天地呢？以古典民族音乐而论，那些“中国名曲”都有美视而且美听的名字，如“百鸟朝凤”，如“潇湘水云”，如“空山鸟语”，如“彩云追月”，不仅可以照亮你的眼睛，假若你已经有些眼花；而且可以敲醒你的耳朵，假若你已经有些重听。我常常忽发痴想，那些乐曲的命名，必然都有一个美丽的故事伴随，如果不只是听曲，而且可以循名追溯那些曲调取名的故事，如武陵人之追溯桃花之源，那就好了。“夕餐秋菊之落英”，“落”有“开始”之意，“落英”即是初开的花，继唐诗之后的宋词呢？宋词的词牌有八百多个，你还没有听到词人与歌女的歌唱，那些美不胜收的词牌名字啊，就早已在你的眼前迎风吐蕊，就早已美如缤纷的落英了。

烛影摇红

“烛影摇红”，多么美丽的意象和意境啊。一看到它，善感的读者也许就会心荡摇摇起来，不然，21世纪初期的作曲家、民族器乐演奏家陈天华，在前后创作多首二胡乐曲时，为什么会以它做其中一首的名字？为什么会让这支乐曲在他的弦下如怨如诉，至今仍摇撼千万听众的心？

现在早已是声光电化现代科技的世界了。暮色始临，华灯初上，这华灯已是现代的电光而非古代的烛光。当暮色苍茫时，城市更全部被各式各样的电灯、彩灯、日光灯和霓虹灯接管，到处不是明如白昼的坦白，就是若明若暗的暧昧，到哪里还找得到古典的烛影摇红，温馨浪漫的烛影摇红，令人远离尘嚣世俗心驰神醉的烛影摇红？除非是你拒绝现代的文明，有意燃点一支或几支红烛，为已逝的岁月和清纯的古典招魂。

《烛影摇红》这个词牌，还有许多别名，如《忆故人》《归去曲》《玉珥坠金环》《秋色横空》等，但诸多别名都远不及正名。这个美丽的词名是从何而来的呢？宋代王诜有一首《忆故人》：

烛影摇红向夜阑，乍酒醒、心情懒。尊前谁为唱《阳关》？离恨天涯远。

无奈云沉雨散。凭阑干、东风泪眼。海棠开后，燕子来时，黄昏庭院。

据宋代吴曾《能改斋漫录》说："王都尉（诜）有《忆故人》词云，徽宗喜其词意，尤以不丰容宛转为恨，遂令大晟府别撰腔。周美成（邦彦）增损其词，而以首句为名，谓之《烛影摇红》。"宋徽宗政和七年（1117），周邦彦进徽猷阁待制，提举大晟府，已是花甲之岁，但才情不减当年，精通音乐的他，遵徽宗之命，依照《忆故人》的词意，别撰新腔，作了一首新词，命名为《烛影摇红》：

芳脸匀红，黛眉巧画宫妆浅。风流天付与精神，全在娇波眼。早是萦心可惯。向尊前，频频顾眄。几回相见，见了还休，争如不见。

烛影摇红，夜阑饮散春宵短。当时谁会唱阳关？离恨天涯远。争奈云收雨散。凭阑干、东风泪满。海棠开后，燕子来时，黄昏深院。

周邦彦的新作，不知是否令那位后来成了金人阶下之囚的多才多艺的天子满意。他的翻新之词，章法于严整之中又饶多变化，写人抒情更加细腻入微，而音律之曼声促节，抑扬有致，更是这位音乐家词人的当行本色。

不过，我更为欣赏的，是一首带有神秘主义色彩的《烛影摇红》。南宋洪迈编撰的笔记小说集《夷坚志》，记载的多是市民生活、神仙怪异和逸事逸闻。在《夷坚志补》卷二十二中，记叙了池塘中龟精所化的“懒堂女子”，她夜来晨去，临去时留给与之相好的舒姓读书人一柄绢扇，其上有一首缠绵悱恻的《烛影摇红》：

绿净湖光，浅寒先到芙蓉岛。谢池幽梦属才郎，几度生春草。尘世多情易老。更那堪、秋风袅袅。晓来羞对，香芷汀洲，枯荷池沼。

恨锁横波，远山浅黛无人扫。湘江人去叹无依，此意从谁表。喜趁良宵月皎。况难逢、人间两好。莫辞沉醉，醉入屏山，只愁天晓。

神仙鬼怪当然是不经之谈，但从中可见如诗之在唐，词在宋代也十分普及，似好风之吹遍大地，繁花之盛开原野。许多名篇家传户诵，笔记小说中也有词为证，开明清小说中以诗词表现人物演绎故事的先河。我生逢现代，儿时与桐油灯为伴，少年与煤油灯结缘，长大后才蒙电灯照耀，大学时代更曾在阅览室日光灯下拜读闻一多的《红烛》。二十世纪之一九八七年的一个冬夜，原籍湖南衡阳离乡别井四十年的台湾名诗人洛夫，约好于香港打来长途电话。当晚适逢停电，我在匆忙中点燃来历不明的半支红烛，在烛影摇红中，洛夫询问湖南是否下雪，因为他已多年没有重温过故乡的寒雪了，我告诉他故乡正大雪纷飞，而我正燃点一支红烛和他对话。今夕复何夕？共此灯烛光！洛夫灵感忽至，他说要赠我一首长诗，题目也已想好。那就是随后完成的《湖南大雪——赠长沙李元洛》，诗的开篇即是“君问归期 / 归期早已写在晚唐的雨中 / 巴山的雨中”。他该是由我的红烛忆起李商隐的那一支西窗红烛了吧，诗中写道：“今夜我们拥有的 / 只是一支待剪的烛光 / 蜡烛虽短 / 而灰烬中的话足可堆成一部历史。”我在吟咏之余不禁悠然遐想：现代的烛影摇红啊，摇啊摇，摇出的是唐诗宋词的嫡系子孙，摇出的是一首现代的佳篇绝唱。

雨霖铃

仅仅是风中的铃声，就已经够撩人情思和遐想的了，如平常院落檐角的风铃，如宫殿寺观檐前的风铃。李商隐当年咏叹齐梁两代统治者荒淫亡国，他借古讽今，讽刺唐代帝王的重蹈覆辙，其《齐宫词》就有“梁台歌管三更罢，犹自风摇九子铃”之句。风中的铃声已然如此，那风声复兼雨声的奔亡道中的铃声呢？

唐代天宝年间，渔阳的动地鼙鼓敲破了唐玄宗莺歌燕舞的好梦，仓皇中他携杨贵妃离开长安而奔往四川。马嵬驿之变，他为了自己的安全与皇位而只得忍痛“割爱”。进入蜀道之后，大雨滂沱，杨贵妃已经做了替罪之羊，唐玄宗的安全危机也已过去，他难免愧恨与怀念交集，泪水与雨水齐流，更何况在长时间寂寞与颠簸的行进途中，那风雨中车驾上叮叮当当的铃声，轻一声重一声，兀自敲叩着他内心的孤寂与哀愁。闻雨霖銮铃，长于音乐的他，大约是在剑州桐梓县的上亭，采其声为乐曲，命名“雨霖铃”，令跟随而来的善吹筚篥的梨园弟子张野狐吹奏，于是这支乐曲就得以传诸后世。而宋词借旧曲而别倚新声成为词牌，衍为双调慢词，最早见于北宋柳永的《乐章集》，延续了这一支唐曲的生命而另开新境的，正是宋代的这位白衣卿相词中王者。

《雨霖铃》作为唐代教坊乐曲，它的创作权属于唐玄宗李隆基。无须出庭即可用文字作证，唐诗人张祜《雨霖铃》说“雨霖铃夜却归秦，犹见崔徽一曲新”，罗隐《上亭驿》说“山雨霏微宿上亭，雨中因想雨淋铃”，而杜牧的《华清宫》也有道是，“行云不下朝天阁，一曲淋铃泪数行”。可以作证的，当然还有千年前至今犹在的蜀地栈道，和那虽一去已无影踪当时却经旬连月的苦雨。

《雨霖铃》的别名，又为《雨淋铃》或《雨霖铃慢》。柳永当年如何想到要以此为词牌填词，现在已经无从考索，因为他除了作品，并没有留下有关此词只言片语的“创作谈”，而自从他于1053年左右旅居京口时去世，至今也已千年，我到哪里去采访他呢？唐玄宗虽贵为帝王，然而其悲欢离合的故事，以及

《雨霖铃》怀人伤逝的悲剧音调，当打动过柳永这位多愁善感的才子的心，不然他就写不出如下这首名词，这首被称为北宋婉约词派抒写离情别绪的代表之作《雨霖铃》：

寒蝉凄切，对长亭晚，骤雨初歇。都门帐饮无绪，留恋处、兰舟催发。执手相看泪眼，竟无语凝噎。念去去、千里烟波，暮霭沉沉楚天阔。

多情自古伤离别，更那堪冷落清秋节！今宵酒醒何处？杨柳岸、晓风残月。此去经年，应是良辰好景虚设。便纵有、千种风情，更与何人说？

楚国的宋玉先生在《九辩》一开篇，就长叹息“悲哉，秋之为气也，萧瑟兮草木摇落而变衰”，自从他一经注册拥有发明权之后，秋天就成了令离人伤怀而恋人伤心的季节。古往今来，不知多少诗人文士在秋日弹唱过别离之歌，尤其是交通不便音信难通的古代。古人不像今人，虽然同样别易会难，但今人托现代科技之福，有电话电报传真智能手机，几个数字一拨，半张素笺一传，即可暂时疗治别绪与离愁。或飞机一鸟凌空，或火车千轮飞转，即使天之涯海之角，朝夕之间即可缩成咫尺，离别苦则化为相见欢。但古人呢？今宵离别后，何日君再来？一封互道款曲的信抵达相思的彼岸，不知要何年何月，而且江湖多风波，道路恐不测，即使有幸不为殷洪乔之流所误，投之流水，让其沉者自沉，浮者自浮，也不知途中还会遇到什么其他风险和变故？假若时逢战乱，烽火连三月，那就更加音信难通了，深有体会的杜甫早就做过经济评估，他曾经说过，一封家书可抵“万金”。

文学创作当然要表现个人独特的感受与感情，只有如此方才真实可信，新鲜可感，但真正要历千百年而打动异代陌生读者的心，还是要将个人的感受提升熔铸为一种普遍性的典型情境。柳永做到了，他的词中不仅有“杨柳岸、晓风残月”这样的秀句，成了柳永婉约词风的独家商标，与苏东坡豪放的“大江东去，浪淘尽、千古风流人物”，同时让人美言高评，他更抒写了“多情自古伤离别，更那堪冷落清秋节”的警语，创造了古往今来人共此境而人同此心的普遍情境，成了众生公共的精神财产。柳永的旧梦，历代以至于今天，不知多少有情人曾经异代而重温。

今天，你也许已很少听到风中雨中的铃声了，多的是汽笛的长鸣、喇叭的喧闹、飞机的呼啸、火车的轰隆。但是，如果你心中还有一盏古典的灯火，遇到与好友或恋人长离短别，尤其是在怀人念远的秋天，柳永的词不是仍会不请自来造访你的心上与眉头吗？

踏莎行

草长莺飞的暮春三月，正是游春的大好时光。你在泽畔水湄徜徉，或在山间陌上漫步，入眼的是柳芽的青眼桃花的笑靥，入耳的是溪水的新歌春鸟的试唱，你如果是诗人，也许会言之不足而咏歌之，你即使不会吟诗作赋，也一定会忆起或即兴吟诵古人的有关篇章吧？

苏东坡在《次韵杨褒早春》诗中说："不辞瘦马骑冲雪，来听佳人唱《踏莎》。""踏莎"，即《踏莎行》，原意指的是春天于郊野踏青。作为词牌，相传是北宋寇准的创制。据说，寇准在一个暮春之日和友人们去郊外踏青，他忽然想起唐诗人韩翃"踏莎行草过春溪"之句，于是作了一首新词，定名为《踏莎行》，此说最早见于北宋释文莹的《湘山野录》。"波渺渺，柳依依。孤村芳草远，斜日杏花飞。江南春尽离肠断，萍满汀洲人未归"，有人以为这是寇准当时写的《踏莎行》，此说恐怕不对，因为此作严格说来乃诗而非词，题名《江南春》，见于寇准的《忠愍公诗集》，如果是词调，则除他之外似乎不见别人填写过。寇准流传至今的词作只有四首，其中一首便是《踏莎行》：

春色将阑，莺声渐老。红英落尽青梅小。画堂人静雨濛濛，屏山半掩余香袅。

密约沉沉，离情杳杳。菱花尘满慵将照。倚楼无语欲销魂，长空黯淡连芳草。

寇准这位北宋政坛举足轻重的大政治家，抒写闺情春怨时也一派柔情蜜意，可见宋初词坛吹拂的尽是婉约的风，哪怕是寇准这样男人中之强者，也无法发出阳刚的呐喊。前人说他创作《踏莎行》这一词牌，是受到唐诗人韩翃“踏莎行草过春溪”的影响，我在《全唐诗》韩翃名下的诗作中寻寻觅觅，疲倦了我的眼睛，却怎么也无法找到这句诗而将其归案。是后来失传还是文莹误记？这个疑团，不知哪位高手能够破解或是破译？

在以《踏莎行》为词牌的词作中，欧阳修有“平芜尽处是春山，行人更在春山外”的隽语，晏殊有“垂杨只解惹春风，何曾系得行人住”的名句。英风胜概才兼文武的贺铸，也有缠绵悱恻之词：“杨柳回塘，鸳鸯别浦，绿萍涨断莲舟路。断无蜂蝶慕幽香，红衣脱尽芳心苦。返照迎潮，行云带雨，依依似与骚人语。当年不肯嫁春风，无端却被秋风误。”不过，和我这个湘人关系更为密切，更能引我遐思远想的，应该是秦观写于湖南郴州题名“郴州旅舍”的那首《踏莎行》：

雾失楼台，月迷津渡。桃源望断无寻处。可堪孤馆闭春寒，杜鹃声里斜阳暮。

驿寄梅花，鱼传尺素。砌成此恨无重数。郴江幸自绕郴山，为谁流下潇湘去？

绍圣元年（1094），秦观作为“苏门四学士”之一，在哲宗亲政新党复起以后，以“影附苏轼”等罪名，由贬监处州酒税而贬徙湖南郴州，官爵与俸禄一削无余，用今日的语言即是“一风吹”。他的这首《踏莎行》，写的不是称心快意的春日踏青风光，而是个人的远贬之情，谪居之恨。犹记几年前我远去郴州，就是想重温他遗落在那里的诗句，和他作隔代的对话。从郴州市东约二里外的苏仙岭下的山口前行，沿溪水而上不远，“郴州客舍”在竹林青青桃花灼灼中赫然入目。这是一座四面粉墙小巧玲珑的方形院落，我一脚跨进大门，刹那间恍兮惚兮，仿佛进入了九百年前的宋代。及至回过神来，却看不到秦学士的踪影，也听不到他的吟哦之声，原来这只是一座仿古建筑。秦观后来不久即逝世于今日广西藤县的藤州，即今日梧州市辖下的藤县，苏轼也早已将秦观此词书于扇面，并且发出过“少游已矣，虽万人何赎”的长叹息。苏仙岭下一块摩崖石碑上，秦观的词、苏轼为该词所写的跋以及米芾的书法，均镌刻其上，名“三绝碑”，为秦观的郴州之旅做历时千年的石证与实证。

秦观的“雾失楼台，月迷津渡”，真是具有朦胧之美的绝妙好词，生活中如能亲历这种境界，那就不仅是有缘，而且是难得的良缘。二十世纪九十年代初期一个月夜，我和友人往游湘西的一座有小河穿城而过的古城吉首，站在高岸之上，月色朦胧，雾在合围，两岸的吊脚楼全沦陷了，只剩下睡眼惺忪情态迷离的灯光，而迷失在雾中的小河正在左奔右突，有水声隐隐传递它突围的消息。此时，秦观的名句忽然远从宋代不请自来，飞落在边城津渡，也飞落在我的心头，从此再也不肯飞走。

眼儿媚

人说眼睛是“灵魂的窗户”，在古往今来的诗歌中，对眼睛的描写，特别是对美人眼睛的描写，真可以辑成一部专书。我想如果题名为《秋波录》，作者与读者该都会欣然同意吧？

中国诗歌中，对美人之目的描写，最早的是《诗经》中《秦风·硕人》篇了，“巧笑倩兮，美目盼兮”，顾盼之间，那位古代美人的万种风情就跃然纸上。即使是忧国忧民的屈原，在他的《九歌·少司命》中，也有“满堂兮美人，忽独与余兮目成”之句，严肃的诗人不妨也偶尔浪漫。虽然不乏英雄之气，但毕竟儿女情长的宋词呢？竟然也有“眼儿媚”这一与秋波有关的美丽词牌。《眼儿媚》这一词牌，究竟谁拥有首创之权？南宋杨湜《古今词话》说是王雱思念妻子的自度曲。王雱是王安石之子，好学早慧，仕途顺达，美中不足的是健康状况不佳，后来英年早逝，只活了三十三岁。据说他因身体不好而长期卧病在床，夫妻只好分居，随后妻子奉王安石之命改嫁，王雱思念不已，便写了《眼儿媚》一词：

杨柳丝丝弄轻柔，烟缕织成愁。海棠未雨，梨花先雪，一半春休。

而今往事难重省，归梦绕秦楼。相思只在：丁香枝上，豆蔻梢头。

这是一首写别后相思的词。“丁香”与“豆蔻”，都是中国诗词中传统的象征意象。今日不少有关词学的书籍，都根据《古今词话》认为此词的版权应该属于王雱，但同是南宋的何士信所编的《草堂诗余》，却说是无名氏的作品，现代词学大家唐圭璋先生编订的《全宋词》，在王雱名下此词也只作为存目。孰是孰非，我现在已无法细究了，何况我写的是散文而非学术论文，请允许我少一点学术的严谨而多一些文学的浪漫吧。

不论是王雱还是无名氏，他们当时要抒发的，是与有情人之间的离愁别绪，因此，他们该首先就想到了对方的盈盈秋水或泱泱泪水。君泪盈，妾泪盈，罗带同心结未成，于是就有了《眼儿媚》这一词牌名。陆游也许还以为“眼儿”俗而不文，干脆改其名为《秋波媚》，而后人根据这一词牌创作的作品，也多是抒写男女的相恋相思之情，如左誉的《眼儿媚》：

楼上黄昏杏花寒，斜月小阑干。一双燕子，两行征雁，画角声残。

绮窗人在东风里，洒泪对春闲。也应似旧，盈盈秋水，淡淡春山。

宋代王明清《玉照新志》记载说，又名左与言的左誉在钱塘幕府时，认识色艺妙天下的乐籍名姝张秾，左誉作词以赠，其中有“帷云剪水，滴粉搓酥”之语，所以时人联系柳永的“杨柳岸，晓风残月”的名句，曾作“晓风残月柳三变，滴粉搓酥左与言”之联，可见这位后来“弃官为浮屠”的左誉先生，在没有看破红尘之前，也并非心如止水而不食人间烟火，不餐人间秀色。

不过，这首词曾误为赵长卿所作，又误为秦观之作，后又有人提出它并非左誉所写，而是另一位词人阮阅的作品，唐圭璋《全宋词》就将其列入阮阅名下。这种“悬案”，不，是是非非之“词案”，真是无法案情大白，因为年代久远，当事人又均已无法到庭。但是，张孝祥的《眼儿媚》似乎只此一家，绝无假冒：

晓来江上荻花秋，做弄个离愁。半竿残日，两行珠泪，一叶扁舟。

须知此去应难遇，直待醉方休。如今眼底，明朝心上，后日眉头。

张孝祥是南宋前期与张元干齐名的词人。他上承苏东坡之余绪，下启辛弃疾之先河，一怀剪烛看吴钩的报国壮志，一腔酒阑挥泪洒悲风的忠愤豪情，但在慨当以慷的主旋律之外，他的琴键上也有爱情的小夜曲弹奏。张孝祥与李氏本为少年情侣，私下同居生下长子同之，却为封建礼法所不容，最后只得分离遣返。他的《念奴娇》一词，就是在金陵的长江边送别李氏和其子同之之作，开篇即是“风帆更起，望一天秋色，离愁无数”，此词也是写秋日江边送别，“如今”“明朝”“后日”之时间，与“眼底”“心上”“眉头”之方位对举成文，堂堂男子，情伤无限，凛凛须眉，百转柔肠。我真想问问张孝祥，这是不是同一时期送别同一对象之作呢？欲问还休，欲问还休，因为我怕他不会回应，八百多年前他一去之后就再没有回头。

洞仙歌

烁石蒸沙何草不黄的苦夏，城市犹如燃烧之火宅，天地仿佛铸剑之洪炉。如果能远避于湖南炎陵县之桃园洞国家森林公园，松风送爽，绿竹摇风，读飞瀑似银河倒泻，看清溪使遍地生凉，在那种清凉世界流连数日，真会犹如洞天福地中的神仙。

我读的是另一种洞仙之歌。五代蜀主孟昶，对他的一位才艺双绝的爱妃赐名“花蕊”，人称“花蕊夫人”。在一个炎夏之夜，两人在摩诃池上纳凉，花蕊夫人对景生情，一时兴起而作了一首《玉楼春》，今见于《全唐诗》：

冰肌玉骨清无汗，水殿风来暗香满。帘间明月独窥人，攲枕钗横云鬓乱。

起来庭户悄无声，时见疏星渡河汉。屈指西风几时来，只恐流年暗中换。

此词一说是孟昶所作。不论作者是谁，流年似水，花蕊夫人与孟昶纳凉歌咏及其悲欢离合，均已成为历史的陈迹，交给了正史与野史，蔓草与荒烟。时至北宋，在苏轼贬于今日湖北黄冈之时，他追忆往事，说七岁时在家乡眉山遇到一位九十余岁的朱姓老尼，这位老尼年轻时曾随师父进入孟昶之宫，亲见孟昶与花蕊夫人在摩诃池上纳凉，并能记忆花蕊夫人所作之词，她在叙说这一故事时，还向苏轼朗朗背诵。

四十年后，往事重到心头，苏轼诗兴大发，在滚滚长江东逝水的涛声里，将其改写成一阕《洞仙歌》，词前的小序是："仆七岁时，见眉山老尼，姓朱，忘其名，年九十余。自言：尝随其师入蜀主孟昶宫中。一日大热，蜀主与花蕊夫人夜起，避暑摩诃池上，作一词，朱具能记之。今四十年，朱已死，人无知此词者，独记其首两句，暇日寻味，岂《洞仙歌令》乎？乃为足之耳。"全词如下：

冰肌玉骨，自清凉无汗。水殿风来暗香满。绣帘开、一点明月窥人，人未寝，攲枕钗横鬓乱。

起来携素手，庭户无声，时见疏星渡河汉。试问夜如何？夜已三更，金波淡，玉绳低转。但屈指、西风几时来，又不道、流年暗中偷换。

“洞仙”，本来指居于洞府之神仙，据说神仙所居有“十六洞天”“三十六小洞天”，这当然纯属子虚乌有。《洞仙歌》则是唐代教坊曲名，别名《羽仙歌》《洞仙词》《洞仙歌令》与《洞仙歌慢》，后来沿用为词牌之名。辛弃疾、吴文英等人都曾有作品，但首创之功，还是应该归于生命力与创造力均如火之熊熊的苏轼吧？

《玉楼春》的著作权究竟属于孟昶还是花蕊夫人？好在他们本是夫妻，而且早已乘风归去，不会引发什么今日文坛盛行的诉讼与官司，而《玉楼春》与苏轼《洞仙歌》之间的关系，却历来人各一词，众说纷纭。有一种说法是苏轼少年时遇一美人，喜《洞仙歌》，他们邂逅之处景色又与歌中所写大致相似，所以苏轼“隐括以赠之”。“隐括”，确实是这位眉山才子的创造，有如武林高手在悬崖绝壁之上，仍可以施展腾挪跌宕的绝顶轻功。这种将此一文体改写成另一文体的特技，如果是在今天，真可以申请加入“吉尼斯世界纪录”，而苏轼是其首创者，而试验之地正是昔日的黄州今日的湖北黄冈。在黄州，除了上述《洞仙歌令》，他还有《定风波·重阳括杜牧之诗》，有“特取退之词（指韩愈的《听颖师弹琴》），稍加隐括，使就声律”的《水调歌头》，有“乃取《归去来》词（指陶渊明的《归去来辞》）稍加隐括”的《哨遍》，至少前后有四首之多。它们如同四块连城之璧，展览在《东坡乐府》之中，惊喜了古往今来无数观光者的眼睛。

花蕊夫人的《玉楼春》，虽然写得不错，却知者不多，而苏轼的《洞仙歌》则遐迩闻名，传诵古今。孟昶和花蕊夫人假若知道苏轼如此移花接木地改写，而且有缘一读，有幸一唱，他们当会感慨莫名，也许还要连声夸奖词坛这位奇才异能的晚辈吧？

高山流水

中国人向来重视友情，将春秋佳日登山临水的称为“逸友”，将奇文共欣赏的称为“雅友”，将品德端正的称为“畏友”，将直言规谏的称为“诤友”，将处事正义的称为“义友”，而可以共生死的刎颈之交呢？则是人所称道的“死友”了。中国的文人不仅重视友情，而且也特别祈望那种不仅心灵相通，而且也能够欣赏自己作品的知音。

关于“知音”，按迹寻踪，它的源头应该追溯到《列子·汤问》篇。春秋时的伯牙，是一位琴艺高深的音乐家，数十年朝于斯夕于斯，人与琴都似乎合二为一了。悠悠天地之间，谁是他的知音呢？而人间竟然出了一位知音善赏的钟子期。伯牙奏琴，钟子期完全明白他的心志：巍巍然如高山，洋洋乎若江河。伯牙与钟子期之间的关系，就成了后代文人作家与慧心读者之间的关系的范式。杜甫在《哭李常侍》诗中说："斯人不重见，将老失知音。"而岳飞虽不是指文事而是寓自己的壮志，但在《小重山》一词中，不是也有"欲将心事付瑶琴，知音少，弦断有谁听"之语吗？

"高山流水"，因《列子·汤问》记叙的故事，成了一个历史悠久的表示知音或知己的成语。宋代丁基仲之妾善鼓琴，精通音律的布衣词人吴文英作了一首词赠给她，因为是自度之曲，吴文英就名之为"高山流水"，成了宋词中一个高雅美丽的词牌。我们且听号梦窗的吴文英所弹奏的《高山流水》吧，词前有小序说，"丁基仲侧室善丝桐赋咏，晓达音吕，备歌舞之妙"：

素弦一一起秋风。写柔情、都在春葱。徽外断肠声，霜宵暗落惊鸿。低颦处、翦绿裁红。仙郎伴，新制还赓旧曲，映月帘栊。似名花并蒂，日日醉春浓。

吴中。空传有西子，应不解、换徵移宫。兰蕙满襟怀，唾碧总喷花茸。后堂深、想费春工。客愁重、时听蕉寒雨碎，泪湿琼钟。恁风流也称，金屋贮娇慵。

丁基仲的"侧室"，在以男性为中心的封建社会，不仅其姓无考，连其芳名也无传，幸亏与丁基仲交游甚密的吴文英做了知音善赏的钟子期，才将她美妙的琴声挽留并长留在他的辞章里。

“高山流水”，由音乐而文学而人生，本来指的是知音知己，我由此而联想到宋代词坛许多高山流水的佳话。

欧阳修，是北宋词坛巨匠，也是文坛一代宗师。他多次称颂苏舜钦、梅尧臣的诗文，曾巩、王安石、苏轼父子还身为布衣不为人知之时，他就逢人说项，替他们做义务宣传。嘉祐二年即公元1057年，他“权知礼部贡举”，他主持的这次考试，就选拔了苏轼、苏辙、曾巩等一批出色的人才与文才。在他主盟文坛的时代，文林名士、词家高手，若非他的好友，即是他的门生，他不仅力矫宋初西昆体诗文浮靡的流弊，而且为宋代诗文的繁荣举行了隆重的奠基礼。其学生苏轼，不仅赞扬他是“今之韩愈也”，而且还曾说“方今太平盛世，文士辈出，要使一时之文有所宗主。昔欧阳文忠公常以是任付于某，故不敢不勉”。从这里，也可见欧阳修对苏轼的赏识与器重，也可见文坛的领袖人物，绝不能如白衣秀士王伦，容不得出色的前辈、同辈与后辈，私心自用，自视甚高，唯一己之座位与小圈子之名利是图，而应该有广阔的胸襟高远的气识，赏识、尊重和提携真正的英才。

高山流水的知音善赏，也包括对作家作品提出建设性的批评意见。如果晚辈敢于向前辈正讹指疵，而前辈又虚怀若谷地礼让后生，那也许更为难能可贵吧？据岳飞之孙岳珂《桯史》记载，词坛泰斗名重当时的辛弃疾出示他的《贺新郎》（“甚矣吾衰矣。怅平生，交游零落，只今余几”）和《永遇乐·京口北固亭怀古》（“千古江山，英雄无觅，孙仲谋处”），一边让歌姬演唱，一边征求客人的意见。由于辛弃疾之位高名重，客人们只是一味赞美，而作为晚辈的岳珂则认为《贺新郎》上下阕警句语意有些重复，而《永遇乐·京口北固亭怀古》则用典过多。辛弃疾十分高兴有如此知音，并当众说自己的作品用典过多，确为一弊，今后要努力克服。辛词当然“不可一世”，但有时过分“掉书袋”却不能视为优点，岳珂直言无忌，辛弃疾礼贤下士，这，应该也是高山流水的另一种境界吧？

一个作家，除了“自赏”——自我欣赏，当然更盼望“他赏”——他人也即朋友和更多的读者的欣赏。这种欣赏，也应该包括善意的中肯的批评。高山流水啊，流水高山啊，我虽远非一代琴师伯牙，但对当世的钟子期也如有所待！

暗香疏影

“梅”的芳名，远在两千多年前的《诗经》中就出现了。《周南·摽有梅》中就以“梅”象征爱恋与婚姻，不过，此梅非彼梅，它说的是梅子而非梅花。梅花的闪亮登场，要等到多年以后的六朝，六朝之时的鲍照与陆凯，在鲍照的《梅花落》之后，陆凯以他的《赠范晔》一诗，也为梅花在中国诗文中的最早出场，做了一个极为精彩的诗的广告：“折梅逢驿使，赠与陇头人。江南无所有，聊赠一枝春。”自此以后，梅花便在中国诗文中斗雪而笑，它的绝代芬芳也便随风而扬。

北宋咏梅的诗人不少，但却以林和靖（逋）写得多而且好，这位爱梅成癖爱鹤也成癖的隐士，《群芳谱》中说他“晚居孤山，征辟不就。构巢居阁，绕梅花吟咏自适。徜徉湖上，或连宵不返”。他一生中咏梅的诗当不在少，但这位先生大约没有藏之名山传之后世的想法，因而随写随弃，不过，仍有著名的《山园小梅三首》流传至今，而三首之中排行第三的那一首，实际上是领衔的冠军。林和靖惭愧自己“数年闲作园林主，未有新诗到小梅”，但一提笔就为后世留下了一首经典之作，其中的“疏影横斜水清浅，暗香浮动月黄昏”一联，不仅得到北宋文坛盟主欧阳修的激赏，他认为在所有的梅花诗中，此二句最为绮丽，而且时至南宋，它还启发过白石道人姜夔的诗情。

南宋诗人范成大宦海浮沉，有志难伸，于是在淳熙十年（1183）回到苏州故乡，隐居石湖。这位自号“石湖居士”的先生，不仅诗词与散文俱佳，而且对梅花也分外喜爱。宋光宗绍熙二年（1191）冬天，正是瑞雪纷飞蜡梅初放之日，比他年轻三十岁的朋友姜夔前来探访，此时范成大已是六十六岁的老人。姜夔做客月余，少不了吟诗作赋，而恰逢花园里梅花盛开，范成大便请姜夔为赏梅而创制新曲，等于今日编辑对作者之命题作文。因为范成大的催请，我们才读到姜夔当时作的两首新词并词前小序，而中国的词学宝库里，也因之增添了《暗香》与《疏影》两个词牌，美如两方璧玉，灿若两颗珍珠：

旧时月色，算几番照我，梅边吹笛？唤起玉人，不管清寒与攀摘。何逊而今渐老，都忘却、春风词笔，但怪得、竹外疏花，香冷入瑶席。

江国，正寂寂。叹寄与路遥，夜雪初积。翠尊易泣，红萼无言耿相忆。长记曾携手处，千树压、西湖寒碧。又片片吹尽也，几时见得？

苔枝缀玉，有翠禽小小，枝上同宿。客里相逢，篱角黄昏，无言自倚修竹。昭君不惯胡沙远，但暗忆、江南江北。想佩环、月夜归来，化作此花幽独。

犹记深宫旧事，那人正睡里，飞近蛾绿。莫似春风，不管盈盈，早与安排金屋。还教一片随波去，又却怨、玉龙哀曲。等恁时、重觅幽香，已入小窗横幅。

如果林和靖有知，也该会欣然同意，姜夔的新词，就是借用了他咏梅诗中的美辞作为词牌。前人咏梅，梅花的意象不外乎美人风姿、隐者标格、烈士怀抱，姜夔之词多次写了与梅花有关的美人，但其词意究竟如何，历来仍然众说纷纭。我想，身世之感、兴亡之悲、旧游之恋、今昔之思，他握笔之时恐怕都会纷至沓来吧？姜夔的词素以“清空”名世，对上述二词也可作如是观，而不必过分坐实。然而，可以“坐实”的是，范成大“把玩不已”，并“使工妓隶习之”，即自己爱不释手，也命家中乐工与歌姬演奏歌唱。演唱的歌女小红十分钟爱这两首新词，除夕之夜，姜夔返回湖州，爱才的范成大成人之美，将小红赠之为妾。姜夔是终生潦倒的布衣，既非达官贵人也非暴发大款，而只是一位才华俊发的文士，小红色艺双全，而且喜爱他的旧作与新词，可算是风尘中的红颜知己。姜夔满载而归，喜悦的心情当然远胜今日的彩民中了头彩，归途中的创作心态，自然进入了今日心理学所说的“高峰体验”，他不仅一气呵成《除夜自石湖归苕溪十首》，而且即兴吟出了“自作新词韵最娇，小红低唱我吹箫。曲终过尽松陵路，回首烟波十四桥。”（《过垂虹》）的旖旎动人的千古绝唱。

姜夔的《暗香》《疏影》一直传唱到今天。当代青年散文家王开林，就曾以《暗香浮动》为题撰文，并说“暗香浮动，活到一百岁能有酩酊的感觉，才不枉此生”。如果我再去苏州石湖，梅花历千年的风霜还在凛然开放吗？如果我再去吴江市境内的垂虹桥，姜夔和小红的一叶轻舟还会滑过绿琉璃飘然而来，我还会听到他的箫声和她的歌声吗？

源头活水

黄河西来，大江东去。小溪流掀不起巨浪，大海洋才涌动洪波。

卷起千堆雪的后浪，是因为有惊涛拍岸的前浪。中国诗歌的长河，在辉光耀彩的唐代河床上洪波涌起之后，在宋代的河道上依然溅玉飞珠，浪花千叠。人称唐诗宋词是中国诗歌的双璧，是中国诗歌的两座高峰，我说它如浩浩荡荡的长江，拥有的是两段最壮阔最多彩的风光。

江水奔腾不息，是因为有永不枯竭的源头与上游。抽刀断水水更流，江流是不可割断的，宋代词人承接了唐代的宽广水系，又击楫于时代的壮阔中流，才造就了宋词江声浩荡浪花如雪的景象。

一

我曾经写过一篇《寄李白》，文中说："我私心早就以为，我的祖先并非两千年前骑青牛出函谷关的老子李聃，更不是以武力征服天下的李世民，而是至今仍活在诗章里和传说中的你。"

理由何在呢？我说除了我们同姓之外，“我少年时就一厢情愿地孵着诗人之梦，青年时对诗论与诗评情有独钟，冥冥之中，我总以为我的血管中流着你的血液，分在我名下的酒，也早就被你透支光了，不然，我怎么会如此虔诚地远酒神而亲诗神？”虽然查无实据，但我振振有词，而且窃窃自喜，以为如此寻宗认祖是自己的首创。不料近来细读宋词，竟然发现八百年前就已经有人有言在先、捷足先登了，真是令我不胜遗憾！

此人就是李纲，北宋与南宋之交的名相与名将。他留存至今的五十多首词中，有一首《水调歌头·李太白画像》：

太白乃吾祖，逸气薄青云。开元有道，聊复乘兴一来宾。天子呼来方醉，洒面清泉微醒，余吐拭龙巾。词翰不加点，歌阕满宫春。

笔风雨，心锦绣，极清新。大儿中令，神契兼有坐忘人。不识将军高贵，醉里指污吾足，乃敢尚衣嗔。千载已仙去，图象耸风神。

他在词的开篇第一句就不由分说，将李白据为己有，做了他的祖先，“太白乃吾祖，逸气薄青云”，他对李白真是顶礼有加。李纲不仅追溯了李白笑傲王侯的风流往事，而且从诗笔惊风雨的力量，从诗心似锦绣般的美妙，从诗格的极为清新的创造等方面，极力讴歌了李白的作品，也赞颂了有唐一代的诗歌。

宋代的许多词人礼赞唐诗，也礼赞李白，但像李纲这样对李白做总体的自有会心的评价，并郑重声明自己是李白的子孙，似乎还没有第二人。

如果要民意选举唐代最杰出的也就是顶尖级的诗人，而且限额两名，当选的就非李白与杜甫莫属，白居易、韩愈等人，用现代的术语界定，恐怕至少还差一个“档次”，或者说几个“百分点”。可以说，李纲对李白的赞美，也是对一代之文学唐诗的赞美，因为李白可谓唐诗的“法人代表”，何况李纲在他的词中，还说过“谪仙词赋少陵诗，万语千言总记”(《西江月》)，咏“木犀”的《丑奴儿》词，有“步摇金翠人如玉，吹动珑璁，吹动珑璁，恰似瑶台月下逢”之语，咏“荔枝”的《减字木兰花》词，有“仙姝丽绝，被服红绡肤玉雪。火齐堆盘，常得杨妃带笑看”之辞，咏“瀑布”的《江城子》，有“琉璃滑处玉花飞。溅珠玑，喷霏微。谁遣银河，一派九天垂”之歌，其中或全句，或大半句，都是从他的祖先李白那里借支而来，反正是他们“祖孙”之间的诗书文事，不用担心发生什么抄袭官司或版权纠纷。

其实，李纲说“太白乃吾祖”，如此斩钉截铁不容置疑，倒真是令人怀疑。李纲是福建绍武（今福建省邵武市）人，祖籍虽不明但籍贯是四川彰明县青莲乡的李白，远在福建怎么会有一支后裔？也许是他本人一生虽东漂西泊，却由他的儿子伯禽传之后世，也未可知。不过，这些都已无法考证也不必过于认真了。

李纲一生坚持抗金，举荐岳飞，故屡遭迫害，他曾从庙堂之上贬逐到“潭州”，也就是我的故乡长沙，也曾流放到当时的恶贬之地炎荒至极的海南岛。壮志不伸，赍志以殁，死于福州时年仅五十八岁。傲岸不谐极具个性的李白，有这样得其真传的后人，虽然来历欠明，也可以引以为慰了。

二

岳阳，山水清嘉之地，人文荟萃之城，那是我已逝的青年时代的最后一个驿站，在那里我度过了酸甜苦辣的青春的尾声。

且不论古往今来有无数诗人慕名前来歌咏，留下了许多至今令人神思飞越而口颊留香的篇章，仅仅拥有杜甫一诗范仲淹一文，岳阳，就是精神上的超级富豪了，足可以傲视那些虽颇为现代但却缺少文化底蕴的城市，那些城市虽然声光电化车水马龙，向世人宣告日新月异的现代文明，但在我心中却远不及岳阳。岳阳啊岳阳，山水的圣地，古老而长新的历史名城，精神上富甲王侯的贵族。

杜甫的《登岳阳楼》，苦难时代的辛酸之泪，至今仍浸泡着他不朽的诗行；范仲淹的《岳阳楼记》，先忧后乐的名言警语，至今仍叩问着我们民族的良知与记忆。我已经无数回朝拜过杜老之诗与范相之文了，今天，我要向滕子京表示我的敬意。

这当然不是因为滕子京也是洛阳人，洛阳是我的生身之地，我们应该算半个同乡，而是由于他在封建时代，是一位有政绩有清誉而正直敢言的好官良吏，自然格外引人追思。他“屡触权要，卒就贬窜”，于四十六岁就英年早逝。同时代的苏舜钦不仅写了文情并茂的《祭滕子京文》，而且在《滕子京哀辞》中赞美他“忠义平生事，声名夷翟闻。言皆出诸老，勇复冠全军”。这些，也许离我们太遥远了，但永远也不会遥远的却是《岳阳楼记》，这篇永远不会尘封不会生锈的名文，就是由他向大中祥符八年（1015）同中进士后来成为好友的范仲淹“约稿”而成。他在《与范经略求记书》中说：“窃以天下郡国，非有山水环异者不为胜，山水非有楼观登览者不为显，楼观非有文字称记者不为久，文翰非出于雄才巨卿者不为著。”如果不是因为他与范仲淹交谊不浅而又殷殷致意，就不可能有《岳阳楼记》的诞生，那中国文学史乃至于中国文化史的重大损失，就不是任何保险公司所能赔偿的了。

除了官声清正和催请名文之功，滕子京可特书一笔的，还有他留传至今绝无仅有的一首词，那是他写于岳阳的《临江仙》：

湖水连天天连水，秋来分外澄清。君山自是小蓬瀛。气蒸云梦泽，波撼岳阳城。

帝子有灵能鼓瑟，凄然依旧伤情。微闻兰芷动芳馨。曲终人不见，江上数峰青。

滕子京谪守巴陵郡前后三年，他的“立功”，范仲淹在《岳阳楼记》中的“政通人和，百废俱兴”八个字为他做过年终述职鉴定。而他的“立言”呢？主要就是上述之词，可见他对岳阳之情有独钟。他状洞庭澄清浩阔之秋水，述娥皇女英凄婉悱恻的故事，笔墨精简而有景有情，而“气蒸云梦泽，波撼岳阳城”，是直接引用孟浩然的《望洞庭湖赠张丞相》诗中的名句，“曲终人不见，江上数峰青”，则是钱起《省试湘灵鼓瑟》中的美词。我们不能责备滕子京引用唐人妙语时，连借条也不开其一张，也不另行郑重声明并注明出处，因为借用而不必交代是诗中成法，而且我们应该心怀感念，正是因为他的这首词，让我们读到了更多的宋代词人心仪师法唐代诗人的消息。

我心怀感念，但也不无感慨。历来有所谓“诗谶”或“一语成谶”之说。滕子京作《临江仙》之后不久，从岳阳转徙苏州，次年也就是庆历七年即郁郁成疾而辞世，那就真是所谓“曲终人不见，江上数峰青”了。

三

宋词留存至今的作品有二万首左右，传名于世的作者近一千四百人，如果要评定他们的创作级别，其中的一些人可以被授予“优秀”“杰出”的光荣称号而当之无愧，少数几位甚至可以得到“大师”那一顶黄金铸就的冠冕，这是时间，而且是八百年时间这一权威的评委的裁判，而非当下各类评奖或评职称的时雨时风。“优秀”“杰出”甚至于“大师”级的词人，他们立足现实，面向当代，最大限度地发挥了自己的个性与才情，但又无一不是回眸历史，从前代的文学特别是唐诗的汪洋中，吸收了不竭的源泉与灵感。

“汪洋”只是一个比喻，其实唐诗也是一座宝山。宋代词人入山探宝，那无尽的宝藏惊喜了他们的眼睛，他们或顺手拈来为我所用，或别有会心熔铸创造，对于唐诗中的警言妙句，有的正用，有的反用，有的整用，有的选用，有的则师其意而不师其迹地化用。将前人的智慧化为自己的慧悟，出得山来，他们不是两手空空，而是满载而归，成了自己时代的词坛富豪。

北宋前期的一代文宗欧阳修，早就做过示范演出了。他的《朝中措·送刘仲原甫出守维扬》，一开篇就是“平山阑槛倚晴空，山色有无中”，引用王维《汉江临眺》中的“江流天地外，山色有无中”，恰到好处。“长记平山堂上，欹枕江南烟雨，杳杳没孤鸿。认得醉翁语，山色有无中”，他的学生苏东坡也因此赋《水调歌头·快哉亭作》以道其事，表达对赏识与提携过他的师长的敬意。晏殊也是如此，他的《浣溪沙》之“一曲新词酒一杯，去年天气旧亭台”，就是化用白居易《长安道》的“花枝缺处青楼开，艳歌一曲酒一杯”。有其父必有其子，晏几道的名篇《临江仙》中的“落花人独立，微雨燕双飞”，也是借用了五代翁宏的《春残》(又题《宫词》)诗：“又是春残也，为何出翠帷。

落花人独立，微雨燕双飞。”而周邦彦又名“片玉集”的《清真词》，开卷第一篇就是《瑞龙吟》，其下阕的“前度刘郎重到，访邻寻里，同时歌舞，唯有旧家秋娘，声价如故。吟笺赋笔，犹记燕台句。知谁伴、名园露饮，东城闲步？事与孤鸿去”，就连续化用了刘禹锡《再游玄都观》、李商隐《燕台》与《柳枝》，并借用了杜牧《题安州浮云寺楼寄湖州张郎中》诗中的“恨如春草多，事与孤鸿去”。由此可见，周邦彦的“清真风骨”，不仅远绍唐人，而他的运意遣词，也时虽隔代却得到了唐诗人的言传“诗”教。

北宋词人贺铸，其《青玉案》一词，被美称为“词情词律，高压千秋”，而因此词中有“一川烟草，满城风雨，梅子黄时雨”的结句，贺铸竟得到了“贺梅子”的美名。然而，我还要特别向他致贺的是，他善于熔铸唐人诗句入词，不论是律诗绝句，还是乐府歌行，他都得心应手地将前人的珍宝化为己有。相传与他相恋的一位女子，别后寄之以诗：“独倚危栏泪满襟，小园春色懒追寻。深恩纵似丁香结，难展芭蕉一片心。”贺铸有感而作《石州引》，结句即是“芭蕉不展丁香结，枉望断天涯，两厌厌风月”，既化用了恋人之诗，又巧借了李商隐《代赠》中的名句“芭蕉不展丁香结，同向春风各自愁”。他的《踏莎行·惜余春》之题“惜余春”，就是出自李白的《惜余春赋》：“惜余春之将阑，每为恨兮不浅。”他的《古捣练子·杵声齐》一词为：“砧面莹，杵声齐。捣就征衣泪墨题。寄到玉关应万里，戍人犹在玉关西。”这一回，就令人怀疑贺铸是偷其意而不偷其辞了，因为李白的《子夜吴歌》之三就是：“长安一片月，万户捣衣声。秋风吹不尽，总是玉关情。何日平胡虏，良人罢远征。”贺铸即使瞒天过海，也不免露出蛛丝马迹，又如他的《踏莎行》：

杨柳回塘，鸳鸯别浦，绿萍涨断莲舟路。断无蜂蝶慕幽香，红衣脱尽芳心苦。

返照迎潮，行云带雨，依依似与骚人语。当年不肯嫁春风，无端却被秋风误。

贺铸是忧时伤国的侠士，位沉下僚的才人，同时也是一位一往情深的多情种子，他此词将荷花、美人和自己一词而咏，既是咏荷花，也是赞美人，同时也是他自己这一创作主体的寄托。结句的“当年不肯嫁春风，无端却被秋风误”，可称双管齐下，一管伸向李贺《南园》的“嫁与东风不用媒”，一管伸向韩偓《寄恨》的“莲花不肯嫁春风”。妙语其来有自，却仿佛信手天成，贺铸除了是“侠士”“才人”“多情种子”之外，我还要用一个大俗之词，借以表示对他的赞美之雅意，我说他也是唐诗的“神偷手”，不知他肯不肯接受？

四

天上绚丽的长虹，是由七种色彩构成；地上绚美的彩缎，是由多种丝线织就。而中国诗歌的一种特异形式的集句诗呢？就有如天上的彩虹、地上的锦缎。

集句诗，就是选取前代一人或数人之诗，按照选取者的构思意图组合在一起，成为一首新作之诗。这种作品，现存最早的是西晋傅箴的《六经诗》，而北宋时于此道驰骋才学的是“拗相公”王安石，他在退休后闲居金陵的晚年，喜为集句之诗，有“集句诗”一卷。如《怀元度三首》之二：“舍南舍北皆春水，恰似葡萄新泼醅。不见秘书心若失，百年多病独登台。”他没有说明集资的对象，但稍有腹笥的读书人，都明白这是李白杜甫等诗人合资而由他独家经营的作品，王安石只是白手起家而已。又如王安石的《南乡子》词写金陵：“自古帝王州。郁郁葱葱佳气浮。四百年来成一梦，堪愁。晋代衣冠成古丘。绕水恣行游，上尽层城更上楼。往事悠悠君莫问，回头。槛外长江空自流。”词中也集了王勃、李白等诗人之句。风气所及，“集句诗”，犹如一个新辟的诗的竞技场，许多人都前来一试身手，在今人所辑的《全宋词》中，仅以“集句”为题的就尚存二十首以上。

苏东坡是一位才华横溢的大家。文学创作的每一个领域，他都要前去一探奥秘，测试自己的才情和智慧。他曾创作了多首回文诗词。集句词呢？他曾经说过：“世间好句世人共，明月自满千家墀。”这是他《次韵孔毅甫集古人句见赠五首》之一，他对自己的学生孔毅甫说，好句是众生的公共财产，如同无私明月照临千家万户的台阶。因此，他也曾集诗为词，如在三首《南乡子》之下，他都注为“集句”，这三首新词，都是他从旧诗集句而成，如同用多种现成的鸟羽组成的全新的“百鸟衣”：

寒玉细凝肤（吴融）。清歌一曲倒金壶（郑谷）。冶叶倡条遍相识（李商隐），净如。豆蔻花梢二月初（杜牧）。

年少即须臾（白居易）。芳时偷得醉工夫（白居易）。罗帐细垂银烛背（韩偓），欢娱。豁得平生俊气无（杜牧）。

怅望送春杯（杜牧）。渐老逢春能几回（杜甫）。花满楚城愁远别（许浑），伤怀。何况清丝急管催（刘禹锡）。

吟断望乡台（李商隐）。万里归心独上来（许浑）。景物登临闲始见（杜牧），徘徊。一寸相思一寸灰（李商隐）。

何处倚阑干（杜牧）。弦管高楼月正圆（杜牧）。胡蝶梦中家万里（崔涂），依然。老去愁来强自宽（杜甫）。

明镜借红颜（李商隐）。须著人间比梦间（韩愈）。蜡烛半笼金翡翠（李商隐），更阑。绣被焚香独自眠（李商隐）。

苏东坡不但有一颗慧心，而且有一双巧手。他有慧心，可以和前人作隔代的对话交流；他有巧手，则使他从前人的百宝囊中探囊取物，随心所欲而得心应手。

当今之世，某些作家不仅文学的素养不足，即使是广义的文化修养，也相当欠缺。学者不一定能成为作家，但作家最好是学者或者向学者靠拢。古代的作家大都学养深厚，非现代的某些作家可比。宋人尤其重学，许多文人均以学者自居并自豪，在创作中他们自然追求一种以故为新、化腐朽为神奇的审美趣味。削铁如泥，是武士们一试他们百炼成钢的刀锋；集句为词，则是文士们一试他们书囊的深浅和文思的高下了。如贺铸，他就曾不无自豪地说："吾笔端驱使李商隐温庭筠，常奔命不暇。"李商隐、温庭筠这些优秀诗人，不仅为之奔走，而且为之奔命，可见贺铸对前人的作品是怎样指挥如意地作创造性的转化了。如他的《南歌子》：

疏雨池塘见，微风襟袖知。阴阴夏木啭黄鹂，何处飞来白鹭立移时。

易醉扶头酒，难逢敌手棋。日长偏与睡相宜，睡起芭蕉叶上自题诗。

贺铸此词虽没有标明"集句"，但他引人旧句多而自铸新词少，虽然引用中常又略加改动，也仍然可以视为一种可以从宽发落的集句词。如“疏雨池塘见，微风襟袖知”，就出自杜牧《秋思》的“微雨池塘见，好风襟袖知”；“阴阴夏木啭黄鹂，何处飞来白鹭立移时”，出自王维《积雨辋川作》中的“漠漠水田飞白鹭，阴阴夏木啭黄鹂”；“易醉扶头酒，难逢敌手棋”，出自姚合《答友人招游》的“赌棋招敌手，沽酒自扶头”；“日长偏与睡相宜”，是对欧阳修《蕲簟》诗中“自然唯与睡相宜”的就近取材；“睡起芭蕉叶上自题诗”，则是对唐诗人方干《送郑台处士归绛岩》中的“曾书蕉叶寄新题”远道取经了。

世间没有无源之水、无本之木，集句词虽非词的大道而乃别体，但宋人的集句词多集唐人之句，从中我们也可窥见宋词与唐诗关系的小道消息。

五

宋代词人不仅集腋成裘，写作集句之词，向唐人交上他们一份特殊的答卷，他们也善于缩龙成寸，创作隐括之词，向唐人表示对前贤的倾慕和后来者的才情。

“隐括”这一词体，也是苏东坡的创举，用曾经在荧屏上常见的广告术语，就是“全国首创”。他真是后生可畏，敢于冒犯前贤，竟然把陶渊明的名文《归去来辞》改成《哨遍》，把韩愈的名诗《听颖师弹琴》改成《水调歌头》，并美其名曰“隐括”。

所谓“隐括”，就是不脱离原作的内容和词句，将原作的文体改写成另一种文体，因为这一体式是苏东坡改诗为词的发明，所以他的“隐括”之作都是改诗或文章为词。

苏东坡是文坛祭酒，他的一举一动都引人注目，此之谓“名人效应”吧。自从他创作隐括之词，虽说无意示范，但学者有心效颦，以后秦观、周邦彦、黄山谷、赵令畤、辛弃疾、朱熹等人，均纷至沓来，以词竞技。其中南宋的林正大可以说是隐括词的专业户，数量多，可称批量生产，质量高，有不少可圈可点。其所著《风雅遗音》共四十一首词，隐括魏晋至唐宋名家诗文而成之词却有三十九首，其间李白杜甫等唐人名家名作不少，总之，林正大应是宋代隐括词的冠军，可以授予“特殊贡献奖”，或享受“政府特殊津贴”。

且看他括李白《襄阳歌》为《水调歌头》，括杜甫的《醉时歌》为《满江红》：

落日岘山下，倒着接篱回。傍人笑问山翁，日日醉归来。三万六千长日，一日杯倾三百，罍麹筑糟台。汉水鸭头绿，变酒入金罍。

白铜鞮，鸬鹚杓，鹦鹉杯。轻车快马，凤笙龙管更相催。自有清风明月，刚道不须钱买，对此玉山颓。水自东流去，猿自夜声哀。

衮衮诸公，嗟独冷、先生宦薄。夸甲第、纷纷粱肉，谩甘寥寞。道出羲皇知有用，才过屈宋人谁若。剩得钱、沽酒两忘形，更酬酢。

清夜永，开春酌。听细雨，檐花落。但高歌不管，饿填沟壑。司马逸才亲涤器，子云识字终投阁。且生前、相遇共相欢，衔杯乐。

李白与杜甫是唐代诗国天空的北斗，自然令后人抬头瞻望，沐浴他们永恒的光芒。但他们生时均是怀才不遇，遭逢困顿，李白《襄阳歌》是自我的浪漫的他写抒情，杜甫《醉时歌》是现实的客观的他写抒情，然而异曲同工，表达了即使是在盛唐时代，两位顶尖级的人物都是有才难用，有凌云的羽翼却没有展翅的广阔天空，真是令人古今同慨。林正大一生也是坎坷不遇，李白杜甫的有关作品，该引起了他心灵的强烈共鸣吧？不然，他对杜甫的《醉时歌》，不会一而再再而三隐括，除了上引的《满江红》之外，还曾以《括酹江月》和《水调歌头》来隐括。他的作品当然不能代替原作，如同仿制品不能代替原物真品，但填词有严格的声律，这就已经如戴着脚镣跳舞了，何况他的隐括之作情貌都酷似原来的文本，且有自己的寄托，由于他对唐贤馨香顶礼之虔诚，他演出的竟是动人心目的舞蹈。

贺铸是我颇为喜爱的词人，他的豪情、柔情与悲情的三重奏，数百年后仍然动我情肠，沥我肝胆；而他对前人之作既含英咀华，又革新创造，也令我眼为之明，心为之热，思绪为之飞扬。例如，他的题为“行路难”的《小梅花》词：

缚虎手，悬河口，车如鸡栖马如狗。白纶巾，扑黄尘，不知我辈可是蓬蒿人？衰兰送客咸阳道，天若有情天亦老。作雷颠，不论钱，谁问旗亭美酒斗十千？

酌大斗，更为寿。青鬓长青古无有。笑嫣然，舞翩然，当垆秦女十五语如弦。遗音能记秋风曲，事去千年犹恨促。揽流光，系扶桑，争奈愁来一日却为长。

“行路难”本是乐府旧题，我们早已远听鲍照近听李白悲歌慷慨过了，贺铸以此为词之题目，抒写的正是如火山爆发而四射、如瀑布奔流而直下的志士失路之悲愁愤懑。全词可以说是一种特殊形式的隐括，它隐括的不是一首诗而是多首诗，隐括词句更隐括诗意。仅以唐诗而论，李白《南陵别儿童入京》的“仰天大笑出门去，我辈岂是蓬蒿人”，李贺《金铜仙人辞汉歌》的“衰兰送客咸阳道，天若有情天亦老”，李白《行路难》的“金樽美酒斗十千，玉盘珍羞直万钱”，李益《同崔邠登鹳雀楼》的“事去千年犹恨速，愁来一日即为长”，贺铸都能够“巧取豪夺”，为我所用一炉而炼。本来是唐人的诗中利器，他却隐括而盛大了自己的词的武库，而且自为创调，凡八换韵，一招一式，在北宋词坛上显示的是上乘的阳刚武功。

树木，没有紧抓大地的根须，它能够叶茂枝繁凌云直上吗？河流，没有卷起千堆雪的上游，它会有潮平两岸阔的下游吗？

传统，是一个流动的美学范畴。它既是继承物，也是创造物，没有革新和创造，就没有传统的更新、提高、丰富和发展，但是，要革新和创造，就必须立足在原来的传统之上。一个国家的民族诗歌传统，犹如一条浩荡的江河，宋词，就是中国诗歌长河的一个风光万千的河段，优秀的杰出的宋代词人，溯洄从之，都无一例外地朝拜过华山夏水原来的水系，瞻望顶礼过唐诗浩浩荡荡的巨浪洪波。

清秋泪

少年时在乡间的学堂启蒙，语文老师是前清秀才，他青衫一袭，满腹诗书，教我们学习和背诵的也是古文，其中就有范仲淹的《岳阳楼记》。数十年过去了，我当时虽年幼而不求甚解，但莘莘学子那摇头晃脑如痴如醉的背诵情景，还历历犹如昨日，而“先天下之忧而忧，后天下之乐而乐”的名言，一字一句，就如同刀刻斧凿般，镂刻在我们尚不知忧患为何物的心版上。

及至年岁渐长，方知范仲淹的《岳阳楼记》是中国文学史上永不生锈的千古名文，也是矗立在历代真正的读书人心中的丰碑。先生之风，山高水长，尤其是我中年时曾在巴陵郡寄迹数载，岳阳楼近在肘边，春秋佳日，朝晖夕阴，我曾不止一次在楼下瞻仰前人书写雕刻的这一篇名记，也数不尽多少回登楼眺望，拍遍栏杆，把洞庭湖与君山的湖光山色招来眼底，把天下风云万家忧乐纳入胸中。范仲淹是一代名吏、一代名臣、一代名帅、一代名士，历史上留名的人物灿若繁星，但在人格风范与文章楷式方面，范仲淹更是一位令后人高山仰止般的人物，如同人间众生仰望星空中的北斗。

然而，今日却有人著文，连范仲淹《岳阳楼记》中的名言也予以贬斥，认为此文中所以忧所以乐的“天下”，乃是“帝王一家一姓之天下，而非人民之天下”。这，就未免有些超时空超历史地苛求古人了。封建社会的官员和士子，虽然不能脱离对皇权的依附，普天之下，莫非王土，率土之滨，莫非王臣，那“天下”当然是帝王的天下，但在儒家学说的精义里和真正士人的心目中，“天下”更多的却是指华山夏水，黎民百姓。“大道之行也，天下为公”，“穷则独善其身，达则兼济天下”，这不就是对“天下”的另一种解释和注脚吗？韩琦与范仲淹同为北宋名臣，他都称颂范仲淹“前不愧于古人，后可师于来者”，金代的元遗山，也赞美他“求之千百年间，盖不一二见”，我们怎么可以对古之贤者如此求全责备？如果对范仲淹这一名言所体现的人格力量和道德精神都予以否定——何况他言行一致，而非矫言伪行者表面冠冕堂皇而内里男盗女娼，那我们民族还有些什么精神遗产，可以让今日的中华儿女继承与发扬？如果范仲淹有知，他会不会悲从中来而怆然涕下？

近千年时间的风沙吹刮过去，在我们民族优秀杰出人物的行列里，在我从少年时代到年华老去的心中，范仲淹始终是一位能激发瞻仰者崇高之感的英杰。男儿有泪不轻弹，只缘未到伤心处。何况是英杰中的男儿，男儿中的英杰？在一般人的心目中，英杰或英雄只有铁石心肠，只有风云叱咤，只有壮怀激烈，而范仲淹虽不会为今日上述放言高论者怆然涕下，但他流传至今的五首词中，却有三首泪痕点点，泪迹斑斑。

众生常说借酒浇愁，酒有时的确是泪的催化剂，但酒未到而先成泪却是范仲淹的首创，请看他的《御街行》：

纷纷坠叶飘香砌。夜寂静，寒声碎。真珠帘卷玉楼空，天淡银河垂地。年年今夜，月华如练，长是人千里。

愁肠已断无由醉，酒未到，先成泪。残灯明灭枕头敧，谙尽孤眠滋味。都来此事，眉间心上，无计相回避。

这首词，是一首怀人之作，有一个版本的副题曰“秋日怀旧”。“悲哉，秋之为气也，萧瑟兮草木摇落而变衰”，先是宋玉说过；“多情自古伤离别，更那堪冷落清秋节”，后来柳永又如此断言。秋天本是怀人的季节，何况是月光如水落叶飘零的秋夜？此词写于何时何地，所怀何人，这一切都已交给历史封存不得而知了，但是，英雄人物并非只有侠骨，同时也有柔肠，并非只有剑胆，而且也有琴心，他秋夜怀人，忧心忡忡，酒还没有到他已断的愁肠，就已化成了伤离怨别的泪水！无情未必真豪杰，难怪清人许昂霄在《词综偶评》中，要说“铁石心肠人亦作此销魂语”。善于作销魂语的李清照，在《一剪梅》中写她对丈夫赵明诚的思念，有道是“此情无计可消除，才下眉头，却上心头”，这位身为弱女子的词人，她的如斯妙语，大约是受到作为大丈夫的范仲淹的词之结句的启发吧？

古典诗词中写“泪”的篇章不可胜数，如果将其中写“泪”的好句收辑成书，厚厚的卷帙恐怕都会被浸得透湿。英国的莎士比亚曾经说过，眼泪是人类最宝贵的液体，不可轻易让它流出。但在范仲淹另一首词《苏幕遮》中，我们又读到他的眼泪，而且也与酒有关：

> 碧云天，黄叶地，秋色连波，波上寒烟翠。山映斜阳天接水，芳草无情，更在斜阳外。
>
> 黯乡魂，追旅思，夜夜除非，好梦留入睡。明月高楼休独倚，酒入愁肠，化作相思泪。

在《御街行》中，范仲淹写的是“酒未到，先成泪”，而酒到之后又当如何呢？《苏幕遮》这首羁旅相思之作，就说“酒入愁肠，化作相思泪”，前者曲言，后者直说，曲直各具其趣。英雄儿女自柔情，没有矫饰，没有伪装，没有出于欺骗与愚弄众生的神化，有的是人生的真实与感情的真实。如此隽言妙语，有如令人欣羡的财宝，总不免引起他人的觊觎而眼红手痒，元代戏剧家王实甫在《西厢记·长亭送别》中，就半偷半借地化用了范仲淹的词而写出了名曲《端正好》：“碧云天，黄花地，西风紧，北雁南飞。晓来谁染霜林醉？总是离人泪。”

然而，范仲淹词中的这些泪水虽也令局外人动情，但毕竟是小我之泪，个人的深愁浅恨之泪，如果范仲淹只有上述这两首词，他和宋代许多婉约派词人也就没有太大的区别，如山间的清溪，如月下的池水，如初上的眉月。范仲淹毕竟还有另一种词，另一种泪水，这就是他的代表作《渔家傲》，好像沉雄的号角，仿佛大河的落日，有如劲吹的长风。

范仲淹之为官谋政，绝不仅仅是为在上的君王，更不仅仅是为一己之功名利禄，他主要是为了安社稷而济苍生。忧国忧民的他自请行边，康定元年即公元1040年，他被任命为陕西经略安抚副使兼知延州（今日之延安），后来又充当环庆路经略安抚招讨使、兵马都督，统一指挥陕甘一带的军政大事，是防御和抗击西夏侵扰的一方统帅。此时，他已五十二岁，不再年轻而渐入老境，主动挑起的却是一副败则可致名毁身杀的千斤重担。他在边境四年，选良将，爱士卒，抚流亡，垦荒地，筑塞建城，教民习射，使得原来百孔千疮一触即溃如同破篱笆的西部边防前线，成了敌人不敢来犯的钢铁长城。西夏闻风丧胆，戒备说“小范老子（指范仲淹）胸中自有数万甲兵，不比大范老子（指范雍）可欺也”，而边人的民谣也在凛冽的西风中传唱：“军中有一韩（指韩琦），西贼闻之心胆寒；军中有一范（指范仲淹），西贼闻之惊破胆。”可见其威镇西疆之英风胜概。当时，范仲淹曾作多首《渔家傲》词，首句均以“塞下秋来风景异”领起。不过，历史往往并不公平，天公也常常并不作美，许多平庸之作偏偏能流传下来，而范仲淹的那几首《渔家傲》却恰恰被湮没了，从幸存的那首孤篇来看，其他几首也该会是令懦夫立志而壮士起舞之作：

塞下秋来风景异，衡阳雁去无留意。四面边声连角起，千嶂里，长烟落日孤城闭。

浊酒一杯家万里，燕然未勒归无计。羌管悠悠霜满地，人不寐，将军白发征夫泪！

同是写“秋”，但与前二首词比较，虽说前者正气塞天而情语入妙，然而这首词却另是一番境界与气象。如果宋代有边塞诗，那么，范仲淹此词就是其中最早与最突出的一首。唐代因国力强盛，或开边拓土，或抗御强邻，许多读书人除了挥笔于科场，就是挥戈于沙场，企望扬声绝塞，立功异域，“边塞诗”因而也就空前繁荣，成为唐代诗歌这一盛大军团的方面之师。以初唐杨炯的“宁为百夫长，胜作一书生”为前奏，时至盛唐，高适、岑参、王昌龄等诗人或远去西疆，或一窥塞垣，而李白、杜甫甚至整天与药罐打交道的李贺等诗人，虽然未去过边塞，但也前来凑兴，各扬其声，共同将边塞诗演奏成一阕豪壮雄浑与悲凉落寞兼而有之的交响曲。中唐之后，国势日衰，至晚唐时所谓边塞诗也就曲终人散。宋太祖赵匡胤于公元960年建立宋朝，虽然史称“隆宋”，但一开始就积贫积弱，武功与版图远不能和唐代相比，不仅北方幽燕十六州的汉唐故地没有收回，即使对西部的西夏等外敌的侵扰，也常常徒唤奈何。从宋代建国到范仲淹写此词的近百年间，边塞诗已成绝响，待此词一出，不仅在多是柔情绮思的宋词中是一曲悲歌豪唱，就唐代边塞诗的传统而言，也是让断流已久的河道重新涌浪翻波。

范仲淹此词虽为“独唱”——一是他以“塞下秋来风景异”为起句写作的多首《渔家傲》已经失踪，只有这一首传于后世，二是到他为止，还只有他一人在边塞引吭高歌与悲歌。然而，这首词不仅是宋代边塞诗歌的前奏，也是宋代豪放词作的先声。词从晚唐经五代至北宋之初，因为与音乐美人舞榭歌台的天然联系，新声巧笑于柳陌花衢，按管调弦于茶坊酒肆，形成的是绮罗香泽绸缪宛转的词风。大丈夫作小男人，“男子作闺音”，七尺须眉的男作者笔下，多的是富贵相、脂粉气、儿女态、闺阁情，在范仲淹之前固然如此，与范仲淹同时的柳永、晏殊、欧阳修、张先等人，大体也是这样。柳永徘徊在“杨柳岸”边的“晓风残月”之中，晏殊叹息于“绿杨芳草长亭路，年少抛人容易去”，欧阳修热泪盈眶地“泪眼问花花不语，乱红飞过秋千去”，张先人称“张三中”（心中事，眼中泪，意中人），他还不满意，以为要称他“张三影”才名副其实（“云破月来花弄影”，“娇柔懒起，帘压卷花影”，“柳径无人，堕风絮无影”），他对轻盈无迹的“影”情有独钟，在词中先后二十多次去轻描浅摹。然而，“塞下秋来风景异”，范仲淹激越苍凉的一声豪唱，应该使北宋初期的词坛吃了一惊。尽管以后北宋词坛仍然为婉约词风所统治，我们也并不以风格判定词的优劣高下，但范仲淹的高歌，却一直要等到数十年后在苏轼的词中才听到回声，要到南宋陈与义、张元干、岳飞、陆游、张孝祥、辛弃疾、陈亮、刘过和刘克庄等人那里，才听到虽然更加遥远却分外强烈的回响。

不过，有人却批评此词，说它不是“真元帅”之词而是“穷塞主”之词，批评他的，竟是与他同为“庆历革新”运动的中坚又是北宋诗文革新运动主帅的欧阳修。据宋人魏泰的《东轩笔录》说，欧阳修读范仲淹此词后，对其“颇述边镇之劳苦”不以为然，戏称其为“穷塞主”之词。等到王素出守甘肃平凉，欧阳修也作《渔家傲》一词送行，结句为“战胜归来飞捷奏，倾贺酒，玉阶遥献南山寿”，并说这才是“真元帅”的功业。今查欧阳修词集，并无此《渔家傲》一词，倒是孔凡礼《全宋词补辑》中收有一首近似之作，作者为与范仲淹、韩琦同事而任陕西经略安抚招讨使的庞籍。全词是：“儒将不需躬甲胄，指挥玉麈风云走。战罢挥毫飞捷奏，倾贺酒，三杯遥献南山寿。　革软沙平春日透，萧萧下马长川逗。马上醉中山色秀，光一一，旌戈矛戟山前后。”不论此词作者究是何人，反正欧阳修对范仲淹词作了同时代的“文学批评”。我今日虽无法向一代文宗的欧公请教，并发表不同“诗”见，但欧阳修自己的词多写男女幽期密约与文人之歌山咏水，风格不出婉约派的藩篱，他也许对范仲淹这种词风不以为然？明代瞿佑在《归田诗话》中，甚至说“以总帅而出此语，宜乎士气不振而无成功”，且不论他对范仲淹词本身的评价是否允当，如此片面夸大一首词的所谓“负作用”，其实颇为不当。欧阳修当然不是这样，除了个人的审美趣味的偏好，并强求写边塞的作品一定要合于昂扬奋发捷报频传的模式之外，恐怕也是由于他没有边塞生活的实际体验。当时范仲淹到西北主持军务，曾延请欧阳修赴边任掌书记之职，可惜欧阳修因故婉辞，失去了这样一次难得的“深入生活”的机会，不然，他也该挥写出几首雄放的边塞之词吧？

由于赵匡胤在陈桥驿兵变中黄袍加身而夺得后周的江山，为了“家天下”的长治久安，他及其继承人实行的是“守内虚外”“崇文抑武”的既定方针，国力虚弱，全无当年大唐帝国的雄风，对割据燕云十六州的辽国固然是屡战屡败，抵抗西北边陲西夏小国的入侵，也常常以失败而告终。在范仲淹赴边镇守之前，就有宋帅范雍的延州兵败，范仲淹去后，又有韩琦的好水川惨败。他镇边四年，敌人虽不敢再犯，却也无法将其彻底击溃，而只能作消极的防御，所谓“浊酒一杯家万里，燕然未勒归无计”，是名副其实的“现实主义”，而边地的艰苦与征战的残酷，又怎么是内地流连风景诗酒美人的文士们所可想见的呢？“将军白发征夫泪”，这已不再是前述范仲淹二词中的柔情如水之泪了，范仲淹守边时已是坐五望六之年，敌人前来偷袭，白发也前来偷袭，而“征夫泪”之泪中，既有士卒们有家归不得的眼泪，也有他忧国忧民的眼泪，更有他和将士们为国苦守苦战而未能彻底胜利的眼泪。这种眼泪，并非弱者之泪，而是英雄之泪，这种作品，不是历史记载为庸才酷吏庞籍的那种“假大空”之作，而是直面人生与人性的抒写真情的杰作。

关塞风云之气，战士守边之苦，英雄忧患之情，这就是范仲淹《渔家傲》一词的三原色。说它是“穷塞主”之词，如果不含贬义，倒也无可厚非。范仲淹不仅写不出庞籍那种粉饰生活的“假大空”之作，更不会去弹奏蔡挺那种歌功颂德的献媚之曲。北宋神宗熙宁年间，蔡挺镇守平凉，写了一首《喜迁莺》：“霜天清晓，望紫塞古垒，寒云衰草。汗马嘶风，边鸿翻月，陇上铁衣寒早。剑歌骑曲悲壮，尽道君恩难报。塞垣乐，尽双鞬锦带，山西年少。　　谈笑，刁斗静。烽火一把，常送平安耗。圣主忧边，威灵遐布，骄虏且宽天讨。岁华向晚愁思，谁念玉关人老？太平也，且欢娱，不惜金尊倾倒。”神宗得到此词，批曰：“玉关人老，朕甚念之。枢管（枢密院）有缺，留以待汝。”官员的升迁贬降，常常系于帝王的一念之间，于是蔡挺也就平步青云，从边远之地的甘肃调回首善之区的汴京，由封疆大吏升任枢密副使——爬到副宰相这样的高位。且不论他的词艺术性比范仲淹之作差之远矣，其历史内涵与真实品格，又岂能与范仲淹之词相提并论？物质的荣华富贵只能享受于一时，而人的不可以权势金钱购买的清名与美名，不朽作品的永恒之誉，却可以传之久远。不久之前，也是秋日，我陪同台湾名诗人余光中去岳阳，在巴陵郡的湖光山色中和范仲淹的《岳阳楼记》里流连竟日，仰天俯水，发思古之幽情，生现实之感慨，兴人生之咏叹。余光中为“岳阳楼”即兴题诗：“昔闻洞庭水，今上岳阳楼/

依然三层，却高过唐宋的日月 / 在透明的秋晴里，排开楚云湘雨 / 容我尽一日之乐，后古人之乐 / 怀千古之忧，老杜与范公之忧。”而他为一位读者的题句则是：“秋晴尽一日之乐，烟水怀千古之忧。”这位自称“蓝墨水的上游是汨罗江”的诗人，他的“上游”不是也包括洞庭湖和范仲淹的诗文吗？

少年时代，我还只知摇头晃脑地吟诵范仲淹的《岳阳楼记》，他的先忧后乐的名句，雨露在我稚嫩的心田，及至年岁已长，我才读到他的词作，那五首词中有三首写到秋日之泪的词章。巴陵郡中，岳阳楼头，洞庭湖畔，历史的此岸，他的名文令我神清意远，他的名词也使我不胜低回。

长记平山堂上

抖落深冬的一肩楚云，初春的半身湘雨，正是好风好日的阳春三月，我和居住在南京的友人黄世玮君一道下扬州。车到天下三分明月夜的扬州，玉人何处教吹箫的扬州，我就恍兮惚兮一脚跨进了唐朝，而人到扬州城外的平山堂呢？那就确确实实呼吸在宋代欧阳修词的遗韵和苏东坡词的清芬里了。

宋代虽然自始至终积贫积弱，始终处于内忧外患的双重病患之中，但也正是由于统治者施行的是重文轻武的既定方针，实行的是历史上最优惠的知识分子政策，加之历代的艺术积累得到创造性的继承和发展，所以宋代的文学艺术得到空前的全面的繁荣。仅以诗歌而言，在辉煌的唐诗之后，竟然出现了同样以时代命名的宋词，如同令人炫目的高潮刚刚退潮，继之而来的竟也是排空的巨浪。

在宋代的诗人中，欧阳修是令我最为心仪神往的一位了，这倒不是因为他是一位政治家，身居副枢密使、参知政事的高位，我对真正为民造福的政治家虽然尊敬，但对位高权重向来不感兴趣。我对他的敬仰也不全是因为他品行端正、耿直敢言、视富贵如浮云，宰相韩琦与同平章事曾公亮合议推荐他任枢密使，被他阻止，宋英宗多次要求他就此重任，他也多次坚辞不就，他常常说“我并不想富贵而得以富贵，所以我也不怕失掉它”。当然，我也不全是敬仰他不仅于史学而且在文学上有多方面的成就，诗词与散文均为一代大家，因为有成就者代不乏人，有不凡的成就并非一定能得到他人不一般的尊崇。欧阳修生于1007年，时至今日已超过千年了，是名副其实的“千岁”。我要向他致以往事越千年的敬意，是因为他的人品，是因为他的作品，更是因为他仕途并非一帆风顺而屡遭贬谪，但只要一朝权柄在手，作为文坛领袖的他，总是不遗余力地提携正直有才的晚生后辈，并且出于至性至情而非表演作秀，希望后辈超过自己，用昔日的雅言就是“为人作嫁”，用今日的俗语就是“甘为人梯”，这是何等的冰雪情操，江海怀抱。今日文坛艺苑大大小小的方面人物，有多少人能够真正对才俊之士乐于肯定鼎力提携？又有多少人真正能够希望后辈能长江后浪推前浪地超越自己呢？中国散文史上的“唐宋八大家”之中，唐代仅韩愈和柳宗元占据两席，其他六个名额就全属宋代。除欧阳修本人而外，其他五人分别是苏洵、苏轼、苏辙、王安石和曾巩，而且这五人竟然全都得到过他慧眼识珠热心援引，苏家兄弟和曾巩更是都出自他的门下，是其嫡亲入室弟子，不论其他，仅此一端，他也值得我们千年后肃然回望心香以祭了。

欧阳修的远祖为唐初开国名臣、书法大家欧阳询，原籍乌程（今浙江湖州），后来询之玄孙欧阳琮任江西吉州刺史，徙家于庐陵一带，故欧阳修也自称“庐陵欧阳修”，以庐陵为郡望。其祖父欧阳偃定居于江西吉水县沙溪乡，宋仁宗至和二年（1055），沙溪乡划归永丰县，所以江西永丰实为欧阳修的故里。欧阳修生于四川，长年在外而很少回乡。皇祐四年（1052），欧阳修曾护送病逝的母亲从南京回乡安葬，六十三岁时还写了纪念母亲的《陇冈阡表》，后来此文与韩愈的《祭十二郎文》，袁枚的《祭妹文》合称中国文学史上最著名的三大祭文。前些年的一个夏日，我随在吉安工作的大学同窗周世玉君，专诚去拜谒了先贤的故里。故里已无余物，但空旷的祠堂内还立有欧阳修亲笔书写的《陇冈阡表》的石碑。拜谒的当时，我自然不免久久地摩挲石碑，抚今追昔。如今来到扬州，怎可不去欧阳修留下遗踪与诗踪的平山堂瞻仰呢？

庆历八年（1048）正月，四十岁的欧阳修离开滁州（今安徽滁州市）任所，调任扬州知州，行囊中携带的，除了江上清风，山间明月，就是《丰乐亭记》和《醉翁亭记》等多篇名文。他在扬州虽只短短的一年，但为政宽简，体恤民情，而且修筑了堂传至今词也传至今的“平山堂”。

平山堂，坐落在扬州西北郊蜀冈的中冈之上，位于始建于南朝刘宋孝武帝大明年间之大明寺西侧。堂名“平山”，是因为蜀冈地势高敞，坐在堂内，远眺中的江南诸山正与堂之栏槛相平。政事之余，欧阳修经常与文朋诗友到此游宴，饮酒赋诗，离此之后多年，还写有著名的《朝中措》一词，使无数的后人为这首词而兴致勃勃地去按迹寻踪，临风一吊。“平山堂上草芊绵，学士风流五百年。往事难追嘉祐迹，闲情聊试大明泉。隔江秀色千峰雨，落日平林万井烟。最是登临易生感，归心遥落片帆前”，这是明代文徵明题为《平山堂》的七律；“几度平山高会，词成人去堂空。风流司李管春风，又觉扬州一梦。 杨柳千株剩绿，芙蕖十里残红。重来谁识旧诗翁，只有江山迎送”，这是清代戏曲名家孔尚任的《西江月·平山怀阮亭》，他歌咏平山堂而及于曾任扬州司理在此流连诗酒的诗人王士祯。虽然大明寺是中国佛教史的一幅重要插图，但我和世玮均非佛国之信徒，却同为诗国之赤子，故只在大明寺稍事浏览，便追踪文徵明、孔尚任等人的足迹，急趋寺西之平山堂。

未至其堂，先见其人。平山堂后有“欧阳祠”，欧阳修中年知滁州时，虽曾自号“醉翁”，但晚年他自叙“吾家藏书一万卷，集三代以来金石遗文一千卷，有琴一张，有棋一局，而堂置酒一壶”，“以吾一翁，老于此五物之间，是岂不为六一乎”，因此致仕之前更号为“六一居士”，故“欧阳祠”又名“六一祠”。祠内的廊柱之上，有湘人欧阳利见所撰的对联：“山与堂平，千古高风传太守；我生公后，二分明月梦扬州。”我与世玮更是生于公后了，早已无缘拜见前贤，幸亏祠内壁上嵌有欧阳修的石刻画像，依清廷内府藏本勒石线雕，因为光线折射的作用，其长髯远望白须，近看黑须，而其雍雍气度，奕奕神采，俨然一代宗师。我回头对世玮说：

“欧阳修之品格，可谓仰之弥高。他历时十七年主持修撰的《新唐书》告成，他负责‘纪’‘志’‘表’的撰写，并审阅全书，统一文稿，本来按例只署职务最高者他的名字，但他却坚持不能掠人之美，要同署撰写‘列传’的宋祁之名，宋祁之兄宋庠都感叹说：‘自古文人好相凌淹，此事前所未有也。’”

酷爱读书与写作的世玮，曾长期在高校负方面之责，他也不免感慨：“现在有权有势者夺人之功的事情太多了。欧阳修不仅推重同辈文士如宋祁，对后辈王安石和苏东坡等人，更是呵护有加，你看了祠前的‘平山堂’后，也许感想会更多哩！”

我们从欧阳祠出来，在壁上欧公的目光的护送下，心情肃穆地去瞻仰祠前的平山堂，好像去参加人生难得的一场盛典。由于历代刀兵水火的相侵和时光之流的无情冲刷，欧阳修所建的平山堂原筑当然已经不在了。原来的平山堂也许是有楼阁的吧，康熙年间的进士汪懋林还留下了“登斯楼也，大哉观乎”的对联，现在的平山堂为清代同治年间重建，堂为敞口厅，面阔五间，进深三间，堂前为相当广阔的平台。我置身堂上，左顾右盼，只见堂上悬有“坐花载月”“风流宛在”等匾额，袖珍般的精练语言压缩和复述的，是宋人叶梦得在《避暑录话》中所记叙的欧阳修与众宾客赏花载月的故事，而廊庑之间，也少不了中国名胜之地不可缺席的对联，它们出示的是自然之美与人文之胜的证明：

隔江诸山，到此堂下

太守之宴，与众宾欢

——尹秉绶

晓起凭栏，六代青山都到眼

晚来对酒，二分明月正当头

——朱公纯

朱公纯为安徽寿州人，光绪年间为山东阜宁知县，伊秉绶为福建人，乾隆进士，扬州知府。

这是两副联语，有地理，有历史，有人文，有作者的感慨，读来如品香茗，可以清心。然而，令我醺然微醉的却是另外的一副，那是前人之作的集句联，集句者亦为伊秉绶：

衔远山，吞长江，其西南诸峰，林壑尤美

送夕阳，迎素月，当春夏之交，草木际天

集句诗的始创者，是作“七经诗”的晋代傅咸，宋代的王安石长于集句，文天祥在狱中集杜甫诗达二百首。但这副对联既非集“诗”也非集“词”，而是难度更大的集“文”。“衔远山”句集自范仲淹的《岳阳楼记》，“其西南诸峰”句集自欧阳修的《醉翁亭记》，“送夕阳”句集自王禹偁的《黄冈竹楼记》，“当春夏之交”句集自苏轼的《放鹤亭记》。借来四大名文中的四大名句，景物叹为观止，联语也叹为观止。然而，如一幕精彩的戏剧，以上种种还只能说是配角，喧宾固然不能，即使是嘉宾也不能夺主，世间与此间的主角，当然是欧阳修自己的《朝中措·平山堂》一词：

平山栏槛倚晴空，山色有无中。手种堂前垂柳，别来几度春风。

文章太守，挥毫万字，一饮千钟。行乐直须年少，樽前看取衰翁！

皇祐元年（1049），欧阳修离开扬州而调往颍州（今安徽阜阳），皇祐四年（1052）迁翰林学士兼史馆修撰。嘉祐元年（1056），刘原甫（名敞）出守扬州，他是江西新余人，与欧阳修是大同乡，虽是经学家，但也是喜诗能文之辈。年刚五十但已白发满头的欧阳修作此词饯行，表达了离别八年后对平山堂风物的怀恋和对友人的希望。刘敞到任后曾寄诗给他，题为《登平山堂寄永叔内翰》，欧阳修又作了一首《和刘原甫平山堂见寄》：

督府繁华久已阑，至今形胜可跻攀。山横天地苍茫外，花发池台草莽间。

万井笙歌遗俗在，一樽风月属君闲。遥知为我留真赏，恨不相随暂解颜。

忆旧之情，神往之意，可谓声发纸上而跃然如见。

我在堂前一边低吟欧阳修的词章，一边游目四顾而思接千载。叶梦得在《避暑录话》中曾说：“欧阳文忠公在扬州作平山堂，壮丽为淮南第一。上据蜀冈，下临江南数百里，真、润、金陵三州隐隐若可见。”我想，任何高人恐怕都不敢“欧门弄斧”，唯有时间才敢于修改欧阳修的作品，平山堂原有的楼台早已交给了历史，现在已无复“平山栏槛倚晴空”的高敞气象了，而来自王维诗的“山色有无中”呢？世玮说他幼小来游时，远处长江边的金山与焦山都隐约在目，而现在不论我们如何在堂前纵目决眦，原来的山影像约齐了似的已经全部失踪，取而代之的则是崛起的幢幢楼影，摩肩接踵的高楼垄断了远处的天宇，也撞回了我们极目穷搜的目光。堂前欧阳修种植的柳树呢？如今新栽的杨柳虽然依依，但欧柳早已不知何处去，现在的柳树是欧公柳多少代的子孙后裔，也许只有植物遗传学家才能一探究竟了。

熟知扬州掌故的世玮回头对我说：“据南宋张邦基颇有文史价值的《墨庄漫录》记载，北宋末年有个叫薛嗣昌的官员贬官扬州，为一方之长即今日所谓的‘一把手’，他居然东施效颦，也在平山堂种了几株柳树，不仅自我标榜，阿谀奉承的下属们竟也称之为‘薛公柳’，不过，待他甫一离任，当地人就把它砍掉了！”

“这种利用权力为自己树碑立传的沽名钓誉之徒，古今比比皆是，何独薛嗣昌为然？乾隆写过近五万首诗，数量与现存的唐诗大体相当，但却没有一首能令人记诵。他六游扬州，于平山堂也作了一副对联，说什么‘诗意岂因今古异，山光长在有无中’，除了他当时的臣民称颂，今日有谁记得片言只字？实在是平庸而且可笑之极！”

世玮接过我的话头：“风雅也不是随便什么人都可以附的，尤其是乾隆之流的帝王和薛嗣昌之流的俗吏。清代福建福州人、江苏巡抚梁章钜和佚名的题平山堂的联语都说得好：‘高视两三州，何论二分月色；旷观八百载，难忘六一风流。’以及‘几堆江上画图山，繁华自昔。试看奢如大业，令人讪笑，令人悲凉，应有些逸兴雅怀，才领得廿四桥头，箫声月色；一派竹西歌吹路，传诵于今。必须才似庐陵，方可遨游，方可啸咏。切莫把秾花浊酒，便当作六一翁后，余韵流风。’”

我欣然赞同：“苏门四学士之一的秦观，在《望海潮·广陵怀古》一词中曾经写道：‘最好挥毫万字，一饮拚千钟！’他的老师苏轼是欧阳修的学生，他们师生都是情深意长，而欧阳修和苏轼咏平山堂的词作，真正是有情的联珠，无价的双璧啊！”

在平山堂心香顶礼，在刻有欧阳修和苏轼题咏平山堂词的手迹之石壁前瞻仰徘徊，我不禁默想冥思，悠然怀古：不仅对于苏轼，欧阳修对于王安石也是赞誉有加，早在知滁州时，他从弟子曾巩那里知道王安石的品学，王安石也早就听说过他对自己好评，欧阳修曾多次向朝廷推荐王安石可任馆阁及谏官之职，但被称为“拗相公”的王安石并不像现在的很多人那样，出于实用主义的目的而亟亟攀附权贵，而是迟至若干年后的嘉祐元年（1056）入京为群牧判官时，才去登门拜望，“喜士，为天下第一”的欧阳修不但不以为他姗姗其来迟，而且年长十四岁的他高兴得倒屣相迎，延之大庭广座之中，并作《赠王介甫》一诗：“翰林风月三千首，吏部文章二百年。老去自怜心尚在，后来谁与子争先？朱门歌舞争新态，绿绮尘埃试拂弦。常恨闻名不相识，相逢樽酒盍留连。”可谓赞誉有加，寄望甚殷。嘉祐四年（1059），王安石作有《明妃曲二首》，欧阳修喜而作《和王介甫明妃曲二首》，并自诩是自己最得意的作品。前辈如此推重后进，这是何等令今日的我们追怀的光风霁月的胸襟，大海长天的怀抱！欧阳修对苏轼就更是如此了，嘉祐二年，欧阳修主持礼部贡举，即全国的最高级别的主考官，他慧眼公心，选录了苏轼、苏辙兄弟及曾巩等人。考试策论的题目是《刑赏忠厚之至论》，苏轼之文最得欧阳修青睐，本来定为第一，但试卷糊名，欧阳修怀疑是自己的得意门生与同乡曾巩所作，为了避嫌而改为第二名。接着礼部复试，苏轼取为第一。三月仁宗殿试，苏家兄弟同科进士及第，仁宗回到后宫高兴地对皇后说：“我为子孙找到两个宰相之才了！”南宋杨万里在《诚斋诗话》中也曾记载欧阳修对苏轼十分赞赏，对人说苏轼“可谓善读书，善用书，他日文章必独步天下”，宋人朱弁《曲洧归闻》也记载欧阳修对儿子说及苏轼：“汝记吾言，三十年后，世上人更道不着我也。”诗人梅尧臣被辟为“参评官”（小试官），苏轼后曾作书致谢，梅尧臣转苏轼书给欧阳修看，欧阳修在给梅圣俞的信中说：“读轼书，不觉汗出。快哉！快哉！老夫当避路，放他出一头地也。可喜！可喜！”激赏之情，情溢乎词，然而，今天有多少志在“出人头地”者，知道这一成语的本义和它的来源呢？

歌德曾经说过：“我们欣然折服古人，而对后人却并不如此。”这一哲语如果方之苏轼与王安石，则只能说“此言差矣”。世上固多过河拆桥忘恩负义之辈，但苏轼对他的恩师欧阳修，却终生怀抱感戴之情。即使如王安石，虽然欧阳修后来并不全然认同他的变法主张，政见有异，但王安石在《祭欧阳文忠公文》中也仍然说：“如公器质之深厚，智识之高远，而辅学术之精微，故充于文章，见于议论，豪健俊伟，怪巧瑰琦。其积于中者，浩如江河之停蓄；其发于外者，烂如日星之光辉。其清音幽韵，凄如飘风急雨之骤至；其雄辞闳辩，快如轻车骏马之奔驰。”感情真挚，文采飞扬，这固然是对欧阳修文章的中肯的评论，何尝不也蕴含了王安石惜往念远之情？苏轼更是如此，他颂美欧阳修“论大道似韩愈，论事似陆贽，记事似司马迁，诗赋似李白”（《六一居士集叙》），这是全方位的论定。欧阳修正道直行，在受到恶俗之人宵小之徒“哗而攻之”时，苏轼挺身而出，与恩师共同抵挡风刀霜剑，并赞扬恩师“以救时行道为贤，以犯颜纳谏为忠”。以身垂范，苏轼自己的刚直不阿，大约也受到其师的莫大影响吧？嘉祐四年（1059），他途经湖北的夷陵（今宜昌），还专程拜访峡州太守朱庆基为欧阳修所筑的“至喜堂”，重温欧阳修在此地作的诗文。后来他从西南少数民族处购得织有梅尧臣《春雪》诗的蛮布弓衣，便赠给欧阳修，欧阳修恰有唐代名匠雷令所制的一张古琴，于是以此蛮布作琴囊，为传家之宝，并在《六一诗话》中特笔以记其事。而我眼前足迹所履的平山堂呢，苏轼更是念念不能忘情。元丰二年（1079）四月，苏轼从徐州调任湖州，途经维扬，太守陈升之设宴于平山堂。触景生情，不能自已，苏轼当筵作《西江月·平山堂》一词：

三过平山堂下，半生弹指声中，十年不见老仙翁。壁上龙蛇飞动。

欲吊文章太守，仍歌扬柳春风，休言万事转头空，未转头时皆梦。

苏轼于熙宁四年（1071）离京任杭州通判，熙宁七年（1074）由杭州赴密州任太守，加上此次由滁州去徐州，都专程来平山堂凭吊，此所谓“三过平山堂下”。当年去杭州时，苏轼还曾特地绕道颍州谒见已致仕的欧阳修，曾作《陪欧阳公宴西湖》一诗，有“谓公方壮须似雪，谓公已老光浮颊。朅来湖上饮美酒，醉后剧谈犹激烈”之句，不意次年欧阳修就遽尔逝世。师生永诀人天，至他今日再来已约十年，平山堂中的石壁之上，仍有恩师的手泽龙蛇飞动，平山堂下的甬道之旁，仍有恩师手植的杨柳迎风欲舞。千年之后的现在，不仅是欧阳修的手泽，我放眼壁上堂间，苏轼四十二岁时写的这首词不也是仍在飞动龙蛇吗？遥想当年，从泗州（今江苏盱眙）陪苏轼来扬州并同游平山堂的是他的友人张嘉文，苏轼晚年从海南贬谪归来，在给朋友的信中还曾询及嘉文的近况，而嘉文则曾向人报道过苏轼于平山堂作此词时的“现场目击”，见之于宋释惠洪的《石门文字禅》：“张嘉文谓予日：‘时红妆成轮，名士堵立，看其落笔置笔，目送万里，殆欲仙去耳。余衰退，得观此于右上座处，便觉烟雨孤鸿在目中矣。’”时越千年，我在堂中环顾左右，只有慕名而来的几个游客，比大明寺中的众多香客寥落多了，当年的盛况已渺矣不可复寻。然而，我仍不禁想入非非：如果时光真可以倒流，在时光隧道中，我真愿坐高速直通快车前去北宋，即使没有请柬，不做嘉宾做看客，不是也可以旁观他们的盛会，而且有幸像张嘉文一样，目击苏轼如何咳唾珠玉挥毫落纸如云烟吗？

我将自己的痴心梦想告诉世玮，他会心一笑，说：“不要说你了，欧阳修的平山堂，在苏轼真是中心藏之，何曰忘之啊！他在湖州任上被逮捕至京问罪，因所谓‘乌台诗案’而九死一生，之后贬谪黄州。谪居之中，沦落之际，他在《黄州快哉亭赠张偓佺》一词里，仍然再一次咏叹‘长记平山堂上，攲枕江南烟雨，杳杳没孤鸿。认得醉翁语，山色有无中！’”

“岂止如此呢，”我说，“元祐六年（1091）11月，苏轼出知颍州，此时，欧阳修昔日的预言早已应验了，苏轼早已接过欧阳修的班而成为一代文宗和文坛盟主了，民间都传扬着‘苏文熟，吃羊肉；苏文生，吃菜羹’的谣谚，他却专程重登恩师旧第，瞻仰恩师生前会客的‘会老堂’，对景怀人而百感交集。”

世玮插话说：“他还往游欧阳修喜爱的颍州西湖。同游的有颍州签判赵令畤、颍州教授陈师道，特别是还有欧阳修的两个儿子欧阳乐和欧阳辩。”

“是啊，他诗中说过‘赵陈两欧阳，同参王人师’。尤其是歌女唱起欧阳修于仁宗皇祐元年（1049）所写的咏西湖的《木兰花令》词，他不禁悲从中来次韵而和。”

“欧阳修一连写了十三首咏颍州西湖的《采桑子》，都是以‘西湖好’开篇。”世玮说，“他的《木兰花令》则是：‘西湖南北烟波阔，风里丝簧声韵咽。舞余裙带绿双垂，酒入香腮红一抹。　　杯深不觉琉璃滑，贪看六么花十八。明朝车马各西东，惆怅画桥风与月。’”

国士本来无双，然而却一时有两，而且他们竟有缘为生死以之的师生，平山堂也有幸蒙他们师生吟词作赋。是啊，人间的建筑怎能抵抗时间的风霜，只有不朽的杰作能够，而且只有不朽之作才能使已朽的建筑毁而复修，如王勃文之于滕王阁，崔颢诗之于黄鹤楼，范仲淹文与李白、杜甫诗之于岳阳楼。平山堂呢？它是一代大师的创造，多首杰构的温床，也是民族美德历史传承不会消亡的见证。

正当我追昔抚今浮想联翩之际，日已西沉，暮霭已生，大明寺的晚钟在风中不知说了一些什么。面对古往今来，平山堂下，我不禁高声吟诵起苏轼的《木花令·次欧公西湖韵》，时空邈远而一腔楚音啊，不知欧阳修听不听得见，苏轼听不听得清：

霜余已失长淮阔，空听潺潺清颍咽。佳人犹唱醉翁词，四十三年如电抹。

草头秋露流珠滑，三五盈盈还二八。与余同是识翁人，唯有西湖波底月！

卷起千堆雪

一

从云梦泽之南往云梦泽之北，车轮在铁轨上敲奏复敲奏，从武汉三镇至鄂东大地，车轮在公路上飞驰复飞驰，为的是送我去今日的黄冈昔日的黄州，赴九百年前即已订下的和一位杰出诗人的约会。

过樊口，至鄂州，沿江边的坡道拐一个弯，浩浩荡荡的大江终于奔入我们的视野，苍苍茫茫的渡口终于摊开在我们的脚下。岁末天阴，朔风凛冽，太阳躲在浓云里面不肯出来。烟雾迷蒙的对岸，就是我多年来心向往之的黄州了。临皋亭在黄州城南一里左右，位于宋代的渡江码头之旁。长江水淘尽了九百年的时光，那位自称为“东坡居士”的诗人，他还在江畔的临皋亭里等着我们这一群不速之客吗?

元丰三年也即公元1080年之初，苏轼因“乌台诗案”而被贬为“黄州团练副使”，始住城南之定慧院。五月下旬家属到达，承黄州太守徐君猷的照顾，全家移居临江的驿馆“临皋亭”。这一居停之所，本是一个送往迎来而年深月久的驿站，苏轼又是戴罪流放之人，其境况之差可想而知。然而，随遇而安的苏轼在此却一住四年，并著有一篇小品妙文《书临皋亭》以记其事：“东坡居士酒醉饭饱，倚于几上。白云左缭，清江右洄，重门洞下，林峦岔入。当是时，若有所思而无所思，以受万物之备，惭愧惭愧！”陪同我们的籍贯黄冈的湖北诗人谢克强说，时间已近千年，但现在的渡口却仍是宋代的渡口。这，叫我们怎能不盼望立即弃舟登岸，去敲叩临皋亭的门环呢？

渡船靠岸，我们便奔上江堤，左顾右眄，搜索临皋亭的身影，哪怕是它的一行青瓦，一角飞檐。然而，任你如何寻寻觅觅，只见江干已傲然立起一幢幢一片片的现代建筑，沿江的柏油大道上车如流水马如龙，汽车的喇叭声，宣告时间早已进入了现代。苏轼当年夜饮而归临皋，虽然家童熟睡而敲门不应，毕竟还有门可敲，而今，人已非而物亦不是，临皋亭的蓬门是不会为我们而再开的了。徘徊在大江之滨，长堤之上，猎猎的江风劲吹，吹去如烟往事千年时光，却吹不去我心头的惆怅和怀想。

宋代继“盛唐”之后号称“隆宋”，这个享年三百二十岁的朝代，虽然比汉代为短，却较唐代为长，它在经济与文化上取得的成就，在许多方面超越汉唐，即使置之当时的世界，也是属于最前列的文明先进的国家。然而，较之大汉与大唐，宋代一开始就处于内忧外患之中，其版图始终未能恢复唐代的旧观，来自北方与西方的威胁使人无法安枕，而长盛不衰的朋党之争与权奸当道，也使国家正气日丧，元气大伤。苏轼，就是这一时代大潮中的弄潮者，也是这一时代祭坛上的牺牲品。

苏轼的悲剧，是信仰的悲剧，也是性格的悲剧。接受了正统的儒家思想教育，在方正的父亲苏洵和母亲程氏的熏陶下，年方十岁的苏轼，就立志效法东汉三十三岁即被杀身的正直言吏范滂，继承他的“登车揽辔，慨然有澄清天下之志”。他在流传至今的较早词作《沁园春》中，就曾高歌“有笔头千字，胸中万卷；致君尧舜，此事何难”。苏轼是一个温和的革新派，他既反对王安石激进而任用非人的革新主张，也不同意全面废除新法的保守派，这个不随风趋时而耿介独立的性情中人，曾当面斥责大权在握的司马光为“司马牛”。从古至今，不同的政见之争常常发展为政治斗争，如果再加上巩固权位的个人私利与白衣秀士王伦的嫉贤妒能，那么，端方正直者的遭遇就不问可知了。

元丰二年，已经变质的新法人物御史台谏官李定、舒亶、何正臣三人沆瀣一气，在苏轼的诗文中断章取义，罗织罪名，最后，以“包藏祸心”“无人臣之节”等罪名，将在湖州太守任上的苏轼逮捕，押解至首都汴京而投入御史监狱。经办此案的御史台俗称“乌台”，因此又称“乌台诗案”。这是北宋第一宗也是最大的文字狱。从 8 月 18 日入狱到 12 月 28 日接到贬官黄州的通知，四个月中，他被提审十一次之多，而且照例严刑逼供，使文弱书生的他屈打成招。幸亏朝廷内外许多人士纷纷营救，加之宋神宗本人虽贵为帝王，却尚有爱才之心，苏轼本来难逃一死，最终被网开一面。他有一首咏物诗《塔前古松》云："凛然相对敢相欺？直干凌云未要奇。根到九泉无曲处，世间惟有蛰龙知。"宰相王珪竟然说："陛下飞龙在天，苏轼埋怨不被陛下知遇，所以求地下的蛰龙，这是大逆不道。"神宗驳斥说："文人诗句怎能这样推论？苏轼咏松和我有什么相干？"比起那些欲置苏轼于死地的群小，神宗还算是相当开明和大度的了。

苏轼被阳间的牛头马面们强行押往鬼门关，差一点去而不返，死里逃生之后，他自然饶多感慨。临皋亭虽然不可复睹，但他写于此地的惊魂未定的诗篇，却让我们实地重温。同游的都是当代的诗论家，对苏轼的诗文十分熟悉，何况是斯时斯地？丁国成率先而言说：

"苏轼有许多写中秋明月的作品。'明月几时有？把酒问青天。'1076年他写于山东密州知州任上的《水调歌头》，雄健豪迈而飘逸空灵，而副题为'黄州中秋'的《西江月》，在历尽劫波之后，就不免音调悲凉了。"他环顾江流，思接千载地低吟起来："世事一场大梦，人生几度秋凉。夜来风叶已鸣廊，看取眉头鬓上。　　酒贱常愁客少，月明多被云妨。中秋谁与共孤光？把盏凄然北望。"

一词末了，张同吾慨然说道："'酒贱常愁客少'恐怕是一语双关，意有别指。他先坐牢，后贬官，是流放的犯人，许多人避之唯恐不及。或是非常时期，或是大起大落，对世态炎凉、人情冷暖才会有深切体会。苏轼在写于黄州的诗中，不就是说‘我穷旧交绝’‘故人不复通问讯’，在给友人的信中，不是也说‘平生亲友，无一字见寄，有书与之，亦不答’吗？”

“那些与之而不答的书信手迹，如果保存到今天，那真是无价之宝。”朱先树也感慨系之，“《西江月·黄州中秋》可以断定写于临皋亭，但他初到黄州，早就写过同样情味的词了，那就是《卜算子·黄州定慧院寓居作》，孤寂幽愤，可见文字狱对人才和才人的摧残！”

文人最赏心快意之事，就是有知己或知音欣赏自己的作品。初谒黄州，驻足江干，岂可不对苏轼表示敬意，并谬托知己？于是我未等朱先树再有下文，便捷口先开，忘形尔汝地朗吟起来：“缺月挂疏桐，漏断人初静。时见幽人独往来，缥缈孤鸿影。　　惊起却回头，有恨无人省。拣尽寒枝不肯栖，寂寞沙洲冷。”

二

苏轼词中幽人化身的孤鸿，是象征也系实指，它“拣尽寒枝不肯栖”，而天色向晚，我们得先行安顿栖息之地，晚上要夜游“东坡”，明晨要朝拜赤壁，于是，我们便驱车前往赤壁宾馆。这是黄州的星级宾馆，也是现代的驿站，坐落在赤壁的后山之上，虽说不上如何美轮美奂，但比起苏轼当年所居的临皋亭，想必已经强出许多了。“小屋如渔舟，蒙蒙云水里。空庖煮寒菜，破灶烧湿苇”，他在《寒食雨》一诗中，记叙的就是寓居临皋亭的穷愁潦倒的情景。如果他千年后有兴而且有幸旧地重来，当会受到黄冈人隆重而盛大的欢迎，至少该不会要他亲自去服务台交验身份证办理种种入住手续吧？

苏轼于1080年2月被贬黄州，1084年4月调离黄州赴河南汝州（临汝）任团练副使，在黄州谪居四年。黄州之贬，是他一生贬谪的起点，也是他一生创作的高峰，如散文大品前后《赤壁赋》，词中极品《念奴娇·大江东去》，散文小品名篇《记承天寺夜游》，就是这一时期也是他整个创作生涯的代表作。此外，这一时期不论诗而仅论词，也有八十首左右，如同名贵而不朽的水果，历时千年而新鲜饱满，似乎才从他的生命之树上摘落，今日的读者品之仍然会齿颊生香。而百般陷害他的小人们留下了什么呢？也许他们享尽了世俗的富贵荣华，然而却早已灰飞烟灭，留下来的只是永远不会也不能平反的恶名与骂名，而苏轼的美名与诗名却永不生锈。他赠给我们以文的珍宝，诗的珠玑，词的璧玉，仅仅只是捧读那些作于黄州的词，风格多样，异彩纷呈，就足以使我们如同赴一场难得的精神的盛宴。

苏轼在黄州始有“东坡”之名，“苏东坡”也因而名垂千古，这大约是那些宵小之徒所始料不及的吧？初到黄州，苏轼生活困顿，黄州府通判马正卿是他的故人，从州府要来已经荒芜的五十亩军营旧地给他耕种。营地位于黄州东坡，而当年白居易贬谪四川忠州时，也曾在其地的东坡种植花木，并写了不少如《步东坡》《别东坡花树》之类的闲适之诗。仰慕白居易的苏轼，因之自号“东坡居士”。古代真正亲自躬耕陇亩的名诗人，除了在他六百年之前的陶渊明，大约就数他了。在东坡，他亲自劳作，清除瓦砾，开辟草莱，除了稻麦还种了许多果树，并在荒废的屋基上建起五间房屋，因是在大雪纷飞之日落成，故名“雪堂”。于雪堂的墙壁上，他曾大书四句箴言：“出舆入辇，蹶痿之机。洞房清宫，寒热之媒。皓齿蛾眉，伐性之斧。甘脆肥浓，腐肠之药。”这，大约是他身处下层亲力躬耕之后，对红尘世俗的富贵生活的厌倦与警惕吧？虽然劳其筋骨，苦其心志，有如涸辙之鲋的他，其精神却如鹏鸟抟摇而直上九万里，在诗歌的长天振羽而飞。

苏轼死后约七十年，陆游在宋孝宗乾道六年（1170）来参拜东坡和雪堂，堂上还挂有苏轼的绘像，我们九百年后再来，东坡与雪堂还安然无恙吗？

匆匆晚餐之后，热心的谢克强便带我们穿街入巷，去夜游黄州与东坡。当时的黄冈市虽然初具城市的规模，人口十万人，几条柏油马路南北交错，也有霓虹灯在炫耀现代文明，但不到半小时，我们就由城南逛到了城北，当年的人烟稀少荒僻冷落可想而知，而走在冷僻的青石铺就的深巷里，我真怀疑脚下还会响起九百年前的回声。克强颇以苏东坡曾作客他的家乡为荣，一路指指点点，汩汩滔滔，如果他的手指真是一根童话中的魔杖，凭他的热心再加上法力，九百多年前的故事当会一一醒来。而实地来游，令我惊异的是，苏轼的生活艰难困苦，精神也难免郁郁寡欢，但他此时却偏偏才华焕发，且不论诗文，词作也愈益飞光耀彩——

“莫听穿林打叶声，何妨吟啸且徐行。竹杖芒鞋轻胜马，谁怕？一蓑烟雨任平生。　　料峭春风吹酒醒，微冷。山头斜照却相迎。回首向来萧瑟处，归去。也无风雨也无晴。”（《定风波》）写的是自然景象，寄寓的却是人生哲理，其生于纸上的潇洒旷达之风，至今仍在向读者迎面吹来。

“山下兰芽短浸溪，松间沙路净无泥，萧萧暮雨子规啼。　　谁道人生无再少？门前流水尚能西。休将白发唱黄鸡。”（《浣溪沙》）这首词，是往游邻近的浠水县蕲水清泉寺而作，青春奋发，乐观自强，是苏轼旷达词风的变奏。人杰地灵，九百年后，浠水向中国诗坛推出了一位闻一多，该不是偶然的吧？

“照野弥弥浅浪，横空暧暧微霄。障泥未解玉骢骄，我欲醉眠芳草。　　可惜一溪明月，莫教踏破琼瑶。解鞍攲枕绿杨桥，杜宇一声春晓。”（《西江月》）这首词也是写于蕲水，应是上一首词的姐妹篇，烂漫天真别有一番情韵。苏轼当年一夜醒来，“书此词桥柱”。现在蕲水还有地名曰“绿杨桥”，我们如果前去寻访，苏轼的手迹还凤舞龙飞在桥柱上吗？

“柳庭风静人眠昼，昼眠人静风庭柳。香汗薄衫凉，凉衫薄汗香。　　手红冰腕藕，藕腕冰红手。郎笑藕丝长，长丝藕笑郎。”（《菩萨蛮——回文夏闺怨》）苏轼写过一些回文诗词，在黄州的艰难时日，他竟然还有逸致闲情作了十首回文词。如同武林的顶尖级高手，他在限制极严的局天蹙地之内，显示了他腾挪跌宕纵横如意的盖世功夫。

“与客携壶上翠微，江涵秋影雁初飞。尘世难逢开口笑。年少。菊花须插满头归。　　酩酊但酬佳节了。云峤。登临不用怨斜晖。古往今来谁不老？多少。牛山何必更沾衣。”（《定风波·重阳括杜牧之诗》）唐代诗人杜牧任黄州太守时，曾作七律《九日齐安登高》：“江涵秋影雁初飞，与客携壶上翠微。尘世难逢开口笑，菊花须插满头归。但将酩酊酬佳节，不用登临叹落晖。古往今来只如此，牛山何必泪沾衣。”苏轼一时兴起，将诗隐括为词。“隐括”，指依据某种文体特有的内容与词句，改写成另一种体裁的手法，作为语言艺术中一种可入“吉尼斯世界纪录”的特技，就是始于富有才情与创造精神的苏轼。苏轼于此道初试身手也正在黄州，除上述之作外，他还将韩愈的《听颖师弹琴》诗隐括为《水调歌头》，把陶渊明的《归去来辞》隐括为《哨遍》。其后，黄山谷、周邦彦、辛弃疾等人都曾去东坡的雪堂取经，作隐括之词。流风余韵不绝，南宋词人林正大，《全宋词》收录其作四十一首，隐括而成的作品就有三十九首之多，如对范仲淹的名作《岳阳楼记》，他也敢于缩龙成寸，作了一首《括水调歌》，可称长于隐括的专业户。苏轼如果知道有这种专心致志而近于痴的学生，会不会抚髯一笑？

在黄州古老的深巷现代的长街，在长街深巷似有若无的明灭烛光和历历在目的万家灯火里，苏轼写于黄州的词一一飞上我的心头。神思恍惚之间，我仍然听清了同行者的高谈阔论，也是三句不离东坡。从城北折向城东，马路的坡度越来越高，行至一个岔路口，左边的高坡上是黄冈地区师范专科学校，右边较低的开阔地，则是体育馆、大操场和一些机关与居民的房舍。克强喜滋滋地告诉我们，这一带就是大名鼎鼎的东坡了。

灯火微茫，四周深黑，我们举目环望，岂但宋代已相隔千年，无可把捉，连眼前的东坡我们都看不分明。克强说："如今的东坡早已面目全非了，工厂学校机关商店各占一隅。当年基建时，黄土卵石层尚有数米之厚，苏轼当年躬耕陇亩，是多么艰辛呵！"

触景生情，对斯地而怀斯人，先树也不免古今联想："当代名诗人郭小川，由湖北咸宁的五七干校而天津静海区团泊洼干校，写了《团泊洼的秋天》一诗，百感交集。'夜饮东坡醒复醉，归来仿佛三更。家童鼻息已雷鸣，敲门都不应，倚杖听江声。　　长恨此身非我有，何时忘却营营？夜阑风静縠纹平。小舟从此逝，江海寄余生！'苏轼写于元丰五年九月的《临江仙》，记叙的是他在东坡雪堂夜饮后返回临皋亭的情景，超旷之中，不是也可以窥见时代的重压和正道直行者的命运吗？"

九百年前，苏东坡在一个不眠的月夜出游，后来写了《记承天寺夜游》这一千古名篇。我们前来夜游东坡时，又已是九百年后。《记承天寺夜游》流传千古，而且还将千古流传，但是，当代的我们究竟有什么作品能传于后世？而九百年后，是谁，又会来夜游我们夜游过的东坡呢？

三

如同参观一场展览会最精彩的部分，观赏一场演出最主要的节目，第二天早晨，我们像一群已经迟到许久的入场者，匆匆赶往早已心驰神往的赤壁，而太阳也终于破云而出，用它金色的手指拉开了一天的序幕。

年轻时读苏东坡的前后《赤壁赋》，恨不得追随左右，与他同游，而且还不免痴心妄想：他乘坐过的那一叶击空明兮溯流光的轻舟，满载千年岁月，现在该还停泊在赤壁之下吧？吟诵他的《念奴娇·赤壁怀古》，虽然自己只是一介书生，但陡然也有一股英雄之气与哲人之情勃勃于胸臆之间。数十年过去了，昔日的纸上卧游，今朝竟成为实地览胜，长年的期待即将实现的兴奋之情，似乎使自己返老还童。恍兮惚兮回到了遗失已久的少年。

在以柔为美以媚为宗的词的王国里，苏东坡是一位勇于创新的革新家。在他之前的词，天地有限，多咏男女柔情，风格单一，几乎是婉约的一统天下。苏东坡不仅以一支纵横捭阖的健笔，开疆拓土，扩大了词的表现领域，而且为花娇柳媚的词坛，吹来一股前所未有的豪放刚劲的雄风。由他所奠基的“豪放词”，到南宋时由李纲、岳飞、陆游、辛弃疾、张孝祥、刘过、陈亮等人发扬光大，终于与“婉约词”二水分流而双峰对峙。宋词的国土虽然气象万千，但飘扬于其上最引人瞩目的，毕竟是“婉约”与“豪放”两面旗帜。苏东坡豪放词的代表作，一是《江城子·密州出猎》：

老夫聊发少年狂，左牵黄，右擎苍。锦帽貂裘，千骑卷平冈。为报倾城随太守，亲射虎，看孙郎。

酒酣胸胆尚开张，鬓微霜，又何妨。持节云中，何日遣冯唐？会挽雕弓如满月，西北望，射天狼！

宋神宗熙宁八年，苏东坡在山东任密州知州，时年四十岁。“狂”者，豪气也，豪情也，越出常度也，沛然恣肆的豪情如烈风如巨浪，呼啸澎湃于全词的字里行间，一直激荡传扬于后世。清代学者王国维说“一事能狂便少年”，而当代诗人郭小川也有“原无野老泪，常有少年狂。一颗心似火，三寸笔如枪。流言真笑料，豪气自文章。何时还北国，把酒论长江”的豪语。从中国诗歌发展史的角度追波讨源，他们不正是继承了苏东坡的流风余韵吗？而另一首代表作，则是名气更在《江城子·密州出猎》之上的《念奴娇·赤壁怀古》：

大江东去，浪淘尽、千古风流人物。故垒西边，人道是，三国周郎赤壁。乱石穿空，惊涛拍岸，卷起千堆雪。江山如画，一时多少豪杰！

遥想公瑾当年，小乔初嫁了，雄姿英发。羽扇纶巾，谈笑间、樯橹灰飞烟灭。故国神游，多情应笑我、早生华发。人间如梦，一樽还酹江月。

写了前一首词后，苏东坡致书鲜于子骏，言下颇为得意：“近却颇作小词，虽无柳七郎风味，亦自是一家。呵呵。数日前猎于郊外，所获颇多。作得一阕，令东州壮士抵掌顿足而歌之，吹笛击鼓以为节，颇壮观也。”千载而下，那种“壮观”且“壮听”的场面，可惜我们已不得而观不得而听了，只是在吟诵之际，唱叹之余，仍然有一股豪情狂气奔骤心头。而《赤壁怀古》一词呢？据宋人俞文豹《吹剑续录》记载，苏东坡在翰林院时，曾问一位幕士他与柳永之词有何不同，幕士回答说柳词只好十七八女孩儿，执红牙板，唱“杨柳岸，晓风残月”，而学士之词则必须由关西大汉执铁绰板，唱“大江东去”。此词的主旨，有人说是通过歌颂古代英雄人物，表现苏东坡在积贫积弱的国势下，有志报国而壮怀难酬的感慨，有人则不以为然，认为苏东坡在大难不死之后写作此词，主要是感慨人生，表现自然永恒而勋业易逝。而今日我们联袂前来，把酒临江，凭虚望远，将又是一番怎样的感悟与感慨？

苏东坡所咏的赤壁故地，现在已辟为“赤壁公园”。我们从大门进去，穿过正在大兴土木的宽阔庭院，沿山侧拾级而上。山坡与山顶尽是亭台楼阁，有的是后人为纪念苏东坡而建，有的则是苏东坡在时即有其楼，如他多次歌咏过的“涵辉楼”与“栖霞楼”，其中的“栖霞楼”是赤壁的最高建筑，苏东坡在《水龙吟》中就说过“小舟横绝春江，卧看翠壁红楼起”。不过，人去楼空，人去楼也非，九百年的时间风沙吹刮，九百年的刀兵水火相侵，苏东坡当年登临过的所有楼阁都已经荡然无存了，现在的均为重建。你到哪一处危栏能寻到他栏杆拍遍的手纹？你到哪一座高楼能看到他负手朗吟的身影？还是赶快奔赴江边吧，让我一偿多年的夙愿，面对穿空或崩云的乱石，耳听拍岸或裂岸的惊涛，放声吟诵他的壮词。我们早知道三国鏖兵的赤壁，是在湖北蒲圻市的长江之边，人称“武赤壁”，苏轼诗文所咏的黄冈赤壁，是他诉之想象让读者疑幻疑真的“文赤壁”。但是，当我们沿山道而下，来到低处的赤壁矶头，仍不禁大失所望。

黄州城外的赤壁，实际上只是一座高数百尺的红沙赤石的小山，山既不高，更不险峻，无论如何也想象不出它有什么“穿空”或“崩云”的气势与景象。陆游在《入蜀记》中，早就说过赤壁只是江边一座茅岭土山而已，“赤壁矶，亦茅冈耳，略无草木”。南宋诗人范成大《吴船录》也记载说：“庚寅，发三江口；辰时，过赤壁，泊黄州临皋亭下。赤壁，小赤土山也，未见所谓‘乱石穿空’及蒙茸巉岩之境。东坡词赋微夸焉。”可见诗人所见略同。不过，当年大江西来，确实曾在赤壁之下做匆匆过客，大江无风尚且浪涛自涌，何况江涛与崖壁争论不休而互不相让，性情暴烈的大江就难免波唇浪舌，唾沫横飞，甚至蒙头撞去而不惜粉身碎骨。苏东坡说“惊涛拍岸，卷起千堆雪”，虽然不免夸张，但却是自己胸中豪情的喷发。赤壁也许会说：“夸张与想象是诗人的特权，如果不扫空平庸，力求奇创，怎么会有杰出的文学作品？如果不是苏公的彩毫健笔，我怎会声动四方，名传千古？”赤壁如果会为自己和苏东坡申辩，它之所言当然有理。不过，我当下深为感慨的，恐怕主要还是沧海桑田，江山几乎不可复识，人生短暂而艺术千秋吧？

伫立于赤壁矶头，站在苏东坡曾经登临的高处俯视和远眺，你会痛感人生之短促与世事之沧桑。拍岸的涛声不知何时早已隐退而交还给了历史，卷起千堆雪的壮观，也早已只能从苏轼的词中去追寻了。赤壁之下，只剩下波澜不起的两汪绿水，好像贝壳；二三玩具一样的游艇荡桨其间，如同儿戏。那两汪绿水，怎么能回忆起八百年前它的祖先惊涛拍岸的激情与盛况？那游艇二三，怎么可以梦想谈笑间樯橹灰飞烟灭的胜概与豪情？长江啊长江，早已不知从何年何月起就退潮改道了，赤壁矶下，原应是浪涌波翻的江面，现在已是一片陆地，在残存的两汪绿水之前，是一条飞驰而过的公路，公路之前则是一大片居民住宅区，住宅区之前则是防波坡和防洪林，防洪林之前才是离此远行掉头不顾的江水。

国成说："苏东坡在《记赤壁》一文中，也曾说'断岸壁立，江水深碧'，但现在不管赤壁如何呼喊，惊涛在数千米外的远方也充耳不闻，它大约永远也不会前来拍岸了。"

"岂止是江水退潮，"我说，"较之《江城子·密州出猎》，苏东坡这首写赤壁的词虽然豪壮，但也已退潮了。"

"此话怎讲？"先树与同吾几乎同时有疑而问。

"《江城子·密州出猎》词中的抒情主人公，就是诗人自己，抒情主人公的形象与诗人的自我形象合二为一，以天下为己任的报国豪情，激荡于字里行间，有强烈的当下现实感与个人责任感。《赤壁怀古》虽然与此词并称双璧，但词的抒情主人公却是周瑜，诗人的自我形象已退居幕后，历史感虽强，责任感已经消退。我们今日虽然可以理解和同情，但他剩下的毕竟只是'早生华发，人间如梦'的深长喟叹！"

国成对我褒贬苏词，似乎有些不满，他说："苏东坡虽然'用之则行'，但绝不'舍之则藏'。他始终是一位耿介刚直不随风趋时的性情中人，也是一位积极入世希冀对社会有所报效的仁人志士。"

"就词论词，苏东坡此词当然仍堪称'绝唱'，其知名度与影响力超过《江城子·密州出猎》。如果知人论世，苏东坡赤壁词是他豪放词的晚潮，他以后的词创作不复再有此等壮词出现，那就不得不归咎于他所处的那个时代了。这，真使人有时不免古今同慨！"我说。

近九百年过去了。哲人已逝啊，诗卷长存；人生短促啊，艺术永恒。在苏东坡的黄州，在黄州的赤壁，在赤壁原来下临大江的矶头，我们指点江山而纵言高论，并放声吟诵苏东坡不朽的词章，其声也飞扬激越，其音也悲壮苍凉。极目远眺阳光照耀下的东去大江虽已远走，但似乎也不免怦然心动，在拐弯处猛地回眸，远远抛来浮光跃金，隐隐送来江声浩荡！

生死两西湖

芸芸众生赞颂世间绝美的事物，往往美之曰“只可有一，不可有二”，诗如崔颢之《黄鹤楼》，景如杭州的西湖。天下以“西湖”命名之湖虽有三十六个之多，然而杭州西湖可谓领袖群伦，即使同时也别名为西湖的北京西北郊颐和园内之昆明湖，山东济南市内之大明湖，也不免要逊让三分。但也不尽然，古籍中早就有“大中国西湖三十六，惟惠州足并杭州”之说，而南宋诗人杨万里来游惠州，在《游丰湖》中也说“三处西湖一色秋，钱塘颍水与罗浮”。苏轼曾知颍州（今安徽阜阳），颍州西湖虽然秀色可餐，但后来却未能脱颖而出，名动全国，而广东省惠州市的西湖呢，看来是早就与杭州西湖一较风光与人文之胜而二美并具的了。

论面积，惠州城西北之西湖南北纵长六公里，东西横宽四公里，由丰湖、鳄湖、平湖、菱湖与南湖五湖结盟而成，水面约为二十四平方公里，有比杭州西湖更慷慨的水影波光；说名山，杭州西湖中有“梅妻鹤子”林和靖的孤山，无独有偶，惠州西湖有山也以孤山为名；谈堤岸，杭州西湖有苏堤，惠州西湖中有一段长堤也冠以苏姓；赏古塔，杭州西湖有雷峰夕照，惠州西湖有泗洲朝日；按地理，杭州西湖可近听钱塘江潮与东海海浪，惠州西湖也可近闻东江波涌和南海涛声；评风情与格调，它们都是西子美人，风华绝代。清代康熙时惠州知府王瑛别具慧眼，他说："杭湖吴宫之西子也，惠湖苎萝之西子也。"言之不足，雍正初年惠州知府吴骞继之以诗："西湖西子比相当，浓抹杭州惠淡妆。惠是苎萝村里质，杭教歌舞媚君王。"杭州，是中国八大古都之一,五代十国时期钱镠称王时建都于此，偏安的南宋称之为临安。杭州西湖确实曾是帝王将相歌舞升平之地，才子佳人流连风月之场，而惠州西湖因为僻处南方之南，蓬鬓荆钗，自然仍葆有一分质朴清幽的风韵。不过，惠州西湖与杭州西湖之并称天下，除了种种近似的自然景观之外，更是因为它们共有一个与湖山同在的重要人文景观：杭州西湖因苏轼两次莅临多回咏唱而芳名远播，而惠州西湖"标名亦自东坡公"，前人之述已经指出湖以人传了。苏轼前后任杭州通判与太守，分别均为三年，以戴罪之身远谪惠州也历时三载；更为引人回首与回味的是，苏轼的爱妾，以今日的语言是爱人或夫人朝云，她生于杭州西湖，竟然卒于惠州西湖。生死两西湖，这是千万中难逢其一的巧合，还是冥冥中难以预测的天意？

杭州西湖，我是去游访过许多回的了，苏轼曾经流放过的湖北黄州与海南岛的儋州，我也曾经前去凭吊。"问汝平生功业，黄州惠州儋州"，他晚年在《自题金山画像》中特意标举的惠州呢？安葬过他心中的美神朝云的惠州西湖呢？我却迟迟无缘一访。直至两年前的一个夏日，任教台湾佛光大学文学院的友人黄维梁君暑假归来，邀适逢南游的我偕行作惠州之游，朝阳初上时我们从深圳驱车出发，才得一偿多年的夙愿。

唐宋时期，惠州一带当然还是南蛮之区、瘴疠之地、流人之乡，远在中原的文明之外。唐代的韩愈因谏迎佛骨而被贬往离惠州不远的潮州，他在《左迁至蓝关示侄孙湘》诗中就曾望潮兴叹："知汝远来应有意，好收吾骨瘴江边。"他是把贬谪之地当成鬼门关了。惠州何尝不是如此？元祐八年（1093）九月，否定变法新政而垂帘听政长达八年之久的太皇太后高氏病逝，心胸褊狭沉湎酒色的宋哲宗终于上台亲政。他以久受压抑的报复心理全面恢复神宗新法，他所重用的宰相章惇原是苏轼的老友，但此人本来生性刚愎刻薄，何况在政治斗争中没有永远的敌人，也没有永远的朋友，更何况卷土重来的新党人物已经毫无王安石忧时拯世的革新精神，只有为巩固权位而对持不同政见者的无情打击，因此苏轼被列入他们痛下杀手的黑名单，他虽是哲宗亲政前有多年经筵之旧的老师，但此时师生之谊也荡然无存。政局重新洗牌，苏轼马上被逐出权力中心，当年即以端明殿学士兼翰林侍读学士、礼部尚书的身份出知定州（今河北定县）；次年即绍圣元年（1094）四月，被取消双学士称号、礼部尚书名义以及定州知州职务，以左朝奉郎身份任英州（今广东英德）知州，降为正六品上；不久，又被降为左丞议郎知英州，正六品下；随后第三道诏令下达："诏苏轼合叙复日不得与叙。"即不得平反与升迁；苏轼刚走到安徽当涂，第四道诏令接踵而至：撤销左丞议郎身份，由英州知州降为宁远军（今广西容县）节度副使，惠州安置，不得签书公事。昔居庙堂之高，今处江湖之远，职位一降再降，贬所越贬越远，苏轼当日被仁宗许为宰相之才，现在实际上已是一名毫无权力而被管制的罪人，如同绩优股被贬为垃圾股。宋代开国皇帝赵匡胤立有“不得杀士大夫，及上书言事人”的铁训，所以贬谪岭南就是当时从快从重的最严酷的刑罚，而苏轼不幸竟成了远谪南荒的第一人。惠州其时乃弹丸之地、蛮荒之乡，苏轼在给弟弟子由的信中，就曾记叙“惠州市井寥落，然犹日杀一羊”，他不敢与在职的官员争买，只能购其脊骨，“终日抉剔，得铢两于肯綮之间，意甚喜之，如食蟹螯”，如此如此，其他可想而知。然而，时近千年之后当我们驱车来时，蕞尔荒城已然成了通都大邑，如同山野蓬门已然发达为富贵之家，只见城内马路四通八达，高楼摩肩接踵，各种品牌与型号的时尚汽车如过江之鲫，而包括川菜在内的餐馆酒楼的各色店招，更是都市中不会缺席的亮丽风景。如果苏轼能够旧地重来，他就可以告别那寒碜的“羊脊”，众多美味包括家乡餐饮足可以让他这位美食家大快朵颐的了。

平日我到任何一个城市，不论大小，总要去书店观光淘书，像潜水员去探寻水底的珍宝一样。人到惠州，当然更要去寻觅东坡先生的书香遗韵。在颇具规模又相当雅致的新华书店里，竟然发现自己的诗文化散文集《唐诗之旅》《宋词之旅》和《绝唱千秋——绝句文化大散文》均赫然陈列于书架。我写苏轼的《卷起千堆雪》《兹游奇绝壮平生》等文正是收录于其中。维梁笑着说，如果东坡先生还住在下榻的合江楼或后建成的白鹤峰新居，你就可以进呈你的著作，请先生指教批点啊！我说，果能如此，那真是三生有幸，可惜异代而不同时，何况我们来去匆匆，现在得赶紧去西湖寻觅他和朝云的遗踪以不虚此行。

红日当中。一进惠州西湖的东大门，一道近连平湖、遥接孤山的长堤，将“平湖”与“丰湖”的水色波光平分两岸，然后像一位殷勤的导游引领我们沿堤曲折前行。这就是“苏堤”了，是当年苏轼以其弟妇史夫人奉赠之金，助孤山栖禅寺僧希固所筑。时当盛夏，杨柳水湄摇绿，榕树道侧垂荫，相思树吐出一派金黄，木棉树则在万绿丛中千黄阵里挥霍它熊熊的火焰。湖湖相连的五湖呢，无一例外地贮满的是碧绿与深蓝，而孤山则在长堤的尽头将我们召唤。小坐湖边，对景怀人，我们不禁神魂飞越，想起东坡与朝云来此之前的诸多往事——

宋神宗熙宁四年（1071），由于神宗与王安石厉行新法，苏轼外放为杭州通判，相当于杭州市副市长，到任后分管刑狱审判，等于兼任市法院院长。在杭州除了许多为市民造福的善政，他个人还有两大收获：一是写了不少与湖山并美的诗文，二是得到了与湖山并秀的朝云。朝云是杭州钱塘人，不知家世与姓名，由于家道败落而沦为歌姬，苏轼在一次宴会上认识她时，年方十二。朝云蕙质兰心，能歌善舞，又擅琵琶等乐器，并早知苏轼的文名，属于“粉丝”之列。也该是命里有缘，三十八岁的苏轼竟然对这位小小的美眉十分怜惜，为她从官籍赎身作为家中侍女。苏轼的原配夫人王弗早逝，后来的夫人王闰之是王弗的堂妹，对朝云也颇为慈爱。苏轼让她从夫人之姓，至于取名朝云字子霞，大约是因为年轻时出川舟经三峡，对神女峰留下了美好的印象之故。“水光潋滟晴方好，山色空蒙雨亦奇”，据说苏轼那首有名的《饮湖上，初晴后雨二首》其二，就是在邂逅朝云的宴会上写的，其中也有朝云的鬓影钗光。如果此说查无实据，那首《减字木兰花·赠小鬟琵琶》当是咏朝云无疑：

琵琶绝艺，年纪都来十一二。拨弄么弦，未解将心指下传。

主人嗔小，欲向东风先醉倒。已属君家，且更从容等待他。

由杭州而密州，由密州而徐州，由徐州而湖州，由乌台诗案而逮京治罪而贬谪黄州，其间苏轼为朝云写了哪些作品已经难以确考，但从不少诗词中似乎都可以隐约看到朝云的身影。“苏门四学士”之一而且是苏轼最喜爱的学生秦观，曾奉师命以一阕《南歌子》为朝云写真：“霭霭凝春态，溶溶媚晓光。何其容易下巫阳？只恐使君前世是襄王。　　暂为清歌驻，还因暮雨忙。瞥然归去断人肠。空使兰台公子赋《高唐》。”这首词大约作于元祐六年（1091），苏轼先从杭州太守任上被召入京任翰林学士、知制诰兼侍读，随后出知颍州，而秦观此时也升任秘书省正字，“兰台”系秘书省的别称，故词中他以“使君”称东坡，以“兰台公子”自况。苏轼兴高采烈之余，以同一词牌作词相和：

云鬓裁新绿，霞衣曳晓红。待歌凝立翠筵中，一朵彩云何事下巫峰？

趁拍鸾飞镜，回身燕漾空。莫翻红袖过帘栊，怕被杨花勾引嫁东风。

苏轼对朝云的钟爱怜惜，洋溢于字里行间。回想当年贬谪黄州，已经长大的朝云在闰之夫人的操持下和苏轼完婚，由侍女变为侍妾——宋代的规定合于礼数而不近人情，给侍妾以夫人的名分将受到严究。朝云为苏轼生下一子，取名“苏遁”，意为他日遁迹宦海官场，小名“干儿”，意为做一个脚踏实地的干事的人。小孩眉眼酷似东坡，天资颖异，平日玩耍时常常喜欢抓书，为纪念他们爱情的结晶，苏轼作《洗儿》诗：“人皆养子望聪明，我被聪明误一生。惟愿孩儿愚且鲁，无灾无难到公卿。”奈何天地不仁，还不到一岁，遁儿就在播迁的溽暑途中夭亡于南京。苏轼固然痛彻心田，朝云更是肝肠寸断，“母哭不可闻，欲与汝俱亡”，东坡曾如此描述记录现场的情景。十年后他在汴京和秦观之词，多情而不滥情的苏轼对朝云怎能不更加情切切而意绵绵呢?

潮起潮落，载沉载浮。在作上述之词后不久，苏轼即远贬惠州，境况比黄州之贬更为艰难险恶。政治上被宣判为“奸党”，用今日的语言即是“政治犯”；诗文著作被列为“禁书”，今日称之为“封杀”。贬所虽不及以后被贬之地的儋州，但也远在黄州之南。从河北定州南行四五千里，而且朝廷三令五申不在赦免起复之列，必欲置之死地而后快。此时东坡已年近六十，体弱多病，夫人前此已经病故，他于危难中遣散家人和侍妾。苏轼的老师欧阳修《玉楼春》有句说“青春才子有新词，红粉佳人重劝酒”，苏轼仍然是才子但已不再青春，而且前途莫测，朝云正当三十二岁的盛年而且仍然是佳人，来日可谓方长。但唯有她坚不肯离去，脸含“薄怒”地对苏轼（她对东坡当面尊称“大人”，背后则敬称“大学士”）说：“我跟随您倒茶端水还不行吗?”朝云啊，真是东坡先生患难与共的红颜知己！据宋人费衮《梁溪漫志》记载：“东坡一日退朝，食罢，扪腹徐行，顾谓侍儿曰：‘汝辈且道，是中有何物?’”一人答是“文章”，一人答是“识见”，只有朝云“乃曰：‘学士一肚皮不合时宜!’”坡捧腹大笑，引朝云为红颜知己。“不合时宜”的苏轼此时穷途末路，但朝云却毅然决然跟随他，不是享富贵而是共患难，难怪朝云死后，苏轼不仅作诗为文而且据说还以楹联痛悼：“不合时宜，惟有朝云能识我；独弹古调，每逢暮雨倍思卿。”

我们从苏堤前行，经苏轼助修的“西新桥”，过三岔路口的

“鸳鸯亭”，往左拐直去孤山，那里有新建的“苏东坡纪念馆”和我们萦心已久的朝云墓。朝云随苏轼南来不到两年，即因染瘴疠之疾而一病不起，芳龄不足三十四岁，苏轼将她葬于孤山南麓的泗洲塔前栖禅寺之侧。行经孤山亭廊之右，一亭翼然便在绿树丛中碰亮了我们的眼睛，那便是久闻其名的“六如亭”了。那是一座绿琉璃顶红色立柱的四方小亭，原为栖禅寺僧人所建，亭柱上的联语是清末陈维所撰：“从南海来时，经卷药炉，百尺江楼飞柳絮；自东坡去后，夜灯仙塔，一亭湖月冷梅花。”朝云历经丧子之痛与迁谪之悲后虔心向佛，和苏轼有了更多的共同语言，临逝前在苏轼的怀中耳畔断断续续地告别与叮咛，最后念佛经而逝：“一切有为法，如梦幻泡影，如露亦如电，应作如是观。”现在的六如亭后面的亭柱上，镌刻的正是清代嘉庆年间翰林、道光初年丰湖书院主讲、名士林兆龙据此而作的联语：“如梦如幻如泡如影如露如电，不生不灭不垢不净不增不减。”六如亭后，一座青色长砖砌成的半椭圆形坟墓便怆然闯入我们的眼帘。我们急趋而前，只见墓园正中的石碑上，大书“苏文忠公侍妾王氏朝云之墓”右上起年处，还刻有“宋绍圣三年丙子岁”的字样，石碑后上方的一抔封土，封住的是她的玉骨冰肌一缕芳魂，和千百年来仍然芬芳着众生嘴唇的浪漫而坚贞的故事。环顾四周，凤凰木烧红了南天的九月，那是她对东坡先生热烈的爱恋；青松翠柏追忆着往昔的年轮，那是她对东坡先生不移的忠贞。林间鸟鸣嘤嘤，是她仍在轻展歌喉吗？湖上惠风徐徐，可是她踏波而来的衣裙的窸窣之声？

朝云既葬三日之后，风雨初歇，苏轼就前来祭扫。直至次年再贬海南儋州，月夕风晨，他不知多少次前来凭吊。今宵离别后，何日君再来？他离开惠州后就无缘再来。不过，据洪迈《夷坚甲志》记载，绍兴二年（1132），东坡去世后31年，虔寇谢达陷惠，“民居官舍，焚荡无遗。独留东坡白鹤故居，并率其徒葺治六如亭，烹羊致奠而去”。而至元明时，墓周尚有梅松千株，守墓百家。今日，他咏写朝云的诗文已被刻写成碑文立在墓侧，和朝云日日夜夜月月年年相伴，也让地北天南络绎不绝的游人低回诵读。此刻，维梁就指着《荐朝云疏》中的“一生辛勤，万里随从”和《朝云墓志铭》中的“敏而好义，忠敬若一”，对我说：

“这就相当于现代的悼词，是东坡对朝云饱含深情的评价啊！”

“朝云之‘义’就不必多说了，仅就她不在乎只有‘侍妾’的名分，于患难中仍然万里相随，就可见一斑。”我接过维梁的话头，“在惠州时，东坡嘱咐她唱自己的《蝶恋花》词，她唱到‘枝上柳绵吹又少，天涯何处无芳草’时就泣不成声。心心相印，‘敏’而且‘敬’，她真是东坡最虔敬的读者和最聪慧的知音。”

“东坡为王弗写过一首名作《江城子·乙卯正月二十日夜记梦》，诗文中也曾多次赞美王闰之，在惠州时还和朝云一道买鱼放生，为闰之写了《蝶恋花·同安（郡君）生日放鱼，取金光明经救鱼事》一词。但他三十多年中到底为朝云写过多少作品，恐怕只有东坡自己和朝云本人才能提供最权威的证明了。”维梁有疑而问。

“在惠州期间为朝云所作的诗词，还是班班可考的，至少有八首之多。”我说，“朝云生时，就有‘经卷药炉新活计，舞衫歌扇旧因缘’的《朝云诗（并引）》，有‘小符斜挂绿云鬟，佳人相见一千年’的《浣溪沙·端午》，有‘寻一首好诗，要书裙带’的《殢人娇·赠朝云》。朝云病中，有‘何事散花却病，维摩无疾’的《三部乐·情景》，有‘万户春风为子寿，坐看沧海起扬尘’的《王氏生日致语口号》，朝云殁后，除了‘伤心一念偿前债，弹指三生断后缘’的《悼朝云诗（并引）》，还有《西江月·梅花》和原文今日已缺一字的《雨中花慢》。”

“苏轼的那首梅花词，宋代以来就公认是咏朝云的，东坡公是将清标高誉的梅花与冰肌玉骨的朝云合而为一了。”维梁有动于衷，边说边吟诵起来：

玉骨那愁瘴雾，冰肌自有仙风。海仙时遣探芳丛，倒挂绿毛幺凤。

素面翻嫌粉涴，洗妆不褪唇红。高情已逐晓云空，不与梨花同梦。

《雨中花慢》这一词牌是东坡所首创，他生平共作三首，前两首写于密州太守任上，字里行间似乎可见朝云的笑靥衣香，后一首作于惠州，定为追悼朝云无疑。我千里远至，也不禁在墓前背诵起来，权当千年后对那位薄命佳人的祭奠：

嫩脸羞蛾，因甚化作行云，却返巫阳。但有寒灯孤枕，皓月空床。长记当初，乍谐云雨，便学鸾凰。又岂料、正好三春桃李，一夜风霜。

丹青□（注：原文缺一字，以□代之）画，无言无笑，看了漫结愁肠。襟袖上，犹存残黛，渐减余香。一自醉中忘了，奈何酒后思量。算应负你，枕前珠泪，万点千行！

红日西斜，我们虽不忍离去，但湖山不可以久留，我们只得辞别朝云告别西湖了。苏轼曾悲叹忽来的狂风吹散了红霞，其实红霞早已飞进了他的诗中。作为一代杰出诗人，苏轼算是没有辜负朝云万点千行的珠泪，为她抒写了许多情真意挚的词章，让她永铭青史；作为一代出污泥而不染的佳人，朝云不仅得到了苏轼的爱恋、尊重与追怀，也得到了后世的敬慕与歌颂。在归途的苏堤上，在杨柳依依人也依依的回望之中，我蓦然想起曹雪芹曾在《红楼梦》中将朝云与卓文君、红拂等人并列，赞美她为“奇女子”，而在历代众多歌咏她的诗作里，清末爱国诗人丘逢甲的绝句鸣响在我的耳畔，“何年云雨散巫阳，瘴雾沉埋玉骨凉。合种梅花三百树，六如亭畔护遗香”；而明末清初人称“北田五子”的新会人何绛的《朝云墓》，更是轰然重到心头：

试上山头奠桂浆，朝云艳骨有余香。

宋朝陵墓俱零落，嫁得才人胜帝王！

宝刀小试

唐宋两代，近世号称“敢为天下先”的湖南，却没有出现过重量级的诗人与词人。李群玉虽有些好句佳篇，但在唐诗人的宴会中，他远远还坐不上主宾席，宋代词坛，湖南像李群玉那种级别的作家更是付之阙如，使我这个湘人虽然不是英雄也为之气短。而我们的隔邻江西呢？真是让人羡慕而不免嫉妒。江西不仅有在中国诗歌史上占据重要一章的“江西诗派”，而且也涌现了如晏殊、晏几道父子，欧阳修，黄庭坚，姜夔，刘辰翁等一批举足轻重的词人，有的主要不是以词名世与鸣世，但他们随手一挥，在词史上也留下了光辉的篇页，如胡铨，如文天祥，还有本文所要顶礼的王安石。

明人茅坤编选《唐宋八大家文钞》，排列唐宋古文八家的座次，王安石登上了那并非人人皆可得而登之的宝座，不论时代如何变迁，谁也不能移动或取消他的座位。这种座次是历史考验与鉴定的结果，不像时下某些作家作品的座次表或排行榜，刚一出炉或出笼，就遭到许多非议。他的《读孟尝君传》一文，只有寥寥九十个字，如果按照现在的稿费标准，可值清茶一杯，但它独抒己见，横扫群议，尺幅之中有千里之势，可谓千秋绝调，表现了这位人称“拗相公”的政治家不同流俗的胆识，和奇崛恢宏的气魄。他的散文，当时就得到文坛盟主而政见不同的欧阳修的赏识，他的江西同乡，那位后来也被论定为唐宋八大家之一的曾巩，编选时贤佳构而为《文林》时，对他的散文也多所选录。王安石还是领一时之风骚的诗人与诗选家，他在日理万机之余，编选过《唐百家诗选》《老杜诗后集》《四家诗选》等经典选本，“集句诗”在他手下也蔚为大观，真可谓文坛的多面高手。

“推公之心古亦少，愿起公死从之游”（《杜甫画像》），他崇尚杜甫，是宋代最早倡导学杜的诗人，也是自唐代韩愈之后对杜甫作出高度评价的第二人。其诗今存一千六百首左右，名为《临川集》，忧国忧民，诗风独特。他的诗作中绝句有五百多首，是唐绝句之后宋绝句中的佼佼者，有“荆公绝句妙天下”之誉，乃自成一家的“王荆公体”。南宋诗人杨万里就特别推崇他的绝句，说什么“船中活计只诗编，读了唐诗读半山。不是老夫朝不食，半山绝句当朝餐”（《读诗》）。“废寝忘食”，常常是夸大其词的形容成语，但杨万里在江行的船上，真也忘记了日进三餐中的早餐，因为他将王安石的绝句当成了色香味俱佳的代用品了。今天的芸芸众生，如果不只是沉迷于形而下的物质享受，而还有形而上的精神追求，那么，读到“飞来山上千寻塔，闻说鸡鸣见日升。不畏浮云遮望眼，只缘身在最高层”（《登飞来峰》），“京口瓜洲一水间，钟山只隔数重山。春风又绿江南岸，明月何时照我还”(《泊船瓜洲》)，“茅檐长扫静无苔，花木成畦手自栽。一水护田将绿绕，两山排闼送青来”(《书湖阴先生壁》)，“金炉香尽漏声残，剪剪轻风阵阵寒。春色恼人眠不得，月移花影上栏干”(《夜直》)，如同赴一场丰美的精神的盛宴，我们难道不会油然而生感念与感激之情？世人多羡慕腰缠万贯，日进斗金，或长安道上，飞黄腾达，但他们如果对于李白、王安石等人语妙天下的绝句一无所知，在精神上不是可谓贫无立锥之地吗？

不以真正的大政治家、改革家论王安石，仅以他的散文与诗歌创作成就而言，他也是中国文学史上一棵枝叶参天的长青之树，何况在文学的王国里，他在公务千繁诗文百忙之余，也偶尔到词的领地里去小试宝刀，虽然只是偶一为之，现存之词也不过寥寥十八首，但有的作品居然也星光四射，传唱千古。现在某些号称著作甚丰的作家与诗人，他们将有什么文字能传诸后世？而王安石的《桂枝香·金陵怀古》，则真正如同一株不朽的秋桂，永远芬芳在宋代词坛上和中国诗歌史上乃至人间天上：

登临送目，正故国晚秋，天气初肃。千里澄江似练，翠峰如簇。归帆去棹残阳里，背西风、酒旗斜矗。彩舟云淡，星河鹭起，画图难足。

念往昔、繁华竞逐。叹门外楼头，悲恨相续。千古凭高，对此漫嗟荣辱。六朝旧事随流水，但寒烟、衰草凝绿。

至今商女，时时犹唱，《后庭》遗曲。

南宋绍兴（1131）、淳熙（1189）年间前后在世的杨湜，著有《古今词话》，对研究宋词提供了许多有关逸事本事的材料。书中就曾说：“金陵怀古，诸公寄词于《桂枝香》，凡三十余首。独介甫最为绝唱。东坡见之，不觉叹息说：‘此老乃野狐精也。’”经过数百年的时间隧道，杨湜将以上的重要信息递送到今天，我们实在应该追补一纸奖励证书。由此推想，可能是王安石与友朋们游赏秋日之金陵山水，大家即兴唱和，创作了同一词牌的词作共三十余首，但那些词今日上穷碧落下黄泉，一片茫茫都不见了，被时间的流水冲刷得无影无踪，而王安石此词却如中流砥柱，一直屹立到今天。如果不说同一词牌，稍后则有周邦彦的《西河·金陵怀古》，其词的写景抒情，特别是结句的“燕子不知何世，入寻常巷陌人家，相对如说兴亡，斜阳里”，可以清晰地听到是王安石之词三十年后的回声。而苏轼这位同时代的文豪呢？他应该是王安石执政时的“持不同政见者”，在新旧党争中遭遇坎坷，但他后来读到王安石退居金陵后写的这首词，也不禁称赞王安石绝顶聪明，聪明到了“野狐精”——“精怪”的地步。苏轼元丰七年（1084）去汝州路过江宁（今南京市）时，也曾专程去看望赋闲的王安石，两位政敌兼老友前嫌尽释，一起游山赋诗，品酒弈棋，如果不是胸襟宽广，不是惺惺相惜，怎么会留下这一桩千古佳话？这种高风亮节，岂是轻易可以企及的吗？

要理解此词之所以是“绝唱”，不仅要与同一题材的作品比较，如与王安石同时代而略前的位居宰辅的张昇曾有一首《离亭燕》：“一带江山如画，风物向秋潇洒。水浸碧天何处断？霁色冷光相射。蓼屿荻花洲，隐映竹篱茅舍。　　天际客帆高挂，烟外酒旗低亚。多少六朝兴废事，尽入渔樵闲话。怅望倚层楼，寒日无言西下。”写景，如同两个同是丹青在手的画家，挥洒之间，妍媸美俗立见；抒情，王安石寄兴深远，而张昇则情调衰飒。同是登山临水，所见所怀则高下深浅有别。当代学者周汝昌甚至说：“王介甫只此一词，已足千古。其笔力之清遒，其境界之朗肃，两宋名家竟无二手，真不可及也。”我们不仅要作同一题材作品的横向比较，而且要联系王安石的时代和他的行事遭逢，如同文物专家鉴赏传世的珍品，进一步探测王安石这首词的文本所包孕的词心。

宋王朝立国之后，始终处于内忧外患之中，而且上至帝王妃嫔，下至官僚富商，骄奢淫逸成为时代的流行病。熙宁元年（1068），年方二十的神宗赵顼即位，颇思振作，王安石应召越次入对，奏进《本朝百年无事札子》，表述自己的改革方略。次年，四十九岁的王安石被任命为参知政事，复迁同中书门下平章事，主持了为时六七年的变法改革，称为“熙宁新政”。作为大政治家，王安石不是进行单一的政治改革，而是农业、商业、军事、赋税、教育全方位整体配套，抑制豪强兼并，力求经济复苏而民生均富，从而强兵以雪国耻。数年之间，颇见成效。

宋代的科技当时属于世界前列，中国四大发明其时均已成熟到普及运用，如果改革成功，后来的中国可能就别是一番面貌了。然而，新法似乎操之过急过猛，好像对一个病入膏肓的患者，下的不是温补之药而是猛急之方，而具体操办执行新政的官员，有一些又所任非人，如贪墨奸佞的吕惠卿之流。王安石生性耿介，铁面无私，与达官贵人富商豪强针锋相对，如面责来访的司马光而作《答司马谏议书》，在朝廷上面斥三朝元老文彦博，拘捕以他为后台的巨商贾藩，狠狠地打击古已有之的官商勾结之风。反对新政的地方官员，上有政策，下有对策，尤其是一班皇亲国戚后党，以及既得利益的官僚集团，对王安石群起而攻之。王安石独木难支，不得不于熙宁七年乞解机务，出任江宁府，虽然次年二月应召复相，但在保守势力的围攻和变法派的内讧之下，熙宁九年再次罢相，彻底退出了“政治舞台”，在金陵度过了十年身闲心未闲的山居岁月，以六十六岁的花甲之年在忧愤交集中病逝。

上述《桂枝香》一词，就是写于金陵赋闲之时。清廉自守的王安石退居金陵，筑简陋的房屋数间于谢公墩。谢公墩，在今日南京市城南隅蒋山（即钟山）的半山上，东晋名相谢安（字安石）曾卜居于此，王安石曾以绝句表现这种偶然的巧合：“我名公字偶相同，我屋公墩在眼中。公去我来墩属我，不应墩姓尚随公。”（《谢安墩二首》其一）他不乏幽默，但常常遁身禅佛以求安顿之方，如他的《望江南·归依三宝赞》中所说的“归依众”“归依法”与“归依佛”，而“百亩中庭半是苔，门前白道水萦回。爱闲能有几人来？　　小院回廊春寂寂，山桃溪杏两三栽。为谁零落为谁开”（《浣溪沙》）也同样是想寻求心灵的解脱，如同老人之与海，经历了海上的狂风恶浪之后，想安静地享受眼前的一泓秋水。然而，英雄向往的毕竟是报国杀敌的疆场，雄鹰仰望的毕竟是可供展翅搏击的万里蓝天，登山临水，节令与生命俱已到了晚秋，王安石心中似乎已经平息的万顷波涛重又洪波涌起，便澎湃而成这首《桂枝香》。这一词调不仅首先见于王安石这首词，而且在词风上也一洗五代之积习。它有对六朝故都往事的追怀，但咏史却系写实，更是以古讽今，乃伤时警世的黄钟大吕。“悲恨相续”啊，“谩嗟荣辱”啊，在一片酒宴芳筵莺歌燕舞之中，此词表现的是大政治家和真文学家深沉的忧患意识和超前的历史预见，可惜北宋王朝掩耳不听这本应是振聋发聩的警钟，而终于迎来了兵临城下的覆亡的丧钟。

“爆竹声中一岁除，春风送暖入屠苏。千门万户曈曈日，总把新桃换旧符。”王安石的《元日》诗，既是写万象更新的旧历新春景象，也是表现对变法革新的理想与喜悦，而今闲居钟山，虽说是无官一身轻，虽说是寄情山水与钟磬，但他壮志未衰，热血未冷，总不免常常忧愤中来，不可断绝。欧阳修是王安石的前辈，他早从曾巩处对王安石的人品与文章有所了解，在任翰林侍读时，又和调回汴京任群牧司判官的王安石初识畅谈，他的《赠王介甫》对王安石大加赞美，有“翰林风月三千首，吏部文章二百年。老去自怜心尚在，后来谁与子争先”之语，王安石也答以《奉酬永叔见赠之诗》，表示对前辈的感激。他们始为忘年之交，后为政见之敌，但双方均是为国家社稷民生福祉，乃君子之争，无小人之怨。欧阳修因新政被罢，逝世后消息传来，王安石悲痛莫名，作《祭欧阳文忠公文》，赞扬其学识文章“其积于中者，浩如江河之停蓄；其发于外者，灿如日星之光辉”，而人品政声则是“果敢之气，刚正之节，至晚而不衰”，双方光明磊落的泱泱君子之风，今日依旧而且更加令人感佩。但是，小人绵绵不绝，时代也滋生了吕惠卿那等小人。他原是区区末吏，王安石将他提携至宰辅的高位，作为自己的左右手，但王安石罢相后吕惠卿大权在握，子系中山狼，得志便猖狂，不论新法同僚或元老旧党，凡不合己意的一概排斥打击，同时他用人唯私，重用自己的胞弟，以实施新法之名大肆搜刮聚敛。不仅如此，吕惠卿还上书神宗诬告王安石，密报王安石给他的私人信函，这种特殊品种的小人虽然至今也远未绝种，众所周知，无须举证，但在古已有之的当时，也够令王安石百感交集的了。

神宗去世哲宗当政，复拜守旧的司马光为相，司马光尽废新法，尽罢新党官员，以泄其积久之愤，手段之辣，气量之小，真可谓“光”耀一代。于是，刚刚起步的经济立即滑坡，贪官污吏与豪绅巨贾重又沆瀣一气，国事已无可为，以后徽、钦二帝被掳北去也是气数已定，如同一座七宝楼台，根基已经腐败，迟早必将轰然坍塌。王安石生时罢居金陵，但究竟无法完全超然物外，“杖藜随水转东岗，兴罢还来赴一床。尧桀是非时入梦，固知余习未全忘”(《杖藜》)，忧世之情甚至形诸梦寐。除了《桂枝香》，他还有一首《南乡子》，可视为同咏金陵的姊妹之篇：

> 自古帝王州，郁郁葱葱佳气浮。四百年来成一梦，堪愁。晋代衣冠成古丘。
>
> 绕水恣行游，上尽层城更上楼。往事悠悠君莫问，回头。槛外长江空自流！

他不仅直抒胸臆，而且借来了王勃和李白的诗句，如果前人的诗句是“酒”，他真是借酒浇愁愁更愁了。

数年前我去南京，当地的友人、老诗人丁芒陪我一道临水登山。在钟山之中徘徊，寻觅先贤的遗踪，温习王安石堪称“精品”的诗句，伫立在古城墙头，眺望历代英雄豪杰眺望过的长江，朗吟王安石堪称“杰作”的词章。抚今追昔，我不禁悠然回想，六朝兴废早已成为历史的陈迹，岂止是北宋与南宋，连元明清的干戈杀伐兴亡交替，也早已交给了历史的烟云。时代的滚滚车轮，早已驰入了新的世纪。一切该逝去的都逝去了，只有长江仍在奔流浩荡；一切该淘汰的都淘汰了，但王安石的豪句雄词却如同警钟，敲响在我的心上你的心上他的心上和我们民族的心上！

月迷津渡

久远的历史是民族的记忆，杰出的作品是国人的瑰宝。位于湖南省东南部的郴州，虽然京广铁路傍城而过，南下北上的风火轮千轮飞转，轰传着当代最新的讯息，但它却拥有久远的历史，怀抱古典的词章，像一条长长的时光隧道，那一头通向历史的苍茫，这一头连接着世事的沧桑。

早在公元前208年，起兵江东的项羽找到在民间牧羊的楚怀王之孙熊心，拥立他为楚怀王。项梁战死而项羽自立为西楚霸王之后，明尊怀王为义帝，徙都长沙，暗中却派九江王英布将其追杀于郴州。郴州有建于公元前206年的义帝陵，“楼头有伴应归鹤，原上无人更牧羊”，墓侧石柱上所刻无名氏的联语，不知有多少年年岁岁了，总是欲语还休在秋风夕照之中。现代世界的杀伐之声已经够多的了，炮火硝烟不时可见可闻，我不想再去考索远古那流血的史册，时逢春日，我从长沙南下而远去郴州，只是想去苏仙岭下寻觅北宋词人秦观的遗踪，重温他失落在那里的诗句。

在秦观正式走上词坛之前，已经有好几位大家飞身登台做过精彩的演出，其中就有柳永与苏轼。柳永的词普及于民间，其普及的程度有些近似于今日风行中国的流行歌曲，而苏轼呢，人道是苏轼一出，柳永只能做他的奴仆下属。在他们巨大的身影或浓荫的包围之下，秦观却突围而出独成一军，真是难能可贵。因为在文学创作上，重复自己固然毫无意义，重复别人更是毫无价值。秦观的词，将明快流畅与含蓄蕴藉结合起来，抒写自己的恋情、离情和特定时代与境遇中的身世之情，形成了他情韵并重凄婉清丽的独特风格。作为一个作家或诗人，能有一篇作品或一首诗作传世，就已经颇不容易了，今日如恒河沙数的作者，包括某些红得发紫的作者，某些自吹自擂成癖上瘾的作者，时间的长风吹刮，岁月的长河流逝，他们将来究竟有什么作品能流传后世？然而，九百年过去了，秦观的许多名篇佳句，今天仍然可以使初读者为之惊才绝艳，使再读者口颊生香。“两情若是久长时，又岂在朝朝暮暮”，他咏七夕的《鹊仙桥》，在众多的爱情词中是木秀于林之作，至今也依旧动人情肠；“无一语，对芳樽，安排肠断到黄昏。甫能炙得灯儿了，雨打梨花深闭门”，他的《鹧鸪天》的结句，连一代才子曹雪芹在他的《红楼梦》中，也没有忘记引用；至于“自在飞花轻似梦，无边丝雨细如愁”（《浣溪沙》），“春去也，飞红万点愁如海”（《千秋岁》），“欲见回肠，断尽金炉小篆香”（《减字木兰花》），“便做春江都是泪，流不尽，许多愁”（《江城子》），或以虚比实，或以实比虚，层出不穷的清丽幽美的比喻，今天仍然让我们不难想象他心有七窍，冰雪聪明。

宋代词人常常因为一句或几句美言而名噪天下，如张先被称为“张三影”和“桃杏嫁东风郎中”，宋祁被称为“红杏枝头春意闹”尚书，贺铸被称为“贺梅子”。而秦观呢？他也有“山抹微云秦学士”的美名，这是他的师长兼友人苏轼赠送给他的，其源出于他的《满庭芳》：

山抹微云，天连衰草，画角声断谯门。暂停征棹，聊共引离尊。多少蓬莱旧事，空回首、烟霭纷纷。斜阳外，寒鸦万点，流水绕孤村。

销魂。当此际，香囊暗解，罗带轻分。谩赢得、青楼薄幸名存。此去何时见也，襟袖上、空染啼痕。伤情处，高城望断，灯火已黄昏。

秦观三十岁时浪迹江湖，去会稽探望祖父和任通判的叔父秦定，为重才的会稽太守程公辟赏识，请他住在高雅的蓬莱阁上，大约相当于现在的五星级宾馆。一次程太守请秦观赴宴，秦观与一美艳而颇具才艺的歌姬邂逅，双方未免有情，但却又匆匆言别。曲终人散，不能自已的秦观就作了上述这首词，将自己的别意离情和人生感悟交融在一起，既明快发露又蕴藉有致。此词一出即传唱人口，首二句不仅对仗工整，而且以动写静，尤为当时所传，苏轼就曾将秦观的好词与柳永的好句并提，称之为“山抹微云秦学士，露华倒影柳屯田”。

据说后来一些官宦船游西湖，其中有人唱秦观此词，将第三句的“谯门”误唱为“斜阳”，陪游的歌姬琴操当即予以指讹，唱者反问她能否将错就错，将全词改押“阳”韵，琴操随即脱口而唱：

山抹微云，天连衰草，画角声断斜阳。暂停征辔，聊共饮离觞。多少蓬莱旧侣，频回首、烟霭茫茫。孤村里，寒鸦万点，流水绕红墙。

魂伤。当此际，轻分罗带，暗解香囊。谩赢得、青楼薄幸名狂。此去何时见也，襟袖上、空有余香。伤心处，高城望断，灯火已昏黄。

我也曾从长沙远赴西湖，西湖以她的千顷碧波为我洗尘，我也曾荡桨于那碧琉璃之上，但不论如何侧耳细听，却再也听不到琴操的歌声，而只有“妹妹你坐船头，哥哥我岸上走”的曲调歌词，从画舫上的音响中隐隐传来，流行歌曲《纤夫的爱》已光临了无须纤夫的西子湖。琴操之墓在杭州玲珑山，现代文学名家郁达夫曾前去寻访，并赋诗《琴操墓》一首：“山既玲珑水亦清，东坡曾此访云英。如何八卷临安志，不记琴操一段情？”琴操虽不见正史记载，但当时苏轼是听到过琴操改唱此词的韵事的，他曾说过“少游若知，当拜倒耳”。秦观的女婿是黄山谷的学生、史学家范祖禹的儿子范温，他为人沉稳少语，在宴席上常不发一言，其时的歌姬颇具文化，尤其是诗词修养，重视的是和文人雅士的精神交流。有位歌姬故意问范温是否也懂词，范温笑而作答："你可知道我是'山抹微云'的女婿吗？"一时传为热点新闻和文坛佳话，从中也可见秦观及其词作在当时的声名。

宋词是可供弦歌的，不像今日之只可默读与诵读，我们今天披览之余虽然可以一饱眼福，但耳福却是妙音难再得了。九百年前的歌声已不复可闻，但九百年后我去郴州探访秦观的遗踪，却可以重温他写于那里的《踏莎行·郴州旅舍》。早在少年时，我的心就已在那月色下的津渡迷失过了，后来人过中年，在湘西一座古城的月夜河边，月光轻雾，楼台半隐，我差一点儿又陷入了迷津。如今远道而来，怎能不先去探看秦观曾经寄迹过的旅舍呢？而当地的友人告诉我，"郴州旅舍"就在苏仙岭下。

苏仙岭，在郴州市东约二里处，拔地而起，直上青苍，居高临下地守望着郴州这一古老而新兴的城市。我们从岭下的山口进去，沿溪水上行不远，"郴州旅舍"就在竹林青青桃花灼灼中赫然入目。这是一座四面粉墙小巧的方形院落，古色古香。一脚跨进大门，就仿佛跨进了九百年前的北宋。我四处寻觅，却不见秦观的踪影，也不闻他的吟哦之声。待到看清庭院里的说明牌，我才明白这是按宋代建筑旧制修建的馆舍，只是仿制品而已。历史啊古往今来的历史，不是常常被人别有用心地改篡得离真实甚远，有的甚至面目全非吗？这座馆舍虽系复制，却出于好心，它虽然不是原物，却可以帮助我们暂时以假为真，重温旧梦，如果你愿意，如果你的想象力没有衰竭而依旧青春。

可以安慰我们的心灵和眼睛的，不仅是仿真的“郴州旅舍”，更有历千万年时间风沙而不磨的“三绝碑”。所谓“三绝”，即秦观之词，苏轼为此词所作之跋，名书画家米芾为词与跋所作的书法。我从旅舍出来，从原路拾级而上，不远即见一圆柱绿瓦、翘角飞檐的护碑亭，亭内有高四米多的天然石壁一方，正中有一块摩崖石碑，“三绝”即千古于其上，简直是灿烂的宋代文学艺术的一次小型大展。据说在秦观之后一百六十多年，郴州知军邹慕得到“三绝”的拓片，遂命石工刻石。许多官员享用甚至搜刮民脂民膏，尸位素餐，除了骂名什么也没有留下来，邹慕毕竟因此而得到重视文化保存文物的清名。后人曾撰有三绝碑联一副，联为“山是神仙占，名因才子传”，我只好请神仙分给我名山半日，让我在秦观的名作前久久留连：

雾失楼台，月迷津渡。桃源望断无寻处。可堪孤馆闭春寒，杜鹃声里斜阳暮。

驿寄梅花，鱼传尺素。砌成此恨无重数。郴江幸自绕郴山，为谁流下潇湘去？

1096 年，秦观由处州监酒税官再一次遭到恶贬，其地就是荒僻的郴州。此时秦观已四十九岁，次年写下了这首词。迷离凄清之景，迁谪僻远之恨，前途莫测之情，一齐涌上心头，奔赴笔下，这大约是他所说的“恨”的主要内涵吧，但也许还包括了和意中人不得团聚的别恨离愁。据南宋洪迈《夷坚志》记载，秦观南迁时经过长沙，一位歌姬酷爱他的词作，曾手抄《秦学士词》，一见秦观而愿托终身，秦观有如此忠实的读者与崇拜者，何况是失意之时，自然为之心动，但因自己是戴罪之身，加之道路流离，无法也不能带去贬所。后来秦观于藤州逝世，这位歌姬哀悼不已，一恸而绝。我是长沙人，但也无处寻觅这位多情女子以证明情况是否属实了，假若果真如此，秦观此词就具有更为多义的内蕴。好诗常常不止单义而有多义，也即意有多解。《踏莎行·郴州旅舍》有如一颗面面生辉的钻石，让我们从不同的侧面去欣赏它的光彩吧。

秦观的一生，和苏轼结下的是不解之缘，可以说是成也东坡，败也东坡。秦观小苏轼十二岁，对已名满天下的苏轼十分尊仰。他们未相识时，秦观知道苏轼将经过扬州，便模仿苏轼笔迹在一山寺之壁题诗，苏轼几不能分辨而暗自吃惊，明白真相后十分叹赏。熙宁七年（1074），秦观专程去徐州拜望苏轼，后来在《别子瞻》诗中说“我独不愿万户侯，惟愿一识苏徐州”，他没有得到李白的允许，便套用了李白的“生不愿封万户侯，但愿一识韩荆州”之句，但韩荆州其实是一个不识也不重人才的官僚，他对李白居然不予答复，可见其有眼无珠。苏轼不仅在《次韵奉答秦观秀才见赠》中，赞美秦观“新诗说尽万物情”，而且逢人说项地称赞秦观。在金陵与罢相后的王安石相见时，也多次推荐秦观，说他是一个难得的人才，别后又在《与王荆公书》中说，“愿公少借齿牙，使增重于世”，希望借助王安石的地位和影响，让秦观能为世所识所用。王安石与苏轼虽然政见不合，但爱才之心相同，王安石也赞赏秦观“清新如鲍（照）谢（灵运）”，他答苏轼说：“公奇秦君，口之而不置；我得其诗，手之而不释。”元丰八年（1085），三十六岁的秦观终于应试登第，七年后，与苏轼同时在京供职，他和黄庭坚、晁补之、张耒一起，被称为“苏门四学士”，师友时相过从，度过了他一生中最欢快的时光。然而，不久就变生不测，在朝廷的新旧党争中，他因和苏轼的关系密切而一再远贬，先是出为杭州通判，途中又贬监处州茶盐酒税，不久，又因一首小诗中有“因循移病依香火，写得弥陀七万言”（《题法海平阇黎》）之句，被政敌罗织“不职”之罪远徙郴州，一年后移送横州再移送雷州编管，削职为民，永不叙用，从江湖的逐臣进一步沦落为流放的罪人，五十二岁即逝世于北返途中的藤州。从写于郴州的这首词中，政治阴影下的迁谪之感与身世之悲，出之以幽婉而凄厉的清辞丽句，怎不会令苏轼感慨不已？秦观逝世，他长叹息而流涕，说“少游已矣，虽万人何赎”，并将此词的结句书于扇面，以永志伤悼之情。我们今日读来，不是也会因才子薄命而引起诸多历史与现实的联想吗？

我站在苏仙岭上，独立苍茫。时近千年，郴江依然如故地流入潇湘，而宋代早已沉入烟雾迷茫的历史，任凭我怎么极目远眺，放声呼唤，始终见不到秦观的背影，也听不到他的回音。不过，宋代的帝王将相啊，你死我活的党争啊，早已尘封在线装的史册，成为陈迹与虫迹，只有游走其间的蠹鱼和皓首穷经的历史学家，才会去偶一游走和翻检，而秦观的词名和他的秀句华章，却铭刻在历经千年风雨的石壁，芬芳在历代千千万万读者的唇间与心上。

临安行

我去盛唐时代的长安，犹如瞻望一轮东升的红日，领略大唐的雄风胜概与风流文采；我去南宋时代的临安，好像凭吊一丸沉落的夕阳，翻读那一页页写满战火与血泪、卑鄙与崇高、荒淫苟安与呼号抗争的历史。

怀古是为了当今，回首是为了明天，对历史的寻索沉思是为了我心中的民族的未来。于是，我在一个初夏之日启程，从云梦泽之南岸，远赴今日的杭州昔日的临安，穿越长长的时间隧道闯入八百年前的南宋。

一

二十世纪八十年代之初，我曾应湖畔诗社胡丰传、董培伦二位诗人的邀请，前去杭州和诗社的诗歌讲习班学员谈诗。当时来去匆匆，也从未想到他日要移情别恋诗文化散文创作，所以临别时行囊里只带走了岳坟前的几炷香烟，西子湖中的几片月光，以及白堤苏堤之上的几声鸟语。而今旧地重来，想法自是不同，杭州比以前更美了，除了不变的湖山，变得很多的是日新月异的城市的面貌，改革开放的新风吹拂着这座生气勃勃的古城。然而，在闹市的逆旅中凭窗眺望，在新城与旧城的大街小巷中穿行，对八百年前的临安我总不免怆然怀想。

杭之为州，本江海故地。今日高楼大厦、车水马龙之处，远古时还是只有地老天荒的潮水前来拜访的海滩。多少岁月在潮起潮落中逝去了，秦始皇统一中国后将全国分为三十六郡，会稽郡名下地处武林山麓的钱塘县，就是杭州的前身。隋代废除钱塘郡，设置杭州，历史从此将杭州之名写进史册，钱塘则成了杭州的属县。唐代三百年间，由于历朝百姓小民含辛茹苦地劳作，以及如袁仁敬、李泌、白居易等封疆大吏为民造福的事功，僻处东南的杭州一跃而进入全国名城的行列，时至晚唐，正如唐代名作家李华在《杭州刺史厅壁记》中所说，昔日偏远小县的杭州，已然是“咽喉吴越，势雄江海”的东南名郡。

东海之滨的杭州，西襟水光山色秀甲江南的西子湖，东带气势雄浑雪浪排空的钱塘江，江山本已如画了，经过历代的经营，作为中国六大古都之一，到北宋时已成为江南人口最多的州郡，有二十余万户，百万人之多。此时的杭州不仅是江南丝织业的中心，而且江河运输四通八达，海外贸易船帆相望。继唐代诗人白居易等人为之折腰歌唱之后，北宋嘉祐二年（1057）宋仁宗命梅挚出任杭州知府，特赐诗以示恩宠，其中就有“地有湖山美，东南第一州”的赞美之辞。帝王的赞美何足道哉，在他们的心目中，无非是“普天之下，莫非王土，率土之滨，莫非王臣”，江山与民众不过是他们的家产与臣仆。而我欣赏的是宋代那些词人之作，最早而著名的是北宋的潘阆，他寓居杭州多年，这位字逍遥的诗人逍遥到他处以后，对杭州仍然念念不能忘情，他曾自制《忆馀杭》组诗十首怀想杭州的风物名胜。我们至今展卷把读，西湖秀色在他的诗行里仍然美丽，钱江大潮在纸上依然汹涌澎湃：

长忆西湖，尽日凭栏楼上望：三三两两钓鱼舟，岛屿正清秋。

笛声依约芦花里，白鸟成行忽惊起。别来闲整钓鱼竿，思入水云寒。

长忆观潮，满郭人争江上望：来疑沧海尽成空，万面鼓声中。

弄潮儿向涛头立，手把红旗旗不湿。别来几向梦中看，梦觉尚心寒。

苏轼是诗词顶尖高手，其艺术鉴赏力当然也非同一般，平平之作自然不入他的青眼或法眼，但他却颇为欣赏潘阆的上述作品，在京都任翰林学士时，曾将其挥写在玉堂屏风之上广而告之。另一位诗人石曼卿，则请人将潘阆的诗情画意绘成图画张之素壁，将翰墨转化为丹青。

赞美杭州当然不是男词人的专利，还有一位女作者王氏，只知她是张熙之妻，而其芳名不详，这是封建时代妇女普遍的不幸命运，但幸运的是她的《菩萨蛮·西湖曲》留存至今，从中可见西湖这一杭州的美中之美，所以我不想遗漏这一颗无名的珍珠："横湖十顷琉璃碧，画桥百步通南北。沙暖睡鸳鸯，春风花草香。　　闲来撑小艇，划破楼台影。四面望青山，浑如蓬莱间。"不必去细究"沙暖睡鸳鸯，春风花草香"是直接援引自杜甫的诗句了，能写出如此好词，已经难能可贵，在以男性为中心的封建社会，处于边缘与底层的弱女子生存尚且不易，何况舞文弄墨呢？

北宋时代，最有名而且篇幅较长的歌咏杭州之词，当然还是要首推"才子词人""白衣卿相"柳永自创新调的《望海潮》：

东南形胜，三吴都会，钱塘自古繁华。烟柳画桥，风帘翠幕，参差十万人家。云树绕堤沙。怒涛卷霜雪，天堑无涯。市列珠玑，户盈罗绮竞豪奢。

重湖叠巘清嘉。有三秋桂子，十里荷花。羌管弄晴，菱歌泛夜，嬉嬉钓叟莲娃。千骑拥高牙。乘醉听箫鼓，吟赏烟霞。异日图将好景，归去凤池夸。

这大约是柳永年轻时流寓杭州所作，出自他少年时的手笔，一派青春勃发生意盎然的景象。此词既是一曲湖山颂歌，也是一轴名都画卷，不仅传唱于国中，也传播于国境线之外。宋人罗大经在《鹤林玉露》中说："此词流播，金主亮闻歌，欣然有慕于'三秋桂子，十里荷花'，遂起投鞭渡江之志。"可见不仅在宋朝的版图之内，有井水处皆歌柳词，而且这一作品也具有"国际影响"，以至于金主完颜亮对江南之美也不胜欣羡，遂兴南下而牧马之意。完颜亮发动宫廷政变弑金熙宗而确立了中央集权统治之后，野心勃勃企图一统天下。据说他派遣画工混入使者队伍之中，偷画了杭州的湖山胜状带回金朝，他在画幅上题诗一首："万里车书一混同，江南岂有别疆封？提兵百万西湖侧，立马吴山第一峰！"于是，在绍兴三十一年（1161）九月，完颜亮兵分四路直指金陵，而他亲率主力渡过淮河而侵入淮南，实现他的投鞭渡江之志。兵锋所指，本已风雨飘摇的南宋王朝又不禁浑身颤抖，如秋风中簌簌的败叶。

柳永的词也许令完颜亮更加动心，因为当时没有电视电影，没有照相机与摄像机，生活于北方的完颜亮从柳永词中见到如此美丽而陌生的风光，当然更加萌动他的非分之想。战争有其偶发因素，但更多的却是一种必然。宋代的外患，一是开国之始就积贫积弱，而且重文治而轻武功，加之君主昏庸，朝廷内长期的党争党祸，消耗了国家的元气，国势从赵匡胤黄袍加身时起就从来未曾兴盛过，就像一个底气不足而又疾病缠身的人，面对外敌几无还手之力，而只有勉强招架之功；二是从契丹之辽到女真之金以至于蒙古族之元，他们大都是逐水草而居的游牧民族，而宋朝则是物产丰饶文化发达的农业文明之国，为了生存和发展，强悍的民族必须以战争来掠取生活与生存的资料。弱肉强食，从北宋至南宋，边防连连告警，首都频频告急，金人的箭矢先是射落了北宋的皇旗，由漠北而来的蒙古族的铁骑，最后终于敲遍也敲痛了整个南宋大地。

八百年后我来到南宋的临安今日的杭州，遍地是霓虹灯耀彩飞光的高楼大厦，西湖上的游艇播放的是现代的流行音乐。哪里还听得到箭矢的飞鸣？哪里还看得到铁骑的奔腾？如果想重认前朝，不必去磨洗江干发现的沉沙折戟了，只消去回首当年，检读八百年前那一页页哀史与痛史。

二

宋代分为北宋与南宋。北宋建都于开封，历时一百六十七年，南宋建都于杭州，历时一百五十年，加上国家灭亡后的三年抗元斗争，共一百五十三年。北宋尽管已不复汉唐版图，有辽国对峙与西夏骚扰，只能对大汉雄风盛唐威仪怅然怀想，但毕竟还是一个大体统一的帝国，而偏安于临安的南宋呢？宋代开国帝王赵匡胤曾说过“卧榻之旁，岂容他人鼾睡”，但先是有金朝虎踞于淮河、秦岭以北，后又有北方兴起的蒙古族铁骑灭金而南下论兵，南宋终其一朝，从未有过一天安枕之日，它的卧榻之旁，不是他人熟睡的鼾声，而是惊心的风声、动魄的雨声和急风暴雨卷地而至的马蹄之声。

在封建极权的人治时代，没有民主与法制的体制做保障，国家的盛衰兴亡往往与一国之君和庙堂之臣密切相关。南宋的黎民百姓何其不幸，这一代的仁人志士也何其生不逢时，用今天的“系列产品”这一商业语言为喻，从南宋的第一个皇帝宋高宗以下，就是一系列苟安享乐的无道昏君，从南宋的第一个奸相秦桧以次，就是一系列大奸大恶的乱臣贼子，于是，百姓生灵涂炭，国士有志难伸，半壁河山终于地坼天崩，而歌舞宴乐最后也归于灰飞烟灭。

康王赵构恐怕做梦也没有想到过，有朝一日他会成为一国之君。这大约只能属于历史的偶然吧，历史有时如同一位盲者，他随手指点，扶上宝座的竟是一个又一个的昏君与暴主。赵构是钦宗之弟，宋徽宗排行第九的儿子。靖康元年（1126）十一月金兵包围开封之前，被委任为“河北兵马大元帅”的他，却不敢和抗金名将宗泽一起，坚守在战争前线的磁州，而是逃回今日河南安阳的相州以求自全。金兵包围开封之后，他不但不应召驰援，而是将大元帅府由河北的大名府，迁到今山东东平的京东路东平府，远避敌锋，既可保存实力，又可以策安全。待到徽钦二帝以及在京城的赵宋宗室悉数被俘北去，皇子皇弟中赵构硕果仅存，于是1127年他就在今河南商丘的南京应天府称帝，改元建炎，成了南宋的第一个皇帝宋高宗。

高宗其实绝不高明也不高尚，而且他和其父其兄一样患了

“恐金症”，加之保住至高无上的“皇位”之私心，他即位之初他就确立了“既定方针”，信任并重用主和派投降派，疏远打击主战派抗敌派，对敌一味哀求乞怜，委曲求全。建炎元年十月，惹不起躲得起的高宗逃到扬州，建炎三年二月初二之夜，兀术统率的金兵奔袭扬州，正在行宫中行云雨之欢的高宗魂飞魄散，心碎胆裂，仅率亲随五六人逃到镇江，因饱受惊吓而落了个“其无后乎”的绝症。之后，由镇江而杭州，由杭州而越州（浙江绍兴），由越州而明州（浙江宁波），由明州下海而定海，由定海而温州，复由温州而越州，高宗数年之间已练就为一位长跑，不，长逃健将。绍兴二年（1132）正月，他终于回銮杭州，将其作为自己的“行在”，并改名“临安”。临安临安，临此而安吗？只是苟延残喘，将其作为避难所与安乐窝而已。

中国旧时代的宰相，地位在一人之下，万人之上，而高宗与秦桧真可以说是“珠联璧合”的最佳组合。一个人的品德行事，不能只看一时一地，而要观其一贯并终其一生。靖康之变时，在朝为官的秦桧也曾慷慨激昂，但被金兵拘押北去后却卖身投靠，成为金太宗之弟挞赖的亲信。建炎四年十月，他偕妻子王氏千里南归高宗驻跸之地的越州，谎言杀金朝监视人员夺舟而归。其中疑点甚多，不能自圆其说，朝中多数人表示怀疑。但高宗却于秦桧到达行在的第三天，即迫不及待地召见，秦桧“如欲天下无事，须是南自南，北自北”的投降主义高论，正中他保命、保皇位从而恣意享乐的下怀，他对宰相范宗伊说：“秦桧朴忠过人，朕得之喜而不寐，既得到二帝和母后之讯，又得一佳士。”在诗歌史上，李白与杜甫的相逢，为历代学人与诗人津津乐道，在宋代历史上，高宗与秦桧的见面，也值得天下苍生铭记不忘。这一天敲响的是丧钟。丧钟为谁而鸣？丧钟为南宋而鸣。八个月后，秦桧就被任命为右相兼枢密院事，专决“解仇议和”之事。高宗对秦桧倚为心腹，秦桧自然就权倾朝野，为所欲为。庙堂上下，朝廷内外，君臣狼狈为奸，成为旷代难逢的搭档，绝非神圣的“同盟”。任你有多少英雄豪杰挥戈杀敌，任你有多少仁人志士奔走呼号，任你有多少黎民百姓忧心如焚，南宋的国事已注定了百无可为，如早已时过中天的夕阳，加速向地平线下沉落。

“山外青山楼外楼，西湖歌舞几时休？暖风熏得游人醉，直把杭州作汴州”，南宋林升的《临安邸》诗，写的是南宋小朝廷君臣们的醉生梦死，再不想去恢复汴京。但是，杭州不仅有西湖歌舞，而且有人性的彻底泯灭，有不可告人的密室阴谋，有天地为之变色的奇冤大屈，那就是一代抗金名将、民族英雄岳飞及其长子岳云和部将张宪蒙冤被害，时在绍兴十一年除夕，公元1142年1月28日，正当英年的岳飞三十九岁，岳云仅二十三岁。中华民族的元气大伤，南宋朝野仅存的正气也为之大伤。我想，当岳飞临刑之前在狱案上写下“天日昭昭，天日昭昭”八个大字之时，一定是天也为之悲泣，地也为之吞声，那滂沱的大雨就是天地的痛哭吧？

南宋四大名将是岳飞、韩世忠、张俊、刘光世，张、刘没有词作传世，而岳飞与韩世忠却各有数首。《说岳全传》第五回有韩世忠的《满江红》，全词是：

万里长江，淘不尽、壮怀秋色。漫说道，秦宫汉帐，瑶台银阙。长剑倚天氛雾外，宝弓挂日烟尘侧。向星辰、拍袖整乾坤，难消歇。

龙虎啸，风云泣；千古恨，凭谁说？对山河耿耿，泪沾襟血。汴水夜吹羌笛管，鸾舆步老辽阳月。把唾壶、敲碎问蟾蜍，圆和缺？

虽是小说依托之作，且是步岳飞词作之原韵，但却不失英雄本色。岳飞副题为“写怀”的《满江红》，确实是那个“缺钙”的时代的霜天号角，也是当时词坛上一面雄风猎猎的旌旗：

怒发冲冠，凭栏处、潇潇雨歇。抬望眼，仰天长啸，壮怀激烈。三十功名尘与土，八千里路云和月。莫等闲、白了少年头，空悲切。

靖康耻，犹未雪；臣子恨，何时灭？驾长车，踏破贺兰山缺。壮志饥餐胡虏肉，笑谈渴饮匈奴血。待从头、收拾旧山河，朝天阙！

这首词，有人怀疑并非岳飞所作，有人则对怀疑论者提出反驳，有人则认为多年传唱，从中国人的心理与感情而言，已经非岳飞莫属。近年在浙江江山市发现《须江郎峰祝氏族谱》，上载岳飞的《满江红·与祝允哲述怀》：

怒发冲冠，想当日，身亲行列。实能是，南征北战，军声激烈。百里河山归掌握，一统士卒捣巢穴。莫等闲、白了少年头，励臣节。

靖康耻，犹未雪；臣子恨，何时灭？驾长车踏破，金城门阙。本欲饥餐胡虏肉，常怀渴饮匈奴血。偕君行、依旧奠家邦，解郁结。

江山古名须江，郎峰祝氏是唐宋时代当地的世家大族。北宋绍圣年间，祝允哲之父祝臣为兵部尚书、太子少保、都督征讨大元帅、上柱国宣国公。徽宗御驾亲征时，祝允哲曾随侍在侧。靖康元年，钦宗敕授大制参，督理江广粮饷，提督荆襄军务。岳飞被捕后，祝允哲曾上书高宗，愿以合家七十余口担保岳飞。祝氏族谱记载了岳飞词未经修改之前的原始面貌，而且此词是述怀而写给祝允哲的，应当可信。族谱中祝允哲也有一首《满江红·和岳元帅述怀》，全词如下：

仗尔雄威，鼓劲气，震惊胡羯。披金甲，鹰扬虎奋，耿忠炳节。五国城中迎二帝，雁门关外捉金兀。恨我生、手无缚鸡力，徒劳说。

伤往事，心难歇；念异日，情应竭。握神矛，闯入贺兰山窟。万世功名归河汉，半生心志付云月。望将军、扫荡登金銮，朝天阙！

岳飞本国家之干臣，民族之栋梁，中兴之希望，而且其个人品质也堪称楷模。他位至将相，但廉洁奉公，自奉菲薄，不娶姬妾，不置私产。许多高官大将在杭州都建有富丽堂皇的宅第，高宗也意欲为他建造，他辞谢说："北虏未灭，臣何以家为？"这种高风亮节，与当时官绅士大夫爱钱敛币穷奢极欲形成了鲜明的对比，时至今日，多少人都难以望其项背。然而，正如明代文徵明《满江红》词所说："岂不念，中原蹙；岂不惜，徽钦辱。但徽钦既返，此身何属？千古休夸南渡错，当时只怕中原复。笑区区一桧亦何能，逢其欲！"高宗与秦桧上下联手，改写了岳飞也改写了南宋的命运。朝堂之上，被罢了兵权而"杜门谢客，绝不言兵事"的韩世忠，曾当面质问秦桧岳飞之罪有无证据，秦桧回答"其事体莫须有"，韩世忠说"'莫须有'三字何以服天下"？韩世忠与张俊做节度使时，岳飞尚只是一个小小的军官，作为有弱点的人或者说不免人性的普遍弱点，韩世忠也曾嫉妒岳飞，但他此时敢于面斥气焰熏天的秦桧，一是基于良知与义愤；二是物伤其类，免死狐悲；三是高宗与秦桧曾命岳飞前往楚州（今江苏淮安）罗织韩世忠的罪状，而岳飞坚决予以抵制和反对，幸免于不白之冤甚至杀身之祸的韩世忠，对光风霁月的岳飞当然心存感激。而张俊对曾一度归他节制的岳飞竟与其平起平坐，则是妒火中烧，出于纯粹小人的嫉贤妒能，加之他转到抗战派行列之前，多年沆瀣于投降派的污泥浊水之中，于是便附和秦桧而极力诬陷岳飞，最后终于和秦桧、王氏、万俟卨一起跪倒在岳坟之前，岳飞的沉冤早已昭雪，而他们则永远不得“平反”而只能长跪不起。

岳飞冤狱，除了韩世忠和前面提到的祝允哲等少数人之外，朝堂之上为之不平而抗争的声音就难得一闻了。天地有正气，正气钟于民间。狱卒隗顺冒险将岳飞的遗体连夜偷偷背出，葬于“北山之湑”的九曲丛祠，保留了英灵的遗骸而使得青山有幸埋忠骨。身为布衣的刘允升，在满朝噤口不言之时，挺身而出为岳飞鸣冤叫屈，军士施全伏身桥下，企图刺杀上朝的秦桧，他们二人后来都为秦桧所杀。八百年后，让我们铭记这些人格与形象远远高于许多庙堂冠冕的草野之民吧！

岳飞被害之后，国事已不复可为。但是，朝野上下仍有耿介孤忠之士，他们一颗丹心，一身正气，或富贵不能淫，或威武不能屈，对以秦桧为首的卖国集团进行斗争，企图挽救南宋那一轮日渐西沉的落日。胡铨，就是其中风骨铮铮的一位。绍兴八年（1138）十一月廿四日，时任枢密院编修官的胡铨上书高宗，指责他“竭民膏血而不恤，忘国大仇而不报，含垢忍耻，举天下而臣之甘心焉”，要求将秦桧、王伦、孙策等投降派处以极刑，他自己则“备员枢属，义不与桧共戴天。区区之心，愿斩三人头竿之藁街。……不然，臣有赴东海而死，宁能处小朝廷而活焉”。他的上书犹如炸弹引爆，朝野之间久久为之喧腾，连秦桧本人都不得不上表“待罪”，可是高宗却说他无罪可待，而将胡铨横加之罪，除名编管于今广西平乐的昭州。1142 年 7 月，岳飞被害已有半年，朝廷内外更成了秦桧的一统天下，秦桧便进一步迫害胡铨，将其流放羁押到今日广东新兴县的新州。胡铨早已将生死置之度外，于新州写有一首传诵至今的《好事近》：

富贵本无心，何事故乡轻别？空使猿惊鹤怨，误薜萝秋月。

囊锥刚要出头来，不道甚时节？欲驾巾车归去，有豺狼当辙！

“欲驾巾车归去，有豺狼当辙”，这是一介文人所能亮出的最锋利的匕首，所能掷出的最锋锐的投枪。它闪耀着真正的人的凛然正气，大写的人的灿烂光芒。对正人君子举报揭发以邀功，自古已然，当地的郡守张棣密报秦桧，秦桧当然更加怀恨在心，便将胡铨流放到吉阳军，即今日海南岛之崖县，这在唐宋时代，这就是仅次于死刑的最高级别的海角天涯的恶贬了。

俗谚说，善有善报，恶有恶报。这只能说表达了众生的良好愿望，事实却并非都是如此，有时还恰恰相反。岳飞冤死，其他的义士仁人均遭贬逐，而秦桧却享尽荣华富贵，到六十六岁才寿终正寝，而高宗呢？“荒淫无道”足可鉴定其一生为人行事。宋太祖遗命不得杀大臣，徽宗在囚系之中也曾托人将此意提醒高宗，如果不是他面谕或默许，秦桧纵然穷凶极恶，谅也不敢向岳飞伸出他罪恶的黑手与毒手。然而，集专制、愚昧、罪恶与腐败于一身的他，竟然也益寿延年，活到八十岁的高龄。抚今追昔，在南宋初期的历史中追怀，在昔日的风波亭今日的小车桥一带寻觅，在西子湖边庄严肃穆的岳庙中凭吊，在享祀千秋的岳坟前留影，在长跪于墙侧的四个奸人之前唾之以沫，我不禁百感交集：历史啊，远非公正严明，常常让昏君当朝小人当道，演出一出出祸国殃民的闹剧与丑剧，而仁人志士英雄豪杰或不得善终，或只得老于户牖之下，扼腕拊膺而长叹息！

三

南宋的帝王与权臣，可谓一届不如一届，一蟹不如一蟹。当了三十六年皇帝的宋高宗，由于金主完颜亮的背盟南侵和自己的投降主义破产，朝野的抗战声浪因虞允文的采石大捷而高涨，他左右为难，最后决定退居深宫以享清福。他唯一的儿子赵旉虽已立为皇太子，但年仅两岁即已病死，而他在扬州之变中又丧失了生育能力，从宋太宗赵匡义到宋高宗赵构，宋代皇权一直控制在太宗一系，太祖的后代则寂寂无闻。靖康之难中，太宗一系的亲支宗室均被掳北去，大臣们认为国家多难是太宗在天之灵不肯保佑，宋高宗迫不得已，只好于绍兴三十二年（1162）宣告退位，将一个烂摊子交给养子赵昚，是为宋孝宗。

宋孝宗开始还想有所作为，他有限度地为岳飞平反，驱逐秦桧的党羽，让张浚负责准备北伐。北伐以“符离之败”告终，孝宗从幻想的高峰跌落到失望的深谷，加之高宗在幕后牵制，其新皇上任三把火的热情，也从此降到冰点。宋金重新订立丧权辱国的“隆兴和议”，一贯主张议和的投降派、秦桧余党汤思退又重为宰相，主战派遭到层层清洗，任何抗战的主张于孝宗都成了耳边风。位于杭州凤凰山下的大内宫城，原来只是州治所在，开始时只能因陋就简，高宗时先后兴建八殿，规模仍只及汴京的四分之一。北方的失地已不想恢复，但享受的规模却亟欲恢复，孝宗于是在宫中大兴土木，他不去想也可能不愿去想，若干年后，这些雕梁画栋朱帘绣户，都会被蒙人一炬，可怜焦土。

孝宗垂拱天下近二十年，这位南宋皇帝的第二代接班人无所作为，徒然使许多壮志干云之士凋了朱颜，白了黑发，本当效命沙场的兵书换成了东家的种树之书。陈亮就是一时之杰，他曾多次向孝宗上《中兴五论》之类的意见书，却杳无音信，而遭到力主议和的权贵佞臣的多次迫害，终身布衣。让我们重温八百年前那一泓沸腾的热血那一腔正义的呐喊吧，如《水调歌头·送章德茂大卿使虏》：

不见南师久，漫说北群空。当场只手，毕竟还我万夫雄。自笑堂堂汉使，得似洋洋河水，依旧只流东？且复穹庐拜，会向藁街逢！

尧之都，舜之壤，禹之封。于中应有，一个半个耻臣戎！万里腥膻如许，千古英灵安在，磅礴几时通？胡运何须问，赫日自当中！

“隆兴和议”之后，堂堂南宋竟然与金朝以叔侄相称，银两与绢帛的岁贡照贡不误。金国的诏书来时，依照旧制孝宗要离席起立恭接，逢年过节南宋还要遣使纳贡祝贺。从陈亮这首送人出使的词中，你不会感到有炽烈的怒火熊熊燃烧，有堂堂的正气直冲牛斗，有沸腾的热血呐喊于字里行间吗？

物以类聚，人以群分，只有自己怀瑾握瑜，才能欣赏他人的冰清玉洁，如果自己蝇营狗苟，当然就会引小人佞者为知己了。辛弃疾与陈亮互为好友，这固然是同气相求，也是惺惺相惜，他们在信念上是同志，在创作上是同道。青年辛弃疾在山东故乡时，就曾有过英雄的传奇故事，这位上马可以杀贼下马可以作词的英雄文人、文人英雄，在渡江天马南来以后始终壮志不伸，从来没有回到他所出身的军队，而是浮沉辗转在地方官任上，或长期赋闲在英雄老去的生涯之中。辛弃疾的词，素来被看成是宋代词坛壮词的代表，我却认为也是沉哀入骨的悲歌，尤其是那首《破阵子·为陈同甫赋壮词以寄》：

醉里挑灯看剑，梦回吹角连营。八百里分麾下炙，五十弦翻塞外声。沙场秋点兵。

马作的卢飞快，弓如霹雳弦惊。了却君王天下事，赢得生前身后名。可怜白发生！

陈同甫即是陈亮。他们在一次聚而又别唱和了五首《贺新郎》（辛两首，陈三首）之后，辛弃疾复赠以这一壮词。前面所有的豪情胜概的描写，都是为了“可怜白发生”这一句预做铺垫，有如在军鼓齐鸣军号昂扬而铁马金戈追奔逐北之后，平沙万里只剩下西风残照，暮色苍茫。

宋孝宗、光宗两朝，统治者在临安苟安岁月。公元1194年，赵扩在知枢密院事赵汝愚与外戚韩侂胄的支持下，以逼宫的方式登上了帝王的宝座，是为宋宁宗。昏君与佞臣互为表里，互为依靠，宁宗同样是一个昏君，一朝出了韩侂胄和史弥远两个奸人权相，在位三十年的宁宗使南宋更是国无宁日，临安一日也不得安宁。

韩侂胄有多重外戚身份：当朝皇太后的亲属，宁宗婕妤曹氏的亲戚，宁宗皇后的堂祖父，加之拥戴新帝即位，当然就大权在握而左右政局了。如果他是贤能之人，那就是国家与苍生之幸，偏偏时势造英雄而不能成就英雄，如岳飞与辛弃疾，偏偏乱世出奸雄而可以成就奸雄，如秦桧及他的徒子徒孙。韩侂胄念兹在兹的，就是手中的权力，和一人之下万人之上的独裁地位。他专权长达十三年，结党营私，排除异己，由节度使而太师而平原郡王，其亲朋故旧与狐群狗党纷纷高居要职，而其时士风沦丧，许多士人与言官希图升迁，也对他极尽阿谀吹拍之能事。韩侂胄穷奢极欲，生活糜烂，宠妾多达十四人。知临安府赵师睪不仅在韩的山庄中学狗叫，以回应韩所说的“此真田舍间气象，只是欠犬吠鸡鸣”，他听说韩的宠妾中四人有他人赠送的北珠之冠，其他宠妾为之眼红，他便采办北珠制成十顶珠冠以博韩的欢心，于是旋即升任工部尚书。在韩侂胄的把持下，南宋的政治愈趋腐败，满朝官员贪赃成风，而韩本人为捞取政治资本，在准备不足的情况下仓促北伐。北伐失败后，投靠韩侂胄的史弥远得到杨皇后的支持，收买了韩的两个心腹副相李壁与钱象祖，当韩侂胄上朝来到六部桥即今日杭州万松岭路附近，一顿铁鞭乱棒将其打死，时在开禧三年岁末。

韩侂胄为个人私利而匆忙北伐之前，辛弃疾曾表示不同意仓促行事，更不愿与之同流合污，不久即赍志而殁。而陆游也始终是有心杀敌无力回天，在那样一个奸雄得志而英雄失意的时代，他只能在自己的《诉衷情》词中喟然长叹，慷慨悲歌：

当年万里觅封侯，匹马戍梁州。关河梦断何处？尘暗旧貂裘。

胡未灭，鬓先秋，泪空流。此身谁料，心在天山，身老沧州！

时代让志士仁人们演出的既非正剧更非喜剧，而是壮志未酬命途多舛的悲剧，他们在浪漫精神高扬之时虽时有壮曲，但更多的却是面对现实之际无可奈何的悲歌。

1208 年，宁宗改元“嘉定”。前门去虎，后门进狼，史弥远嘉定元年身兼宰相与枢密使的双重要职，与宁宗后期统治的十七年相终始。其种种腐败与韩侂胄如出一辙，但其反动性正人如其名“弥远”——走得更远。也许是所谓有其父必有其子，史弥远之父史浩，在孝宗前期两度任相，是主和派的首领，史弥远不过是继承其父的衣钵而变本加厉。韩侂胄北伐前为了争取民心，曾让朝廷下诏追讨秦桧主和误国之罪，“一日纵敌，遂贻数世之忧；百年为墟，谁认诸人之责”，削夺其王爵赠谥，改谥“缪丑”，但史弥远一上台，就立即将韩侂胄的头颅送给金廷以求和，并迅即恢复秦桧的王爵赠谥，在他操纵朝政的近二十年中，他的一个中心就是千方百计巩固和延续自己的权位。宋宁宗于 1224 年病死，史弥远设法废掉对他不满的皇子赵竑，并逼其自杀，因为赵竑多次表示如登大宝就要将其放逐海南，另外在民间找到一个姓赵名与莒的人，易名贵诚，又名“昀”，诈称宋室后代，一番覆雨翻云，操纵废立，这位乡间保长之孙，竟然白日飞升，如做梦一般登上了御座，是为宋代的第十四个天子，名号理宗。理宗犹如傀儡，但傀儡木然无知，而理宗对史弥远则感恩戴德与诚惶诚恐兼而有之，让其继续独相九年，国事因此更是不堪闻问。当时曾任江南安抚留守后来官高至参知政事的吴潜，曾将政局比喻为稀浆烂纸补缀的破败器皿，用手一碰就会落地破碎。俗云“旁观者清，当局者迷”，有识的当局者也并非全是沉迷不悟，南宋的最后覆亡真是指日可待了。

四

绍定六年即公元1233年，史弥远虽然一百个不情不愿，但终被死神召去。宋理宗这才像一个演员从后台走到前台，改元“端平”，但是，这个本就来历不明的皇帝却无力也无能治理国家，既不“端”也不“平”，何况继秦桧、韩侂胄、史弥远之后，可悲的历史又推出了可与这三人比“丑”而又过之的外戚权奸贾似道。

端平二年六月，蒙古大汗窝阔台以他发布的一纸南侵之令，以快刀利箭强弓劲弩挑开了历时四十年最后灭亡南宋的战争的序幕。国势已危如累卵，如同一位在野之士向理宗作的预言一样：天下之势如人之垂老得疾，已无可救药。然而，在蒙人南侵的马蹄声中和响彻江南的警钟声里，除了一些爱国将领如孟珙、余玠等坚持浴血抗战之外，南宋最后的君王与权臣又当如何呢？

由于封建集权这一根本的弊病，如果施行人治的帝王本人的素质较好，也许还能使国家相对的国泰民安，如唐代的开元贞观之治，倘若相反，则天下可想而知。南宋至理宗之时，本已是回光返照，气息奄奄，何况理宗也是一个昏庸而荒淫之君，他当政近三十五年，日下的江河当然要加速奔向它的尾声。理宗不仅任用群小，远逐贤人，而且他本人也腐败不堪。南宋已经只有残山剩水了，而且飘摇于北来的朔风之中，但理宗还要肆意搜刮民脂民膏，财赋亏空就滥发纸币。他在皇宫内大兴土木，并且在临安新建寺观与园林，仿佛真会有万寿无疆的煎熬。不仅如此，他还派遣官员去各州县砍伐搜刮上等木材，为其宠妃阎氏修建所谓功德院。三宫六院尚不能满足他的淫欲，在已知天命之年的旧历除夕，理宗竟然撕去最后一层虚伪的面纱，将临安城中歌色双绝的名妓唐安伦召入宫中，与徽宗微服出宫私幸名妓李师师前后辉映，但却比他的先皇更加大胆而无耻，这大约是行将彻底败亡之前不顾一切的疯狂吧？宋理宗，就是如此开始了他的“宝祐”时代。“宝祐”啊保佑，冷眼旁观既悲且怒的神明，还会保佑这样一个已经敲响丧钟的王朝和必然遗臭万年的君王吗？

宋王朝南渡偏安，至理宗上台之始已过百年。自宋高宗而下的君王们，没有一个稍有王者气象，而权相们呢？秦桧猖狂肆虐十九年，韩侂胄翻云覆雨十三年，史弥远把持朝纲长达二十七年，苦了百姓，垮了国家，害了民族，然而，有了以上的独夫民贼还嫌不足，最后还出了一个贾似道，充当了南宋的掘墓人。

宝祐年间，宦官董宋臣、卢允升等人在内宫百般迎合理宗，而马天骥、丁大全之类的污吏，则在外庭对理宗极尽阿谀奉承之能事，他们都成为理宗重用的亲信——这种用人之道，因为没有健康的制度与严肃的法治做保证，其后果恐怕是古今皆然。当时就有人在朝门写上"阎马丁当，国势将亡"的帖子，可见百姓心中才真正"明镜高悬"。百姓何苦，江山何悲，有以上诸多丑类犹嫌不足，还有一代奸人贾似道随之粉墨登场。

我是湘人，"礼陵"是湖南的名郡，至今仍以盛产瓷器闻名。南宋末年有署名"礼陵士人"所作的《一剪梅》，题为"咸淳甲子又复经量湖南"，那就是我的乡贤与先贤对贾似道的鞭挞嘲讽：

宰相巍巍坐庙堂。说着经量，便要经量。那个臣僚上一章？头说经量，尾说经量。

轻狂太守在吾邦。闻说经量，星夜经量。山东河北久抛荒。好去经量，胡不经量？

咸淳甲子即景定五年（1264），那一年九月，宰相贾似道请经界推排法于诸路，"由是江南之地，尺寸皆有税，而民力竭焉”。当时就有士人写诗讽刺：“三分天下二分亡，犹把江山寸寸量。纵使一丘添一亩，也应不似旧封疆！”(《嘲贾似道》)而礼陵士人则就题发挥，以搜刮人民血汗的“经量”为中心，勾勒先“宰相”次“臣僚”后“太守”的嘴脸，结尾出之以对比鲜明发人深省的问句：北方沦陷区那么广大的土地都早已被人抛弃，那里难道不应该去丈量吗？于是，贾似道之流对敌卖国求生对人民敲骨吸髓的丑恶面目，更穷形而尽相了。

贾似道历仕理宗、度宗两朝，理宗已如上述，贾似道拥立的度宗呢？其昏聩腐朽更是有过之而无不及。他怠于政事而耽于酒色，一天之内竟要三十多个宫女陪寝，重镇襄阳被元兵包围已长达三年，这个末代之君竟然一无所知，他听不见动地而来的大漠鼙鼓，只听得见眼前的燕语莺歌，他将山河与百姓置之度外，让南宋“度”完最后的日子，当然是实至名归的了。狼狈为奸助纣为虐的还有贾似道。贾似道本来是一个纨绔子弟，市井无赖，相当于今日所说的“社会渣滓”，只因他的姐姐成了理宗的贵妃，于是一人得道，鸡犬升天，被理宗称为“股肱之臣”，“吾民赖之而更生，王室有同于再造”，掌握了当时的军政大权。而被其拥立的度宗呢？更是每次朝会必行答拜，称其为“师公”而不敢称其名，而许多趋炎附势毫无气节的朝廷之臣，则尊之为“周公”。贾似道独领朝纲的十五年中，凡是秦桧、韩侂胄、史弥远做过的坏事，他都无一例外地“踵武前贤”。忽必烈夺取汗位建立元朝南攻日急，他却私下与元蒙订立和约而谎报大捷。他充分发扬其流氓无赖的本性，在西湖与葛岭一带修建许多私家的楼台亭阁，如“半闲堂”“养乐园”之类，除了蓄养妓女尼姑数十人供其淫乐，还热衷于强取奸淫民间美女，又和少年时结交的赌徒们斗蟋蟀，开赌局，终日胡天胡地，正如后来明代诗人陈雍的《过葛岭怀古》所说：“山上楼台湖上船，平章醉后懒朝天。羽书莫报樊城急，新得蛾眉正少年。”政治的腐败和生活的腐朽，昏君与佞臣，从来都是孪生在一起，君臣淫靡荒唐到如此地步，国家还会有什么希望吗？

亡国已迫在眉睫，贾似道仍在西湖上楼船歌舞，不舍昼夜。南宋本只剩下百余州郡，却赡养了二万四千多员冗官，何况还重赋重税，搜刮已经灯枯油尽的百姓以供自己挥霍和享乐？到贾似道当政之时，市井萧条，农村破产，百姓更是生活在水深火热之中。当时有一位州府幕职人员杨佥判（佥判即签判，为“签书判官厅公事”的简称），写有一首《一剪梅》：

襄樊四载弄干戈。不见渔歌，不见樵歌。试问如今事若何？金也消磨，榖也消磨！

《拓枝》不用舞婆娑。丑也能多，恶也能多。朱门日日买朱娥，军事如何，民事如何？

这首词，写襄樊军民在元军的重重包围中英勇卓绝地抗战，贾似道却仍在花天酒地。他对度宗封锁消息，隐匿不报，有一位宫女向度宗透露实情，贾似道竟将其处死。恶贯满盈，他不知道自己就要死到临头了。

我来杭州时正是五月，和诗人胡丰传一道游湖时，恰逢湖上忽晴忽雨，山色空蒙，水光潋滟，西湖山水正重版着苏东坡那美妙绝伦的诗句。湖光依旧，人物全非，游览西湖的除了得天独厚得地也独厚的本地人，就是来自全国四面八方的游客。然而，我在苏东坡的诗句中徘徊流连之余，更多的却是神驰那个多灾多难国破家亡的时代。我手捧湖水，像手捧南宋如水逝去的历史，遥望昔日皇城所在的凤凰山之上，哪里有传说中所谓的瑞气祥云？早在当年末世君王在凤凰山下穷奢极欲，贾似道们在西湖上征歌逐舞之时，蒙古族铁骑的奔蹄就已如暴风骤雨，即将卷地而至，踏翻那个苟延残喘而又醉生梦死的王朝了。

五

咸淳十年即公元1274年的7月，度宗荒淫纵欲而提前魂归地府，因为天国不会给这等昏君发放通行证，时年仅三十三岁。当此之时，贾似道已死到临头，不久之后他被发配去循州，押解他的会稽县尉郑虎臣激于义愤，于福建漳州木棉庵将其击杀。但他在有生之年，尽管南宋国祚进入了倒计时，而且已处于读秒阶段，他还想继续把持朝政，不立年纪较长的建国公赵昰，而拥立年仅四岁的黄口小儿赵㬎，是为宋恭帝，改元“德祐”。

上下无德，谁能佑之？命悬一线的南宋王朝即将寿终的不是正寝而是海寝。

公元1274年7月，忽必烈下令元军分兵进击，兵锋从三个方面指向并合围临安，南宋王朝已如一个下达病危通知的人处于弥留阶段。8月26日，朝堂上的百官开始作鸟兽散，各奔前程，不，此时已无前程可奔，只能说是各自逃命了。大而至于家国，小而至于友朋，在祸患袭来的严峻时刻，最可见一个人的操守或者情谊，当朝廷上的无耻之徒纷纷消遁之时，如同擎天一炬照亮了昏黑的大地，如同霍然闪电燃烧在漆黑的夜空，文天祥到达临安，主张分兵以抗敌锋，死战以挽狂澜。但他的主张不被决心城上竖降旗的太皇太后谢氏和宰相陈宜中采纳，德祐二年（1276），南宋向元帅伯颜无条件投降。文天祥出使敌营被拘，后来从真州逃脱，七月间在南剑州开设督府，传檄起兵，在一潭死水中又掀起短暂的抗战波澜，虽然不久兵败江西，两个儿子均被追击的元兵杀害，他仍然奔走救亡，知其不可为而为之。祥兴元年（1278）十二月，文天祥在海丰五坡岭仓促遇敌，吞毒未死而被执，被押解至大都即今日的北京。他被囚四年，威武不屈而富贵不淫，无国可忠而忠于自己的民族和信念，最后以他的丹心碧血，在昔日的刑场今日北京的菜市口，完成了他感天地泣鬼神的《正气歌》，谱写了真正的人的千古绝唱。

南宋王朝建都于临安至举起白旗，历时一百五十年，应该说是寿终正寝了，但南宋部分官员拥立益王赵昰、广王赵昺两个小皇帝，又苟延残喘了三年。公元1278年6月，张世杰、陆秀夫拥年仅八岁的赵昺，逃至广东新会离县城八十里的海中的崖山。公元1279年正月，由宋降元主持两广军务的张弘范与从广州赶来的李恒合攻崖山，陆秀夫负帝昺跳海而亡，轰然一声，南宋最后半轮残阳终于沉落海中，寿终海寝而不再升起。

北宋末期的人口已有一亿人左右，两宋时期科技、经济和文化的整体成就逾越汉唐，雄踞当时世界的最前列，但北宋与南宋却先后被北来的少数民族所灭亡。有人说赵匡胤从后周的孤儿寡母手中夺取了江山，最后元人又从他的后代的寡母孤儿手中将江山夺走，冥冥之中似乎有什么“报应”。这当然是不经之谈，但宋代之亡确实留下了许多可以深思的历史教训，其中之一就是当政者的极端腐朽，社会风气包括士风的普遍败坏，以及对正道直行之士的压抑、排斥和打击。然而，当时之人是无法也不能有见及此的，罪魁祸首如宋徽宗，他在燕京囚系之中偶然见到王安石与神宗讨论富国强兵的《熙宁奏对录》，不禁百感交集，不知他感慨的是什么？那些遗民的诗词呢？如柴望重过杭州凭吊故国题为“山河”的《念奴娇·山河》：

登高回首，叹山河国破，于今何有？台上金仙空已去，零落逋梅苏柳。双塔飞云，六桥流水，风景还依旧。凤笙龙管，何人肠断重奏？

闻道凝碧池边，宫槐叶落，舞马衔杯酒。旧恨春风吹不断，新恨重重还又。燕子楼高，东昌镜远，人比花枝瘦。伤情万感，暗沾啼血襟袖！

它也和许多遗民诗词一样，大都只是停留于吊逝伤今，不可能认识和表现悲剧产生的深层原因。七百多年前，在元军的焚烧破坏之后，柴望就已经悲吟“叹山河国破，于今何有”了，七百多年后，我到哪里寻觅南宋王朝的遗迹呢？我去灵隐寺，寺内大雄宝殿左右矗立的宝塔建于北宋，石塔仍在，但宋朝早已不在，连寺内供奉的诸神都救不了它，我问石塔，见证了千年沧桑的石塔说，宋王朝早已化为了一缕青烟。我和诗人董培伦去凤凰山下，那里曾是南宋皇宫的故地，但除了新发掘的称为1995年全国十大考古发现的太庙遗址，当年富丽堂皇的皇宫早已不知去向，连一砖一瓦都没有留存到今天。原地之上现在可见的，已是杭州卷烟厂等工厂、机关与民居。我们向居民和路人打听，都不知有什么宫殿遗址或遗物。卷烟厂大门口坐了几个身穿制服的保安，我们一时神思恍惚，竟以为是当年把守宫门的御林军，趋前询问皇城往事与旧迹，他们也竟然连连摇头，表示一无所知，使我们大失所望。

董培伦说，杭州许多人都不知道南宋这一皇宫故地，连住在附近的他也没有专门寻访过。虽然日月不居，桑田沧海，但总会留下一点遗痕吧？我们四处寻寻觅觅，想从元人一炬可怜焦土中发现一些劫后余灰。四处高楼林立，脚手架直上青天，而推土机正在继续推走推远那往昔的岁月。我们忽然发现，一条已被污染的窄得几乎可以飞身而过的小河上，有一座古色古香的厚重水门，这座水门以方直与弧形的麻石砌成，门洞里的麻石上还有拴绳的石眼和开关水门的洞眼，“凤山水门”石匾仍高嵌在水门的门楣之上，为南宋的皇城做时空邈远的旁证与孤证。我们在拱门之内贴壁而立，抚摩那苔痕水迹斑驳的巨幅石块，石块冰凉，我们已无法重温那已逝去的遥不可及的时光。培伦不失诗人本色，他不禁感慨丛生：

“历史那么遥远，历史又如在目前！”

“宋王朝地广人众，科技先进。仅以火药应用而言，就已从节日之夜的表演发展为两军对阵时的制敌之器，北宋有弓火与弩火药箭，南宋不仅有爆炸性火炮，还拥有发射弹丸的管形火器突火枪。它还是现代火箭的祖先呢，可惜也挽救不了宋王朝灭亡的命运。”我说。

这是我的“临安行”的最后一天了。晚上，我在客舍的窗前久久临风伫立，俯仰天地，思接古今。马路上车如流水，远远近近的霓虹灯在展示现代文明。我猛然惊觉，虽然实地来游，但我主要还只是从历史典籍中认识了南宋的兴亡，而亲眼见证那一切的，不仅有灵隐寺的双塔，千年依旧的西湖，凤凰山下的凤山水门，还有今夜杭州城头的一弯冷月，数点寒星！

压倒须眉

几千年风雨如磐，许多天资颖异的女性如磐石重压下的幼芽，无法抽枝发叶开花结果；几千年漫漫长夜，哪一位女性居然能在男性的星空中占有一个位置，甚至闪耀无法掩盖的星斗的光芒，那就是一个反常的异数了。在中国诗歌史上，那些叱咤风云甚至独领一代风骚的诗人，都是七尺须眉，纵然有一些女作者突围而出，也只是无关大局因而也无足轻重的插曲与伴唱。但是，南宋词坛的李清照，她从书香四溢的深闺走向兵连祸结的社会，以她的纤纤素手写下许多传之后世的扛鼎之作，是不让须眉乃至压倒须眉的巾帼，真是诗国也是封建时代的中国的奇迹。

山东历城即今之古城济南，城在家家泉水户户垂杨里。城之西南的“柳絮泉”边，有北宋礼部侍郎李格非的府第，元丰七年即公元1084年，这座府第迎来了李清照呱呱坠地的第一声啼哭。由于书香门第的熏陶，加之不可遏制的天分，李清照少年时即有诗名。“溪亭”，是宋代历下名泉之一，地在历城西北的大明湖之侧。“常记溪亭日暮，沉醉不知归路。兴尽晚回舟，误入藕花深处。争渡，争渡，惊起一滩鸥鹭”，这首轻盈活泼的

《如梦令》如花始开，开在她少女的花季。李清照十八岁时嫁给和她志趣相投的赵明诚，在四十四岁南渡以前，她在济南和山东青州等地，在诗词书画与金石碑帖之中，度过了虽有风波但还算惬意的青春与中年岁月。

犹记二十世纪八十年代之初，我从湘楚远赴济南忝列臧克家诗歌研讨会，曾专程去李清照纪念堂寻访词人的遗踪。庭院深深，哪里还找得到李清照的一枚足印？泉水清清，哪里还看得到女词人再来临波照影？历史告诉我，金人于靖康元年（1126）12月攻陷汴京，次年之初即押送成为俘虏的徽、钦二帝北去，北宋宣告灭亡，李清照也仓皇南渡，从此再也不曾回来。国破家亡，凄风苦雨，辗转于三千里流亡的道途，时间长达八个月之久，说不尽的江湖行路难，抛不尽的弱女辛酸泪，如一叶孤帆找到一个临时的港湾，她终于来到杭州稍事喘息。然而，绍兴四年（1134）十月初，金兵入侵的警讯又从淮河传来，杭州已无法安枕，李清照只好随着逃难的人流，沿富春江而上溯金华，寄居在一陈姓人家的屋檐之下。金华，一度是南宋女词人李清照的客居，今天却是当代大诗人艾青的故里。冥冥之中，这于金华是一种怎样的缘分和荣耀呢？

1983年夏日，我从上海乘火车西返长沙，途中要经过金华。“金华火腿”闻名全国，但我并非美食家，更非饕餮之徒，我只是诗国的朝香人，精神王国的旅行者，华山夏水寻幽探胜的独行客，我怎能不去金华燃点我的一炷心香？从长沙东来时经过金华，火车小停三五分钟，我只能在东去列车的窗口向它挥手致意，而今列车西去，时近黄昏，我怎么可以和它再度失之交臂，而不赓续前缘与诗缘？于是我便投宿金华的客舍，匆匆做了一夜与半日之客。

简易的行囊甫谢，我便与晚霞落照一起赶往双溪。李清照于公元1134年10月下旬作客金华，大约是次年秋天转寓临安。确凿无疑的是，《打马图经自序》与《打马赋》是作于此地，于金华所写的还有一诗一词，诗是弱女子而有大丈夫之气的《题八咏楼》，词则是易安词中的上品，也是宋词中的青钱万选之作《武陵春》：

风住尘香花已尽，日晚倦梳头。物是人非事事休，欲语泪先流。

闻说双溪春尚好，也拟泛轻舟。只恐双溪舴艋舟，载不动、许多愁！

“双溪”，在金华城东南丽泽祠前，东港、南港两条河水在此汇流而过，双双携手去投奔婺江，为唐宋时游览的名胜之地。而它的美名流传至今日，则是因为李清照的题咏，它不仅蜿蜒在金华城的东南，也永远清碧在李清照的词里。这首词，不胜国破家亡物是人非的悲戚之感，虽然抒写的似乎只是个人的情感，夫死孀居，漂流转徙，形单影只，万念俱灰，但个人的哀愁却有时代的深悲剧痛为背景，这首词也就从侧面反映了那个动乱的江河日下的时代。

愁情，是人类的一种最普遍的情感，虽然愁情的内涵可能因人而有异，因时而不同，但人生不如意事常八九，极少花好月圆，即使是月圆花好，但总不免有大大小小的缺陷，因此人生常常与遗憾甚至忧愁相伴而行。在李清照之前，最著名的有李煜“问君能有几多愁，恰似一江春水向东流”（《虞美人》），郑文宝“不管烟波与风雨，载将离恨过江南”（《柳枝词》），苏轼“无情汴水自东流，只载一船离恨向西州”（《虞美人》），秦观“便做春江都是泪，流不尽，许多愁”（《江城子》），贺铸“试问闲愁都几许？一川烟草，满城飞絮，梅子黄时雨”（《青玉案》），陈与义“明朝酒醒大江流，满载一船离恨向衡州”（《虞美人》），张元干“艇子相呼相语，载取暮愁归去”（《谒金门》），可见李清照并非白手起家而成为词的大腕与妙腕，但是，她却如多财善贾的高手，向他人借得一点资金，运用之妙，在乎一心，却财源广进而成为巨富。

愁情，本来是一种抽象的无可把捉的情绪，诗人的本领就是将抽象的感情具象化。李清照的超胜前人之处，固然是她的愁情出自她特殊的遭逢，涌自肺腑，真切而深重，也在于艺术表现的新颖警动。舴艋舟，即形如蚱蜢的狭长小船，张志和的《渔父》词多次写到它，如“钓台渔父褐为裘，两两三三舴艋舟”，而李贺《南园》也早有“泉沙软卧鸳鸯暖，曲岸回篙舴艋迟”之语。李清照恐怕小小的舴艋舟载不动自己超重的忧愁，不仅化抽象为具象，而且那种由视觉至于触觉的通感，也使得忧愁有了可以秤衡的重量。如果在街头邂逅了一位绝代佳人，你会因惊艳而铭记在心，在诗文中邂逅了这样的绝代佳句，你难道会无动于衷吗？于是，后代词人又纷纷到李清照词的宝库中来贷款，如董解元在《西厢记诸宫调》中说，“休问离愁轻重，向个马儿驮也驮不动”，王实甫《西厢记》说，“遍人间烦恼填胸臆，量这些大小车儿如何载得起”。他们虽然也算经营有方，由船装而化为马驮车载，但这些换了招牌的分店，其气象神韵却远远不能与原来的银行相比。

李清照写愁的词句太多，真是“守着窗儿，独自怎生得黑？梧桐更兼细雨，到黄昏、点点滴滴。这次第，怎一个愁字了得”！我在落照中的双溪之畔徘徊，岸边有一两条小船，静静地泊在李清照的词里，远处机帆船的突突之声断续传来，落日在水中打湿和熄灭了自己最后一束光焰。我独自前来怀古，苍茫的暮色与千古的忧愁，从水上同时袭向我的心头。幸好我触景生情，忆起了台湾名诗人余光中的题为《碧潭》之诗，“碧潭”是台北市南郊的名胜，湖水清碧，故名碧潭。此诗写于 1963 年 7 月，收录于 1964 年出版的诗集《莲的联想》之中，诗人时年 35 岁。这首诗即以李清照“载不动，许多愁”之句为副题，开篇是“十六柄桂桨敲碎青琉璃 / 几则罗曼史躲在阳伞下 / 我的，没带来，我的罗曼史 / 在河的下游 // 如果碧潭再玻璃些 / 就可照

我忧伤的侧影 / 如果舴艋舟再舴艋些 / 我的忧伤就灭顶”。余光中其时和婚后不久的夫人小别，两地相思而有此《碧潭》之诗，双方都是青春年华，爱情年轻而甜蜜，即使相思也只有浅恨轻愁。李清照花样年华时和赵明诚结为伉俪，当年也曾写过一些清丽柔美的爱情诗，而她四十六岁丧夫，寓居金华时已是年届五十的老人了。余光中的轻愁与李清照的深恨自是不可同日而语，但他却思接千载，由碧潭的水上轻舟而想到李清照的舴艋舟，点化与活用了李清照词中的意象。徘徊在双溪的岸上，我不禁想入非非：如果余光中此时越海来游，他会朗吟他的《碧潭》之诗，作为对他心仪的八百年前词人的祭奠吗？如果李清照一梦醒来，读到余光中引用她的词句之诗作，会不会凄然同时也欣然一笑？

一夜辗转反侧，窗户微明之时，知东方之既白。黎明，我邀东升的红日一起去攀登位于金华城南的“八咏楼”，凭栏纵目，阅读摊开在高楼四周的风景，阅读李清照歌咏名楼的豪壮词章和八百年的盛衰兴亡。

众生一想到李清照，就会想到她是闺阁才人，弱不禁风——“帘卷西风，人比黄花瘦”；就会想到她的词前期清丽婉约，后期凄婉沉哀——“寻寻觅觅，冷冷清清，凄凄惨惨戚戚”。殊不知她的手中握的竟是一支亦秀亦豪的彩笔：她写了不少缠绵悱恻的情语，也挥洒过一些龙腾虎跃的壮词；她的笔下有花前月下的儿女柔情，也有烈火狂飙的英雄人物；她为自己的不幸遭逢而顾影自怜，也为国家民族的苦难而深悲痛悼。这也许是因为她出生于山东，那是有着深厚的齐鲁文化与英雄传统的土地，她虽为女性，却也深受其熏陶与润泽。这，也正是她的词矫矫不群的一个重要原因吧？她的断句如“南渡衣冠少王导，北来消息欠刘琨”“南来尚怯吴江冷，北狩应悲易水寒”，就不是“小女人”而是“大女人”的手笔。建炎三年（1129），李清照和丈夫从江宁去芜湖，沿江而上，经过楚霸王兵败自刎的和县乌江，她作了一首又题为“夏日绝句”的《乌江》：“生当作人杰，死亦为鬼雄。至今思项羽，不肯过江东！”诗当然是借古讽今，讥时刺世，讽刺南宋统治集团的昏聩无能与苟且偷安，它高扬着一股英雄之气，是一曲弱女子所抒写的悲壮的英雄颂。而她的《题八咏楼》呢？

八咏楼，也是金华名胜，原名元畅楼，为南齐隆昌元年（494）东阳太守沈约所建，沈约曾赋《登元畅楼》诗，复咏《登台望秋月》等诗，前后八首，总称为“八咏诗”，所以宋初将元畅楼易名“八咏楼”。李清照可确证写于金华的诗词，除了《武陵春》一词之外，就是豪壮的七绝《题八咏楼》了：

千古风流八咏楼，江山留与后人愁。
水通南国三千里，气压江城十四州！

八咏楼所在地的金华，地处钱塘江上游。江河纵横，通向南国的四面八方。八咏楼楼台高峙，其气势可以盖过平江、镇江二府和下属的十二个州，即今日浙江的大部分地区与江苏的部分地区。如此大笔挥写，真是气概雄张，不可一世。《武陵春》词中小小的舴艋舟，载不动许多愁；而《题八咏楼》诗所描绘得如此壮丽的江山，留给后人的却是无尽的忧患。李清照所“忧”的是什么呢？她没有明说而只有暗示。知人论世，读者联想到生于北方的她半生的悲剧遭遇，和南宋王朝偏安江左不思恢复，对她的愁情不是就于言外可想吗？在八咏楼头追昔抚今，我不禁想到有一次在北京拜望诗人艾青时，提到他的金华故里和李清照的有关诗词，童心犹在的艾青也许是忆起一生的忧患遭逢，也联想到国家的前途和民族的命运吧，不禁一迭连声击节浩叹：“江山留与后人愁，江山留与后人愁，江山留与后人愁啊！这个女人真了不起！”我想前去询问李清照，你写于金华的一词一诗，虽然“一枝折得，人间天上，没个人堪寄”，但历代却传诵不绝，八百年后还得到了海峡两岸两位大诗人的回声，你该会觉得那是最好的安慰吧？

一别李清照和艾青的金华，匆匆已是十有六年。不久之前，我因事从长沙前去上海，再次路过金华，已是凌晨三时。全车的人已经睡熟，我却早已从小寐中醒来。我伫立于夏雨敲叩的窗前，向我多年前拜访过的心中的名城顶礼。回程路过金华，又是黄昏时分，车停片刻，我引颈四望，只见车站之外高耸的“红叶宾馆”四字熠熠耀目。我忽发奇想：李清照如果旧地重来，当然不会再去寄人篱下而会得到隆重接待了，她是不是住在这个名字富有诗意的宾馆里呢？她能赶到月台来和我作八百年后的聚会吗？然而车声隆隆，车声隆隆，我心中的希冀和疑问一起没有了下文。

千古英雄气

今夕何夕？今天是一九九九年的腊月廿九，明天就是岁除之日了。由于少见的“暖冬”的眷顾，窗外白天阳光流金，夜晚星斗耀银。是偶然的巧合？还是冥冥中的选择？我竟然于这一天落笔来写这篇文章。八百五十七年前的今天，该是阴风怒号淫雨霏霏吧，已是一年将尽之日了，英雄岳飞三十九岁的生命也被逼到了尽头，在屈打也不成招的大理寺狱中，于见证了千古奇冤的风波亭里。在自己被毒死、爱子岳云和爱将张宪被斩首之前一刻，今日有谁知道他胸中翻滚呼啸的是怎样的悲风怒涛呢？他在供状上书写的，只有令千秋万载的后来人痛断肝肠的八个大字：天日昭昭！天日昭昭！

八个大字，八记人间何世的冤鼓，八声撕心裂肺的呼喊，八响震天撼地的雷声。岳武穆呵，挽弓搭箭要挽狂澜于既倒的英雄，民族的历千劫而不死的英魂毅魄！八百年后你的忌日，尽管当代不少人沉浮于欲海之内钻营于孔方眼中，早已将你遗忘，但许许多多热血未冷者依然对你低首皈心。我也曾北上河南汤阴你的故里朝拜，东去杭州西子湖畔你的坟头祭奠，今日写这篇早就中心藏之何日忘之的文章，权当在你的坟前点燃的一炷心香啊高香。

一

拥有中国封建社会的黄金时代的大唐帝国，终于在公元907年落下它迟迟不肯降下的帷幕，继之而起的是持续了五十余年的乱世，无数个短命王朝，像走马灯一样来来去去，此明彼灭。后周显德六年（960），时任检校太尉、殿前都点指挥使时年三十四岁的赵匡胤，手握重兵，在离都城开封四十里的陈桥驿“黄袍加身”，兵不血刃地从后周幼帝的手中夺过政权，因他当初领节度使在宋州，于是，改朝换代曰“宋”，改元“建隆”，由是所谓“隆宋”与“盛唐”并称。

其实，盛唐确实是猗欤“盛”哉，“隆”宋却是一厢情愿。宋代在经济与文化方面的某些成就，超出于汉代与唐代之上，由于宋代帝王重文轻武，礼遇文士，宋代包括音乐、舞蹈、绘画、书法与诗词在内的文学艺术，更是极一时之盛。宋词，就是可与唐诗这一连城之璧比美的夜明之珠。然而，和以前的大汉、盛唐以及之后清代的康乾之世相较，宋代也可谓积贫积弱、内忧外患。以上三个朝代都有为后代史学家肯定的“盛世”，而宋代呢？套用英国作家狄更斯《双城记》的开场白，那是一个希望的朝代，也是一个失望的朝代；那是一个改革的朝代，也是一个保守的朝代；那是一个人才辈出的朝代，也是一个官员繁冗内斗不休的朝代；那是一个文采风流的朝代，也是一个武功阙如的朝代；那是一个曾经企图恢复汉之故地唐之版图的朝代，也是一个不断妥协求和丧权辱国终于在广东崖山海上最后覆亡的朝代。用中国的古语“一言以蔽之”，宋帝国在汴梁（开封）建立之初，就是三百二十年后在崖山的大海中覆灭之始。

宋朝的立国皇帝赵匡胤和赵匡义，开始还颇具“家天下”的雄心，他们取西蜀，平北汉，定南汉，下南唐，收吴越，赵匡胤倡言“卧榻之旁，岂容他人鼾睡”，这句话流传至今而成为众生不时引用的成语。然而，几次北伐均以凄凄惨惨的失败告终，只留下轰轰烈烈的杨家将的故事，演绎于正史与野史，以致赵匡胤多次向他的宰相赵普叹息：一榻内外，全是他人鼾睡！可见即使是万人之上统治天下的君王，也还有他无法解脱的诸多烦恼。在北宋的一百六十七年中，西北之夏与宋朝时战时和，连“胸中有百万甲兵”的范仲淹都急白了头发，他的“将军白发征夫泪”之词就是证明。北方之患，先是契丹族建立的辽国，后是灭辽而崛起的女真族建立的金朝，占据了宋朝从未恢复过的燕云十六州之地，其骑兵如横扫北中国的飓风，奔突驰骤，不时到汴梁北面的黄河之滨饮马。公元1127年，也就是“靖康耻，犹未雪”的靖康二年，金兵终于兵临汴梁城下，庙堂之上的徽钦二帝，成了金国北方偏远小镇五国城内的阶下之囚，原来锦衣玉食的皇后妃嫔皇子王孙，也都成了羁押于冰天雪地之中任人践踏的草芥。康王赵构在徽宗的三十四个皇子中排行第九，而且是庶出，本来没有九五之尊的任何希望，但这个名副其实的孤家寡人却因“出差”在外幸免成为阶下之囚，阴差阳错地登基为宋高宗。长达一百六十七年的北宋于狼烟阵中马蹄声里寿终正寝，而偏安江南歌舞升平小人当道忠良贬逐苟延残喘一百五十三年的南宋，在仓皇南渡中于焉开始。

苦难时代，艰难时世，往往滋生大奸大恶，也常常会推出拯救时艰的英雄豪杰。岳飞，就诞生成长并企图挥戈返日于这样一个时代，他的生命短暂如闪电，他的声威刚烈如雷霆。

历史将永远记住这个日子这一地名。崇宁二年，即公元1103年夏历二月十五日之夜，河北省真定府路（今正定县）的相州（今河南省安阳市）汤阴县永和乡的一座农舍，迎来了一个婴儿呱呱坠地的啼声。据说这个婴儿降生时因院落之上有大鸟飞掠而过，故取名岳飞，别号鹏举。他少年习武，青年从军，若是他人，也许终其一生仅是赳赳武夫，或成一代战将，但岳飞却顶天立地成就为民族的浩然正气，华夏的傲然脊梁，历史的巍然丰碑，因为他具有出乎其类拔乎其萃的个人素质与品格。《宋史·何铸传》曾经记载，岳飞后来被逮捕至大理寺狱中后，“铸引至庭，诘其反状，飞袒而示之背，背有旧刺‘尽忠报国’四大字，深入肤理”，而历史的传闻说，这是岳飞年少时母亲一针针在他背上刺下的希望与叮咛，而生性至纯至孝的岳飞，不仅将母亲的教言铭刻在背，也铭刻在心，他以满腔热血和短促年华报效的，就是他念兹在兹的国家与民族。

二十岁从军的岳飞，转战南北，大功屡建，几乎是真正的“战无不胜”，十二年后已升任为负责一方的统帅。绍兴三年（1133），金兵又大举南侵，占领了襄阳等州郡。岳飞接连上书奏请北伐，次年迅即收复了襄邓六州，名为“襄邓大捷”。宋高宗虽然不得不称赞他“儿童识其姓字，草木闻其威声”，却命令他停止前进。驻节鄂州（今湖北武昌）的岳飞，一日登临黄鹤楼北望故国山河，这位好读书而擅书法的一代名将，不禁感从中来，写下了他流传至今的三首词中的一首《满江红·登黄鹤楼有感》：

遥望中原，荒烟外、许多城郭。想当年，花遮柳护，凤楼龙阁。万岁山前珠翠绕，蓬壶殿里笙歌作。到而今、铁骑满郊畿，风波恶。

兵安在？膏锋锷。民安在？填沟壑。叹江山如故，千村寥落。何日请缨提劲旅，一鞭直渡清河洛！却归来、再续汉阳游，骑黄鹤。

全词是望中所见，望中所想。追怀当年汴京的大好时光，感叹今日山河破碎生灵涂炭，抒写自己要求北伐收复失地的壮志宏图。这首词的手迹，在他逝世后五六十年即为人珍藏，其上有公元1195年中进士的南宋词人魏了翁的题跋，今日尚有拓片传世，见于近人徐用仪所编而于1932年出版的《五千年来中华民族爱国魂》一书。岳飞"襄邓大捷"后持节封侯（武昌郡开国侯），时年仅三十二岁，但他绝非是一心只想自己飞黄腾达荣华富贵的庸官俗吏，而是心系北伐大业丹心可昭日月的民族英雄。我每次瞻仰此词云驰电扫的手迹，总疑似墨迹未干，英灵犹在，不免热血偾张而思接千载。

岳飞驻节的武昌我是到过多次的了，却再也见不到一面当年岳家军的旗帜，宋高宗面赐给岳飞的"精忠岳飞"的军旗，也早已在不久之后的那一场冤狱中不知去向。岳飞当年登临赋词的黄鹤楼呢？当然也早已交给了如烟岁月。在新建的黄鹤高楼，我拾级而上飞身绝顶，绕楼徘徊，举目远眺，再也望不到当年岳飞望中所见的情景，只有猎猎江风万里，还在将岳飞的壮词吟诵，只有千古滚滚江涛，从八百年前将岳飞的英雄往事说到今朝。

二

岳飞之前的许多婉约词，如同洞箫低吹，《满江红·登黄鹤楼有感》这一慨当以慷的壮词，则好似军乐高奏，它是南宋豪放词威武的先声，英雄之气风生纸上。然而，在大自然中，暴风雨之后也有清明的晴霁，群山万壑里也有潺潺自语的幽溪，生活中的英雄人物，有金刚怒目，也有菩萨低眉，有金戈铁马烈火狂飙，也有闲情逸致温柔旖旎，甚至也难免千般怨绪百结愁肠。叱咤风云的岳飞，不正是这样的吗？他传唱至今的三首词之一，便有那首沉郁蕴藉近于婉约词风的《小重山》：

昨夜寒蛩不住鸣。惊回千里梦，已三更。起来独自绕阶行。人悄悄，帘外月胧明。

白首为功名。旧山松竹老，阻归程。欲将心事付瑶琴。知音少，弦断有谁听？

一边是志士仁人的奔走呼号，英勇抗敌；一边是恶君奸臣的蝇营狗苟，卖国求生。岳飞生逢的时代，光明与黑暗并存，正义与邪恶互争，美好与腐败同生，正剧与丑剧共演。当岳飞等爱国将士东征西讨浴血沙场之际，以宋高宗赵构与奸相秦桧为首的投降派，为了自己的帝位与相权，也日益上下勾结，暗室密谋。忠勇的岳飞何其不幸，他在《小重山》一词中抒写了自己的孤独与苦闷，但他恐怕还不知道为他准备的不是庆功的喜筵，而是置他于死命的陷阱吧？

绍兴八年（1138），岳飞身居鄂州军营之中，地当抗金前线，日日规划恢复，夜夜枕戈待旦。沉溺于声色的赵构与阴险于权谋的秦桧却紧锣密鼓，与金国进行所谓“和议”。金国派遣南来的使者为张通古与萧哲，前者的头衔是“招讨江南使”，后者的名义则是“明威将军”。“明威”固然是藐视宋朝的明以示威，“招讨江南使”的“江南”，更是袭用宋太祖对李煜的南唐侮蔑性的用语。金国将南宋只作为其下属之邦，故其携带的交涉文本竟自称“诏书”，而且要宋高宗改穿大臣之服行跪拜之礼。消息传开，举国群情激愤，许多正人义士以各种形式表达他们的愤怒与抗议，其中可以枢密院编修官胡铨为代表。他在乞斩秦桧、孙近、王伦的奏章中说：“臣备员枢属，义不与桧等共戴天，区区之心，愿斩三人头，竿之藁街，然后羁留虏使，责以无礼，徐兴问罪之师，则三军之士不战而气自倍。不然，臣有赴东海而死耳，宁能处小朝廷求活耶？”胡铨之奏章乃堂堂之阵，正正之旗，敢冒昏君与权相之大不韪，天下为之交口传诵，连秦桧都只得假惺惺地与孙近联名上表待罪。然而，宋高宗居然迅即下诏对他们示以抚慰，说什么“至彼小吏，嘲诋柄臣，久将自明，何罪之有”。权柄在握者对他人欲加之罪，何患无辞，欲免之罪，也同样何患无辞。巨奸大恶国人皆曰可杀的秦桧，由此而更加飞扬跋扈。历来的奸恶宵小之徒，在多行不义时总要饰以冠冕堂皇的言辞，扯起光明正大的旗号，秦桧也同样为自己傅粉涂脂，说什么“我欲济国事，死且不恤，何避怨谤”。封建专制政治最主要的特点之一，就是绝对地忌恨异议，畏惧正论，打击正道直行之士。为了“国家”与“民族”，秦桧代替赵构对胡铨的奏章做批示，将其贬为“监广州盐税”。“和议”既成之后，又立即除名，押送新州（今广东新兴）编管——相当于今日的管制教养，后又远徙流放重罪犯的吉阳军，即今之海南省南部，那真是所谓海角天涯的恶贬。胡铨之所以从新州“移送吉阳军编管”，是因为他1148年在新州作了一首《好事近》词。当时新州郡守张棣将此词密报秦桧，秦桧既是巨恶，同时又是小人，这种人的报复心理无论怎样估计都不会过分，于是他便将胡铨恶贬到海南之南。为了表示对这位威武不能屈的义士的尊敬与追怀，八百五十年之后，请让我在拙文中援引这首名词吧：

富贵本无心，何事故乡轻别？空使猿惊鹤怨，误薜萝秋月。

囊锥刚要出头来，不道甚时节？欲驾巾车归去，有豺狼当辙！

胡铨作此词时，已是岳飞被害七年之后，正是秦桧更加权倾朝野炙手可热之时，而胡铨此词的结句闪闪如匕首，铮铮如金石，表现了过去名为士人今日称为知识分子应有的一腔正气和凛然风骨。而岳飞呢？在那个可诅咒之时代中的我们的岳飞呢？

“和议”既成，秦桧与赵构密商，由秦桧代为跪拜接受金国的诏书，纳贡称臣，岁输银二十五万两，绢二十五万匹。绍兴九年元旦和正月初五，赵构连下诏书与大赦诏令，说什么“务存两国大体，不得辄加诋斥”，“睦邻修好，既通两国之欢；和众安民，以图万世之利。尚赖文武之士，同寅协慕，疆埸之臣，慎终如始。共扶兴运，永底丕平。咨尔多方，体予至意”，企图让天下军民，与他们的丧权辱国保持政治上的高度一致。同时，他们还意图以高官厚禄平息前方军士之愤，收买抗敌将领之心，如原为京湖宣抚使的岳飞，就进秩为开府仪同三司，加食邑五百户。若是他人，级别如此提升，当会感激上司垂顾或皇恩浩荡了，但岳飞却再三推辞不受，他在名为“谢表”实为“抗议书”中，说自己“每怀尸素之忧，未效分毫之报，岂可因此霈泽，遂乃滥预褒升”，这实际上是不愿与之同流合污，而他慷慨陈词的是，“臣愿定谋于全胜，期收地于两河。唾手燕云，终欲复仇而报国；誓心天地，当令稽颡以称藩”，岳飞所挺身抗击的，正是当时由上而下汹涌而来的投降主义的黑潮恶浪。他在接到不许辞免的诏书后，又上书请辞：“夫爵赏者，人君所以为万世磨纯之具，人臣得之，所以荣耀乡里而显贲宗族也。谁不欲贪多而务得哉？然得所当得，固以为荣，受所非受，反足为辱。”对于小人，蝇头微利不仅可以收买其肉体，更可以购买其灵魂，何况世人热心所趋的荣华富贵大红大紫？然而，对于有原则有操守者，则可以富贵不能淫，视荣华如粪土，岳飞不仅拒受升迁，而且愤懑更兼失望，连上两道请求“解除军务”即请予辞职的奏表，“令臣解罢兵务，退处林泉，以歌咏陛下之圣德，为太平之散臣，臣不胜幸甚”，在当时的历史条件下，这该是他与当局不保持一致的最强烈的表示了。宋高宗早就对他又忌又恨，但暂时还需要他这道长城来和金国讨价还价，“不是不报，时候未到”，荒淫无道的皇帝在等待图穷匕见的时刻。

为了自己如蝼蚁之苟且偷安，如恶棍之寻欢作乐，宋高宗与秦桧暂时还不能解除岳飞的兵权，他们既十分痛恨岳飞之屡唱反调，不能同他们舆论一律，又要利用岳飞作其屏障，以阻挡贪得无厌的金人的马蹄与刀锋。岳飞啊耿直的岳飞，宋高宗为了自己的皇位，决不会北伐而迎回自己的父兄徽钦二帝，妥协求和是他的基本国策与既定方针。秦桧本来就是金人的奸细，为了相位的巩固自然与宋高宗狼狈为奸，你如此强项抗命，难道没有想到他日的杀身之祸吗？岳飞其时苦闷至极，就写下了前述那首抒发壮怀与孤愤的《小重山》："昨夜寒蛩不住鸣，惊回千里梦，已三更"——蟋蟀鸣秋之夜，岳飞又一次梦绕中原故土，及至枕上梦回，不禁心绪难平，辗转反侧。日有所思，夜有所梦，夜晚之"梦"是白日之"思"的反光，在南宋诗人之中，多次写到梦中回返中原或收复故土的，在岳飞之后就是陆游了。

"起来独自绕阶行，人悄悄，帘外月胧明"——绕室独自徘徊，可见岳飞内心的苦闷与孤独。"夜中不能寐，起坐弹鸣琴"，晋人阮籍的《咏怀》写的是个人的孤独与苦闷，如同小溪的涟漪，岳飞抒写的则是时代的大苦闷大孤独，好像大海的波涛。

"白首为功名，旧山松竹老，阻归程"——岳飞词中两次提到"功名"，其实，个人的小功名他早就视为"尘与土"，他的抱负是待从头收拾旧山河的大功名。但归程受阻，自己的年龄恐怕会和故乡的松竹一同老去，收复中原故土旧地的壮略宏图，恐怕也会抛给时间的流水了。

"欲将心事付瑶琴，知音少，弦断有谁听"——在宋高宗与秦桧的高压迫害之下，有多少人能不顾身家性命发出不平之鸣？举世滔滔，知音寥落，岳飞的满腹雄图一怀幽愤能向谁诉说呢？何况除了赵构秦桧君臣的掣肘，其他将领如张俊、刘光世、杨沂中等人对其也颇为嫉恨。“弦断有谁听”，一语成谶。喑呜叱咤的英雄豪杰，发出的竟然是不祥的余音啊悲音！

《小重山》一词以柔写刚，以婉转抒壮怀，有如万山磅礴中呜咽曲折的流水，有如黄钟大吕中幽远清扬的尺八之箫。拔剑四顾心茫然，比起前一首登黄鹤楼的词，在历经挫折洞察世情之后，自然要沉郁苍凉得多。当代名学者缪钺的《灵谿词说》，论岳飞的绝句有道是：“将军佳作世争传，三十功名路八千。一种壮怀能蕴藉，诸君细读《小重山》。”是的，英雄自有英雄的怀抱，当我们还没有从八百年前那一个壮士悲秋的夜晚回过神来，一阕壮怀激烈的《满江红》，便要铿然而鸣怆然而鸣轰然而鸣了。

三

古来的英雄人物，或以其高尚的理想节操激扬后世，或以其不凡的光辉勋业激励人心，岳飞，可谓二者兼而有之。

作为民族英豪，岳飞毕生的信念是驱除强虏，恢复中原，其爱国精神如长河之水，灌溉了世世代代中国人的心田；作为抗金名将，他崛起于草莽之中，弱冠从军，而立之年即已经历大小二百余战，拥旄建节，其驰骤沙场所向披靡的英雄故事，至今仍在众生的唇间心上流传；作为一代最杰出的人中之龙，他的个人品格风范，更是如永不生锈的钻石多面生辉。

岳飞出身农家，年轻时即投身行伍，但他极喜与文人学士往还，他的行伍中罗致了许多读书人，议论古今，纵谈天下。身为威风八面的大将，他谦谦而循循，请他们指陈自己的缺失，他生怕自己有什么过失被载之纸笔而传之后世，是名副其实的“闻过则喜”。文士吴拯在《鄂王事》中就曾经记载，某次聚谈之时，一位幕客感慨丛生地说：天下纷纷，不知几时才可太平？岳飞当即作答：只要文官不爱钱，武官不怕死，天下自然就太平了。这一铮铮与正正之言，也见之于岳飞与宋高宗的对答，穿越八百年历史的风风雨雨，一直传诵到今天，仍然可以作为天下的“文官”们与“武官”们一面自照的明镜。岳飞是武将，但他不但“不怕死”，而且也做到了文官的“不爱钱”。平日与战时，岳飞在饮食起居方面总是与士卒同甘共苦。他不蓄姬妾，川陕宣抚使吴玠为与岳飞修好，千里迢迢送几位美女给他做妾，岳飞拒绝见面而将其遣返。岳飞与南宋的韩世忠、刘光世、张俊并称“四大名将”，但每与战阵，刘光世、张俊必退居数百里以外的后方以策安全，而岳飞战前总是向将士动员，常常慨当以慷而致泪流满面。他不仅每次亲临战阵，而且往往身先士卒，是手执旗帜冲锋在前的“旗头”。由湖南而广西追歼流寇李成时，敌将杨再兴杀死了他的胞弟岳翻，后来杨再兴被俘，岳飞因为要为国家罗致人才，竟然亲解其缚而待若上宾，杨再兴果然因之成了岳家军中勇敢善战忠心不二的骁将。这是何等光明如霁月宽阔似海洋的胸怀啊，天风浪浪，海山苍苍，古往今来究竟有多少人能达到这种境界？正因为岳飞严于律己，善以治军，对部下亲如骨肉，对百姓是“冻死不拆屋，饿死不掳掠”，所以他的人格不仅为万方所尊仰，他的威严也为敌人所畏惧。以此制敌，何敌不摧？以此攻城，何城不克？连强悍的金兵金将也不得不摇头叹息：“撼山易，撼岳家军难！”

敌人无法撼动岳家军，但内部的暴君奸臣佞人歹徒却可以将其毁于一旦。古代政治上丑恶乃至罪恶的行径，不外乎一是出于个人或小集团的私利私欲，一是出于巩固权位向上攀升的嫉贤妒能，排除异己，或者二者并具。张俊之流不必说了，岳飞曾是他的部下，后来竟然与他平起平坐，声威还远在其上，嫉妒像毒蛇咬噬他的灵魂，他也就自愿投身于陷害岳飞的恶徒小人们的行列，至今还和秦桧、王氏、万俟卨等人长跪在西湖之畔岳坟之侧，永远也别想再站起来。秦桧也不必说了，他本是北宋官员，为金兵俘虏后变节投降而充当军事参议官之职，是金人放回南宋的内奸蟊贼。绍兴七年，完颜兀术在被岳飞大败于颍昌之后，就曾致书秦桧，指示“必杀岳飞，而后和议可成也”。宋高宗赵构呢？父亲宋徽宗虽早已逊位，但哥哥宋钦宗的帝位则仍名正言顺，尽管钦宗辗转捎话百般哀求，只要回来便赋闲退休，但赵构却担心届时自己飞来的皇位难保，而且在必将继之而来的残酷宫廷斗争中，也难免没有性命之忧。秦桧是超一流的奸贼，也是超一流的心理专家，他洞见宋高宗阴暗的肺腑，于是上下一拍即合，沆瀣一气，成为绝代难逢的“搭档”。岳飞是光明磊落的志士，赤心为国的英雄，他哪里知道，阴谋诡计就像黑蝙蝠在宫廷的暗夜里翻飞，像蛇蝎在秦桧阴森的巢穴中吐信，何况他还保存了宋高宗许多嘉奖他的手诏，慰勉有加，好话说尽，那些白纸黑字，总不至于一钱不值吧？

1130 年 5 月，岳飞在收复建康（今日南京）府城后，回军经过太湖之滨的宜兴县张渚镇，豪兴飞扬，在大户人家张大年的客厅写了一段“题记”，其中说他日要“迎二圣复还京师，取故地再上版图。他时过此，勒功金石，岂不快哉！此心一发，天地知之，知我者知之”。1132 年，南宋王朝派岳飞权帅湖南，追剿流寇曹成，在班师回来路经永州祁阳县大营驿时，喜好文章的他又写了一段“题记”，说此番追剿是“顾蜂蚁之群，岂足为功”，他的志向是“赖社稷威灵，君相贤圣，他日扫清胡虏，复归故国，迎两宫还朝，宽天子宵旰之劳，此所志也”。天真的岳飞真是一厢情愿，绝非“圣君贤相”的赵构和秦桧，对他的志向不仅“知之”而且深怀恐惧，而岳飞悲剧的总策划与总导演，既是秦桧更是最高权力在握而内心其黑如漆的宋高宗。这个曾给岳飞无数褒扬的手谕并亲书“精忠岳飞”旗帜的独夫民贼，不仅有旨将岳飞赐死，而且将万俟卨上奏的“岳云私罪徒”改为“岳云并依军法施行，令杨沂中监斩”，将徒刑改为死刑，其意就是斩草除根。为了一己之私，他连祖宗定的不得擅杀大臣的家规，都抛到九霄云外去了，而这个命长地活了八十一岁的恶人皇帝，几次平反昭雪都将岳飞排除在外，可见他是岳飞悲剧的元凶首恶。四百年后的嘉靖九年（1530），明代书画家文徵明写有一首《满江红》，后人将其刻石为碑，立在现今杭州西湖岳王庙内，我前后两次去瞻拜岳庙，读来均不胜感慨系之："拂拭残碑，敕飞字，依稀堪读。慨当初，倚飞何重，后来何酷。果是功成身合死，可怜事去言难赎，更无辜堪恨更堪怜，风波狱。　　岂不念，中原蹙；岂不惜，徽钦辱。但徽钦既返，此身何属？千古休夸南渡错，当时自怕中原复。笑区区一桧亦何能，逢其欲！"宋人是不可能像明人这样直言无忌的，说真话竟然要等待四百年之久，这时间未免也太漫长了。由于种种原因，当代人不可能对当代史作出完全客观公正的判断，当代提供史料，后代作出史断，文徵明的词就是如此，历史不也是经常这样昭告我们吗？

宋高宗绍兴十年（1140），金国撕毁所谓的"和议"，兵分四路大举南侵。进行反击的岳家军长驱北上，所战皆捷，郾城与颍昌大战，一举击溃金兵主力，斩金兵副统帅宗翰，先锋部队直达离北宋故都汴梁仅四十五里的朱仙镇，岳飞表示要直捣金人的国都黄龙府，与将士们庆功痛饮。当此时也，金兵已军心涣散，纷纷来降，北方抗金义军风起云涌，金兵统帅完颜兀术已准备弃城而逃。然而，宋高宗一日之内却连下十二道金牌，强令岳飞班师。岳飞无法抗命，何况其他友邻部队如韩世忠、张俊等都已奉命撤军，岳飞即使将在外君命有所不受，也无法孤军深入。悲愤交加，岳飞只得仰天长叹："十年之功，毁于一旦！所得诸郡，一朝全休！社稷江山，难以中兴！乾坤世界，无由再复！"我想，他的义愤填膺有泪如倾的《满江红》，也许就是写于此时吧：

怒发冲冠，凭栏处、潇潇雨歇。抬望眼，仰天长啸，壮怀激烈。三十功名尘与土，八千里路云和月。莫等闲、白了少年头，空悲切。

靖康耻，犹未雪。臣子恨，何时灭？驾长车，踏破贺兰山缺。壮志饥餐胡虏肉，笑谈渴饮匈奴血。待从头、收拾旧山河，朝天阙！

这是一曲豪气干云的英雄颂，一阕哀声动地的悲怆曲，一道时间的风沙也永远无法侵蚀的诗的丰碑！近代学者余嘉锡，在其所著《四库提要辨正》一书中，对此词是否岳飞所作质疑。他认为，岳飞之孙岳珂编辑《金陀粹编》一书时，多方收集岳飞的诗文，但无此词，宋元两代其他著作也不见收录或提及，直至明嘉靖年间（1524—1566）徐玠编《岳武穆遗文》才见收录，而他是录自杭州岳坟浙江提学副使赵竟所书的石碑，赵竟写有后记，却没有说明此词来历。此后，有人附和余见，但多数人仍坚持此词为岳飞所作。有的学者还考证说，词中之“贺兰山”并非指宁夏境内，而是指河北磁县境内之贺兰山，地当南北要冲，兵家必争之地，宗泽驻守磁州时即以贺兰山为防线，而岳飞从戎之初，曾六过贺兰山，且曾于此练兵，他的心目中与计划中，贺兰山是他与金兵决战的要地。《满江红》的作者究竟是谁，让学者们去考证争论吧，历史既相传为岳飞所作，何必去节外生枝甚至无中生有呢？我宁愿相信它是出自岳飞宝剑在握之手。有谁，能写出这种热血奔涌而悲愤交迸的不朽诗篇？有谁的诗篇，能引发历代志士仁人如此铿然不绝的共鸣呢？

岳飞被迫班师后，旋即与韩世忠等人一起被解除兵权。赵匡胤以兵变起家，忌讳军事将领力量强大而重文轻武，本来就是赵氏江山的既定国策，何况宋高宗又一意逢迎金人，妥协求和？绍兴十一年（1141）八月至十月，秦桧秉承金国“必杀岳飞，始可言和”的密令和宋高宗的旨意，指使白衣秀士王伦式的人物张俊诬陷岳飞谋反，先后将其部将张宪、儿子岳云及其本人逮捕下狱，严刑拷打逼供。韩世忠虽然面斥秦桧“‘莫须有’（或许有、恐怕有之意。——引者注）三字，何以服天下”，但秦桧有反侧无常的宋高宗定案的诏旨，便于当年腊月廿九（公元1142年1月27日）手写一纸传到狱中，一代民族英豪岳飞被毒死，张宪与岳云同日被斩于市。时隔八百多年之后，我每当读史至此，仍然扼腕痛心。不要脱离时代责备岳飞过于愚忠，也不要苛求岳飞对于恶君奸相缺乏足够的警惕吧，在封建时代，在愚昧、腐败而专制的封建体制下，常常是小丑恶徒们冠冕堂皇地主宰国运，而正直杰出之士注定演出的，则往往是贬逐或杀身的悲剧。天日昭昭啊天日昭昭，其时的天日何能昭昭？昭昭的天日，要等到事过境迁能够还历史本来面目的后代。我想，当岳飞执笔而书，书罢而受戮之时，他的冤气与怨气一定上冲云霄。人间何世？黑了太阳！骤然而至的滂沱大雨大雨滂沱啊，是上苍也是天下苍生痛哭的眼泪……

今日何日？今日已是1999年农历新年。白天，从昨日午夜汹涌而至的鞭炮声仍余波不绝，在窗外此起彼伏；夜晚，不时仍有不肯退场的烟火，照亮绣花了春日的夜空。八百五十八年前的除夕与新年，杭州城内的爆竹与烟花，岳飞是再也听不到看不到了；八百五十八年之后，沧海桑田，人间已换，新的世纪就要来临，我还能一封请柬送到南宋的临安，邀请岳飞来观赏千禧之年吗？

想入非非啊想入非非。此刻，我只能点燃我心中的香火，焚烧这书写着我的敬意与追思的纸笺，权当遥奠于他英灵永在的坟头的纸钱。

国士三重奏

在宋代星光灿烂的词人中，我最早仰望并且至今心向往之的，莫过于辛弃疾了。记得幼时偷看父亲珍藏的古色古香版本的唐诗宋词，李白的昂首云外，杜甫的眷顾人间，李清照的儿女情长，辛弃疾的英雄气盛，我虽然不甚了了，但却留下了极为深刻的印象，那印象烙入了我生命的刚满十圈的年轮，永远不会磨灭。

及至年岁渐长，辛弃疾这颗词坛星斗，更是以它永恒的光芒照亮了我的眼睛。我常常去他的词集中徘徊流连，陪他一同歌哭啸傲，我也曾远赴他的故里山东济南，企望觅迹寻踪，结果只能面对八百年的茫茫时空而凭虚叹息，临风凭吊。时至今天，辛弃疾并没有老去，他的词章依然奔流着志士的热血，呼啸着英雄的呐喊，飞扬着壮丽的想象。他仍然像八百年前一样年轻，而我却已年华向老，不过，老去的是年华，不老的却是我的追慕。且让我在二十一世纪的新年，挥笔写这篇“国士三重奏”，为词坛也为我们民族的壮士、国士与烈士，权当作我在自己的心中建造的一座纪念碑。

楚狂人

我是楚人，我对于中国历史上最早的狂士诞生于楚地，有一种近乎莫名的亲切之感。根据《论语·微子》《庄子·人间世》及《高士传》的记载，春秋时有楚人姓陆名通字接舆，时人谓之“楚狂”。孔老夫子周游至楚，他竟然游其门，在他的车房大唱其狂歌，首句就是颇不恭敬的“凤兮凤兮，何如德之衰也”。中国几千年的历史上，狂士代不乏人，魏晋之时的嵇康、阮籍、刘伶、山涛等人，就是名噪一时的狂士。刘义庆《世说新语》分别在“任诞”“狂简”两章中，为他们树碑立传。而狂士之祖呢？那就应该是我们楚地的那位接舆先生了。

我为楚地有狂士接舆而感到亲切，更为后代有非凡的人物欣赏接舆而感到自豪。一位是唐代的大诗人李白，他的祖籍虽是一个未解的谜团，至今仍等待学界的高人去破案，所以台湾名诗人余光中要在《寻李白》中说：“至今成谜的是你的籍贯/陇西或山东，青莲乡或碎叶城/不如归去归哪个故乡？”但一般认为四川彰明县青莲乡是他的故里，他乃川人而非楚人。但是，李白却主动和我们楚地楚人拉关系，《庐山谣寄卢侍御虚舟》一诗，他一开篇就想不通过派出所的户警，将自己的籍贯改川为楚：“我本楚狂人，凤歌笑孔丘。”不仅是籍贯，他更是上承接舆反抗世俗特立独行的狂士精神，在盛唐一代“狂”得举国闻名。另一位对接舆表示认同的，则是宋代大词人辛弃疾。他籍贯山东济南，是地道的鲁人，但《水调歌头·壬子三山被召，陈端仁给事饮饯席上作》一词，他就踵武前人而开宗明义："长恨复长恨，裁作短歌行。何人为我楚舞，听我楚狂声。"他以"楚狂"自许而自豪，我也就难免为他的自豪而自豪了。

何谓"狂"？孔安国在《(论语)集解》中说："狂者，志极高而行不掩。"真正的狂士之"狂"，不是指纵情任性，狂妄无知，而是对抗流俗的对常规常理的超越，是坚持崇高信仰追求人生真谛的特立独行。"狂者进取，狷者有所不为也"，真正的"狂士"，是有才华抱负远见卓识有所为而有所不为的人，小焉者在红尘浊世中清高自守孤芳自赏，在艺术领域中不同流俗，独辟蹊径；大焉者往往是国家的脊梁，民族的精英，华山夏水的魂魄。在唐朝那一主体精神与自由意志相对张扬与高扬的时代，艺术崇尚创造，于是字有"狂书"，画有"狂画"，诗有"狂吟"。张旭与怀素的草书，被称为空前绝后的"狂草"，皎然的《张伯英草歌》，就称赞张旭"先贤草律我草狂"，鲁收的《怀素上人草书歌》，也赞美怀素"狂来纸尽势不尽，投笔抗声连叫呼"。杜甫对李白之"狂"不仅独具只眼，说什么"不见李生久，佯狂真可哀。世人皆欲杀，吾意独怜才"，一向循规蹈矩谦谦君子的他，不仅曾以《狂夫》为题，而且在此诗中竟然也说自己"自笑狂夫老更狂"，许许多多的人生在世不称意之后，他竟也表示要效法素所尊敬的李白了。而当时南宋的辛弃疾呢？

辛弃疾之所以也以“楚狂”自命，虽是他豪放不羁的本性使然，更是出于他对自己所处的时代的抗争，从中可见他如火焰燎原般的豪情，也可见他如磐石重压心头的苦闷与愤懑。让我们还是一读《水调歌头》的原词吧：

长恨复长恨，裁作短歌行。何人为我楚舞，听我楚狂声？余既滋兰九畹，又树蕙之百亩，秋菊更餐英。门外沧浪水，可以濯吾缨。

一杯酒，问何似，身后名？人间万事，毫发常重泰山轻。悲莫悲生离别，乐莫乐新相识，儿女古今情。富贵非吾事，归与白鸥盟。

此词作于绍熙三年（1192）年底，奉诏离开福建赴临安之前的饯别宴席上，辛弃疾时年已五十二岁。自从二十三岁他渡江天马南来，总以为可以施展自己安邦定国的才能，实现自己抗金北伐收拾旧山河的壮志，但仕途多舛，事与愿违，三十多年来总是位沉下僚，身居闲职，东迁西调，其中还先后贬职家居共长达十八年。小人得志，权奸当道，他们只图歌舞升平，个人享乐，国家的前途，民族的命运，人民的苦痛，他们均置之脑后，这个“人间万事，毫发为重泰山轻”的黑白混淆轻重倒置的时代，怎么能不令他长歌短哭，“长恨复长恨，裁作短歌行”呢？辛弃疾是一位继承了屈原传统的诗人，怎么能不忽忽如狂而作楚狂之声呢？辛弃疾之“狂”，是他不与投降派同流合污之狂，是他坚持自己的志节操守之狂，也是他对黑暗腐朽的现实保持尖锐批判立场的狂。一事能狂便少年，辛弃疾少年时代就胸怀高情远志，英风豪气逼人，虽历经磨折，仍年既老而不衰，他的楚狂声，正是出自他永不老去的堂堂正正的崇高胸臆。

慨当以慷，忧思难忘。南宋统治集团的投降政策和他们的苟安腐败，极一时之盛的理学家们的清谈误国，使辛弃疾常常为之痛心疾首。早在淳熙十六年，辛弃疾五十岁被贬而闲居上饶之时，就曾和抗战派主要代表人物之一的陈亮同游唱和，除了以“贺新郎”的词牌作二词送陈亮之外，还有作品赠意气相投同时相会的另一位朋友，这就是那首《贺新郎·用前韵送杜叔高》：

细把君诗说：怅余音、钧天浩荡，洞庭胶葛。千丈阴崖尘不到，惟有层冰积雪。乍一见、寒生毛发。自昔佳人多薄命，对古来、一片伤心月。金屋冷，夜调瑟。

去天尺五君家别。看乘空、鱼龙惨淡，风云开合。起望衣冠神州路，白日消残战骨。叹夷甫诸人清绝。夜半狂歌悲风起，听铮铮、阵马檐间铁。南共北，正分裂！

此处的“狂歌”，当然也包括了杜叔高的如钧天广乐如层冰积雪之诗，辛弃疾既然如此赞美，我当然也想一饱眼福与耳福，但时间的茫茫风沙已经吹刮了数不清的岁月，杜叔高的诗我们今日已难以得见，只能从辛弃疾的词中去想象了。但是，此处的“狂歌”，更是辛弃疾的自歌自许与自赞，“夜半狂歌悲风起，听铮铮、阵马檐间铁。南共北，正分裂”，檐间铁片铮铮作响，诗人如闻沙场战马驰骤之声，他的“狂歌”，歌唱的却是真正的时代主旋律啊！

除此之外，辛弃疾还不止一次地提到“狂”。“我醉狂吟，君作新声，倚歌和之”（《沁园春·答杨世长》），“纶巾羽扇颠倒，又似竹林狂”（《水调歌头·席上为叶仲洽赋》），“不恨古人吾不见，恨古人不见吾狂耳。知我者，二三子”（《贺新郎》）。而他在《忆李白》这首七律中，又独独拈出李白的“狂”：“不寻饭颗山头伴，却趁汨罗江上狂。”他直言不讳地引李白为同调。辛弃疾之“狂”，表现的是他纯洁的赤子之心，痛切的疾恶之意，热烈的爱国之情，傲然的国士之骨。“知我者，二三子”，辛弃疾啊辛弃疾，你当年是孤独的，你说能理解你的，只有两三个志同道合的友人，虽然千秋异代，北鲁南楚，你能欣然颔首，将今天的我也归于那“二三子”之列吗？

英雄赞

辛弃疾是英雄词人，或者说是词人英雄。

英雄，是指才能出众勇武过人而建立了非凡功业的人物。如曹操，不管你认为他是奸雄还是英雄，总之非平常人物，所以杜甫在《丹青引赠曹将军霸》一诗中，虽是诗赠他的后代，但却不忘赞美他们的祖先是一位英雄："英雄割据虽已矣，文采风流今尚存。"辛弃疾，当然是宋代词坛也是中国诗史上少有的英雄而兼词人，词人而兼英雄的两栖人物。少年时，他就常常在祖父辛赞的带领下，登高望远，指画山河而意图恢复，"烈日秋霜，忠肝义胆，千载家谱"（《永遇乐·戏赋辛字，送茂嘉十二弟赴调》），"少年横槊，气凭陵，酒圣诗豪余事"（《念奴娇·双陆和陈仁和韵》）。及冠之年，他就在沦陷区的山东故乡高举抗金的义旗，两千多名壮士望风来归，他率部参加了耿京领导的抗金义军，担任全军书檄文告的掌书记职务，劝说耿京决策南向。次年，他奉耿京之命渡江奉表归宋，但耿京却被叛徒张安国所杀，辛弃疾渡江而北途中闻讯，即率五十名壮士夜袭五万人马的金营，生擒张安国而至建康献俘斩首，同时策反近万人渡淮南归。烈烈轰轰，轰轰烈烈，时人洪迈在《稼轩记》中说，这一壮举使"懦士为之兴起，圣天子一见而三叹息"，可见当时所产生的轰动效应。我今日每一念及，都不禁心驰神往，血脉偾张，如果当时有录像之术，今日重放重温，那该是多么令人快心惬意而豪兴飞扬啊。不过，"壮岁旌旗拥万夫，锦襜突骑渡江初。燕兵夜娖银胡簶，汉箭朝飞金仆姑"，他的《鹧鸪天》就为当年的英雄伟烈立此存照了，我们今天每一展卷仍不胜怀想。

辛弃疾在渡江南归后的四十五年里，虽然始终英雄无用武之地，只是在地方官任上迁来调去，但他英雄之志长在，英雄之气不消，任凭雨打风吹，东漂西泊，他始终不渝地坚持抗金与北伐，反对偏安与投降。他先是上《美芹十论》与《九议》，充分表明了他是一位文武双全的人物，智勇兼备的栋梁之材。正如辛弃疾的好友词人陈亮在《辛弃疾画像赞》中所说，他是“一世之豪”。辛弃疾，确实是名副其实的英豪，他也毫不故作谦虚，而是常常率直可爱地以英雄许人，同时更以英雄自许，从中可以窥见他的豪气狂情。他在知潭州（今湖南长沙）兼湖南安抚使之时，克服重重阻力，毅然决断，创建了雄镇湘楚而为江上诸军之冠的湖南飞虎军。宋代湖南人口仅二百余万人，长沙居民也只万户左右，马队五百，步兵二千的飞虎军当然是威震一方的劲旅，其驻地，即为今日长沙城内之营盘街三公里一带。清代曾国藩筑宅于局关祠，左宗棠则构宅于其北的三公里与司马里之间，他在致谭文卿的信中说：“敝居为辛稼轩帅潭时练兵故地。寨曰飞虎，桥曰司马，虽近城市，却似乡村。”今日营盘街店铺鳞次栉比，三公里已屋宇相连，人烟稠密，何曾再有乡村景象，早已不见飞虎军的营盘与旗帜，熙熙攘攘名来利往的行人，谁都不曾注意我踟蹰街头巷尾，就是为了凭吊南宋时代那英雄的往事。

驱除强敌，恢复中原，需要一班志同道合的朋友与战友，好像一个气壮声洪的合唱团，不仅要有领唱与独唱，也要有众多歌手的唱和。于是，辛弃疾这位绝代歌手，总是以英雄与英雄的事业许人并兼自励，同气相求，同声相应，在那个天空阴霾重压的时代，如同云阵中泻下温暖而鼓舞人心的阳光。如《满江红·送郑舜举郎中赴召》，他激励这位友人“此老自当兵十万，长安正在天西北”；如《破阵子·为范南伯寿》，他勉励妻兄范南伯“万里功名莫放休，君王三百州”；他寄望于友人赵彦端，热切的情感鼓动想象的翅膀振羽而飞：“要挽银河仙浪，西北洗胡沙”（《水调歌头·寿赵漕介庵》）；他以《水龙吟》一词鼓励友人韩元吉，为他开具了一张当时很难兑现今日读来仍令人感慨不已的空头支票：“待他年，整顿乾坤事了，为先生寿。”史致道任建康留守时，辛弃疾先后作了《满江红·建康史帅席上赋》和《念奴娇·登建康赏心亭，呈史留守致道》，在前一首词中，也期待史致道“袖里珍奇光五色，他年要补天西北”，而最见真情也最令人感动的，则莫过于他与挚友陈亮的聚会与唱和了。

这一千古美聚称为“鹅湖之会”。陈亮是南宋时代的文学家和唯物主义哲学家，抗战派的主要代表人物。他身为布衣，却多次上书议政，力主抗战，反对求和，被当权者忌恨为“狂怪”。淳熙十五年（1188）冬日，其时辛弃疾罢居于江西上饶之带湖，陈亮不远数百里，从浙江东阳来访，留住十天，并同游今日江西铅山县东北之鹅湖。雪花纷飞，两人的思绪与豪兴也纷飞，纵论家事国事天下事，不亦快哉。别后辛弃疾赋《贺新郎》以寄意，称陈亮是“看渊明风流，酷似卧龙诸葛”。陈亮多次以原韵唱和，说两人相知相念之情，是“铸就而今相思错，料当初费尽人间铁”，而“只使君，从来与我，话头多合”。辛弃疾复作了一首《贺新郎·同父见和，再用韵答之》，可见心心相印：

老大那堪说。似而今、元龙臭味，孟公瓜葛。我病君来高歌饮，惊散楼头飞雪。笑富贵千钧如发。硬语盘空谁来听？记当时、只有西窗月。重进酒，换鸣瑟。

事无两样人心别。问渠侬、神州毕竟，几番离合？汗血盐车无人顾，千里空收骏骨。正目断、关河路绝。我最怜君中宵舞，道“男儿到死心如铁”。看试手，补天裂！

古往今来，许多有理想有抱负的才俊之士往往命途多舛，以致抱恨终生，辛弃疾与陈亮不正是如此吗？数百年后读来，你都会为有志之士英雄豪杰的生不逢时，感到刻骨铭心的悲哀。然而，最具悲剧力量而又感奋人心的，是他们那种明知不可为而为之的精神，是他们那种永远不向坎坷命运屈服的人格力量。“男儿到死心如铁”，宣言自己是真正的男子汉，这是真正的男子汉宣言！陈亮这句有幸被辛弃疾记录在“词”的话，是在什么情境下说的呢？我已经无法在现场亲耳聆听了，真的感谢辛弃疾听之写之，记录了这一盘空硬语，千古豪言，让它不致随风而散，而铿铿锵锵一直响亮到今天！

辛弃疾欣赏陈亮，如一座高峰欣赏另一座峻岭，如连城之璧欣赏明月之珠，这在嫉贤妒能之风盛行的人间，已是十分难得的澄如秋水坚如金石的友谊了。“看试手，补天裂”，辛弃疾赞美陈亮有收复中原统一祖国的英雄之志，他何尝不是以此期待自己？在那个苦难的时代，在那个君怯臣懦的时代，在那个“东南妩媚，雌了男儿”的时代，在那个“暖风熏得游人醉，直把杭州作汴州”的时代，对英雄的呼唤，就是对正气与崇高的呼唤，以英雄自许许人，就是对时代与世风的抗争。辛弃疾赞美同时代意气相投的人物，也以古讽今地赞扬古代的英雄。如早期作品《南乡子·登京口北固亭有怀》，就说“天下英雄谁敌手？曹刘，生子当如孙仲谋”，人到中年，他在《满江红·江行简杨济翁、周显先》中，又感叹“英雄事，曹刘敌，被西风吹尽，了无踪迹”，及至六十六岁的暮年，他在《永遇乐·京口北固亭怀古》中，还要喟然长叹：“千古江山，英雄无觅，孙仲谋处。舞榭歌台，风流总被，雨打风吹去。”虽然是烈士暮年，壮心不已，但暮年的烈士，时不我与，他心中该有多少悲凉多少感慨啊。八百年后，他的喟叹悲歌，在当代名诗人丁芒的《北国山的悲歌》中，还传来遥远的回声：“北固山上依然满眼风光，水随天去，看不尽烟波浩荡。长江，像一声雄壮的慨叹，撞响着我们民族的胸膛。而稼轩，你也是一道惊波，在历史上留下动人的喧响。风流怎会被雨打风吹去？灼热的呐喊浸透了千古江山！”而我，在这个钱潮动地而物欲弥天的时代，也分外追慕《满江红》中他的英风胜概：

倦客新丰，貂裘敝、征尘满目。弹短铗、青蛇三尺，浩歌谁续？不念英雄江左老，用之可以尊中国。叹诗书、万卷致君人，翻沉陆。

休感慨，浇醽醁。人易老，欢难足。有玉人怜我，为簪黄菊。且置请缨封万户，竟须卖剑酬黄犊。甚当年、寂寞贾长沙，伤时哭！

这首词写于谪居上饶之时，诗人已垂垂老矣，但他垂老的胸膛里，燃烧的依旧是熊熊的火焰，奔流的依旧是沸沸的热血，他的慨当以慷的词章，灵魂与个性也仍然如年轻时一样远举高翔。“不念英雄江左老，用之可以尊中国”，他明确地以英雄自许，认为自己如果能一施抗金的壮志，一展治国的长才，就可以收复失地，使中国重新强大起来，而得到应有的尊严与地位。

尊中国啊尊中国，这是古往今来一切爱国者的心声，而辛弃疾的英雄主义，既是出于他对自己的抱负与才能的自信，也是同对国家民族的责任感紧紧相连。祖国与民族超乎一切之上，这样，他的英雄主义才不纯粹囿于个人的天地，如一座孤峭离群的峰头，而是神州之上的万山磅礴，而是后土之上的大江奔流！

末路曲

辛弃疾所处的时代，一边是枕戈待旦，一边是醉生梦死；

一边是奔走呼号，一边是莺歌燕舞；一边是仁人志士不得其用甚至遭贬受逐而处江湖之远，一边是小人庸才步步高升进而大权在握以居庙堂之高。时代啊时代，阴阳颠倒的时代，日月不明的时代，使人不禁想起英国作家狄更斯的小说《双城记》开篇的那段名言。一般人也许就此浑浑噩噩了此一生，但辛弃疾是何等人物？他是词中之杰，人中之龙。满腹豪情，一腔幽愤，眼见年华老去而国事日非，他怎不悲从中来，不可断绝？

他悲自己也悲战友。陈亮当然也是一世之雄的人物，博学多才，慨然有经略四方之志，但却终身布衣。他曾经向宋孝宗上《中兴五论》以参政议政，孝宗置之不理，真是不说白不说，说了也白说。不仅如此，某些当政者不满他的狂放，数度诬陷而致其下狱，虽经辛弃疾等人大力营救才得免于难，但身心俱损，刚过不惑之年就一病不起。诗才文才与经世之才都十分出众的陆游，也始终没有一展鸿图的机会，即使活到八十六岁的高龄，也仍然是沉浮底层，只得归隐故乡绍兴的乡间，在凄凉寂寞的风雨之夜，做他的铁马冰河之梦。环顾左右，由己及人，壮士拂剑，浩然弥哀，命运相同的辛弃疾怎么能不一挥英雄之泪？

南渡之后的辛弃疾，始终再没有能回到军伍之中，他只是在远离前线也无关大局的地方官任上虚度年华，如同猛虎失意于平川之地，如同骏马没有驰骋的沙场。不仅如此，他还要遭受权奸与无耻的士大夫们明枪暗箭的袭击，其中的两次攻讦贬谪，就前后使他赋闲居家十八年，十八年啊，即使猛虎也会失去震惊千山的雄风，骏马也会锈蚀可致万里的劲蹄。辛弃疾毕竟不是钢浇铁铸而是血肉之躯，他虽满怀热望却不免失望，他虽尽力而为但却明知事不可为，于是，我们这位民族的精英，华夏的英雄，就陷入了无可解脱的矛盾与痛苦之中。落日照大旗，马鸣风萧萧，他的词特别是晚期的作品，弥漫的是英雄末路的悲哀，奔迸的是那种崇高之美被毁灭的悲剧力量：

人言头上发，总向愁中白。拍手笑沙鸥，一身都是愁。

——《菩萨蛮·金陵赏心亭为叶丞相赋》

料得明朝，尊前重见，镜里花难折。也应惊问：近来多少华发？

——《念奴娇·书东林村壁》

今老矣，搔白首，过扬州。倦游欲去江上，手种橘千头。

——《水调歌头·舟次扬州，和杨济翁、周显先韵》

楼观才成人已去，旌旗未卷头先白。

——《满江红·江行，简杨济翁、周显先》

论剑论诗余事，醉舞狂歌欲倒，老子颇堪哀。白发宁有种？一一醒时栽！

——《水调歌头·汤朝美司谏见和，用韵为谢》

平生塞北江南，归来华发苍颜。布被秋宵梦觉，眼前万里江山！

——《清平乐·独宿博山王氏庵》

时间之感虽然为常人所共有，但中国哲学是一种生命哲学，中国的艺术则是一种生命艺术，而诗人与英雄对时间又特别敏感，他们建功立业的强烈愿望与飞驰而去的时间，有无法解决的矛盾，时不我待让他们惊心而动魄。辛弃疾本身是诗人而兼英雄，他对于青春浪掷年华老去而事业无成，更有锥心之痛，而白发正是华年已逝的证明，生命已夕阳西下的象征，君不见高堂明镜悲白发，朝如青丝暮成雪，他怎能不怆然暗惊而悲从中来呢？

对比最为强烈令人读之欲哭的，应该是那首《鹧鸪天·有客慨然谈功名，因追念少年时事，戏作》：

壮岁旌旗拥万夫，锦襜突骑渡江初。燕兵夜娖银胡䩮，汉箭朝飞金仆姑。

追往事，叹今吾，春风不染白髭须。却将万字平戎策，换得东家种树书！

这首诗作于庆元六年（1200）之后，诗人暮年闲居于赣东北铅山县瓢泉之时。上阕追怀往事，一派胜概英风，一纸壮士声情，急管繁弦，鼓乐并作，如同豪壮的誓师会与热烈的庆功会；下阕跌落到眼前的现实，往昔的风华与壮烈已成过去，平戎之策而今换得的却是东家种树之书，而满头的白发，即使是使万物复苏的春风也无能为力了。誓师会早已落幕，庆祝会也已半途而散，曲终人去，只留下会场上空荡荡的落寞凄凉。

清代女诗人艳雪说："美人自古如名将，不许人间见白头。"辛弃疾虽然没能成为一代名将，但他也和岳飞一样，怕等闲白了少年头。除了多次写到白发，这位以英雄自称的词人，还不仅写英雄的垂老，如"谁念英雄老矣，不道功名蕞尔，决策尚悠悠"(《水调歌头·和马叔度游月波楼》)，而且写了英雄的眼泪，那是他的《水龙吟·登建康赏心亭》：

楚天千里清秋，水随天去秋无际。遥岑远目，献愁供恨，玉簪螺髻。落日楼头，断鸿声里，江南游子。把吴钩看了，栏杆拍遍，无人会、登临意。

休说鲈鱼堪脍，尽西风、季鹰归未？求田问舍，怕应羞见，刘郎才气。可惜流年，忧愁风雨，树犹如此。倩何人唤取，红巾翠袖，揾英雄泪？

辛弃疾任江东安抚司参议官时，年方三十五岁，但他渡江南来已有十二年。其间他向宋孝宗上《美芹十论》，向宰相虞允文上《九议》，力陈救亡图存之策，但均“无人会，登临意”，没人理睬。男儿有泪虽不轻弹，但到伤心之处却不由自主，辛弃疾登高望远，抚今追昔，不禁发出“倩何人唤取，红巾翠袖，揾英雄泪”的叹息。他的年华此时尚未老去，但却已是长使英雄泪满襟了。英雄末路的悲剧在盛年时即已注定，并不要真正等到冰雪满头。那是一个什么样的时代？那是多么令辛弃疾痛心疾首也令今日的我们不忍回首啊！

莎士比亚是英国也是英语世界的文学巨人，他同时期的剧作家、诗人本·约翰逊在《莎士比亚戏剧全集》上题诗说：“他不是一世之雄，而是万古人物。”套用约翰逊的诗语，我要说我们民族的辛弃疾，也不仅是暗呜叱咤的一世之雄，更是光照后世的万古人物。

楚狂声，英雄赞，末路曲。南宋的无双国士，词坛的豪放大纛。辛弃疾呵，像你这样的志士才人，英雄豪杰，今日的文场能有几个？让我遥遥向你致以敬意和问候吧，你虽未能效命于报国的沙场，但你的旗帜却永远迎风劲舞，你的雄词丽句却超越于尘嚣俗世之上，必将照耀万载千秋！

钗头凤

这就是我怀想梦寐了近千年之久的大名鼎鼎的沈园吗？一座小小的重修的园林，粉墙青瓦，门楣匾额上镌有鬃金的“沈氏园”三字。我从楚云湘雨之间，远道匆匆赶来浙江，浙江的绍兴，绍兴城东南之一隅，就是为了到此寻觅陆游多次游历的遗踪，哪怕是一枚脚印，一角衣衫；就是企望重温诗人缠绵悱恻的故事，哪怕是一瞬秋波，一声长叹。

如果不论现代的英雄的定义，“英雄”一般是指抱负高远才能出众而又勇武过人的人物。在南宋词坛，岳飞是英雄而兼词人，他的半生戎马生涯盖世英雄功业是不待多说的了；辛弃疾是词人而兼英雄，他年轻时在山东揭竿而起，猎猎的旌旗飞卷时代的风云，千载之下都令人凛然如见，宛然可想。而陆游呢？与辛弃疾齐名并称的亦豪亦侠亦温文的陆游呢？

在南宋那个苦难重重黑如暗夜的时代里，陆游纵有英雄的抱负与胆略，却无法效命杀敌的沙场，建立英雄的功业。书生老去，机会不来，直到四十八岁他才有缘远去陕西南郑即今日的汉中，应抗战派王炎之邀任川陕宣抚公署干办公事。南郑临近大散关，面对终南山，是距离宋金分界线不远的前线。他横刀跃马，截虎平川，羽箭雕弓，呼鹰古垒，许多雄篇豪句喷涌自他忧民爱国的胸臆。文人对于自己诗文集的命名，向来都颇费踌躇，陆游在川陕只生活了七年，却将自己一生的诗作定名为“剑南诗稿”，这不仅是纪念其地，而且也有一股森然的剑气磅礴的豪情起于纸上而直冲斗牛。陆游壮志不伸，年华老去，晚年被迫退居故乡绍兴的山乡，苍凉的暮色袭来心上与眉头，他最终同时又是第一次以“英雄”自命自傲并兼自叹，有《鹧鸪天》为证：“家住苍烟落照间，丝毫尘事不相关。斟残玉瀣行穿竹，卷罢黄庭卧看山。　贪啸傲，任衰残，不妨随处一开颜。元知造物心肠别，老却英雄似等闲！”悲剧的英雄，英雄的悲剧，陆游这一阕英雄末路的咏叹，不仅使历代许多有志之士热血男儿同声一哭，几百年后也引起了梁启超的强烈共鸣，他的诗作不算很多，但读陆放翁词后却赋诗一组四首，对其备极推崇，不仅称之为“亘古男儿一放翁”，而且说“英雄学道当如此”，也是以英雄视之，可谓时间异代而灵犀相通了。

然而，英雄不仅有壮岁从戎、曾是气吞残虏的千般胜概，也有低回婉转愁肠寸断的万种柔情。胜概令人鼓舞奋发，那英雄的诗句如同火种，可以点燃你未冷的热血；柔情使人心中如醉，那悱恻的诗句如同冷雨，可以敲凉你的心弦。陆游至死不渝的爱国热忱和他豪气干云的诗句，曾经沸腾过我年轻时的热血，而他在沈园演出的悲剧呢？虽然少不更事，但也深深感动过我的少年心。如今，年华向老的我远道而来，一脚跨进沈园，恍兮惚分，就好像跨进了八百多年前的历史与哀史，风雨飘摇的南宋就在肘旁，哀艳的故事就在眼前与耳畔。

爱情，是生命的乐曲，这一乐曲很难谱写完美，更难完美而有始有终地弹奏。尤其是序曲的初恋，许多人都刻骨铭心，不管它是一曲令人不堪回首的悲吟，还是一支使人终生不忘的欢歌。陆游于此，大约是二者兼而有之吧？绍兴十四年，即公元1144年，十九岁的陆游与唐琬结婚，南宋人周密《齐东野语》说她是陆游的嫡亲表妹，今天却有学者考证并非如此，这些都无关宏旨了，反正他们琴瑟和谐，如胶似漆，本是所谓百年好合。然而，中国素有婆媳不和的传统，至今民间也仍有“儿子是客人，媳妇是仇人，女儿是亲人，女婿是工人”的俗谚口碑。不到三年，不满儿媳的陆母竟然强迫他们离异。陆游只好在外安排宅院，合法的夫妻竟然变成了偷渡的织女牛郎，但仍然为陆母所侦知，在封建礼教的淫威之下，小夫妻只好也只能作生死别。不久，陆游被迫与一王姓女子结婚，无奈的唐琬也只得改嫁给同郡的赵士程。一别音容两渺茫，数年之后，陆游与唐琬在沈园不期而遇。感谢沈园，是它为这一对被棒打鸳鸯的有情人提供了邂逅之处，让他们在分袂多年后重逢，多少补偿了一点生离死别的遗憾；还要感激沈园，是它提供了一方粉壁，让一代豪杰与才人写下他出自至情至性的悲歌，证明在匆匆人世滚滚红尘中，确实有天长地久海枯石烂的恋情——

绍兴二十五年，离异近十年的已三十一岁的陆游，去山阴城东南禹迹寺附近的沈园游赏，这是他曾经来过的一处园林。无巧不成书，不，无巧不成“词”，这一回他却与同来游春的唐琬夫妇“狭路相逢”。周密《齐东野语》说“唐以语赵，遣致酒肴，翁怅然久之。为赋《钗头凤》一词，题于壁间”。南宋词人刘克庄比周密早生四十多年，陆游去世时已二十三岁，他曾记载说，陆游的老师曾几之孙曾温伯告诉他，陆游与唐琬相遇于沈园时，彼此只能装成素不相识地对望，不便也不能交谈，更无送酒菜之事。我更愿相信刘克庄在《后村先生全集》中的如上记叙，因为从时间地点人物关系而言更足征信，由此更可见封建礼教对人性的桎梏，对美好爱情的摧残，而此情此景，也才会使当事的局内人肝肠寸断，使当代与后代千千万万有情的局外人黯然神伤。当时，胸中风雨大作的陆游纵笔挥毫，题《钗头凤》一词于沈园壁上，也铭刻在中国诗歌史上和世世代代中国读书人的心上：

红酥手，黄縢酒。满城春色宫墙柳。东风恶，欢情薄。一怀愁绪，几年离索。错！错！错！

春如旧，人空瘦。泪痕红浥鲛绡透。桃花落，闲池阁。山盟虽在，锦书难托。莫！莫！莫！

这首词，真是字字血，声声泪，句句箫声呜咽。“红酥手，黄縢酒。满城春色宫墙柳”的新婚生活的温馨回忆，与“东风恶，欢情薄。一怀愁绪，几年离索”的巨变永离的现实，构成了强烈的对比，如同红之与黑。继之连下三个叠词“错错错”，究竟是谁之“错”？自己之错？唐琬之错？母亲之错？谁酿成这深痛巨创之错，陆游没有也无法挑明，一切都交给了读者的想象。“春如旧，人空瘦。泪痕红浥鲛绡透”，呼应开篇，也写眼前唐琬的形象。“桃花落，闲池阁。山盟虽在，锦书难托”，若是今日，电报一拍即发，传真一发即至，电话一打即通，如有书信，除了传真，还有微信，还可用特快专递限时寄达，而在八百年前的封建时代，只能有口难言，有言难书，有书也难传了。前述刘克庄的记载，陆游与唐琬相逢不能对谈而只能目语，这既合乎其时的礼法世情，也更富于悲剧色彩。结语的“莫莫莫”，即和上阕的收煞对照成文，加强了一唱三叹的情韵，同时也一词多义，余味深长。“莫”，既可解释为“不行”，也可释为“罢了”，同时，追源溯流，“莫”的原意是“日且冥也”，从甲骨文到金文，以至于秦始皇统一汉字将此字规范为篆书，“莫”均为日落黄昏之意，以后的“暮”字正是从“莫”字演化而来，而“错莫”又是联绵词，表示寥落寂寞之意，古诗中常常错莫连用，陆游将其分用于上下阕的结尾，更显得回环往复，唱叹有情。这样，诗人内心深处的剧痛沉哀，就得到极为感人与撼人的表现，一字字，如一声声暮鼓，敲打的是世世代代读者的心扉，如一记记重锤，锤击的是那令人诅咒的历史。

“钗头凤”，相传这一词牌本名“撷芳词”，因北宋政和年间宫中有撷芳园而得名。无名氏词有“可怜孤似钗头凤”之句，陆游可能是触句生情触景更生情，故改《撷芳词》为《钗头凤》。夫唱妇随，唐琬也曾作《钗头凤》相答，如音乐中美妙的和声：

世情薄，人情恶。雨送黄花容易落。晓风干，泪痕残。欲笺心事，独语斜栏。难！难！难！

人成各，今非昨。病魂长似秋千索。角声寒，夜阑珊。怕人寻问，咽泪装欢。瞒！瞒！瞒！

没有昨日难忘的回忆，没有明日美好的憧憬，只有眼前眉头心上无计可消除的巨痛深悲。感情之真挚，音韵之幽咽，艺术之完美，与陆游之词可称双璧，因为他们原来就是一对璧人啊！此词为唐琬的和调，相传已久，已成不刊之论，但当代却又有学者考证说这是他人伪作，我想，正史中粉饰奸人恶行的那些油彩应该剥落，还历史以本来面目，但众生千百年来感情上已接受和欣赏的美好事物，是无须去追根究底而煞风景的，如嫦娥奔月，如吴刚伐桂，何必一定要乘宇宙飞船亲临月球以证明其子虚乌有呢？何况学者的考证文章也只是八百年后的一家之言，并没有知情人能从宋代前来为其出示证明，更何况唐琬与陆游见面并作此词之后，就一病不起玉殒香消，如此绝妙悲词，他人是很难代言的。极而言之，即使是他人代作，如果是女人则定然是蕙质兰心，如果是男人则真是锦心绣口了。

我在沈园徘徊，耳边仿佛还有《钗头凤》的低吟之声传来。举目四顾，几座亭台均系重修，占地十余亩的园林局促于一隅，比当年的那座私家园林已缩小了许多。陆游后来重游此园，说四十年间已经三易其主，何况是数百年呢？陆游题词之壁早已化为尘灰，沈园当年的柳树也早已不知去向。啊，那园内的伤心桥呢？伤心桥下碧绿的春波呢？春波上照影的丽人呢？

此身长在情常在。令人分外感动的是，陆游和自己的这一段恋情，情同生死。他的诗词，没有一字提及自己的母亲，反而有许多篇章咏“姑恶”鸟，如“孤愁忽起不可耐，风雨溪头姑恶声”（《风雨夜》），“不知姑恶何所恨，时时一声能断魂”（《夜闻姑恶》）。按照苏轼《五禽言》咏姑恶诗的附注，“俗云，妇以姑虐死，化而为水鸟姑恶”，陆游反复其咏，该是对母亲导演了他的婚姻悲剧耿耿于怀吧？他在与唐琬分离之后，续娶四川王氏，共同生活了五十年，这大约是一场没有爱情的婚姻。王氏死时，陆游作《自伤》诗一首，只有“白头老鳏哭空堂，不独悼死亦自伤”一语略表悼念之情，而其《令人王氏圹记》全文不满百字，平平淡淡，甚至王氏的名字及出生年月均未道及，而陆游为他人妻室所作的墓志铭，则大都远胜此文。相反，除了《钗头凤》一词之外，陆游终其一生，对唐琬却始终念念未能忘情。

绍熙三年（1192），六十八岁的陆游重游沈园，作律诗一首，题曰：“禹迹寺南有沈氏小园，四十年前尝题小阕壁间，偶复一到而园已三易其主，刻小阕于石，读之怅然：‘枫叶初丹槲叶黄，河阳愁鬓怯新霜。林亭感旧空回首，泉路凭谁说断肠。坏壁醉题尘漠漠，断云幽梦事茫茫。年来妄念消除尽，回向禅龛一炷香。’”陆游说他妄念消除已尽，但至少对唐琬却是例外，庆元五年（1199）春，七十五岁的陆游重游沈园，又作《沈园》二首：

城上斜阳画角哀，沈园非复旧池台。
伤心桥下春波绿，曾是惊鸿照影来！

梦断香消四十年，沈园柳老不吹绵。
此身行作稽山土，犹吊遗踪一泫然！

英雄有嶙峋的铁骨，也有温软的柔肠，如此椎心泣血执着的爱情，怎不令天下的有情种子也泫然一哭？烈士暮年，抗金杀敌的壮心不已，对唐琬的爱心也不已。日有所思，夜有所梦，芸芸众生都有这样的体验吧？开禧元年（1205）陆游时已八十一岁，又作绝句《二月二日夜梦游沈氏园亭》二首：

路近城南已怕行，沈家园里更伤情。
香穿客袖梅花在，绿蘸寺桥春水生。

城南小陌又逢春，只见梅花不见人。

玉骨久成泉下土，墨痕犹锁壁间尘。

壁上灰尘蒙覆之间，半个世纪以前写的《钗头凤》墨痕犹在，对景怀人，情何以堪！陆游一生酷爱梅花，有赋梅之诗一百多首，在《剑南诗稿》中，直接以《梅花》及《梅花绝句》为题者，各凡四见。他在上述诗作中两次提到梅花，也许他当年在沈园与唐琬邂逅时，正是梅开时节，或者他是以梅花的坚贞与芬芳，来象征唐琬和他之间的爱情吧？陆游八十六岁逝世，在逝世前两年，他最后一次再游沈园，作有《春游》诗以怀故人，其一是：

沈家园里花如锦，

半是当年识放翁。

也信美人终作土，

不堪幽梦太匆匆！

这首诗，是五十年前《钗头凤》遥远的回声。这一番生死恋，从生命的早霞到晚霞，铭心刻骨，我想陆游在作绝笔之诗《示儿》之时，除了想到收复中原，该也会最后一次想起他的唐琬吧？无情未必真豪杰，唯真豪杰才有真性情，艺术地表现人类最美好的情感，创造出他人可以互通共感的普遍性的情境，是文学作品获得永恒魅力的重要条件。过去时代的读者读陆游的上述词章，不免一唱三叹而意夺神飞，在今日的红尘俗世之中，纯洁高尚地老天荒的爱情日益寥落，如同盛夏过后的莲花，究竟还有多少人会为陆游击节而歌扼腕而叹呢？

我在沈园只流连半日，却怀古千年。沈园早已非陆游时的旧模样，围墙内的楼阁亭台已非故物，围墙外是鳞次栉比的新建民居，园门的联语“禹迹阅遗踪，犹传临水惊鸿句；燕然寻旧梦，未死冰河铁马心”，宣告时间早已进入了现代。历尽沧桑啊阅尽兴亡，画角之声当然听不到了，柳树也早已无数次地改朝换代，然而，为陆游轰轰烈烈的壮志悱悱恻恻的爱情以及他的千古绝唱做证的，仍有园内历时千年的一池春水，仍有我离去时城上欲落未落的一丸夕阳，还有我，还有我少年时即已点燃而今才远道送来的一炷心香。

黑夜中的电闪雷鸣

还是在今日四首已似乎遥不可及的少年时代，我就曾经再三吟诵过文天祥的《正气歌》了。不仅吟诵，而且书写，记不清是哪位书法家书写的《正气歌》字帖，年幼的学子们在“大字课”中借以描红。“天地有正气，杂然赋流形。下则为河岳，上则为日星。于人曰浩然，沛乎塞苍冥”，一笔一画，一撇一捺，一字一句，虽然还不能充分领会它的内涵，但在朦朦胧胧似暗若明之中，也分明感到有黄钟大吕之声起于纸上，有一股千古不灭的浩然之气，从遥远的古代穿山越水滂湃而来。

及至年岁已长，虽然仍是一介浊世凡人、红尘俗子，但却知道庆幸少年时即已和文天祥作过时隔千载的相逢，让《正气歌》像一颗启明星，闪耀在自己人生道路的上空。而今遍历江湖，年华向老，再来读文天祥和他的词章，就别是一番感悟了。如果说，宋王朝的帷幕在南渡以后就徐徐降落，那么，待到文天祥从江西吉安奔来挽救时艰，就已宣告即将落幕。元人的马蹄如狂风暴雨卷地而至，四周早已黑夜沉沉，但文天祥其人其诗其词啊，却如同黑夜中振聋发聩的电闪雷鸣！

一

如果是太平盛世，如果仕途顺达，文天祥以他的品德才能，很可能成为一代贤相或一代名臣，但文天祥何其不幸，他竟生活在一个国破家亡的时代，在元大都（今之北京）柴市从容就义时，他才是正当壮年的四十七岁，他的抱负与才华还远远来不及施展。然而，文天祥又生而何幸，他遇上了那样一个血与火的时代，那场血与火将有些人焚烧成灰，剩下的恶名与骂名遗臭千年；那场血与火也将有的人百炼成钢，不朽的美名与英名千古流芳。文天祥就是后者，个人的禀赋操守与多灾多难的时代，共同造就了这位人中豪杰，民族英雄。他虽然并不是以诗人或词人鸣世，但他以血写成以剑书就的杰出诗词，其价值却远远在一些诗人词人的作品之上。无论时间的风怎样吹刮，无论时间的沙怎样侵凌，它们都如永恒的纪念碑，一个字也不会生锈，一个字也不会磨蚀。

在芸芸众生之中，一个人之所以能超凡脱俗，不仅成为一时之英，而且成为万世之雄，除了造就英雄的时势之外，这个人一定有得天独厚的优良禀赋，和后天严于自律的人格修养。文天祥少有大愿，立志要做一个于国家民族有所贡献的人，他在乡间学校见到前辈同乡欧阳修和胡铨的肖像，就曾经慨然叹息："没（同殁）不俎豆其间，非夫也。"他在人生的起点，就遥望和设想了自己的终点，而他眺望与远望的目光，参照系则是他心仪的前贤往哲。宋理宗宝祐四年（1256），文天祥高中状元，甫入仕途，他不仅绝不与那些贪官恶吏同流合污，也绝不降格以求成为一般的庸官俗吏，他上疏请斩主张迁都四明以避敌的宦官董宋臣，又直言指斥为宋度宗一再挽留的炙手可热的权相贾似道。当宋恭帝德祐元年（1275）正月元军渡江南下时，三十九岁的他就变卖全部家财充当军费，起兵勤王，奔赴临安，开始了他辛苦遭逢而又轰轰烈烈的英雄岁月。

文天祥虽少有大志，但他前期的诗作并不十分出色。收录在《文山诗集》中的作品，写于元兵攻破临安俘虏恭帝以前，虽然其中也时见感时忧世的思想的闪光，奋发有为的怀抱的抒发，但应时应景题赠酬酢之作颇多，艺术上也没有多少新奇可喜之处，可见即使是非凡人物，也不是一开口就是震世之雷或警世之钟。《指南录》与《指南后录》中的作品，则作于他入卫临安至壮烈殉国的时期，世人所熟知的《过零丁洋》《金陵驿》《正气歌》等篇章，均是此时所写的厚重不朽如国之重器的作品。文天祥当时正挣扎、奋战在时代的腥风血雨之中，这种杰作决不可能产生在与世隔绝的书房，而只能诞生于与子同仇的战场，绝不可能从平平仄仄的韵书中得到，而只能由热血与痛泪去书写，由呼号与呐喊去完成。

文天祥现存之词为《文山乐府》，只有八首。他以前的词作如今已不复得见了，今日可见的最早作品，是《沁园春·题潮阳张许二公庙》：

为子死孝，为臣死忠，死又何妨？自光岳气分，士无全节；君臣义缺，谁负刚肠？骂贼睢阳，爱君许远，留得声名万古香。后来者，无二公之操，百炼之钢。

人生翕欻云亡。好烈烈轰轰做一场。使当时卖国，甘心降虏，受人唾骂，安得留芳？古庙幽沉，仪容俨雅，枯木寒鸦几夕阳。邮亭下，有奸雄过此，仔细思量！

“死亡”，是人类无法回避的万古难题，也是个人不能避免的千古难题。有生必有死，一个人在呱呱坠地之初，面戴黑色头罩只露出两眼叵测凶光的死神，就同时在摇篮之旁窥伺了。安生而畏死，这是人所共有无须讳言也不应责备的人性，一般人均是如此，即使是圣贤豪杰，有谁，又会无缘无故像赴一场喜筵一样去赴死亡之约呢？慷慨就义易，从容赴死难。即令是仁人志士，在生死的刹那或短暂的时日里，为了信仰而热血偾张而一掷少年头，如果这还比较容易，那么历经磨难而仍然此心不改视死如归，那就一定更是非常之人。在文天祥后期的诗词里，多次提到过生与死的问题，这不仅因为在国破家亡而欲挽狂澜于既倒的艰难岁月里，生死常常系于一发，而且文天祥心中只有国家民族的危亡，自己的生死早已置之度外。“死”，于他早已不是难题，当然就更不是问题。“人生自古谁无死，留取丹心照汗青”，文天祥被元军俘获的次年正月，在过零丁洋时写有《过零丁洋》一诗，这一警句如同不灭的明灯，响彻长天的号角，千百年来照亮过许多人生死关头的迷津，激励过无数志士的肝胆，而在此之前一年，在上引《沁园春》一词中，他也已经有“留得声名万古香”的自诩与豪唱。

祥兴元年（1278），文天祥与陆秀夫、张世杰等人拥立赵昺为帝，在沿海一带坚持抗元斗争。是年十一月，文天祥率军转战至潮阳（今广东潮安），瞻拜当地的张巡、许远之庙而作此词。安史之乱中，张巡、许远坚守睢阳（今河南商丘）孤城数月，最后因矢尽粮绝被俘骂贼而牺牲，后来不仅睢阳人民为他们建庙，而且全国各地所在多有。韩愈在《张中丞传后叙》中，激赏屏障江淮使唐得以中兴的张巡许远，并为其作传，韩愈后来被贬为潮州刺史，潮人思韩亦复思韩所推许的前贤，也在东山山麓建张巡许远之庙。时间虽然已经过去五百多年，但张、许生前的境遇和文天祥何其相似？他们的英风伟烈又该引起文天祥何等强烈的共鸣？这种异代不同时的心灵感应与共振，使文天祥在戎马倥偬中，情难自禁地挥写了这一传世的词章。这首词是怀古，更是自白；是颂往，更是贬今；是对于生之歌吟，更是笑对死亡的高唱。“为子死孝，为臣死忠，死又何妨”，词一并篇就高标三个“死”字。“死”本身固然是黑色的，但文天祥高擎于此的却是一柱光照长天的火炬，那是他的热血燃就，丹心化成。当此之时也，“光岳气分”而天坼地裂，“君臣义缺”而南宋覆亡，多少读书人改弦易辙，多少士大夫屈膝投降，无非是苟全性命于乱世，再求富贵于新朝，这如何不叫文天祥痛感“后来者，无二公之操，百炼之钢”？他正面歌颂张巡、许远的同仇敌忾，“留得声名万古香”，也是对自己和同志的激励；他从反面设想他们“使当时卖国，甘心降虏，受人唾骂，安得留芳”，则是对趋时变节者的警告和对意志薄弱者的劝告。而至于大奸大恶的“奸雄”呢？他们则注定要被钉在历史的耻辱柱上，无所逃于天地之间。

人生天地之间，以什么作为自己追求的鹄的？以什么作为自己立身处世的法则？以什么境界作为自己人生的理想？这，可以决定一个人的生命价值。在沧海横流之时，文天祥选择了向张巡、许远馨香致敬，这是他现实而高远的抉择，难怪他在绝笔之作《正气歌》中，历数“哲人日已远，典型在夙昔”的历代正气凛然的人物，还要念念不忘地向张巡、许远致以最后的敬意。

将近八百年过去了，潮阳的张巡、许远的祠庙不知仍然安在否？文天祥当年点燃的那一炷清香啊心香，今日仍然有人传承，在红尘中在现代的嚣声里青烟袅袅。

二

有的人平日位处下僚或底层时，人穷志短，马瘦毛长，处处低首下心，谦卑自抑；一旦时来运转而平地飞升，一阔脸就变，不仅高视而阔步，而且颐指而气使，就如同川剧中的特技“变脸”。相反，有的人平日官运亨通，位居要津，就不免威风八面，仿佛真理都随其权势集于一身，一旦失足或垮台，从九天之上跌落黄土尘埃，那种诚惶诚恐低头哈腰之状，简直使旁观者疑为两人。这，大约也是人性的普遍弱点与社会的众生相吧？

帝子王孙天潢贵胄们又当如何呢？靖康之难，赵氏皇家除了后来成为宋高宗的康王赵构衔命出使离开汴京，其他全部成了金人的阶下之囚。以四十六岁的徽宗和二十八岁的钦宗领衔，宋宫妻孥三千余人，宋室男妇四千余人，贵戚男妇五千余人，诸色目三千余人，教坊三千余人，构成了一个二万人以上的庞大俘虏集团，行行复行行地远去北方的苦寒之地，享受的是比被其先人征服过的南唐后主李煜更加悲惨的命运。因为金人女真族不但是新的征服者，而且他们其时盛行的正是野蛮落后的奴隶制，宋朝俘虏哪怕原来是金枝玉叶，现在一律降价为奴为婢，连康王的生母韦贤妃和其他妃嫔，都被发配到所谓“洗衣院”——以从事洗濯等劳动为名，其实是变相的妓院，一旦归为臣虏，就从往日的天上乐园坠入了当下的人间地狱。

宋徽宗在塞北的苦寒小镇五国城中，当然再不可能获得原来那种级别的待遇了，匆匆岁月便宣告寿终不正之寝。其间他还留下了《眼儿媚》与《燕山亭》两首词，怀念的是“玉京曾忆昔繁华，万里帝王家。琼林玉殿，朝喧弦管，暮列笙琶”，怀想的是“新样倩妆，艳溢香融，羞杀蕊珠宫女”，这位皇子皇女各有三十多个的风流皇帝，他的痛痒实在与平民百姓无关，比起前朝能将个人遭逢提升为人生普遍情境的李煜，他也差得太远太远。倒是在宋末亡国的乱离之世，有几位被俘的弱女子写出了一些至情至性的篇章，如蒋兴祖女的《减字木兰花·题雄州驿》，如徐君宝妻投池自杀前题壁的《满庭芳》，还有原度宗宫中的昭仪名王清蕙者，在被虏北上途中经汴京夷山驿所写的《满江红·题驿壁》：

太液芙蓉，浑不似、旧时颜色。曾记得、春风雨露，玉楼金阙。名播兰簪妃后里，晕潮莲脸君王侧。忽一声、鼙鼓揭天来，繁华歇。

龙虎散，风云灭。千古恨，凭谁说？对山河百二，泪盈襟血。客馆夜惊尘土梦，宫车晓辗关山月。问嫦娥、于我肯从容，同圆缺。

元世祖至元十三年（1276）正月，也即宋恭帝德祐二年，元人兵临临安城下，城内的百官已纷纷作鸟兽散，大内慈元殿上的文官只剩下六七人。文天祥当时以右丞相兼枢密使的身份，奉命出使元营议和，但天既不庇，德又何佑，宋太皇太后谢道清奉表称臣，元人旋即重演金人故技，将皇室所有人等均押送燕京，曾做度宗昭仪的王清惠即在其内。王清惠经过故都，触景伤情，其词确也能反映出时代的深创巨变，以及神州陆沉中众生的屈辱与悲痛，比徽宗之流毫无自省与反思只希望重温旧梦的词作，高出自是不止一筹。因此，此词一出，虽没有今日发达的资讯传媒，但却不胫而走，随被俘的南宋皇家北上的宫廷琴师、词人汪元量，读到此词后，曾和韵二首，即《满江红·天上人家》与《满江红·吴山》，文天祥后来在评述此词时，也曾说“中原传诵”，可见流播之广。

文天祥四处转战，只手终于难支南宋已经坍塌的天空，在写出《沁园春·题潮州张、许二公庙》之后不久，他就在广东海丰以北五坡岭兵败被俘，押送大都，途中在金陵应天观（今南京城西朝天宫）暂时羁留。文天祥此时读到王清惠之词，他也许不满意王词结句似有随遇而安委曲求全之意，就和了一首《满江红》，词前的小序是“和王夫人《满江红》韵，以庶几后山《妾薄命》之意”：

燕子楼中，又捱过、几番秋色。相思处、青年如梦，乘鸾仙阙。肌玉暗消衣带缓，泪珠斜透花钿侧。最无端、蕉影上窗纱，青灯歇。

曲池合，高台灭。人间事，何堪说！向南阳阡上，满襟清血。世态便如翻覆雨，妾身元是分明月。笑乐昌、一段好风流，菱花缺。

北宋号“后山居士”的诗人陈师道曾得到曾巩的知遇，曾巩死后，他曾作《妾薄命》二首，其中有“有声当彻天，有泪当彻泉。死者恐无知，妾身长自怜”和“死者如有知，杀身以相从”之句。文天祥此词由此生发，前引唐代张建封在徐州筑燕子楼以居爱妾关盼盼事，后引陈后主妹乐昌公主妻于陈德言的破镜重圆的故事，既为王夫人立言，又表示自己忠于故国决不他从的坚定意志与坚贞气节。“世态便如翻覆雨，妾身元是分明月”，是词中的主题句与警句，这既是对王清惠词“问嫦娥，于我肯从容，同圆缺”的回答和劝勉，也是自己的心志的自许与自誓。

言之不足，故重言之。前人的诗词中，曾有“代作”这一代言之体，也许是文天祥觉得意犹未尽吧，在应天观狭窄的囚室里，在囚室里凄凉暗淡的青灯下，在青灯下起伏难平的思潮中，他又笔花飞舞，写下了另一首《满江红·代王夫人作》，成为前一首词的姊妹之篇：

> 试问琵琶、胡沙外，怎生风色？最苦是、姚黄一朵，移根仙阙。王母欢阑琼宴罢，仙人泪满金盘侧。听行宫、半夜雨霖铃，声声歇。
>
> 彩云散，香尘灭。铜驼恨，那堪说。想男儿慷慨，嚼穿龈血。回首昭阳离落日，伤心铜雀迎秋月。算妾身、不愿似天家，金瓯缺。

词中用了许多典故，以汉武帝时嫁给乌孙王的细君公主和牡丹名贵花种“姚黄”，代指王清惠；以王母瑶池之宴的结束象征南宋灭亡；以金铜仙人辞汉和唐明皇入蜀谱《雨霖铃》曲，比喻南宋后宫嫔妃北去之凄苦。“想男儿慷慨，嚼穿龈血”，在囚室之中灯影之下，张巡“每战眥裂，嚼齿皆碎”的英雄往事又重到文天祥的心头。眼下却是国亡家破，严峻的考验在测试每一个人的灵魂，文天祥以汉代昭阳宫和曹操铜雀台，代指南宋宫苑的冷落，国家的败亡，最后勉励王夫人白璧全身，也再一次抒写了自己宁为玉碎不为瓦全的决心，“不愿似天家，金瓯缺”，批判的锋芒已经指向昏聩腐朽的南宋帝王。对于一个落入魔掌灾劫的弱女子，我觉得文天祥不必过于求全责备，实际上她被掳到大都后，自请为道士，号冲华，以宗教作为最后的一道防线，这已属难能可贵了，远胜那些原来作威作福而后来又奴颜婢膝的朝廷官员。

文天祥的他咏实为自咏，他写实为自写。八百年后，我对金陵应天观囚室中的那一盏青灯仍不免羡慕追怀，因为它亲见文天祥写了上述两首不朽之词。前些年，我偕寓居南京的诗人老友丁芒前去城西朝天宫寻访，物非人也非，不仅那盏青灯早已无处寻觅，接连问了好几位游人，他们对文天祥在此的往事遗痕均懵然不知，我们只得摇头叹息。

三

如果说，《沁园春·题潮州张、许二公庙》是豪情似火，浩气如虹，那么上述两首《满江红》则可以说是肝肠如火，色貌如花，它们以绮靡之辞写故国之思，以美人之言寄国士之意，可见文天祥手中有一支彩笔，不仅具英雄本色，长于作豪壮之语，而且有儿女柔肠，善于写婉约之辞。但是，天崩地裂的时代，无双国士的肝胆，使他风格婉约的词章中仍具有磅礴浩然的正气、阳刚的伟烈，更无论他直抒胸臆的狂飙烈火般的作品了。同是在金陵的囚窗之内，他的《酹江月·和邓光荐》，就是一曲破窗而出响彻云天的壮歌。

文天祥在五坡岭被执之后，祥兴二年（1279），与同乡好友邓光荐（初名剡）同时被押北行。邓剡也是庐陵人（今江西吉安），年长文天祥四岁，较文天祥晚六年中进士，二人平日同气相求，交谊甚厚。元军攻破临安，邓剡随赵昺辗转沿海，南宋崖山行朝覆灭于海上，邓剡跳海未死而被俘，和文天祥一道被押解北上。元人也许不知他们的关系和交谊，如果分而治之，不使同行，南宋词史肯定就会少去两颗明珠，中国词史因而也就有更多的遗珠之叹了。

文天祥与邓剡行至金陵，邓剡因病留下就医，文天祥继续北行。两位好友兼难友死生契阔，两位同乡在他乡执手长别，每人都当百感交集吧？邓剡写了一首《酹江月·驿中言别》，给文天祥送别并壮行：

水天空阔，恨东风、不惜世间英物。蜀鸟吴花残照里，忍见荒城颓壁。铜雀春情，金人秋泪，此恨凭谁雪？堂堂剑气，斗牛空认奇杰。

那信江海余生，南行万里，属扁舟齐发。正为鸥盟留醉眼，细看涛生云灭。睨柱吞嬴，回旗走懿，千古冲冠发。伴人无寐，秦淮应是孤月。

“剡”，一释为“锋”，一释为“焰”，虽然作者已不幸身为俘虏，但正如他的名字所暗喻的，在他的这首词中，仍然闪耀对敌人森然冷对的剑气，对友人热烈如火的光焰。他称颂文天祥为“世间英物”与“奇杰”，而自己苟且偷生，是希望文天祥能像从前一样东山再起，再度施展雄图伟抱。而今虽然无力回天，但文天祥此次北去，如同相如使秦，诸葛却敌，在元廷上定然会威武不屈豪气吞云，而自己的依依惜别和怀念之意，就只有寄托给伴人无眠的那一轮秦淮孤月了。此词牌即《念奴娇》，而且是步苏轼词的慨当以慷的原韵，有由衷的颂扬，有至交的激励，有永远不会失望的希望。后代的词论家评说此词，赞之为“悲壮雄丽”，“气冲斗牛”，他们不是当事人，而且做的是偏于理性的评价，在国破家亡生离死别的当时，文天祥读到这首赠行之词，他的感受又当如何呢？现在，我已经无从向他询问了，但可以询问的，却是他留下来的那首和词。古今的唱和之词汗牛充栋，可是，有多少能如这一双宝璧光照百代？文天祥的《酹江月·和》全词如下：

乾坤能大，算蛟龙、元不是池中物。风雨牢愁无著处，那更寒虫四壁。横槊题诗，登楼作赋，万事空中雪。江流如此，方来还有英杰。

堪笑一叶漂零，重来淮水，正凉风新发。镜里朱颜都变尽，只有丹心难灭。去去龙沙，江山回首，一线青如发。故人应念，杜鹃枝上残月。

文天祥这首词是对邓剡词的回答与呼应，无论是大至对国家民族的忠贞，小至友朋间的惜别眷念，都深得和词之体，与邓剡的词一起构成和谐的高山流水二重奏。尤其动人的是，他从变与不变的角度，写下“镜里朱颜都变尽，只有丹心难灭”的千古警句与箴言，与《过零丁洋》中的“留取丹心照汗青”前后辉映而光照千古。结句的“故人应念，杜鹃枝上残月”，不仅是对邓剡“伴人无寐，秦淮应是孤月”的酬答，也是表示自己决不苟全，如果友人听到杜鹃在残月枝头作带血的哀啼，那就是自己死后魂兮归来哀江南了。文天祥同时期在金陵写的《金陵驿》一诗，也有“从今别却江南路，化作啼鹃带血归”之句。面对

“生死”这一人生最重大的矛盾和最重要的取舍，文天祥取“死”弃“生”。前人说“从容就义难”，文天祥对人间芸芸众生目为万难之事，他早已视若等闲。《老子》早就说过：民不畏死，奈何以死惧之？文天祥死且不惧，天地间他还有什么可惧的呢？

文天祥在燕京被羁押三年，霜晨雨夕，冬去春来，时间不可谓不长了；他被囚禁于兵马司一间潮湿的土房之内，夏炙冬寒，敝衣粗食，环境不可谓不恶劣了；他的弟弟文璧以惠州降元而来京朝见，他的妻子和两个女儿早已被俘，在元宫中为奴，女儿柳娘来信哀哀求告，这不可谓不令人痛断肝肠了；元丞相孛罗开堂审问文天祥，喝令左右强制他下跪，文天祥坐地不屈，孛罗不可谓不挟胜者之威而气焰凌人了；元世祖忽必烈召见文天祥，亲自劝降，并许以宰相之位，不可谓官不高禄不厚了。贫贱不能移，富贵不能淫，威武不能屈，加上死亡不能惧，连敌人都“相顾动色，称为丈夫”，如此伟丈夫奇男子，谁还有计可施呢？当文天祥最后被押解到菜市口刑场，监斩官问：“丞相还有什么话要说？回奏还能免死。”对一般的还有一念之差的人，这就是无边苦海中最后一根救命稻草了，而文天祥却喝道：“死就死，还有什么可说的！”于是南向跪拜，从容就义。人倒下了，但绝笔《衣带赞》所表白宣告的精神，却永远耸立于天地之间：“孔曰成仁，孟曰取义；惟其义尽，所以仁至。读圣贤书，所学何事？而今而后，庶几无愧！”

文天祥，你绝不是忠于一个小朝廷，南宋已经不复存在了，你还有什么可忠的呢？你绝不是忠于某个君王，北宋南宋的末代君王都先后投降了，连被俘的太皇太后谢氏和恭帝赵㬎都到牢狱中来劝降，你还有什么可忠的呢？你曾说“君降臣不降”，文天祥啊，你“忠”的是一己的人格、至大的民族；你的名字就是英雄的情怀、高尚的节操、民族的象征、坚贞的信仰！

你生活于一个特定的时代而又超越了时代。七百年后，文天祥啊，维新志士中最激进最杰出的谭嗣同，他最钦佩敬仰的人物就是你，他寻觅珍藏了你在北京监狱中用过的“蕉雨”琴，其上有你书写的“琴铭”：“海沉沉，天寂寂。芭蕉雨，声何急。孤臣泪，不敢泣！”他不仅关押在你曾经拘囚过的牢房，而且也就义在你以前就义的刑场。冥冥之中，这有什么巧合吗？还是透露了什么令后人深思的消息呢？

八百年后，文天祥啊，我远去你的故乡江西吉安，由我昔日的同窗周世玉君陪同，一起到位于市内中山大道的你的纪念馆凭吊，去富田圩文家村鹜湖大坑半山腰你的墓地祭奠。北京市东城区府学胡同 63 号的文丞相祠，旧址为你被囚于大都（今北京）的土牢，院中的一株枣树相传是你亲手所植，我也曾和昔日的学生、今日的名词人蔡世平，专城前往顶礼祭奠。除了几炷永远的心香，就只能奉上一篇苍白无力的文章。自然界的闪电可以熄灭，雷声终会消逝，但是，文天祥啊，你是一世英豪，更是万古人物，你的电闪雷鸣曾照明昨日，也光耀今天，而且必将灿亮轰传到永远永远！

巾帼之歌

唐诗本来是男性诗人的一统天下，但有一些巾帼英雄如薛涛等人，她们决心巾帼不让须眉，居然在群雄逐鹿之中也去争取自己歌唱的权利，在唐诗大合唱的节目单上留下自己的名字，让后世的听众有幸听到她们的歌声。

在唐代诗人登峰攀顶蔚为壮观之后，宋代诗人们接踵而来，他们虽然无法企及唐诗所达到的最高成就，但却以求新求变的文化精神与艺术创造力，开辟了新的境界，特别是词之天地。如果唐诗是一座高峰，宋词则是一座对峙的峻岭；如果唐诗是一条大江，宋词则是一条可以与之媲美的大河。宋代的女性作者呢？《全宋诗》收录女诗人二百余人，而《全宋词》也有女词人约九十人，作品三百余首。在以男性为中心的封建时代，在理学兴盛对妇女的生活与思想如磐重压的宋朝，在历经金、元两次异族入侵民族灾难深重的日子里，她们仍以纤纤素手写下了许多动人的词章，其中的杰出者如李清照，不但可以俯视巾帼，还直欲压倒须眉，她高举的是一面至今仍猎猎迎风的旗帜。

一

鹧鸪天

窃杯女子

灯火楼台处处新，笑携郎手玉阶行。回头忽听传呼急，不觉鸳鸯两处分。

天表近，帝恩荣。琼浆饮罢脸生春。归来恐被儿夫怪，愿赐金杯作证明。

据《宣和遗事》记载，这位民间的“窃杯女子”，与九五之尊的宋徽宗还有一段词缘，而牵合这一词缘的，竟是万民同乐的元宵佳节。

宋徽宗赵佶本来是君临天下的大国之主，但最后却被金人俘虏北去，成为阶下之囚，在昔日金国腹地的僻远小镇五国城，今日黑龙江省的依兰，饱尝铁窗风味，从云霄坠入深渊，只活了五十四岁。“彻夜西风撼破扉，萧条孤馆一灯微。家山回首三千里，目断天南无雁飞”，遥望南天，回首前尘，除了他以泪水浸泡的诗词，今日还有谁知道他曾有过些什么感慨呢?

宋王朝第八位天子赵佶，在位长达二十四年，是一个很不称职的帝王，如果按现在专业人才考核等级，给他评定“不合格”，还算是破格优待的了。他先是和蔡京沆瀣一气，对朝廷中的新党与旧党左右开弓，压制异己，擅权独裁，建立起自己的绝对统治，朕即真理，臣僚们只能唯唯诺诺，不能也不敢发表半点不同政见。继之蔡京为了迎合独夫并巩固自己的执宰地位，又提出“丰享豫大”的口号，即国泰民安，天下太平。赵宋王朝本来是兵不血刃取得天下，自太宗以下的帝王们本就有贪图享乐的“光荣传统”，宋徽宗更是变本加厉地腐败，除了和绝大多数帝王一样喜好女色，他还沉迷于道家的丹鼎符录修身养性之术，自称“真人”，自命“教主”，希望自己这位“道君皇帝”长生不老。但是，他既想向永生的天国飞升，又执迷于人间的感官享乐。如为了在开封扩建宫苑和兴修万岁山，便从江南搜刮民间的奇花异石等各色贡品，劳民伤财，用船队运送到京师，这就是臭名昭著的“花石纲”，结果是东南为之疲敝，天下为之骚然。上梁不正下梁歪，自古已然。徽宗贪图享乐，倦于政事，宋代的官员本来就十分繁冗，此时那一庞大的官僚集团更是上行下效，卖官鬻爵，贿赂公行，以致国事不堪收拾，如同一座大厦，梁柱都已腐朽，只要来一阵烈雨急风，就会呼啦啦天崩地裂。后来，徽宗竟然与蔡京、童贯采取联金灭辽之策，结果引火烧身，引狼入室。徽宗虽假装中风半身不遂而传位给钦宗，但有其父必有其子，徽宗不久便和那更不争气的儿子一起，双双做了对泣之囚，分别被封为昏德公与重昏侯，可谓“实至名归”。只是钦宗更具忍辱偷生的本领，被俘后还度过了三十多年囚徒岁月，比其父多活了二十六年。

还是言归正传吧。元宵节，本来是中国百姓的民间节日，因为帝王的“与民同乐”，在宋代更达到了热闹繁华的极致。元宵节张灯始于唐代，而连续三日甚至五日举行灯展，城门通宵开放，市街上演出百戏歌舞，燃放烟火与鞭炮，则是从宋代开始。皇城宣德门前搭建的山棚称为“鳌山”，宣德门上如同现代商场一样，张挂大型条幅“宣和与民同乐”。元宵之夜，天子在宣德门上观灯听曲，百姓则在楼下和街上观看文艺表演，每人还由宫廷赐酒一杯，这是一个自由开放的狂欢节日，窃杯女子的故事就发生在如斯良夜。她偷窃了饮酒的杯子，卫士将她押送到徽宗面前，本来是罪莫大焉的欺君之罪，幸亏宋代文化环境的熏陶和家庭的诗词教养，这位女子竟然出口成词，说得有情有理，婉转之至而滴水不漏。徽宗本来就是一个高级的文化人，加之元宵之夜心情大约也颇为舒畅，而且窃杯者并非男士而是少妇，于是他不但不欲加之罪，而且有意再行面试，那位女子也就即席赋《念奴娇》词：“桂魄澄辉，禁城内，万盏花灯罗列。无限佳人穿绣径，几多娇艳奇绝。风烛交光，银灯相射，奏箫韶初歇。鸣鞘响处，万民瞻仰宫阙。　　妾自闺门给假，与夫携手，共赏元宵节。误到玉皇金殿砌，赐酒金杯满设。量窄从来，红凝粉面，尊见无凭说。假王金盏，免公婆责罚臣妾。”这一临时的“殿试”顺利通过，兴高采烈的徽宗，不仅将金杯相赐，还令卫士送其归家，草野小民窃杯女子福至心灵，意外地享受了一回皇家待遇。

宋徽宗不是暴君而是昏君，平心而论，他还是一位颇为出色的艺术家。他自号“瘦金体”的书法自成一家，今日当一个较高级别的书法家协会主席应无问题；他提倡画艺，山水花鸟画无所不精，颇具创作与鉴赏能力，生当今日，美术家协会也当有他的一席之地；他善于诗词，参加全国作家协会并担负相应职务，也绝不会被认为破格以待；他还会踢足球，振兴中国足球，他也许还可以献计献策。还应为他说句公道话的是，宋太祖看重文人和士大夫的传统，他是继承恪守的，太祖生前立碑锁于宫殿密室，上书三条戒律，其中一条就是不杀士大夫。他后来即使在北方做囚徒，还曾托人捎信给宋高宗重申祖宗成法，不过高宗为了保住自己的皇位，也就不惮数典忘祖，杀害了岳飞父子。徽宗对窃杯女子的处置，既显示了帝王之尊，也表现了他艺术家的风度，其宽厚与爱才远远超过了现代的某些大权在握者，可惜艺术家不能治国，治国者却是昏君，曾几何时，渔阳鼙鼓就动地而来了。

二

鹧鸪天

聂胜琼

玉惨花愁出凤城，莲花楼下柳青青。尊前一唱阳关后，别个人人第五程。

寻好梦，梦难成。况谁知我此时情？枕前泪共帘前雨，隔个窗儿滴到明。

唐代以来，与新兴燕乐相配合的词是音乐文学，唐人称之为“曲子词”，意指“词”是配合音乐歌唱的文辞，宋人称之为“歌词”“乐章”“乐府”或“倚声”。词不仅“美视”，即供眼睛阅读欣赏，而且“美听”，也就是被之管弦以供歌唱，给人以美的听觉享受。词，一开始与音乐结下的就是不解的良缘，时至宋代，双方的恋情更是如胶似漆。如果你能前去或回到宋代，在花下尊前，歌楼舞榭，你听到的不是诗歌朗诵会，而是高歌低咏急管繁弦的音乐会。

宋词音乐会的歌手当然也有男性，但这场盛会却重女轻男，除了少数专业的男歌手，或是诗人自己登台演唱之外，大都由年轻美丽的女子来担任。苏门学士之一的李廌，他的《品令》一词曾经写道：“唱歌须是，玉人檀口，皓齿冰肤。意传心事，语娇声颤，字如贯珠。”道出的是宋词特别是北宋词重女音唱情歌的文体特征。宋词之独重“女音”，是为了抒怀遣兴而娱男性听众之宾时，能更具声色之美。因此，作为一代之文学的宋词的百花齐放，姹紫嫣红，功劳自然要归于词作者那些养花育花之人。但是，男人的一半是女人，宋词的一半也是女人，我们也不应该忘记另一种“护花使者”——那些唱词的女歌手。没有她们的演唱，宋词也不可能如此广泛流传，词人们也不会乐此不疲地创作，因为她们的响遏行云，宋词才有高翔远举无远弗届的翅膀，因为她们的珠圆玉润，词人们才竞相挥毫而逸兴遄飞。

宋代的女歌手大都是所谓“歌妓”。“妓”，古作“伎”，本来是指女乐，即我国古代歌妓、乐妓与舞伎的并称。以歌唱舞蹈为职业的歌妓，在唐代盛况空前，至宋代臻于鼎盛。欧阳修的《减字木兰花》，就曾为那一时代的专场演出留影：“歌檀敛袂，缭绕雕梁尘暗起。柔润清圆，百琲明珠一线穿。樱唇玉齿，天上仙音心下事。留住行云，满坐迷魂酒半醺。”宋代的歌妓，大致可分官妓、家妓与私妓三种。除了私妓之外，唐宋的歌妓是以她们的伎艺而入乐籍，她们也许会对某位钟情的词人士子以身相许，但和后世操皮肉生涯的娼妓大不相同。这三种歌妓，均是隶身乐籍、婢籍或娼籍的“贱民”，她们大都无法摆脱被侮辱与被奴役的宿命，个别人能够脱离苦海，那就真是所谓托天之福。这些歌妓，大都有较高的文化水平与艺术修养，她们许多人不仅是歌唱家而且也是作家，虽然因为地位低微年代久远，许多作品在当时或以后不久就被湮没了，无法跋涉时间的长途到达今天，但有幸流传至今的作品，多数都表现了那种无助、无奈与无望之情，是悲歌而不是喜剧。如杭州名妓乐婉答复与她相善的施酒监的《卜算子·答施》：“相思似海深，旧事如天远。泪滴千千万万行，更使人、愁肠断。　要见无因见，了拚终难拚。若是前生未有缘，待重结，来生愿。”只有绝望而无希望，这大约也可以算是宋代歌妓们的共同心声吧?

然而，天下事总不可一概而论，在一般之外也有个别，在规律之外也有例外，这就是京都名妓聂胜琼的遭遇。李之问在京师等待任命期间，与聂胜琼相识而相恋，李之问对她有真心的爱恋之情，聂胜琼也像多数的歌妓一样，将“从良”作为自己最佳的结局，因为没有其他较好的出路，几乎是别无选择。李之问离京时，聂胜琼在莲花楼为之饯行，席上筵间唱了一首惜别之辞，结句是“无法留君住，奈何无计随君去”，真是一语道出她的两难处境。聂胜琼情动于衷，将这两句反复咏唱。李之问感慨不已，又多住了一些时日，最后还是执手相看泪眼而别。聂胜琼辗转反侧，夜不能寐，在别后的第五天终于写成上述这首《鹧鸪天》，托人捎给还在半途的李之问。这首词，先写分袂时的情景，“玉惨花愁”，是自己内心的痛苦和外貌的伤愁，而分别地点莲花楼的杨柳青青，加上她为他唱的《阳关三叠》，更是将现实的分离与历史的送别叠合在一起，可见作者的才学与文心。继之抒写的是别后的一日三秋、长夜难眠的情状，结尾更是情景交融的好句，温庭筠《更漏子》的收束是“梧桐树，三更雨，不道离情正苦。一叶叶，一声声，空阶滴到明”，他是代女主人公立言，是隔岸观“雨”，毕竟不是感同身受，而聂胜琼的“枕前泪共帘前雨，隔个窗儿滴到明”，则是当事人写自己的隐私心曲，当然就情真意切而痛快淋漓。聂胜琼的词当然又是李之问的“隐私”，但李之问保密工作做得不严不细，终于被其妻发现，照例一场家庭闹剧即将上演，但其妻颇通诗文又极为开明，不但没有河东狮吼，反而出妆奁助丈夫将聂胜琼娶回，聂胜琼对之当然更是礼敬有加。虽然是做妾，但这种还算美满的结局，其概率也像今日之中六合彩大奖了。

三

清平乐·夏日游湖

朱淑真

恼烟撩露，留我须臾住。携手藕花湖上路，一霎黄梅细雨。

娇痴不怕人猜，和衣睡倒人怀。最是分携时候，归来懒傍妆台。

如果漫步公园的湖边，你常常会看到青春的旖旎风光：一对热恋的青年男女相拥而坐，或是女的躺在男的怀中，长凳或靠椅成了他们临时的伊甸园。这是公园一道永不凋零的风景，也是公园一道无须注册的风光，年华向老的你，也许还会勾起往事如烟的回忆。不过，如果以上的情景像录像带中的倒片，一直倒回到南宋，南宋的临安，临安的西湖，西湖边的一个角落，那就是相当惊世骇俗的了。然而，八百年前的西湖边，不仅曾有过这样的景观，而且演员兼导演的作者还将它记录在案，这就是朱淑真的《清平乐·夏日游湖》。

生卒年不详的朱淑真，生活在南宋前期，一说是海宁（今属浙江）人，一说是钱塘（今浙江杭州）人。她工诗擅词，通晓音律，并擅绘画，是宋代仅次于李清照的才女。这位闺中之秀，一般人以为她只有春愁秋恨闺阁闲情，其实，她也曾卷起绣帘，眺望广阔的人生原野，也曾以纤纤素手，写下关心农事与民瘼的诗章，如“一塍芳草碧芊芊，活水穿花暗护田。蚕事正忙农事急，不知春色为谁妍”（《东马塍》），如“日轮推火烧长空，正是六月三伏中。旱云万叠赤不雨，地裂河枯尘起风。农忧田亩死禾黍，车水救田无暂处。日长饥渴喉咙焦，汗血勤劳谁与语？播插耕耘功已足，尚愁秋晚无成熟。云霓不至空自忙，恨不抬头向天哭。寄语豪家轻薄儿，纶巾羽扇将何为？田中青稻半黄槁，安坐高堂知不知？”（《苦热闻田夫语有感》）尤其是后者，作者的纤手中挥舞的竟是一支如椽的健笔，她的胸中跳动的是一颗芳心，也是一颗伤时忧民的仁者之心。同时代一些作茧自缚只知有个人狭小天地的作者，只能遥望她的背影，今日的某些作家，也应该为之汗颜。

作为女性词人，朱淑真当然有她特殊的欢乐、痛苦与忧伤，有她的柔情蜜意与浅恨深愁，如“迟迟春日弄轻柔，花径暗香流。清明过了，不堪回首，云锁朱楼。　午窗睡起莺声巧，何处唤春愁？绿杨影里，海棠亭畔，红杏梢头”（《眼儿媚》），如

《元宵三首》之三："火烛银花触目红，揭天鼓吹闹春风。新欢入手愁忙里，旧事惊心忆梦中。但愿暂成人缱绻，不妨常任月朦胧。赏灯那得工夫醉，未必明年此会同"，这是南宋临安元宵佳节的风俗画，也是作者不识愁滋味的少年辞。而那首"月上柳梢头，人约黄昏后"的《生查子·元夕》，本是欧阳修的作品，收录在欧阳修的同乡罗泌编定的《欧阳文忠公近体乐府》，和南宋之初曾慥所辑的《乐府雅词》中，朱淑真诗词集的编定晚了好几十年，后人以为此词是朱淑真所作，是因为三百多年后明人杨慎编辑《词品》一书，首次欧冠朱戴，世人也就以讹传讹。然而，"但愿暂成人缱绻，不妨常任月朦胧"这一绝妙好辞，是不是从欧公的"月上柳梢头，人约黄昏后"得到过启发呢？

朱淑真也许受到过欧阳修的启发，这只是我的揣想，但她在花信年华之时，确实曾经有过年轻美丽的爱情，有对他日幸福生活的向往，更有对封建礼法的反抗，这不仅有她后来坎坷不遇回首华年的诗词作为旁证，也有上述《清平乐·夏日游湖》与其他词作为铁证。

朱淑真的恋人是谁？因为年深月久，加之封建礼法的禁锢，使她不能泄露有关消息，我们今天已经无从查考，只知道那位青年曾经寄居她家，准备赴试礼部，但究竟系何人，现在即使是出动公安高手，也无法将其"缉拿归案"了。但朱淑真有许多诗词，欲说还休地写这一早已隐身幕后的意中人。她当时家住杭州西湖之侧，所以她曾以《湖上小集》一诗自白："门前春水碧如天，座上诗人逸似仙。白璧一双无玷玦，吹箫将去又无缘。”将自己和他比喻为吹箫乘凤的情人萧史弄玉，作为一位仕宦人家的少女，这也是够胆大包天的了。但她还不止于此，她不仅有言论，而且有行动，她和恋人清晨联袂游览夏荷初放的西湖，本来“男女授受不亲”，但他们却是“携手”而行，很有现代作风。路长人乏，朱淑真又性格开放，她竟然“娇痴不怕人猜，和衣睡倒人怀”，这在今日恋爱中的男女当然属于小儿科，但在当时却是惊世骇俗的大事件，封建卫道士们当然要攻击她“淫姑泆女”而“有失妇德”，以致后来有人将“和衣睡倒人怀”改为“随群暂遣愁怀”，珍珠变成了鱼目，精彩之句变成了平庸之辞，那真是佛头着粪，点金成铁。

在那样一个时代，有情人当然难成眷属。由于父母之命、媒妁之言，朱淑真被迫嫁给了一个俗吏，所遇非人，孤独忧愁伴随了她的后半生，泪水浸渍了她的每一个度日如年的日子。“独行独坐，独唱独酬还独卧。伫立伤神，无奈轻寒著摸人。　　此情谁见？泪洗残妆无一半。愁病相仍，剔尽寒灯梦不成”，这首《减字木兰花·春怨》就是她婚后生活的写真。最后，她只得将一生主动交给了水，终于投水而逝，死后她却被迫交给了火，她的父母将她的遗体和作品一火焚之，以致她的作品百不存一。由于佳人命薄，才女佳人命更薄，宋人后来为她编辑诗词集，均以“断肠”为名，如果生当今日，她当可跻身优秀女作家之列，一展才华而再不会伤情肠断矣。

四

浣溪沙·闺情

李清照

绣面芙蓉一笑开，斜飞宝鸭衬香腮。眼波才动被人猜。

一面风情深有韵，半笺娇恨寄幽怀。月移花影约重来。

读古人的作品，我常常以不得见其人并亲承謦欬为恨。试想，如果你能有幸见李白一面，并听他高谈阔论，你即使两袖清风，也会觉得富甲天下。古代远远没有摄影之术，不然，我们今日至少还可一睹心向往之的诗人的风采。李清照呢？这位女词人人称“九百年来一词后”，又有人美誉她是“词国女皇”。与李煜合称为词国的“男女皇帝”，称后或道帝，虽然意在赞美，但却未免使人感到过于气象森严和高高在上。在我的心目中，李清照早年是一位天真活泼的美姑娘，前期是一位气度高雅资质过人的女才子，后来则是一位饱经沧桑尘满面而鬓如霜的老妇人了。虽然不可能有照片流传，但她的词中却处处有她的身影，而《浣溪沙·闺情》更是她少女时代的自我写真。

李清照出生于山东济南的诗礼名门，中年以后的生命历程中虽然多的是凄风苦雨，但她却有无忧无虑的少女时代，如同黎明的天空拥有绚烂的早霞。为这一段早霞时光立词存照的，我以为一是写郊游活动的《如梦令》：“常记溪亭日暮，沉醉不知归路。兴尽晚回舟，误入藕花深处。争渡，争渡，惊起一滩鸥鹭。”年轻的李清照那时富于生命的活力，时至今天，也许还可以充任划船比赛的好手呢。另一首则是上述《浣溪沙·闺情》，我最欣赏的则是其中的“眼波才动被人猜”，它使我可以具体想象李清照少女时代的音容笑貌，虽然时已千载却如同晤对。

对这首词特别是其中的这一妙句的赞美，绝不是自我开始，明清两代词家均有美评。明代赵世杰对此词的眉批是“摹写娇态，曲尽如画”，在“眼波才动”之旁则批曰“更入趣”（《古今女史》）。清代的词评家则是一片盛赞之声，贺裳《皱水轩词筌》引李清照此句后说：“词虽以险丽为工，实不及本色语之妙。”田同之《西圃词说》也表示了同样的见解：“观此中句，即可悟词中之活色生香。”他们均言之有理，但不免有些空泛。另一位词论家沈谦说李清照此句“传神阿睹，已无剩美”（《填词杂说》），如同一箭离弦即命中红色的靶心，但可惜出于传统的审美印象批评，虽然一语中的而且文采斐然，但却语焉不详。

眼睛是灵魂的窗户，从中可以窥见人的心灵，它也可以传达人的隐蔽的情意，所以眼睛的语言称为“目语”。中国晋代的大画家顾恺之画人像，常常几年不点眼睛，他的理论是：“四体妍蚩，本无关于妙处，传神写照，尽在阿睹之中。”而英国女小说家夏洛蒂·勃朗特在她的名著《简·爱》中也说过：“灵魂在眼睛中有一个解释者——时常是无意的，但却是真实的解释者。”李清照的“眼波才动被人猜”，表现的正是“写眼睛”的艺术，使读者数百年后仍然觉得纸上有人。不过，如同一条道路有它的起点，一条河流有它的源头，李清照的妙语也得到过前人的启示，我不妨追踪千里之行的开始，追溯千年之流的渊源。

中国诗歌史上最早的点睛名作，要数《诗经·秦风·硕人》之篇，作者多方面描绘女主人之美，最后终于画人点睛，“巧笑倩兮，美目盼兮”，顾盼之间，令历代许多诗人的想象振羽而飞。白居易《长恨歌》中的“回眸一笑百媚生，六宫粉黛无颜色”，是对眼睛的不写之写，如果杨贵妃没有一双勾魂摄魄的媚眼，无论她如何回头一笑，都绝不可能百媚横生。南唐后主李煜《菩萨蛮》写小周后，也忘不了她的眼睛：“眼色暗相钩，娇波横欲流。”他发现的是眼波与水波之间的美妙关系，真是动人情肠！北宋王观《卜算子·送鲍浩然之浙东》，有道是“水是眼波横，山是眉峰聚。欲问行人去哪边？眉眼盈盈处”。他的友人鲍浩然去浙东，有可能是去看望自己的妻子或情人，王观将伊人的眼波与浙东的水波，将伊人的眉峰与浙东的山峰合写，亦此亦彼，双管齐下，其联想之妙妙不可言。在前人的精彩表演之后，李清照又独出心裁地写下“眼波才动被人猜”，如上所引的前人的描写均是“他写”，而李清照之句则是“自写”，她表现的是情窦初开的自己的娇羞矜持之情，是对作品主体的自己的自我抒写。前人的描绘除了“他写”，也就是作者写的是他人之外，同时也是“单写”，即就人物写人物，而李清照此句则是“合写”，也即人我之间的复合描写，“眼波才动”是写自己，“被人猜”则是写与自己有联系的他人，如此就更深刻细致地表现了作者自己在恋爱中的心理活动内心世界。因为有了这一句，还有结尾的“月移花影约重来”，封建卫道士们就企图否定李清照的著作权，说什么“词意儇薄，不类易安他作”，而我们今天则从中观赏了早霞的艳丽，青春的飞扬，倾听了少女的心曲，生命的歌唱。

李清照在靖康之难后南渡，时年已四十多岁，亡国之痛，沦落之苦，奔波之劳，孀居之悲，一齐压在她的心上与眉头。“眼波才动被人猜”，已成为遥远的回忆，眼前已只有令人黯然神伤的西天晚霞，而她的《青玉案》写迟暮之年与胞弟见面言别，结句也就只能是“如今憔悴，但余双泪，一似黄梅雨”了。那如花之初开的青春岁月呢？那令人一见动心而魂牵梦萦的剪水秋波呢？

五

杨柳枝

陈妙常

清净堂前不卷帘，景幽然。闲花野草漫连天，莫胡言。

独坐洞房谁是伴？一炉烟。闲来窗下理冰弦，小神仙。

在南宋前期的词人中，我最喜欢的是“二张”，即同时而稍前的张元干，和接踵而来的张孝祥，他们是南宋前期词坛的双璧。

说是“双璧”，是指他们词作的价值贵如碧玉。我以为他们也可称“双剑”，那就是说他们上承苏轼下启辛弃疾，英风豪气如龙泉之剑。英年早逝的张孝祥，我尤其感到亲切，这不仅因为他是一位关心国难民瘼的杰出词人，绍兴二十四年（1154）廷试擢进士第一时，年方二十二岁，即上书为屈死的岳飞鸣不平，要求为他平反昭雪，这是何等的正直与勇气，同时，也因为他歌咏过洞庭湖和我的故乡长沙。他任静江（今广西桂林）知府兼广南西路经略安抚使时，被谗落职北归经过洞庭湖，“洞庭青草，近中秋，更无一点风色。玉鉴琼田三万顷，著我扁舟一叶”（《念奴娇·过洞庭》），“湖海倦游客，江汉有归舟。西风千里，送我今夜岳阳楼”（《水调歌头·过岳阳楼作》），就是他对千古名湖与名楼的见面礼。后来他又起知潭州，即我的故乡湖南省长沙市，时间虽短，但词中也写到长沙的牡丹花和市内古迹定王台，而同时代的词人袁去华写的《水调歌头·定王台》，大约也因为词风沉郁顿挫，抒写了知识分子报国无门的感慨，也曾得到张孝祥的激赏。世上的芸芸众生，大都爱恋自己的故乡，而我对张孝祥倍感亲切，也是事出有因的了。

不过，作为豪放派词人，张孝祥不仅有天风浪浪海山苍苍的一面，也有花前月下的款款柔情，和成人之美的菩萨心肠。陈妙常，是女贞观中的一位道姑，虽然道刹修行，青灯独守，但因为她不仅花容月貌，而且诗清文雅，所以虽然足不出户，隐身于道观之内，但她的芳名却早已随风远扬，流传在许多人的唇齿之间。据说年轻的张孝祥被任命为临江令时，上任途中不知是天色已晚还是意有所属，就投宿于女贞观。在灯下观书时忽听琴声袅袅，如怨如诉，他怦然心动，知道这琴音必定出自陈妙常的纤纤之手，于是填词一首以示爱慕之情，“误入蓬莱仙境，松风十里凄凉。众中仙子淡梳妆。瑶琴横膝上，一曲泛宫商。　　独步寂寥归去睡，月华冷淡高堂。觉来犹惜有余香。有心归洛浦，无计梦襄王。”（《临江仙》）这本应是才子佳人天作之合了，不料人生讲究的就是缘分，或为善缘，或为恶缘，或为无缘，张孝祥与陈妙常不幸属于“第三者”，因为陈妙常婉拒了张孝祥，有前引之《杨柳枝》一词为证，词中说自己眼中没有闲花野草，相伴的是一炉青烟，心情悠远就如同神仙。张孝祥词家高手，冰雪聪明，他当然懂得陈妙常的弦外之音，何况他是正人君子，当然就不强人所难全身而退了。

然而，愿天下有情人终成眷属。陈妙常“小神仙”的日子并没有优游多久，洛阳才子潘必正与她在观中相遇，如同触电，两人一见钟情，用今日的流行语言就是“双双坠入爱河”。思凡的陈妙常决心还俗，作为潘必正的友人，张孝祥竟说服阻挠好事的道观住持，并为陈妙常和潘必正主婚，由求婚人而升任主婚人。以上故事和陈妙常的词，见于元明小说话本。张孝祥当时送的什么大礼，我已不得而知，但《全宋词》在张孝祥的名下附录有“依托之词”，其中之一是《鹧鸪天》：“脱却麻衣换绣裙，仙凡从此两俱分。蛾眉再画当时柳，蝉髻仍梳旧日云。　施玉粉，点朱唇。星冠不戴貌超群。枕边一任潘郎爱，再也无心恋老君。”不论此词及其所指属实与否，张孝祥都可谓亦豪亦雅，豪士而兼雅人，或曰雅人而兼豪士。

六

菩萨蛮·西湖曲

王氏

横湖十顷琉璃碧，画桥百步通南北。沙暖睡鸳鸯，春风花草香。

闲来撑小艇，划破楼台影。四面望青山，浑如蓬莱间。

“上有天堂，下有苏杭”，地上的天堂杭州，我于二十世纪八十年代之初前去瞻仰，那是应“西湖诗社”之邀去主持诗歌讲座，九十年代之末，前度李郎今又来，那则是为撰写《宋词之旅》一书而来寻幽探胜了。

杭州之美，最美当然在西湖。我两次去杭州，都曾在西湖的秋波里流连竟日，意醉神迷，几乎找不到归途。远在秦代，西湖还是一个与钱塘江相连的海湾，岁月和泥沙一起沉淀，冲积平原才将海湾和钱塘江强行分隔，像分离一对朝夕相处的恋人。汉代已有湖泊的雏形，而到隋朝，即使江潮与海潮潮起潮落，便再也无法影响它的外貌与心情了。在唐朝之前，西湖尚有许多在试用中的名字，如武林水、金牛湖、钱塘湖之类，时至唐代，钱塘县治移至钱塘门内的冲积平原，而此湖在城之西，故正式命名为西湖。宋代大诗人苏轼为杭州太守，写有名篇《饮湖上初晴后雨》，西湖这一绝代佳人在本名之外，又有了“西子湖”这一美丽的别名。

现代名作家郁达夫曾数游杭州。他的《咏西子湖》一诗说：“楼外楼头雨似酥，淡妆西子比西湖。江山也要文人捧，堤柳而今尚姓苏。”诗的前两句是苏轼诗的回声，后两句则颇有见地，说的是江山和文章、自然景观与人文景观之间相得益彰的关系。西湖今日之如此遐迩闻名，自然是由于它的天姿美色，使得普天下的好“色”之徒，都要前来一觑究竟，一亲芳泽，但是，它的倾国倾城也有赖于诗人文士的赞美传扬，不然，即使是天生丽质，也难免有独守空闺的寂寞。

在写西湖的诸多诗章中，我最喜欢的依时间先后而分是白居易、苏东坡和杨万里。白居易咏西湖诗作中有两颗珍珠，一是“湖上春来似画图，乱峰围绕水平铺。松排山面千重翠，月点波心一颗珠。碧毯线头抽早稻，青罗裙带展新蒲。未能抛得杭州去，一半勾留是此湖”（《春题湖上》），二是“孤山寺北贾亭西，水面初平云脚低。几处早莺争暖树，谁家新燕啄春泥？乱花渐欲迷人眼，浅草才能没马蹄。最爱湖东行不足，绿杨阴里白沙堤”（《钱塘湖春行》），他任职期满不忍离开杭州，至少有一半的原因是对于西湖的留恋。白居易的诗是律诗，已经极尽湖山之美，苏东坡更是后来居上，厉行节约，他的《饮湖上初晴后雨》是只有四行的绝句：“水光潋滟晴方好，山色空濛雨亦奇。欲把西湖比西子，淡妆浓抹总相宜。”苏诗一出，从此诗也千古，湖也千古。接踵而来的杨万里，他不从前人已描写的景色着笔去一争长短，而只写西湖的夏日荷花去与前人争胜，他的绝句《晓出净慈寺送林子方》如一卷画轴，挽留的是名湖六月的美景良辰：“毕竟西湖六月中，风光不与四时同。接天莲叶无穷碧，映日荷花别样红。”

宋代女诗人写西湖的诗词肯定不少，大多数是其人不传其诗也不传了。朱淑真写西湖的作品，如“恋恋西湖景，山头带夕阳。归禽翻竹露，落果响芹塘。叶倚风中静，鱼游水底凉。半亭明月色，荷气恼人香”（《游湖归晚》），是可以和她的《清平乐·夏日游湖》词比美之诗。王氏的《菩萨蛮·西湖曲》呢？虽然我们今日只知她是张熙之妻，其他一概不知，包括她的芳名，但她的这首作品，却是难得的出自女性之手的对西湖之优美的赞歌。

全词以比喻开篇，以比喻收束。前一个比喻描绘的是平面的湖水，后一个比喻概括的是整体的湖山，其中的“沙暖睡鸳鸯，春风花草香”，借用了杜甫《绝句》的“迟日江山丽，春风花草香。泥融飞燕子，沙暖睡鸳鸯”，并且颠而倒之。我想王氏如此“活学活用”，杜甫不但不会有意见，而且还会因隔代有佳人引用自己的诗而抚髯一笑吧？“横湖十顷琉璃碧”，琉璃是一种矿石质的有色半透明体材料，王氏以碧绿透明的琉璃形容湖水，可谓恰到好处。二十世纪八十年代的一个早春，我游西湖，岸边桃花灼灼，湖中碧水清清，在一个亭榭猛然和一副联语相遇，如同刀刻斧凿在心版上，至今念念不忘，那就是精彩绝艳的“桃花红压玻璃水，萍藻深藏翡翠鱼”，我当时不禁联想到台湾名诗人余光中的《碧潭》，他一开篇不也是说“十六柄桂桨敲碎青琉璃”吗？

古今诗心相通，古今游兴也相通。二十世纪最后的暮春之日，杭州的诗人胡丰传陪我再游西湖，他的《西湖恋曲》中有“玻璃，没有你光润，蓝缎，不如你轻柔”之句，虽然在湖水与玻璃的问题上见解略有不同，但也是极言湖水之美。一日之游，浑如蓬莱而人间天上，久住杭州的他都觉得如此，何况我这个匆匆过客呢？悄悄地我走了，正如我悄悄地来，我挥一挥衣袖，带走的是古今西湖诗的美丽的云彩。

七

卜算子

严蕊

不是爱风尘，似被前缘误。花落花开自有时，总是东风主。

去也终须去，住也如何住？若得山花插满头，莫问奴归处。

长沙是历史名城，湘江傍城而过，北上去赴洞庭湖千古的约会。湘江之西的岳麓山下，坐落着全国四大书院之首的岳麓书院。南宋乾道三年（1167）应岳麓书院主持、理学家张栻的邀请，朱熹从千里之外的福建崇安到此讲学，这就是岳麓书院院史上传为美谈的“朱张会讲”。如今，每当我在朱熹大书“忠孝节廉”四字的讲堂徘徊，沉浸在正统儒家文化庄严肃穆的氛围之中，总不免想到煞风景而与朱老夫子有关的严蕊的故事。

字幼芳的严蕊，是南宋孝宗淳熙年间台州（今浙江天台县）的营妓。营妓是宋代的一种地方官妓。唐宋之时，路、州、郡、府、县地方政府设有乐营，蓄养与管理教习歌舞的妓女，故名营妓。严蕊虽然色艺冠于一时，却仍是属于被侮辱与被损害的地位低微的女子。她善作诗词，不仅文思敏捷，而且时有新语，如果她生活在今天而又执笔从文，进入什么女诗人诗选，在女性文学中占有一席之地，当只有举手之劳。在南宋那样一个理学盛行的时代，而她又是一位以色艺事人的营妓，那就注定只有悲剧命运和她如影随形了。

浙江金华人唐仲友，曾官金华知州，著有《悦斋集》，可见是官员而擅文事。在一次酒宴上，唐仲友命严蕊赋红白桃花，严蕊当即作《如梦令》一词："道是梨花不是，道是杏花不是。白白与红红，别是东风情味。曾记，曾记，人在武陵微醉。"武陵系郡名，晋时郡治在今湖南省常德市，其所属桃源县境之桃花源，相传即陶渊明《桃花源记》描绘的世外桃源所在地，虽为附会，却颇美丽。严蕊即席赋红白桃花，以梨花与杏花来比较衬托，这已经颇具巧思了，而她以"人在武陵微醉"收束，引经据典，也可见她颇具"文化底蕴"。如此好词，而且是即兴之作，唐仲友自然颇为欣赏，当场赏赐细绢两匹。七夕之夜，知州府衙举行宴会，座中有一位豪侠之士谢元卿，请严蕊赋词并要求以自己的姓氏为韵脚，酒还没有三巡，严蕊已即席赋成《鹊桥仙》："碧梧初出，桂花才吐，池上水花微谢。穿针人在合欢楼，正月露、玉盘高泻。　　蛛忙鹊懒，耕慵织倦，空做古今佳话。人间刚到隔年期，指天上、方才隔夜。"全词押韵合于谢元卿的要求，中规中矩，而且"玉盘高泻"正是从李白《古朗月行》中的"小时不识月，呼作白玉盘"点化而来，可见严蕊也曾经在李白的诗中流连忘返，至于“空作古今佳话”，表现的则是严蕊对这一神话传说的质疑，其中是不是还隐约透露了她的身世之感，和对于真正的爱情生活的渴望呢？

然而，严蕊不仅没有盼来好景，而且变生不测。唐仲友不久被同事高文虎谮毁告发，这在古代官场屡见不鲜。淳熙八年（1181），朱熹任“提举两浙东路常平茶盐公事”，次年巡按而至台州，由于唐仲友不同意程朱之学，朱熹对他心存嫌隙，于是借高文虎告发之机，连章上奏朝廷要求予以惩罚，又诬陷唐仲友与严蕊淫乱，以有伤风化的罪名将严蕊投入监狱，历时数月，企图逼其屈打成招。一般人至此早就出卖他人而保全自己了，此种人物古往今来比比皆是，但严蕊抵死不肯诬人清白，也不肯诬己清白。幸亏后来朱熹改官，岳霖为浙江提点刑狱公事，并非天下乌鸦一般黑，至少在对待严蕊的处置上，岳霖就与朱熹大不相同，他同情病瘁的严蕊，命她作词自陈。也许是早已郁积于心，严蕊不假思索，就口占了上述这首《卜算子》。此词既坚守自己人格的底线，又对掌权者提出自己的希望和请求，含蓄委婉而又自尊自强，措辞的分寸与比喻的运用都恰到好处。岳霖本来对她就有同情之心，一读之下，当然就更愿作护花使者东君了，于是当即判令出狱，脱籍从良。在茫茫的苦海之中，严蕊终于因好心的官员递给她的一块舢板，得以登上自由的彼岸。而我们也应该向宋末的词人周密致谢，南宋洪迈的《夷坚志》对此事虽有记述，但过于简略，有劳周密在他的《齐东野语》中详为记录，才得以使严蕊其事其词流传至今。

朱熹在中国思想史与哲学史上自有他的地位，但他将理学发展到极致，其学说的保守性与麻醉性显而易见，时当危急存亡之秋的南宋，他主张“先以东南之事为忧”，就曾遭到力主经世致用恢复中原的陈亮的驳难与批评。这些都不必深究了。不过，朱熹的性命之学强调的是“居敬穷理”，也就是道德的自我完善，即所谓“内无妄想，外无妄动”，他对弱女子严蕊的雷霆手段就是证明。然而，特别具有反讽意味的是，朱熹自己后来就曾诱引两名尼姑为妾，被朝官揭发，他只得上表请罪，表示“草茅贱士，章句腐儒，唯知伪学之传，岂适明时之用”，今后要“深省昨非，细寻今是”。由此可见，许多人在说教演义时冠冕堂皇，信誓旦旦，但他们却是以之绳人而非律己，言与行南辕北辙。朱熹先生道貌岸然，曾几何时，不也是老夫聊发少年狂吗？读严蕊的词，挑开这帷幕深深深几许的历史一角，我以后去岳麓书院的忠孝节廉堂，就再难以如以前那样肃然起敬了。

八

望江南

华清淑

燕塞雪，片片大如拳。蓟上酒楼喧鼓吹，帝城车马走骈阗。羁馆独凄然。

燕塞月，缺了又还圆。万里妾心愁更苦，十春和泪看婵娟。何日是归年？

公元1288年冬天，在元朝之大都今之北京，南宋词人、宫廷乐师汪元量在羁留北方十二年之后，终于以黄冠道士的身份离京回返南方。是在他寒碜的住所？还是在没有依依杨柳的长亭？十八位和他熟识而有家归不得的宫人为他送行，每人都以“望江南”词牌填词，华清淑写的就是其中的一首。

汪元量，字大有，号水云，钱塘人。宋度宗时，他以善琴入侍谢太后和昭仪王清蕙。南宋覆亡后，他和被元人胁迫的三宫一同北上，滞留燕京十二年。在燕京期间，他曾去拜见系于大狱之中的文天祥，互相勉励。汪元量作《生挽文丞相》诗，并为他鼓琴，文天祥也倚声而和之，那心心相通的悲壮场景，虽然已落幕了七百年，但每一思之都令我肠为之热。汪元量有《水云诗》四卷，《水云词》一卷，国破家亡之恨，故官黍离之悲，道途流离羁囚岁月之痛，都一齐奔赴他的笔下，所以前人从杜甫“诗史”的称号联想开去，称他的作品是“宋亡之诗史”。如他南归后写的《一剪梅·怀旧》：“十年愁眼泪巴巴。今日思家，明日思家。一团燕月照窗纱。楼上胡笳，塞上胡笳。　玉人劝我酌流霞。急捻琵琶，缓捻琵琶。一从别后各天涯。欲寄梅花，莫寄梅花。”疾风知劲草，宋亡前后，许多文武大员纷纷变节投降。读圣贤书，所学何事？汪元量只是一介琴师，旧时还不能进入士大夫之列，但他的品格节操，却在许多官员和知识分子士人之上。

一旦归为臣虏，妇女的命运比男子就更为悲惨。伯颜攻入临安，度宗皇后金后以及妃嫔宫女均被掳北行，下属官员的妻女及平民女子也在劫难逃。行行复行行，昔日的人上之人都无异鸡犬，艰难跋涉两个多月才到达元之都城，继续他们被侮辱与被损害的悲惨生涯，是北宋灭亡后被掳北去的先行者命运的再版或翻版。同是天涯沦落人，相逢何必曾相识？汪元量因为在南宋时出入宫廷，与许多宫女都是旧时相识，共同的遭逢更使他们感情相通。汪元量南归，王清蕙等宫人都前来送行，在叙别的琴声里大家泪落如雨，在如雨的泪水中作送别的诗词。王清惠作《送水云归吴并序》，序言说："水云留金台一纪，琴书相与无虚日。秋风天际，束书告行。此怀怆然，定知夜梦先过黄河也。一时同人，以'劝君更尽一杯酒，西出阳关无故人'分韵赋诗为赠。他时海上相逢，相各说神仙人语，又岂以世间声律为拘拘耶？"其诗更是情辞哀婉："朔风猎猎割人面，万里归人泪如霰。江南江北路茫茫，粟酒千钟为君劝。"而在众多的话别之作中，我以为华清淑的《望江南》更是断肠之辞，如同一阕悲怆奏鸣曲。

李白说过，"燕山雪花大如席，片片吹落轩辕台"，苦命的华清淑面对北地的雪花，自然更怀念草长莺飞杂花生树的江南，怀念她的小桥流水的家乡，而酒楼的鼓吹，车马的喧阗，不仅是他人的，而且是异族的，此所谓以乐景写哀，一倍增其哀乐，难怪作者面对如斯景况，更要凄然欲绝了。明月，在中国人的心目中常常是乡愁的象征，南人北去，身为俘虏，它当然更是撩人愁怀，徒添郁结。月缺尚有再圆之日，但成为北地之囚，就永远没有回返故乡的希望了。对月伤怀，人不如月，作者自然不禁要发出“何日是归年”的绝望的长叹息。华清淑这首词，我至今读来仍凄然低回，不知当事人汪元量当时听了作何感想？

在汪元量弹奏的《胡笳十八拍》哀婉凄凉的乐曲声中，在宫女们泣不成声的哀音怨曲里，那一场凄凄惨惨戚戚的告别会终于结束了。汪元量回到了江南，往来于匡庐彭蠡之间，最后不知所终。而拘囚于北方的那些南国宫女们呢？当然更是下落不明了，幸亏她们还有一些词章留在《全宋词》里，让我们今天展卷时仍然可以击节而歌，临历史的长风而怆然回想。

怨曲·悲歌·丧钟

宋词如同一场盛大的宴会。位置显目的主席台放置的自然是大词人的名牌，他们一个个顾盼自雄，依次就座，次席上论资排辈，大大小小的词人们也鱼贯入场。而民间的词人呢？他们大多只能在场外徘徊，不得其门而入，有的即使进了厅堂，也只能于偏远的角落侧身而坐。

宋词如同一场热闹的晚会。老老少少男男女女的词人先后登台表演，大词人是主角，演出的自然是重中之重的节目，其他词人或作专项表演，或是联袂集体演出。而民间的词人呢？他们只能在幕后张望，或杂处台下充当观众，如果偶尔被邀上场，也只能扮演跑龙套的角色。

宋词是一场庄重的创作研讨会。词人们发言的时间虽然长短不一，但他们都能登台而立，手握“权力话语”的话筒。而民间的词人们呢？他们始终没有机会面对麦克风，他们只能在台下窃窃私语，或是在会场之外交头接耳。

词本来起源于民间，民间词也曾经在歌筵舞榭与市井巷陌中广泛流传，蔚为壮观，颇为美听。但由于种种原因，从晚唐到两宋，词史基本上是一部文人词的发展史，《全宋词》与《全宋词补辑》收词二万余首，其中无名氏词虽有一千一百首左右，但真正的民间词却不足三百首，而且是历尽沧桑的劫灰。

虽是劫灰，但幸喜没有化为灰烬。时隔悠悠岁月，我们仍可从中听到低回幽婉的怨曲，肝肠寸断的悲歌，肃穆沉重的丧钟。

一

因为词与音乐和歌女的密切关系，词历来被称为“艳科”。唐五代爱情主题之词已很不少，而宋词与爱情结下的更是不解之缘，如同天上的七彩霓虹，如果没有对男欢女爱的歌唱，宋词将会失去许多令人痴痴仰望的光彩。

柳永，是北宋第一个专力攻词而以婉约名世的作家。他的《蝶恋花》的结句是“衣带渐宽终不悔，为伊消得人憔悴”，王国维曾说这是做学问的第二种境界，实际上是全词抒写爱情的点睛之笔。“去年元夜时，花市灯如昼。月上柳梢头，人约黄昏后”，这是欧阳修的千古名词《生查子》，词中月、灯、元夜如故而人事已非，朦胧缠绵，反复咏唱，这种动人的爱情回旋曲，却是出自一代文宗之手。吕本中是江西诗派的重要作家，其《采桑子》将“君”与“月”合二为一，本已是远距离的联想，又分别取其似与不似来比喻，分外耐人寻味：“恨君不似江楼月。南北东西，南北东西，只有相随无别离。　恨君却似江楼月。暂满还亏，暂满还亏，待得团圆是几时？”全词以女主人公的口吻出之，如月光一样清纯，像夜曲一样幽远。史达祖是一位男性作家，他的《临江仙·闺思》却从女子的身份和心理着笔：“愁与西风应有约，年年同赴清秋。旧游帘幕记扬州。一灯人著梦，双燕月当楼。　罗带鸳鸯尘暗淡，更须整顿风流。天涯万一见温柔。瘦应缘此瘦，羞亦为郎羞。”开篇是美学上所谓的“移情”，结尾也道前人之所未道。以上所述只是举例而已。宋代词人以爱情为专题举行的演唱会，至今都是长演不衰的传统保留节目，不仅受到昔人也得到今人的欢迎。

不过，在宋人的爱情词中，除了朱淑真、李清照少数几位女词人之外，大都是“男子而作闺音”，作者都隶属男性世界，他们往往风云气短而儿女情长，仿佛做了现代的“变性”手术，以女子的身份与心理，抒写对男人和男性天地的感受。以上所引吕本中词，固然是男作家作“妇人语”，一代文宗欧阳修之作，何尝又不是大丈夫作“妮子态”？如南宋词人中的吴文英词，今存约三百四十首，而恋情词则占一百二十余首，是两宋词人中恋情词的“大户”，他也多是代女子立言。而在民间词中，我们看到的则是名实相符的女性词人登场，她们创作的爱情词，有的虽然也表现了爱情的温馨与甜蜜，然而，更多的却不是甜蜜的恋歌而是苦辣的怨曲。

在炼石补天的女娲的好天好日已经逝去之后，在长夜漫漫的封建时代，在男性本位文化的历史中，妇女本来就身处社会的下层，背负沉重的十字架，何况那些处于社会底层的民间之被侮辱与被损害的妇女？请看北宋无名氏所作的一首《檐前铁》：

悄无人，宿雨厌厌，空庭乍歇。听檐前、铁马戛叮当，敲破梦魂残结。丁年事，天涯恨，又早在心头咽。

谁怜我、绮帘前，镇日鞋儿双跌。今番也、石人应下千行血。拟展青天，写作断肠文，难尽说。

雨夜梦回，愁人不寐，多少未曾明言而读者却可以想象的伤心往事，一齐涌到这位妇女的心间。迟迟长日，她捶胸顿足叹恨连声，连无知无觉的石头人也会洒落千行血泪，她将万里青天作纸，也写不尽肝肠寸断，深恨长愁。南朝乐府《华山畿》说："将懊恼，不阙昼夜啼（题），碑（悲）泪常不燥"，"别后常相思，顿书千丈阙，题碑（啼悲）无罢时"，这首词的收束遥承的正是南朝乐府的余绪，没有文人词的绸缪婉转、诸多文饰，而只有民间词的本色率真，斩钉截铁。

上引词作中的女子身份虽然不明，但从其呼天抢地的怨情，可见其苦大怨深，绝非扭捏作态或无病而呻。而她们的浅恨深愁，往往是来自男子的远行外出，自己的空房独守，如清初朱彝尊编《词综》所收无名氏的《眼儿媚》：

萧萧江上荻花秋，做弄许多愁。半竿落日，两行新雁，一叶扁舟。

惜分长怕君先去，直待醉时休。今宵眼底，明朝心上，后日眉头。

此词作者一作贺铸，一作张孝祥，今据《词综》归于无名氏之名下。空间是萧萧江上，时间是日落时分，场景是有情人的长别离。“半竿”“两行”“一叶”的数量词的运用，可以和苏轼《水龙吟》的“春色三分，二分尘土，一分流水”比美。“今宵眼底，明朝心上，后日眉头”三句，则是从范仲淹《御街行》的“都来此事，眉间心上，无计相回避”，以及李清照《一剪梅》的“才下眉头，却上心头”脱胎而来，别有一番出蓝之美的情味，从中也可以看到文人词对于民间词的影响，有如江河与湖泊的互相涵容激荡。

如果以上还只是抒写离情别绪，那么，作为戴复古妻的女子作的绝命之词《祝英台近》，揭示的就是封建时代弱女子的悲惨命运，传扬的是她们椎心泣血的哀声：

惜多才，怜薄命，无计可留汝。揉碎花笺，忍写断肠句。道旁杨柳依依，千丝万缕，抵不住、一分愁绪。

如何诉？便教缘尽今生，此身已轻许。捉月盟言，不是梦中语。后回君若重来，不相忘处，把杯酒、浇奴坟土。

据元代陶宗仪的《南村辍耕录》记载，诗人戴复古年轻时浪迹江湖，江西武宁有富翁爱其才，以女妻之。三年后戴复古提出要回家乡，原因是他在家已娶妻室。富翁欲将戴复古送至官府问罪，其女劝止并以词送别。戴复古去后，这位认定爱情可一而不可再的女子，遂赴水而死。这真是一个古典的哀伤的故事，今日的女性，她们若是这样遇人不淑，如果不是闹得天翻地覆，多半就会去诉诸法律，对簿公堂，戴复古少不了会被判处重婚之罪，文名和骂名一起在风中传扬。然而，在那样一个男权主义的时代，对一位弱女子，我们怎能要求她有今人的强硬姿态呢？附带一提的是，戴复古后来作有一首《木兰花慢》，其中有句“十年不断，恼乱春风。重来故人不见，但依然、杨柳小楼东”，应为他与此女诀别十年后重来故地的悼亡之作，也算是良心未泯吧！

二

在北辽与西夏的不断侵扰之下，北宋本来就已经国无宁日了，取辽而代之的金，终于兵临开封城下，以鼙鼓与马蹄之声宣告北宋的覆亡。南渡之后的南宋，虽然在风雨飘摇之中支撑了一百多年，但金人不时南下而牧马，搅得它惊魂不定。取而代之的元蒙，终于以箭矢射落临安城头的大宋旗帜，继而水陆并进，将气若游丝的南宋王朝，最后倾覆在广东崖山的大海之中。

那是一个强敌不断入侵而国势日弱的时代，那是一个刀兵水火百姓啼饥号寒四处流亡的时代，那是一个不知制造了多少孤魂怨鬼的时代。正如莎士比亚的一句名言所说：“弱者，你的名字是女人。”在那些腥风血雨的日子里，如乌云降到压到妇女头上的，只能是比男子更悲惨的命运。

当时代的巨灾大难从天而降之时，当入侵者成为胜利者而失败者归为臣虏之时，即使是妇女，也就再没有什么上下尊卑之分了，不论是妃嫔命妇，还是民女山妻，本来有霄壤之别的她们，现在共有的却是一个命运，面临的是别无选择的选择：奴隶。时间如果倒流八百年，我们就可以在昔日的汴梁今日的开封城内外，看到如下的景象：徽宗父子被拘金营，金人乘机要挟，不仅索取大量金钱玉帛，而且要他们传旨开封府官员，搜索追捕宫女、民女及妓女，捕至教坊选择后押送金营。最后，徽、钦二帝固然成了永远在押于北方的囚犯，上至皇后妃嫔，下至草野民女，也都成了战胜者的战利品，再没有高贵与低贱之分。北宋如此，南宋的一百余年中，先是金人后是元蒙的南侵，掳掠的除了金银财宝就是妇女，最后临安城破，我们看到的如上悲剧情景又重演一遍。情节是雷同的，只是导演和演员与一个世纪前已经不同，时间如流水，他们已是后起的“新生代”了。

这种异族侵凌之下妇女的悲剧，“男子而作闺音”的男性词人们很少也难以表现，李清照虽为女词人，但她仓皇南渡而以身免，其间虽多有国破家亡之恨，但却没有成为俘虏，同性们那种切肤与锥心之痛，就只能由那些身经浩劫而有相当文化的女子们来表现了。她们的相看血泪相和流之作，真实而深刻地反映了她们所处的时代，表现了特殊情境中她们共同的悲剧命运，填补了男性词人留下的他们无能为力的空白。如果说，许多偎红倚翠的宋词是舞榭歌台欢愉的乐曲，那她们的作品，就是刀兵水火中沉哀入骨的悲歌。

沉哀入骨的悲歌啊，痛彻肺腑的悲歌，我们最早听到的，是蒋兴祖女所作的《减字木兰花·题雄州驿》：

朝云横渡，辘辘车声如水去。白草黄沙，月照孤村三两家。

飞鸿过也，万结愁肠无昼夜。渐近燕山，回首乡关归路难。

这位女作者，我们今日只知其高姓而不晓其芳名，真是令人惆怅。她是今日江苏宜兴人，其父蒋兴祖，在靖康年间任阳武（今河南原阳）县令。金兵南犯时，蒋兴祖据城抵抗，最后城破牺牲，妻与子均死于难。其女被掳北行，经过今日河北雄县之驿站，题此词于驿壁。前途是北方边地，回首是南国乡关，身似飞蓬，命如朝露，真是步步艰难，声声凄恻。这位女子，本来是应该手执洞箫和她的如意郎君浅斟低唱的，却不料在此白草黄沙间题此绝命之词——因为自此以后我们再也不知她的下落。时间渺渺，风沙茫茫，至今仍令人怆然悬想。

宋王朝南渡之后，仍然是向敌人输绢纳币，割土称臣，企图将江南作为它的避难所和温柔乡。宋高宗绍兴十一年（1141），南宋与金国签订“绍兴和议”，划定东起淮水，西至大散关为宋金分界线，淮水中流以北为金人占领区，但金人却无视这一纸空文，不时南侵，步步进逼。据金人元好问《续夷坚志》中“泗州题壁词”条记载，金宣宗兴定三年（1219）派四都尉南征，军士掠淮上良家女北归，有一女子题《减字木兰花》于泗州逆旅。泗州辖地为今日安徽之泗县、天长、五河，江苏之盱眙、泗洪一带，其州城临淮在汴水入淮处，是南北交通要道，宋金通使必经之地。“淮上女”这首词，该是题于囚所的墙壁上吧：

淮山隐隐，千里云峰千里恨。淮水悠悠，万顷烟波万顷愁。

山长水远，遮住行人东望眼。恨旧愁新，有泪无言对晚春。

家国沦亡之恨，身世遭遇之悲，怀乡念远之情，回环往复，作者已是一唱三叹了，我今日重读，也仍然不免为她的命运萦怀。这位弱女子后来的结果到底怎样呢？明知凶多吉少，明知已难查考，但我今天仍然盼望，能从哪一部古籍中忽然听到她转危为安的消息。

世事如同转蓬。元蒙灭金，其铁骑又惊破南宋王朝的偏安梦之后，岳州（湖南岳阳）徐君宝的妻子被元军俘虏来杭，关押在名将韩世忠原来的府第。千里东来途中，元军首领欲行强暴均被她巧计得脱，但终欲强之，她就题《满庭芳》一阕于壁，投池中而死，全词是：

汉上繁华，江南人物，尚遗宣政风流。绿窗朱户，十里烂银钩。一旦刀兵齐举，旌旗拥、百万貔貅。长驱入，歌台舞榭，风卷落花愁。

清平三百载，典章人物，扫地俱休。幸此身未北，犹客南州。破鉴徐郎何在？空惆怅、相见无由。从今后，梦魂千里，夜夜岳阳楼。

德祐元年（1275），元军攻破岳州，徐君宝被杀而其妻被掳。徐君宝妻可以庆幸的是，她尚未和许多女子一样被驱北去，还留在原是宋朝故土的南方，但这只是空间的差别而已，她的命运并不会有所不同。前述两位女子的结局不得而知，刚烈的徐君宝妻选择的却是非生即死的绝路，并给后人留下了这一首永恒的情天恨海的词章。时至清代，还有人赞美这首词说："至今烟雨江天暮，犹似哀吟读九歌。"岳阳是我的归游之地，岳阳楼头我曾无数次登临，杜甫抒写过的浩荡洞庭摊开在我的眼底，他的千古绝唱，我自然是不知多少回高歌低咏过的了，而那位为人之妻不知名姓的女子的悲吟，也曾经好多回穿越八百年的风雨回响在我的心头。

人过留名，雁过留声，以上三首词的作者，不知其名也不知其姓，真是令人遗憾。另一首《沁园春》，作者虽佚名却存姓，是一位“刘氏”女子的悲歌：

我生不辰，逢此百罹，况乎乱离。奈恶因缘到，不夫不主；被擒捉去，为妾为妻。父母公姑，弟兄姐妹，流落不知东与西。心中事，把家书写下，分付伊谁？

越人北向燕支。回首望、雁峰天一涯。奈翠鬟云软，笠儿怎戴？柳腰春细，马性难骑。缺月疏桐，淡烟衰草，对此如何不泪垂？君知否，我生于何处，死亦魂归！

雁峰刘氏是什么人呢？她后来的遭逢结局如何？这一切都已移交给无可查考的历史了，成了一团永远无法澄清的疑云。据宋末元初人韦居安《梅涧诗话》记载，元军押送俘虏经过长兴（今浙江长兴县）时，其中有一妇人题词于长兴酒库之前，落款是“雁峰刘氏题”。“雁峰”，是否为浙江宁海县北之雁苍山，或是浙江东清县东之雁荡山呢，今天也不得而知了。全词是悲与痛的记录、血与泪的和声，而结尾的视死如归的“生”与“死”对举，使我不由想到六朝庾信《哀江南赋》中的名句：魂兮归来哀江南！

三

宋代的尤其是南宋的一些民间词，揭露批判的是当政者的丑恶与腐败，尖锐之讽刺如火焰，锋芒毕露之贬斥如投枪，其声远扬敲响的是南宋王朝灭亡的丧钟。

在封建时代，民间的谣谚和诗词，是与主流文化相对立的风行于人民群众中的潜流文化，是与上层文化相比较而存在的表现下层社会价值观念行为取向的下层文化。它激愤的情绪无须矫饰，往往直抒胸臆如飞流直泻的瀑布；它尖锐的锋芒无须掩饰，常常是洞幽烛隐如照妖的宝镜；它对上层统治者的抨击无须文饰，往往是寒光四射如出鞘之剑。在所谓太平盛世，社会相对稳定繁荣，暴露性、批判性的潜流文化相对消隐，如在盛唐，主唱者就是李白等一批杰出的诗人，他们的诗歌是所谓“盛唐之音”，其时极少有讽刺性的民间歌谣与诗词。相反，在动荡不安的乱世或江河日下的衰世，批判讽刺的民间谣谚与诗词，就好像燎原的野火，与当政者所宣称的“国泰民安”“形势大好”，形成强烈的反差与对照。

宋代虽然号称“隆宋”，但作为封建专权的朝代，除了开国的皇帝太祖、太宗尚有所作为而外，其他历朝皇帝大都昏庸而荒淫，几乎没有出现过什么像样的人物。徽宗虽然在艺术上称得上多才多艺，但在其他方面则一塌糊涂，他的“瘦金体”书艺也许蒸蒸日上，但他统治的国家却江河日下。政府机构叠床架屋，冗员充斥而效率低下，宗派林立而内斗不已，由于重文轻武，军队虽多而战斗力弱，总之，宋王朝帝昏、官多、兵冗、政弊、费奢，本已罹不治之症，何况外患不绝？虽有王安石的改革变法，也终于无力回天，宋王朝就像根株已朽而百病丛生的大树，在风雨声中最后只落得连根拔起颓然倒地。

正是由于社会的腐败与动荡，民意民情又无处表达，牢骚满腹的谣谚便像野草蓬勃而生，隔代所修的《宋史》，就援引了二十多首，至于民间野史、杂史、笔记如《宣和遗事》《梦溪笔谈》《鹤林玉露》等所引的谣谚，更是可以编为一册《两宋谣谚大观》。南宋大诗人陆游的《老学庵笔记》，就记录了一首歌谣，那是对北宋政府六部的腐败之状的嘲讽：“吏勋封考，笔头不倒；户度金仓，日夜穷忙；礼祠主膳，不识判砚；兵职驾库，典了袯袴；刑都比门，总是冤魂；工屯虞水，白日见鬼。”时至南宋，征敛愈急，贿赂公行，人浮于事，错乱相乘，吏、户、刑三曹胥吏富得流油，而有的部门则清汤寡水，于是同样有谣谚为证，忧时伤世的陆游也收录于他的“笔记”之中：“吏勋封考，三婆两嫂；户度金仓，细酒肥羊；礼祠主膳，淡吃齑面；兵职驾库，咬姜呷醋；刑都比门，人肉馄饨；工屯虞水，生身饿鬼。”谣谚，不仅是吏治的讨伐文，也是时代的晴雨表。北宋末年，谣谚纷传，不胫而走，为较稳定的王朝所未有。如宋代江万里《宣政杂录》记载了一首民谣，宣和年间风传于首都汴京：“臻蓬蓬，外头花花里头空。但看明年正二月，满城不见主人公。”击鼓的节奏为“臻蓬蓬”，如同《红楼梦》中说荣宁二府表面鲜花着锦烈火烹油而内囊却全上来了一样，北宋王朝表面莺歌燕舞，其实底气已虚，气数已尽。果然一谣成谶．次年正月金兵南下，靖康之难中徽钦二帝被掳北去，真正是一朝覆灭而“满城不见主人公”了。

宋代，和谣谚比美而且比刺的是民间词。在集权专制的封建社会，统治者掌握了权力话语，众口一声，众喙一词，没有在野的政治集团和自由的新闻媒体表达民意，而底层群众情动于衷又难以形于言。不过，尽管统治者“防民之口，甚于防川”，但悠悠众口总不能全部堵塞，奔涌的激流也终会冲破堤防，于是我们仍可以读到一些燃烧愤怒火焰、闪耀批判锋芒的民谣。虽然更多的作品已经被人为地扼杀消亡，但它们有幸流传后世，让我们从字里行间，仍然可以重温作者未冷的激情，和那早已冷却的历史。

宋徽宗赵佶即位之初，这位书画俱佳但却荒唐而且荒淫的皇帝，为了收买人心，笼络民意，故作“民主”姿态，“下诏求直言”。一些热血之人有志之士信以为真，如汉代洛阳俊彦贾谊一样，纷纷上书议论国是，结果当权者是可忍孰不可忍，“时上书廷试直言者，俱得罪”，陷入了以阴谋为阳谋的罗网。于是京师便有一首“谑词”《滴滴金》，流传在大街小巷之中：

当时亲下求言诏，引得都来胡道。人人招是骆宾王。并洛阳年少。

自讼监官并岳庙，都一时闲了。误人多是误人多，误了人多少？

北宋末年，金人兵临城下，徽宗与钦宗又故技重演，下诏求言，连起用抗战派罢黜投降派的建言也被采纳，但金人退去围城方解，他们又重演故技，放逐抗战派而起用投降派，并且钳制舆论，堵塞言路，于是便有“城门闭，言路开；城门开，言路闭”之民谣。徽宗即位之后，宣和七年（1125）伏阙上书乞斩蔡京六贼的太学生陈东，以拳拳报国之心，又一次伏阙请愿，上疏抗言投降派黄潜善、汪伯彦不可用，李纲不可罢，皇上应治军亲征，迎还二帝。于是，有其父兄必有其子弟，四十二岁正当英年的爱国志士陈东，未死于报国的沙场，却死于市曹的刑场，他虽然知道上述这首《滴滴金》词，可惜却没有引为鉴戒。

靖康二年（1127），赵构在河北磁州即位后，将此年改为“建炎元年”，是为宋高宗。高宗是一位“长跑健将”，他采取的是放弃中原不思恢复的“马拉松”式长途逃跑路线。他不惮奔走转徙之劳，由磁州而扬州，在扬州的一年中，抗战派将领宗泽连上二十四道奏章，请他回驾汴都而图中兴，他置之不理，以致这位七十高龄的老将军悲愤交加，连呼“渡河，渡河”而病逝东京。高宗不久由扬州逃到杭州，之后奔赴越州、明州，最后竟乘槎浮于海以躲避金兵的追击。大约正在此时，一位题为“中兴野人”的无名氏（又传为抗金名将宗泽的外甥黄中辅），他步苏轼《念奴娇·赤壁怀古》的原韵，作了一首《念奴娇》：

炎精中否，叹人才委靡，都无英物。胡马长驱三犯阙，谁作长城坚壁？万国奔腾，两宫幽陷，此恨何时雪。草庐三顾，岂无高卧贤杰？

天意眷我中兴，吾皇神武，踵曾孙周发。河海封疆俱效顺，狂虏何劳灰灭。翠羽南巡，叩阍无路，徒有冲冠发。孤忠耿耿，剑铓冷浸霜月！

满怀忧时愤懑，一片爱国赤诚。词的结句，锋芒直指的是妥协逃跑的南宋统治集团，抒发的是志士报国无门请缨无路的悲凉。此词一出，宋高宗降黄榜招寻作者，表面上是不能野有遗贤，实际上是引蛇出洞。此词虽有“吾皇神武”的官样文章掩护，但仍属“恶攻”之词，作者的下场绝对不会比陈东美妙，这位作者上当与否，历史不见记载，真令人为他捏一把冷汗。

人民，只有人民才是创造历史的动力吗？事实并不完全如此，尤其是在高度集权的封建体制之下，人民往往成为统治者心中与掌上的玩物，而某一特殊时期的历史，则完全可以由当权者去炮制。当权者如果比较贤明，人民尚可聊生，如果昏聩、贪鄙而残暴，上演的则只能是历史的悲剧。南宋王朝不就是如此吗？当元蒙灭金而南侵，其寿命已经进入读秒阶段，但统治者一方面丧国辱师，一方面仍然骄奢淫逸，为了自己的酒地花天，他们加紧对农民的压榨盘剥。淳祐年间即已设立经量局，经量江南土地，景定五年（1264）九月，“贾似道请行经界推排法于诸路，由是江南之地，尺寸皆有税，而民力竭焉”。当时有人作诗讽刺说，“三分天下二分亡，犹把山川寸寸量。纵使一丘添一亩，也应不似旧时疆”。而署名“礼陵士人”的题为“咸淳甲子又复经量湖南”的《一剪梅》，则是应时而出的一首典型的讽刺词：

宰相巍巍坐庙堂，说着经量，便要经量。那个臣僚上一章？头说经量，尾说经量。

轻狂太守在吾邦，闻说经量，星夜经量。山东河北久抛荒。好去经量，胡不经量？

全词以“经量”为构思的中心，分别勾勒“宰相”“臣僚”“太守”们的嘴脸。宰相是“说着”而“便要”，位高权重，贪婪狠毒；臣僚们是“头说”而“尾说”，唯唯诺诺，卑躬屈膝；地方官员的太守则“闻说”而“星夜”，谄媚逢迎，升官有道。在分别勾画之后，全词出之以对比鲜明发人深省的结句，北方沦陷区那么广大的土地都被你们抛弃荒废了，那里难道还不应该前去丈量吗？你们为什么不去丈量呢？于是，统治者对敌人忍让求生对人民敲骨吸髓的丑恶面目，便无所逃于天地之间了。

末世与奸佞本来就是二位一体的，末世多产为所欲为的奸佞，而奸佞则使世道日复一日地衰败。南宋最后的迅速败亡，是由于长江中游的重镇襄樊城的失守。度宗咸淳四年（1268），蒙古军围攻襄阳，不但以劲弓铁马，而且以战舰水军，襄阳军民死守五年，荒淫昏聩的度宗竟蒙在鼓里一无所知，而奸相贾似道却仍在他位于临安葛岭的府第中寻欢作乐，对急如星火告急求援的文书置若罔闻。襄阳城破前一年，就有一首词《一剪梅》在民间广泛流传，据说一位姓杨的“佥判”（即州府之幕职微官“签判”）所作：

襄樊四载弄干戈。不见渔歌，不见樵歌。试问如今事若何？金也消磨，穀也消磨！

柘枝不用舞婆娑。丑也能多，恶也能多。朱门日日买朱娥。军事如何？民事如何？

襄阳城破，南宋王朝失去两湖屏障，等于国门大开，元蒙的骑兵就以秋风扫落叶之势长驱直入。这时，襄阳失守的消息才如一声闷雷，炸响在南宋的残山剩水上空，也炸得君臣们晕头转向，惊慌失措。而早在一年之前，上述民间词《一剪梅》，就早已敲响南宋王朝最后覆灭的丧钟。“望长安路杳，夕照愁鸦”（民间词《沁园春》），三年后，就轮到一些有名的词人和无名的词作者，来凭吊亡国后临安城的西下夕阳和愁云惨雾了。

宋词是一场盛大的宴会。对那些向隅的民间词人们，我们今天应该向他们发出大红请柬，隆重地邀请他们出席。

宋词是一场热闹的晚会。我们今日不应该再轻忽那些民间词人，他们有的是精彩节目供观众欣赏。

宋词是一场庄重的创作研讨会，今人前往参加，许多学者会带去他们的论文论著以供交流，而我随身携带的，只有八百年后这一篇助兴并凑兴的所谓诗文化散文。

地久天长

当代提到的“七月七”，对中国人曾是苦难的祭日。1937年7月7日卢沟桥的炮火，是血与火的记忆的序幕，莽莽神州的大地上不仅许多骨肉离散，许多有情人终于不能成为眷属，而且已成眷属的又不知有多少人生离死别，那是中国人应该世世代代铭记心头的哀史与痛史。古代的“七七”呢？那是中国人甜蜜的节日，牛郎织女一年一度相会鹊桥，渺渺银河两岸虽然没有观众，但人间却不知闪亮着多少抬头仰望的眼睛，而诗人们也将他们的观感、想象和希望，一一耕耘在砚田，并且如织锦般织进他们多彩的诗章里。

“维天有汉，监亦有光。跂彼织女，终日七襄”，远在《诗经·小雅·大东》篇中，牛郎已经出场，织女星也闪耀她的光芒了。早在汉代，犹如一块彩石投入水中，织女牛郎相会的神话传说，在银河溅起了美丽的波浪，无名氏《古诗十九首》中的《迢迢牵牛星》，便将那波浪捧入诗中。南北朝时期，有关的神话传说已流传成故事完整的版本：天上喜鹊填河牛女相会，人间对月穿针乞巧求智，人间天上共庆“七夕”佳期。梁代刘孝威的《七夕穿针诗》可以为证，“缕乱恐风来，衫轻羞指现。故穿双眼针，特缝合欢扇”，一千五百年前，那一根彩色的丝线，就早已准确无误地穿过月下的针眼。

唐代诗人的七夕之诗，更是像夜空中的星斗一样闪亮。白居易的《七夕》诗说：“烟霄微月澹长空，银汉秋期万古同。几许欢情与离恨，年年并在此宵中。”杜牧的《秋夕》，更闪耀它千年不减的清辉：“银烛秋光冷画屏，轻罗小扇扑流萤。天阶夜色凉如水，卧看牵牛织女星。”同题而异代，在同一题材的竞技场上，唐末诗人作了一番出色表演方才为唐诗的大展谢幕。后来出场的宋代词人，身手又当如何呢？

一

美丽的七夕经过唐诗人的咏唱之后，它更成了芸芸众生特别是妇女与儿童的喜日。根据北宋孟元老《东京梦华录》和南宋周密《武林旧事》记载，在七夕之日与七夕之夜，许多人家结彩楼名为“乞巧楼”。陈列笔砚、针线和酒果，对月穿针，求得眼明手巧，或置小蜘蛛于盒内，次日视之如结网圆正，谓之得巧。儿童则身披上绣荷花的短袖衫，手持荷叶作“磨喝乐”（一种小土偶）之状。这种节日的民俗风情，具有民俗学和民族审美心理学的价值，我们今日蓦然回首，或是临风展卷，似乎一刹那间又回到了遥远而又遥远的从前。如柳永的《二郎神》：

炎光谢。过暮雨、芳尘轻洒。乍露冷风清庭户爽，天如水，玉钩遥挂。应是星娥嗟久阻，叙旧约、飚轮欲驾。极目处、微云暗变，耿耿银河高泻。

闲雅。须知此景，古今无价。运巧思穿针楼上女，抬粉面、云鬟相亚。钿合金钗私语处，算谁在、回廊影下。愿天上人间，占得欢娱，年年今夜。

柳永是北宋时期太平盛世的歌手，又是怀才不遇浮踪浪迹于民间的词人，他对于众生所珍视的七夕佳期，自然体验更深而饶多感慨。他的这首词上阕写天上，下阕写人间，最后合二为一，祝愿“天上人间，占得欢娱，年年今夜”，不仅记录了他所处的时代的风俗民情，也表现了诗人与众生对安宁幸福生活的憧憬。正因为词意浅近，贴近生活，加之南宋是一个风雨飘摇的时代，人们不免怀念北宋的盛世，如同历经忧患的成年人回首不识愁滋味的少年，如同面对夜空的残星追怀中天的满月。因此，这首词在南宋末年仍广泛传唱于民间，连词家张炎听后都为之惊讶，我们千年之后重读，也恍然如闻柳永不脱福建乡音的歌吟。

欧阳修有两组《渔家傲》词，各十二首，分别歌咏一年之中的十二个月。写七月的两首援引如下：

七月新秋风露早，渚莲尚折庭梧老。是处瓜华时节好。

金尊倒，人间彩缕争祈巧。

万叶敲声凉乍到，百虫啼晚烟如扫。箭漏初长天杳杳。人语悄，那堪夜雨催清晓。

七月芙蓉生翠水，明霞拂脸新妆媚。疑是楚宫歌舞伎。争宠丽，临风起舞夸腰细。

乌鹊桥边新雨霁，长河清水冰无地。此夕有人千里外。经年岁，犹嗟不及牵牛会。

欧阳修虽然是一代文宗，但他并非时时如一座墙高堑深的城堡，外人不得入内探其虚实。其实他也是一位多愁善感的才人，犹如一条童心不老的江流，江面下时有急湍汹涌，好风来时，江面上也会浪花飞溅，如“庭院深深深几许”，如“寸寸柔肠，盈盈粉泪”，他的一些风光绮丽的言情说爱的词，就是永不凋谢的浪花。他除了以上两首写七月风光涉及七夕情爱的词章，至少还有三首题为“七夕”的《渔家傲》，其一是：

乞巧楼头云幔卷，浮花催洗严妆面。花上蛛丝寻得遍。颦笑浅，双眸望月牵红线。

奕奕天河光不断，有人正在长生殿。暗付金钗清夜半。千秋愿，年年此会长相见。

主要是写人间风俗和历史往事，着笔的均是他人而非自己，这也许是因为欧阳修虽历经宦海风波与人事倾轧，但仕途与文途还算顺利，位高名重，在个人悲欢离合的感情体验方面，不及有些词人的丰富和深刻吧？“泪眼问花花不语，乱红飞过秋千去”（《蝶恋花》），也许是这方面的感情内容已数见于他的词章，他就在“七夕”这个题目下留下广阔的空白，让后人去纵情挥洒。

二

如果你是一个读书人，如果你在红尘滚滚的不夜城中，还有闲情逸致去读头上的夜空，夜空中的银河，那么，《古诗十九首》中《迢迢牵牛星》一诗的字字句句，就会像流星雨一样从汉代前来落在你的心头：“迢迢牵牛星，皎皎河汉女。纤纤擢素手，札札弄机杼。终日不成章，泣涕零如雨。河汉清且浅，相去复几许？盈盈一水间，默默不得语。”这一奇迹般的千古名诗，这一抒写牛郎织女最早最优美的篇章，究竟是出自哪一位作者的手笔呢？他像一位超前的领唱，引吭而歌，那离多会少而地久天长的悲剧主题，就让后代无数的歌者，以不同的音色、音调、旋律与音域去演绎。

神话，其实是人间众生现实的愿望与理想，借助虚幻浪漫的想象来表达。虚构的天上景象，是人间现实的反光。宋代的许多词人，他们抒写牛郎织女的爱情故事，既吸取了有关神话的乳汁，又遥承了《古诗十九首》的余响，他们抒发了现实的爱情生活中的诸多感受，寄寓的是对于人间悲欢离合这一永恒主题的感喟与感伤。最多愁多恨的莫过于李清照了，国破之根，家亡之愁，二者集于一身，中年流落江南，又所遇非人，年轻时和丈夫赵明诚相得甚欢的喜剧，早已化为“寻寻觅觅，冷冷清清，凄凄惨惨戚戚”的悲剧。她感时伤逝，对景怀人，《行香子·七夕》就如一支哀歌怨曲，从她的笔端流泻而出：

草际鸣蛩，惊落梧桐。正人间天上愁浓。云阶月地，关锁千重。纵浮槎来，浮槎去，不相逢。

星桥鹊驾，经年才见，想离情别恨难穷。牵牛织女，莫是离中？甚霎儿晴，霎儿雨，霎儿风。

现实与幻想交织，天上与人间呼应，咏天上即是写人间，抒幻想即是写现实。唱叹夜空的织女牛郎，就是感喟世间的旷夫怨妇，特别是自己心中挥之不去的旧恨新愁。

“银浦流云学水声”，唐代的李贺虽是短命才子，但他却耳聪目明，听力非凡，他早已听见银河的潺潺水声了。世上的河流尚且无风起浪，天上的银河是否也有风有浪呢？北宋的词人谢薖有一首《鹊桥仙》：

月胧星淡，南飞乌鹊，暗数秋期天上。锦楼不到野人家，但门外、清流叠嶂。

一杯相属，佳人何在？不见绕梁清唱。人间平地亦崎岖，叹银汉、何曾风浪！

由天上而人间，由人间而天上。“人间平地亦崎岖”，这是诗人深切的人生经验之谈，也是经历许多艰难曲折离合悲欢后的痛切之语，而“叹银汉、何曾风浪”，既是他振羽而飞的想象，也是对人间风高浪恶聚散无常的反衬。全词收束的两句，乃发人深省的警策，如绘画中的一抹重彩，是霜天里的一记清钟。

银河到底是平静无波，还是如人间一样不时风险浪急呢？时至南宋，一位著名词人刘克庄对谢邁之作发表的是不同意见。刘克庄本是奔驰在辛弃疾豪放派大旗下的词人，在南宋后期词坛上，他与刘过、刘辰翁被称为“三刘”，有人甚至认为其词可与陆游、辛弃疾鼎足而三，可见他的词风与地位。然而，刘克庄也并不一味金戈铁马，喑呜叱咤，也不完全如他自己所说“羞学流莺百啭，总不涉春情闺怨”，他也有含蓄凄婉的言情之作。如《踏莎行·巧夕》即是：

驱雀营桥，呼蟾出海，朝朝暮暮遥相望。谁知风雨此时来，银河便有些波浪。

玉兔迷离，金鸡嘲哳，二星无语空惆怅。元来上界也多魔，天孙长怨牵牛旷。

七夕本应天朗气清，牛郎织女一桥可渡，但是，天公却偏偏不肯成“星”之美，雨骤风狂，银河的汛情告急，牛郎织女一年一度欢聚的法定假日也被迫取消，以致“二星无语空惆怅”。作者题此词为“巧夕”，可谓正话反说。上界也多魔，下界呢？那言外之意就可想而知了。

与刘辰翁的生卒年近似，而且在临安同修国史的赵以夫，我虽然无法请他出面证实，但我却可以断言他读过刘克庄的上述词章，有他的《夜飞鹊·七夕和方时父韵》为证。此词中有“佳期鹊相误，到年时此夕，欢浅愁深。人间儿女，说风流、直到如今。河汉几曾风浪？因景物牵情，自是人心”，显然是发表与刘克庄不同的“诗见”。世上之人，多表示愿听取不同意见，最后往往是闻过则怒，言者有罪，但好在赵以夫只是说诗，同是诗人的刘克庄也应有舆论无须一律的雅量。触景生情，境由心造，赵以夫大约不知道现代美学中“移情”与“审美主体”一词，但他正确地说明了银河并无风浪，银河风浪是作者心灵创造的结果。现代天文学告诉我们，所谓银河或天河，是一个由总数在一千亿颗以上恒星组成的旋涡星系，是无数恒星闪耀的茫茫白光而已。几曾有河？何曾有浪？不过，这样实话实说也太煞风景了，何况刘辰翁后来名列“三刘”之一，他自然会要与刘克庄站在同一战线，坚持“银河风浪论”。他写有一首《西江月·新秋感兴》：

天上低昂似旧，人间儿女成狂。夜来处处试新妆，却是人间天上。

不觉新凉似水，相思两鬓如霜。梦从海底跨枯桑，阅尽银河风浪。

刘辰翁是两宋豪放词派的殿军，这首词是他词中的别调，写得缠绵婉转，仿佛在长时间的鸣金击鼓之后，也偶然吹起一曲洞箫。他先由天上而人间，后复由人间而天上，当代有人曾说“阅尽人间春色”，他却是“阅尽银河风浪”。这里的“相思”与“风浪”，当然不脱离“七夕”词的传统主题，抒写人间痴男怨女的相思之苦、别离之恨，而“阅尽银河风浪”呢？刘辰翁由宋入元，历经南宋王朝覆亡前后天崩地裂的时代巨变，他阅尽的岂止是自然界的银河风浪？

三

牛郎织女是中国诗歌的传统意象，表现人间男女的别离之愁与相思之苦，是这一传统意象所呈示的传统主题。不过，喜新厌旧是文艺创作与欣赏的重要规律，例如，当代的春节晚会已经举行了十多届，观众以为每况愈下，就是因为它的内容与形式已很难出新，而大同小异已经激不起欣赏的喜悦，如同少有活水的池塘很难掀起新的波澜。晚会尚且如此，何况是诗？越是诗的，便越是创造的，只有别具一格独出机杼的创造，才能像江河奔行大地，像春花开放枝头，呈现出勃勃的生机和永恒的魅力。

牛郎织女的神话传说，其题材比较单纯，而与之相对应的基本主题，则是男女恋情尤其是恋情中的离情，因此，词人们写来就难免近似与雷同。宋代词人郭应祥早就有见及此了，他在《鹊桥仙·丁卯七夕》中写道："浮槎经岁，分钗半夜，往事流传千古。独怜词客与诗人，费多少、闲言泼语。"一方面感叹牛郎织女的千古爱情，另一方面感慨骚人墨客的千篇一律。然而，在众声合唱之中也有不同凡响的独唱，在彼此重复之中也有不同流俗的异彩，它们千年之后仍然照亮了我们疲倦的眼睛，警醒我们快要迟钝了的耳朵。

除了前面所引的例证，我且在宋词的海洋中再捞取几颗闪亮的珍珠，如陈东的《西江月·七夕》：

> 我笑牛郎织女，一年一度相逢。欢情尽逐晓云空，愁损舞鸾歌凤。
>
> 牛女而今笑我，七年独卧西风。西风还解过江东，为报佳期入梦。

这首词的新创，就在"我笑"与"笑我"的两两分写，构思新颖。以前夫妻相守，由人间而仰望天上，堪笑牛郎织女会少别多，而今却轮到他们由天上而俯视，笑我空斋独卧，七年尚不得一会，只能将佳期托付远去江南的西风。陈东其人，是值得我大书一笔的，但绝不仅仅是因为如上这首词。他是北宋末年著名的太学生，镇江府丹阳县（今江苏丹阳）人。钦宗时即曾上书请诛蔡京，当德高望重的抗金志士李纲罢相，数万人伏阙上书的群众运动，即由他领导。他与李纲一面不识，却上疏指责宋高宗罢用贤者，宠任黄潜善、汪伯彦等奸人，而且徽宗钦宗未返，不应该即遽登帝位。高宗被戳中痛处，恼羞成怒，竟将与陈东同时上书言事的欧阳澈斩于应天府东市。陈东临刑，犹含笑而言说："畏死即不敢言，已言肯逃死乎？"国难当头，忠良被逐，他于千万人中挺身而出，显示的是真正的读书人与人中的大丈夫的英雄气概。生死都已置之度外了，入梦的佳期何可萦心？不过，真豪杰都有一腔柔情，他写于汴京太学的《西江月·七夕》，情深缱绻如一曲清歌，他后来慷慨赴死，从容就义，吹奏的却是响彻青史的号角。

宋代不少咏七夕的词章，大都是惋叹人间天上都难以团圆，别多会少乐少苦多是这些词章的主调。主调千曲一声，入耳频频，就难免令人厌倦，如同一道本可大快朵颐的美食，如果天天享用，也难免产生厌食之症。假若与主调唱反调，反其道而行之，握拨一弹，其清新亮丽的音符也许会敲醒你的耳朵。我这里要说的，是毛滂的《诉衷情·七夕》：

短疏萦绿象床低，玉鸭度香迟。微云淡著河汉，凉过碧梧枝。

秋韵起，月阴移，下帘时。人间天上，一样风光，我与君知。

苏轼做杭州太守之时，毛滂为其下属“法曹”。爱才的苏轼对他的诗文颇为器重，早以“文章典丽可备著述”向朝廷举荐过他。不知苏轼是否读过他的这首《诉衷情》。作者假托一个女子的口吻，但却不是将七夕写成聚会匆匆的别夜，而是将人间天上都赞为风光旖旎的良宵。“人间天上，一样风光，我与君知”的收束绮思无穷，令人遐想，你如果能在刘天华所奏的二胡乐曲《良宵》声中品读此词，当更会别有一番滋味在心头。

在北宋乃至整个宋代写七夕的词中，我以为秦观的《鹊桥仙》是绝对的冠军。他也无须艰难卫冕，因为不仅在宋代，即使是宋之后的历代，都似乎没有出过一位词坛豪杰，能够从他手中夺走那一座冠军之杯：

纤云弄巧，飞星传恨，银汉迢迢暗度。金风玉露一相逢，便胜却人间无数！

柔情似水，佳期如梦，忍顾鹊桥归路。两情若是久长时，又岂在朝朝暮暮？

“金风玉露一相逢，便胜却人间无数”，这种对天上胜于人间的赞美，已经是人所未道的了，显示的是秦观对于纯洁美好爱情的向往，而“两情若是久长时，又岂在朝朝暮暮”，则更是对形而上的精神之恋的追求，成了秦观言情的独家标记，因为如此言情是他的首创。不过，这种境界，今日真情日薄的男女固然无法达到，即使当时也是可想而难及的理想之境。南宋的杨无咎就曾以一首《鹊桥仙》发表不同意见：“云容掩帐，星辉排烛，待得鹊成桥后。匆匆相见夜将阑，更应副、家家乞巧。经年怨别，霎时欢会，心事如何可了？朝朝暮暮是佳期，乍可在、人间先老！”他说牛郎织女宁愿舍弃天上的长生不老，而于人间得以朝夕相聚。我不禁想起当代女诗人舒婷《神女峰》一诗，其中就有“与其在悬崖上展览千年/不如伏在爱人的肩头痛哭一晚”之句，其执着现实人生的生活态度，与杨无咎一脉相承。当今之世，真正纯洁无瑕两心相悦无关金钱与权位的爱情，已经稀有得像冰山上的雪莲了。经济快餐式的片刻欢愉，商品市场式的人钱交易，早已取代了那令人回眸神往的东方古典爱情。假如秦观一觉醒来，发觉人间已换，世事已非，在调整好巨大的时差与心理落差之后，他会不会修改他的诗句？

有一首苏格兰民歌，题目是《友谊地久天长》，虽然古今变异，但人间真正的爱情，今日也并非绝无仅有，许多美好的姻缘，也仍然地久天长。台湾名诗人余光中二十世纪六十年代的

《碧潭》一诗，就表示了他的向往，一对情人在碧水之上荡舴艋之舟，有如西施之与范蠡，“那就划去太湖，划去洞庭 / 听唐朝的猿啼 / 那就划去天河 / 看你濯发，在神话里 // 如果也覆舟，那就是美丽的交通失事了 / 你在彼岸织你的锦 / 我在此岸弄我的笛 / 从上个七夕，到下个七夕”。如同下游的流水，回首源头的波浪，余光中的现代爱情诗溯洄从之，寻觅的正是我们民族那古老而美丽的传说。

永远的中秋月

人的一生，能有多少中秋明月？明月中秋，能撩起你多少人间与天上的怀想？

就中国人的民族记忆而言，明月照临已经有很久远的岁月了。比如远古时代嫦娥奔月的神话，夏商周三代祭拜月神的习俗，我们的先人对明月向来就是情有独钟。中华民族是一个恋月的民族，诸如婵娟、玉盘等有关月亮的美丽别名，就有五十个以上，而咏月的诗词和散文更是灿若繁星。相形之下，中国古典诗文中专门歌咏太阳的作品不多，红太阳近似乎是一个孤家寡人。欧美则另当别论，欧美民族真如葵藿之向太阳，他们只喜欢日光浴而不喜欢月光浴，希腊神话中早就以阿波罗为尊，而欧美的有关诗文，则可以合成一阕宏大的太阳颂。

中国人爱月而且最恋中秋之月。宋代吴自牧《梦粱录·中秋》说："八月十五日，中秋节，此日三秋恰半，故谓之中秋。"唐代已经把中秋赏月称为祭月或拜月了，北宋时，中秋被正式确定为全国全民的传统节日，月到中秋分外明的时节，不论贵族皇家，还是平民百姓，它都一视同"光"，不分远近也不论级别的广临普照，因此，一部宋代诗词史，被明月特别是中秋明月照得光明透彻，也就绝非偶然的了。

一

感谢苏东坡，他以清空高远而充满人间情怀的词章，为我们民族挽留了那千古不灭的中秋明月，让我们即使时令不在中秋，但无论是低咏之时，抑或高吟之际，都有一轮明月圆满心头。

北宋文坛的“三苏”，就是苏轼和弟弟苏辙以及他们的父亲苏洵。苏轼与苏辙手足情深，少年时在眉山同窗苦读，长大后一起去京城应试。如同晋代的陆机、陆云兄弟，抱经纶之才，怀济世之志，但命途多舛，宦海浮沉，因而聚少离多。其时没有现代的通信设备，不然苏家兄弟通起话来，频密而绵长，汩汩而娓娓，那川腔啊川音，恐怕连电话线都会发烫，而那时他们只得诗来文往，靠今日看来效率低下的鸿雁传书，以治疗两地的棠棣之思。

熙宁七年即公元1074年，苏轼在任杭州通判三年之后，改知治所即今日山东诸城市的密州。熙宁九年（1076）中秋之夜，他写了一首《水调歌头·明月几时有》，那和写于同地的《江城子·密州出猎》堪称双璧。催生这一首千古名词的，除了高天的明月，就是他对弟弟的怀想之情了，“丙辰中秋，欢饮达旦。大醉，作此篇，兼怀子由”，词前的这一小序，就是苏轼自己的创作纪实。全词如下：

明月几时有？把酒问青天。不知天上宫阙，今夕是何年？我欲乘风归去，又恐琼楼玉宇，高处不胜寒。起舞弄清影，何似在人间。

转朱阁，低绮户，照无眠。不应有恨，何事长向别时圆？人有悲欢离合，月有阴晴圆缺，此事古难全。但愿人长久，千里共婵娟！

有人说，“天上宫阙”和“琼楼玉宇”，虽然明指天上的神仙居所，却暗喻地上的宋代朝廷和首都开封，而“我欲乘风归去，又恐琼楼玉宇，高处不胜寒”，则是说虽有意回到庙堂之上，但政治斗争的风波莫测，使人又生“何似在人间”的处江湖之远的回避之想。时过八年，此词早在风中流传，于人口盛传，宋神宗读到后认为苏轼毕竟忠君，于是把贬谪在黄州任团练副使的他，调到离京城较近的今日河南临汝的汝州。苏轼作此词时有无上述想法，权威的阐释权在他自己，但他现在已无法在报刊或电脑网络上发表声明了，而我则宁愿相信那是苏轼叩问青天的奇思妙想，是浪漫主义精灵和诗人主体精神的高扬，也是解忧的杜康催化的结果。他创造了这样一个让我们的精神得以飞扬与遨游的艺术世界，其中即使含有寄托，我已无多少兴趣寻索了，心中洋溢的唯有感激与月光。

然而，神话给人的慰藉，毕竟有些虚无缥缈，想象给人片时的解脱，到底远水救不了近火。只有人间才是现实的存在，任何生活呼吸在红尘俗世的人，都无法平地飞升，羽化成仙。苏轼的中秋词之动人情肠，仍然是那种深切的现实关照和深挚的人间情怀。“起舞弄清影，何似在人间”，虚幻的天上不如实在的人间，而人间的悲欢离合则有如天上明月的阴晴圆缺，振古如斯，这是人人所有的人生悲剧，而且是人类所永远无法摆脱的永恒悲剧。苏轼之词所抒写的正是人力无法胜天的悲剧意识与悲剧精神，但他终究是旷达的，也是理想的，他所发出的“但愿人长久，千里共婵娟”的祝愿，如一炷香火，点燃的是世世代代后来者的希望，如清钟一记，荡起的是千百年来也袅袅不绝的余音。

在中国人的心中，友情、爱情和亲情是一汪陈年的醇酒，永不干涸，永远芬芳。谁没有过悲欢离合？谁没有经历过生离死别？谁没有面对高天圆月而怀人祈祝的体验？我的双亲和儿孙远在异国，会少别多，岂但是中秋之夜，月明之夜也就够撩我愁思的了；我的妻子近在身旁，但有时也不免小别，远在他乡遥望明月，也常常会忆念数十年风雨同舟甘苦与共之情。何况在茫茫人海，短短人生，我还有幸结识了许多朋友，他们在地北天南，甚至隔洋隔海，按古人的分类，他们有的是春秋佳日曾一同登山临水的“逸友”，有的是奇文共欣赏的如切如磋的“雅友”，有的是肝胆相照相濡以沫的“义友”，有的是品德端方能直言规谏的“诤友”与“畏友”。法国的哲人伏尔泰说：“友谊是灵魂的婚姻。”如果不是一个孤僻的自我封闭的人，他的一生该有多少这种灵魂的“婚外之恋”？因此，每当明月当头，尤其是中秋之夜，遥想远方的亲人和朋友，苏轼的“但愿人长久，千里共婵娟”，每个字便和月光一起，叮叮当当在我的心弦上敲奏。

二

“月出皎兮”，高天的明月，从远古时代的《诗经·陈风·月出》篇中升起之后，不仅接受了人间众生的委托，成为祝福与团圆的象征，而且它高高在上，俯视人寰，阅尽了人世的刀兵水火王朝更迭，也阅尽了壮士的喑呜叱咤壮怀激烈。特别是中秋的明月一轮，在金瓯残缺的年代，更容易引起英雄与国士的浮想联翩。由人间而天上，由天上而人间，他们对中秋月的咏叹虽然已经过去了悠悠岁月，但我们今天仍可以看到那逝去的时代的风云，感受到他们热血的奔流，崇高的脉跳，意兴的飞扬。

今天，我已不知道南宋究竟有多少仁人志士在中秋之夜悲歌慷慨了，如果能从时间隧道乘直达快车去南宋那个站口，和他们一起度过一夜中秋，那该是人生多么快意的经历？然而，我如今只能在《全宋词》的卷帙里，去翻寻八百年前中秋之夜的月光，去重温前人吟唱中秋的绝响。

在南宋前期词坛，张元干和张孝祥是我心仪的两位词人。在词风上他们前承苏轼，下开辛派词的先河，无论是作为真正的作家或正直的知识分子，他们关心国难民瘼，坚守心中信念，表现了相当独立的人格精神和凛然风骨。金兵围攻汴京之时，主战派李纲任东京留守兼亲征行营使，身为李纲的僚属，年轻的张元干曾亲冒矢石与金兵血战。后来枢密院编修胡铨上疏高宗，请斩秦桧诸人以谢天下，秦桧将其放逐于今日广东新兴的新州，胡铨的许多亲属友人避嫌畏祸，离之唯恐不及，独独是张元干“作长短句送之”，写了一首名震当时而且名扬千古的《贺新郎》为他送行，其中有“天意从来高难问，况人情易老悲难诉”之句，不仅表现了作为社会之良心的知识分子对现实的批判态度，而且其锋芒所向竟然直指最高决策人高宗，这种胆识和勇气在南宋不说绝无仅有，也绝不多见。张元干因此被“削籍下狱”，直至秦桧死后，他才恢复自由，从此绝意仕途。然而，身在江湖，心忧天下，只要一读他的“中秋词”，就可以看到在他的心海上，呼啸的是永远不会平静的时代风雨和波澜。如《水调歌头·和芗林居士中秋》，就尽显他豪杰英士的本色：

闰馀有何好？一岁两中秋。滕王高阁曾醉，月涌大江流。今夜钓龙台上，还似当时逢闰，佳句记英游。看山兼看月，登阁复登楼。

别离久，今古恨，大刀头。老来长是清梦，宛在旧神州。遐想蓴林风味，瓮里自倾春色，不用贯貂裘。笑我成何事，搔首谩私忧！

俨然辛派词的先锋，张元干已经执戈而先行了，于是主将辛弃疾旌旗一展，慨然登场。在中国的诗词史上，辛弃疾是一位少有的名副其实的英雄词人。他年方弱冠时起兵于沦陷区的山东，曾率五十轻骑夜袭数万人的敌军大营，擒杀叛徒张安国而渡江南归，“醉里挑灯看剑，梦回吹角连营。八百里分麾下炙，五十弦翻塞外声，沙场秋点兵”（《破阵子·为陈同甫赋壮词以寄之》），写尽了青年时代自己的胜概英风。这样一位文武双全的人物，由于昏君当政奸臣当道，在率师南渡之后，却是英雄无用武之地，而且常常被投闲置散，却将万字平戎之策，换得东家种树之书，像本当横行万里的良骏，不得一骋骥足而老于南山之中，如本当展翅九天的大鹏，不得一飞冲天而铩羽于囚笼之内。有志不伸，有才不展，这常常是古今才人志士的共同悲剧，而辛弃疾的内心更该是何等激愤与悲凉啊！他的词，激愤时如雷雨烈风，悲凉时似寒冰冷雪，而当中秋的明月照临之夜，温柔的月光可能抚慰了他心上的伤痕吧，他的《满江红·中秋寄远》，则好像暴风雨之后底层涌动而表面风平浪静的湖泊：

快上西楼，怕天放、浮云遮月。但换取、玉纤横笛，一声吹裂。谁做冰壶浮世界，最怜玉斧修时节。问嫦娥、孤冷有愁无？应华发。

云液满，琼杯滑；长袖起，清歌咽。叹十常九八，欲磨还缺。若得长圆如此夜，人情未必看承别。把从前、离恨总成欢，归时说。

如果以为这是抒写男女之间的恋情之作，辛弃疾恐怕绝不会同意，因为这是一首遥寄中原豪杰之士和山东起义旧日战友的词。辛弃疾渡江南来以后，仍然不时和他们联络，了解敌情，准备北伐。清末民初学者沈曾植的《稼轩长短句小笺》说得好："此寄中原义故之词。"山河破碎，秋夜月圆，辛弃疾对月怀人，伤离念远，自然就要忆念故乡与远方的战友，他希望有朝一日收拾旧山河，回到北方和他们会师并畅叙，那时回首离愁，也会化为眼前胜利与相聚的欢悦。这首词，虽然平静有如月光下的湖泊，但这只是它暂时的休憩，时代的烈风一吹，它会立即洪波涌起而巨浪排空。

三

洞庭湖，神州的名湖，南方的大泽，临眺与遨游的胜景，远古的许多美丽传说诞生自它的波浪里。

古往今来，中国许多喜欢朝山也热心拜水的诗人文士，不知挥洒了多少歌颂它的诗文。今人暂且不说，古人呢？如果要评选出诗文中的第一名，文章非范仲淹而莫之他属。今天有人说他的“先忧后乐”无非是忠于大宋王朝，那也未免太求全责备于前贤往哲了，置诸当代，范仲淹所建立的，仍然是许多人无法企及的风标与高标。诗歌的冠冕呢？只有杜甫才能加冕，孟浩然的《望洞庭湖赠张丞相》，虽然在状湖天壮阔之景方面，可以和老杜一较高低，如同两位武林高手过招，但在内家功力的修炼即思想的高度方面，杜甫一叶孤舟而心忧天下，而孟浩然想到的却是希望得到当权者的援引，相差了至少一个档次，虽然可以理解与同情，但杜甫却令人肃然起敬。他的《登岳阳楼》，是其晚年的压卷之作，也是诗中咏岳阳楼与洞庭湖的绝唱。而词呢？咏洞庭的许许多多的词呢？那就应该由南宋前期的词坛健将张孝祥勇夺冠军了。

岳阳楼与洞庭湖，宋代有不少词人前来题咏。在张孝祥之前，岳州知州滕子京请范仲淹写《岳阳楼记》，如果没有他的催请，中华文化的宝库就会失去一颗最璀璨的珍珠，所以评功摆好时应对滕子京给予奖励。他自己也写有一首《西江月》，短短的一首词，“气蒸云梦泽，波撼岳阳城”，“曲终人不见，江上数峰青”，竟然有四句借用了孟浩然和钱起的成句，时已隔代，大约借条都没有开具一张。之后的张舜民写过一首《卖花声·题岳阳楼》，结句是“何人此路得生还？回首夕阳红尽处，应是长安”，他于元丰五年（1082）十月，谪监郴州茶盐酒税，词中表现的是迁谪之怨与对朝廷的眷恋之情，其情可悯，其调不高。随后而来的是李祁的《风蝶令》，“袅袅秋风起，萧萧败叶声。岳阳楼上听哀筝，楼下凄凉江月为谁明”，一开篇就是凄风凉月，艺术上也无出色之处。一直要等到张孝祥前来引吭高歌，我们的耳目才为之一新，精神才为之一振，眼界与心界才为之天高地阔。文学艺术的创作就是如此，对同一个题材，一千个作家可能有一千种写法，但境界的高下却没有一千种之多，而大约只有低劣、平庸、脱俗、独特而高远等几个不同级别的分野吧？而真正杰出的作品，则如采自深海的稀世之珠，光华百代，即使只有一颗，也远远胜过沙滩上成千上万平凡的贝壳！

还是回眸八百年前的洞庭中秋，仰望八百年前湖上的那一轮明月吧。宋孝宗乾道二年即公元1166年，张孝祥刚过而立之年，因受政敌陷害而被免去知静江府（治所在今广西桂林）和广南西路经略安抚使，落职北归时经过洞庭湖。时近中秋，一首《西江月·阻风三峰下》便奔赴他的笔下：“满载一船秋色，平铺十里湖光。波神留我看斜阳，放起粼粼细浪。　　明日风回更好，今朝露宿何妨？水晶宫里奏霓裳，准拟岳阳楼上。”一派光风霁月，满怀明月清风。言之不足，他还作了一首境界更为高华阔远的《念奴娇·过洞庭》：

洞庭青草，近中秋、更无一点风色。玉鉴琼田三万顷，著我扁舟一叶。素月分辉，明河共影，表里俱澄澈。悠然心会，妙处难与君说。

应念岭表经年，孤光自照，肝肺皆冰雪。短发萧骚襟袖冷，稳泛沧浪空阔。尽吸西江，细斟北斗，万象为宾客。扣船独啸，不知今夕何夕。

在苏轼与辛弃疾之间，张孝祥是重要的桥梁。他的词秉自然流丽之笔，具迈往凌云之气，有潇洒出尘之姿。这首词的“妙处”呢？一时也真正“难与君说”。不过，它和任何人写中秋明月或洞庭明月的词都不相同，也远远超过他在一年前所作的《水调歌头·桂林中秋》，表现了文学创作最宝贵的原创性。如果从“宇宙意识”的角度欣赏此词，那固然不错，但我以为它更表现了诗人自己的一种“冰雪精神”与“明月情怀”。在天人合一物我两忘的抒写中，明月即是诗人自己，诗人自己即是明月，在奸臣当道小人肆虐的红尘俗世，诗人的这种高洁的自许与自写，显示的是一种独立不阿而孤冰傲雪的人格力量。每一个不愿随俗浮沉和趋炎附势的人，无论是当时或是今世，读之都可以如高士叩舷长啸，如志士步月起舞。今日之文坛，许多人主张远离社会的“私人化写作”，强调与世隔绝的“向内转”，文学当然应是极具个性灵光的事业，但如果那“私人”与“内”尽是委琐卑微，甚至是一潭污泥浊水，那还有什么好公之于世的呢？

张孝祥后来又起知潭州，即我的故乡今日湖南省长沙市。如果我早生八百年，我一定会因为他写洞庭中秋如此超凡脱俗境高意远而前去表示敬意，而且在他“吸尽”与“细斟”之时，请他也分给我一勺美酒一盏月光，让凡夫俗子的我，也能有一副烈火肝胆，明月肺肠。

四

优秀的或是不甘人后的作家，在继承前人或前代的传统而含英咀华的同时，总不免怀有一种叛逆心理而和前人抬杠，力求别出新意或别开新境。例如，“柳”谐音“留”，加之柳树随遇而安，随处而活，而柳丝又坚韧细长，所以自汉唐以来，民间就有折柳赠别的习俗，以此为题的诗章可谓万万千千。然而，多数诗人都是直写明写，有的诗人不愿重复，如王维《送元二使安西》的“渭城朝雨浥轻尘，客舍青青柳色新”，如李白《劳劳亭》的“春风知别苦，不遣柳条青”，虽然是暗写曲写，颇有新意，但并非逆向的艺术思维，而仍是传统的思维指向。至晚唐的罗隐，他的《柳》诗才决心和前人一唱反调：“灞岸晴来送别频，相偎相倚不胜春。自家飞絮犹无定，争解垂丝绊路人？”做的是众士诺诺而一士谔谔的翻案文章。当代名诗人郭小川，二十世纪六十年代之初在《西出阳关》中，也曾经对王维表示出不同看法：“何必‘劝君更尽一杯酒’，再会吧，乡亲！哪里的好酒不芳芬？什么‘西出阳关无故人’，再会吧，乡亲！哪里不一样度过战斗的青春？”那么，众多的写中秋夜月的宋词呢？

一位杰出的作家，他的不可羁勒的才华，当然会如同钻石面面生辉。辛弃疾就是如此，他写了好几首中秋词，首首都有各不相同的光泽光芒，除了前面所述的《满江红·中秋寄远》，他还有《太常引·建康中秋夜为吕叔潜赋》：“一轮秋影转金波，飞镜又重磨。把酒问姮娥：被白发、欺人奈何？乘风好去，长空万里，直下看山河。斫去桂婆娑，人道是、清光更多。”你如果说这颗钻石比较小巧，我还可以随手拈来光彩四射的另一颗，那就是《木兰花慢·中秋饮酒，将旦，客谓前人诗词有赋待月，无送月者，因用〈天问〉体赋》：

可怜今夕月，向何处、去悠悠？是别有人间，那边才见，光影东头？是天外、空汗漫，但长风浩浩送中秋？飞镜无根谁系？嫦娥不嫁谁留？

谓经海底问无由，恍惚使人愁。怕万里长鲸，纵横触破，玉殿琼楼。虾蟆故堪浴水，问云何、玉兔解沉浮？若道都齐无恙，云何渐渐如钩？

辛弃疾不写“待月”，而写前人未曾道过的“送月”，这已可见他力求创造的不凡身手了。前人曾经问月，如李白的“青天有月来几时，我今停杯一问之”，如苏东坡的“明月几时有，把酒问青天”，但辛弃疾用“天问”体作词，连问到底，这在宋词却是前无古人似乎也后无来者的首创与独造，而他在送月复兼问月之时，其神思上天入地而且入海，直悟月轮绕地之理，比哥白尼对地球和日升月落的科学解释，竟然早了好几个世纪。王国维美称之为“神悟”，我却要说，这是杰出诗人超凡脱俗的想象力的高扬，是元气淋漓的主体精神的太空远征。

明月四时好，何事喜中秋？在许多大同小异的曲调之中，忽然听到一阕动人的异奏，如同见过许多平常的或是彼此相似的裙钗之后，忽然邂逅一位气质风华迥出流俗的美人，当然令人有惊艳之喜。辛弃疾的上述词作如此。汪莘是南宋后期一位不太知名的作者，但他写中秋的《水调歌头》，你一经读后也许就会长记心头：

> 听说古时月，皎洁胜今时。今人但见今月，也道似琉璃。君看少年眸子，那比婴儿神彩，投老又堪悲。明月不再盛，玉斧亦何为？
>
> 约东坡，招太白，试寻思。凭谁斫却，里面桂影数千枝。忆在无怀天上，仍向有虞宫殿，看月到陈隋。别有一轮月，万古没成亏。

这首词前有一小序：“东坡云：‘明月几时有？把酒问青天。’本于李太白《问月》云：‘青天有月来几时？’太白云：‘今人不见古时月。’本于《抱朴子》云：‘今月不及古月之朗。’抱朴子所言，非绮语也。深思而得之，诚有此理。嘉定元年中秋日，因赋《水调》，其夜无月。”嘉定，是南宋宁宗年号，元年即公元1208年，距今将近八百年。那一年的中秋之夜，汪莘没有看到月亮，但他却趁黑为我们写了一首独创的别具一格的明月之词，表现了给人以诸多启示的人生哲理。汪莘也不管自己是晚生后辈，竟然要招约苏东坡与李太白，还有那位说过“斫却月中桂，清光应更多”的杜甫，一起开个圆桌会议，讨论有关月亮的问题。他认为明月也有它的幼年、少年和老年，从传说中远古的部落无怀氏和有虞氏开始，一直到近代的陈隋，明月是有变化的，它已不像远古时那样明亮皎洁了，如同人的眼眸，随着年龄的增长，神采也异于昔时。昔日的剪水明眸，后来已变成昏花老眼。这种世间万物包括明月之光都变动不拘的看法，暗合现代唯物辩证法的观点，真是令人惊异。想来苏轼、李白和杜甫三位如果能听到他的高谈与新论，也会佩服之至而觉得后生可畏吧？

尤其可贵的是，汪莘写出了一种人生哲理，即结句的“别有一轮月，万古没成亏”。——自古至今，明月在变，只是一般人不易觉察罢了，而万古不变的，却是自己心中拥有的那一轮明月，引申而言，就是精神长存与文化永恒。不是吗？故国山河在变，而你对山河的热爱永远不变；恋人已老，而她年轻时的倩影在你心中永远也不会老；年华已逝，两鬓成苍，而童年却永远鲜活在你的记忆里；世风不古，而你恪守的人生价值观念和包括文学信念在内的信仰，却依然如故。扩而大之，李白、杜甫和苏轼早已成了古人，他们的形骸早已化成了尘灰，但他们留下的精神遗产却千古不灭，他们不正像千年前那样风华正茂，咳唾成珠，长歌短咏在民族永恒的记忆里，呼吸言笑在今日读书人的书架上和心房中吗?

苏东坡的中秋明月升起在宋词的天空之后，光照四方，以至于宋人胡仔在《苕溪渔隐丛话》中要极而言之：“中秋词，自东坡《水调歌头》一出，余词尽废。”他的话说得未免太绝对了，后来的词人歌咏中秋的优秀之作，可谓各有中秋，也各有千秋。苏子才高，但他也不会肯让中秋明月成为他独有的一面宝镜，以上所引的诸多作品就是明证。

古人已矣，今人不但要踵武前贤，而且要力图在某些方面超越前人。台湾名诗人余光中私淑苏东坡，也颇喜咏秋，而他至少就曾经四写中秋，即《秋分》《中秋》以及两首同题的《中秋夜》，“正户户月饼，家家天台 / 天线纵横割碎了月光 / 二十五年一裂的创伤 / 何日月重圆，八万万人共婵娟 / 仰青天，问一面破镜”，写于 1975 年的《中秋月》，虽然还借用了苏东坡“千里共婵娟”的意象，但其中蕴含的离家去国的时代痛苦，寄寓的万姓团圆的民族愿望，已然远远超出苏东坡所写的手足之情，而是另一轮全新的中秋夜月了。

啊，永远的中秋夜月，永恒的宋词中的夜月中秋!

爱情五弦琴

在中外文学的浩荡长河中，以爱情为题材的优秀篇章，是永远也不会凋谢的耀眼动心的波浪；在中外文学的苍劲大树上，以爱情为主题的杰出之作，是永远也不会凋零的芬芳美艳的花朵。

爱情，是人的生命力的充沛表现，是人类生存和发展的重要支柱，也是文学创作永恒的主题。公元前八世纪，希腊诗人赫西奥德在《诸神记》中歌唱“不朽的神祇中最美丽的一位”的厄洛斯，就是罗马神话中名为丘比特的爱神。中国虽然没有这样的神祇，但早在两千多年前的《诗经》中，爱情的多声部的乐曲就已经开始鸣奏。远古时代，“江”是长江的专称，而“河”则是黄河的专名，从《诗经》的第一篇《关雎》里，虽然时隔两千多年，我们仍可以听到钟鼓与琴瑟的乐音从黄河的河洲水湄隐隐传来，而自《诗经》以后，历代诗歌都没有忘记对爱神奉献他们的礼赞。

宋代，虽然封建礼教更为森严，对众生自然而合理的生命欲求更为桎梏，但追求自由美好的爱情，本是源于健康的人性，而与音乐和歌女有着天然联系的所谓“词为艳科”的宋词，更是长于表现和歌唱爱情。听曲知音，我们今天仍然会为之意夺神飞。风晨月夕，柳下花前，让我们重温与倾听宋词的爱情五弦琴吧——

恋 情

爱情如果是一支乐曲，最迷人也最令人回想的，还是最初的起始的乐段。德国大诗人歌德在《少年维特之烦恼》中说：“少年男子谁人不善钟情？妙龄少女谁个不善怀春？”初恋或者说终成眷属之前的相恋之情，是爱情五弦琴中的第一弦，也是最值得回味和回忆的时光。如果你和你的恋人终于白头偕老，在几十年的人生风风雨雨中，你难道不会常常蓦然回首那甜蜜的初恋吗？如果你在爱情的道路上颇多波折，当你的心因种种原因而苍老的时候，你不是会更加追怀往昔初恋的日子吗？

恋情，是五弦琴弹奏的第一声。恋爱的双方，获得的都是审美的“第一印象”，或者又名之为“第一次印象”。这种一见钟情或再见生情，都是源于一种直觉美感，继之而来的爱恋，就是心灵的相互燃烧，充满美感激情的自我审美体验。这种燃烧和体验，就是成年的芸芸众生大都经历过的恋爱，而这种恋爱过程中的感情，就是花之半开的恋情。

包括宋代在内的封建社会，男女之间很少有自由接触的机会。父母之命，媒妁之言，往往就决定了他们的终身大事，而幸福的结局，就像今日买彩票而中大奖一样机会难得，希望渺茫。宋词因为要被之管弦，诉之歌唱，加之宋代有官妓制度与家妓之风，歌妓们大都知音善律，有较高的文化艺术修养，词作者与歌妓之间接触频繁，如同满园春色，虽然有封建礼教的高墙禁锢，但总不免有一枝红杏出墙来。宋词中的恋情词，许多都是写词人与歌女之间的恋情。如果请这些词人自推代表，他们当会一致推举柳永吧？出身于仕宦之家的柳永，仕途却颇不得意，他自称“白衣卿相”，但在北宋词坛，却是一位千首词轻万户侯的开山人物，是北宋第一个专力攻词而以婉约名世的作家。他的词，在内容的扩展，体制的创造，表现手法的丰富与变化，语言风格的雅俗兼容等方面，都有承前启后之功，而他的知名度也远在其他作家之上。“凡有井水饮处，即能歌柳词”，尽管有些正统的词人对他颇有微词，但他的作品一经写出再加歌唱，收视率与收听率最高，这却是不争的事实。如他的《蝶恋花》：

伫倚危楼风细细，望极春愁，黯黯生天际。草色烟光残照里，无言谁会凭栏意？

拟把疏狂图一醉，对酒当歌，强乐还无味。衣带渐宽终不悔，为伊消得人憔悴！

宋词就像一本画册，为我们保存了许多歌妓的可爱形象，她们大都色艺双全，有的还具有相当可敬的品格，你如果打开《全宋词》，她们就会从字里行间载歌载舞，翩翩而出。柳永的《乐章集》中就描绘了英英、瑶卿、翠娥、佳娟等歌妓的形象，有的词还抒写了她们的恋情。柳永死后，家无余财，竟然是歌妓们集资为他安葬，每逢清明，她们还带上酒肴，饮聚于柳墓之旁，时人称之为“吊柳会”。柳永所钟情的歌妓中，最怜爱的莫过于“虫娘”了，他在词中昵称为“虫虫”，在《集贤宾》一词中，他说“小楼深巷狂游遍，罗绮成丛。就中堪人属意，最是虫虫”，而虫娘对他这位落魄的下第之人也颇为不薄，“算得人间天上，惟有两心同”。柳永和她分别时，信誓旦旦：“眼前时、暂疏欢宴。盟言在、更莫忡忡。待作真个宅院，方信有初终。”柳永是宦门子弟，他能以平等的态度对待社会贱民的歌妓，已属难能可贵了，他竟还表示自己一旦科场得意进入仕途，就要正式迎娶虫娘为自己的妻室，这固然是北宋新兴市民思潮的反映，也和柳永善良重情的人性有关。前述这首《蝶恋花》，写抒情主人公春日黄昏登楼望远，对酒消愁愁更愁，千回百折之后才逼出“衣带渐宽终不悔，为伊消得人憔悴”的结句，它是画龙点睛之笔，如灵珠一颗，全词遍体生辉。王国维称之为“专作情语而绝妙者”，“求之古人词中，曾不多见”，而且将其比喻为成就大学问大事业必经的第二境界。莎士比亚说过：“‘爱’和炭相同，烧起来，就要把一颗心烧焦。”柳永这种“消得人憔悴”的恋情，其中的“伊”是虫娘，还是别的歌女？这首词保密工作做得不错，能见度极低，没有泄露任何消息，叫后世的读者只能搔首踟蹰，好生猜想！

之前歌坛流行过的一首歌，名为《纤夫的爱》，这是不曾拉过纤的文人，在酒足饭饱之余去写纤夫的劳动与爱情，以其“颤悠悠”的笔去粉饰生活，美化苦难。但是，一代文宗欧阳修抒写下层青年男女恋情的作品《渔家傲》，却没有受到过上述指责：

近日门前溪水涨，郎船几度偷相访。船小难开红斗帐，无计向，合欢影里空惆怅。

愿妾身为红菡萏，年年生在秋江上。重愿郎为花底浪，无隔障，随风逐雨长来往。

《渔家傲》是北宋民间流行的新腔，欧阳修以之填词多达数十阕之多，而以此调写成的采莲词也多达六首，上引之词即其中之一。晚唐五代至北宋，词中写爱情多以香闺深院为背景，抒情主人公则多为上层社会的男女，此词则如一出小小的轻喜剧，将布景换为野外的秋江，将人物与情节变为水乡的男女青年以及他们的幽期密约，传统的婉约含蓄化为清丽明快。一代儒宗如此写人间的恋情，即所谓“侧艳之词”，而且着眼于民间，清新独创，不仅照亮了当时也照亮了后代读者的眼睛，为宋代的爱情词刷上了一笔异彩。

宋词中抒写恋情的佳作实在太多，本文如同小小的花篮，满树繁花不可能一一采摘，但李之仪的《卜算子》却无法割爱，且让我采撷在这里：

我住长江头，君住长江尾。日日思君不见君，共饮长江水。

此水几时休，此恨何时已？只愿君心似我心，定不负相思意。

李之仪虽然不在苏门“四学士”或“六君子”之列，但对苏东坡却执弟子礼，而苏东坡对他的作品也颇为赞赏。苏东坡有诗题为《夜值玉堂携李之仪端叔诗百余首，读至夜半，书其后》，他在朝堂中值夜班，夜半仍在读带去的李之仪的作品，可见其精神之专注，如果是平庸之作，那就是催眠剂，不到半夜早就已经昏昏欲睡了。此诗还有句说：“暂借好诗消永夜，每逢佳处辄参禅。”要苏东坡这样的大家作出“好诗”“佳处”的评语，大约并不十分容易，《卜算子》这首词就可以证明他眼力不错，此言不虚。此词语言虽朴实无华，但“我”“君”对举，“长江水”一线贯穿，结尾翻出新意，写恋情情真而意挚，婉曲而有深度，真不知这位籍贯沧州无棣（今山东省无棣县）的山东大汉，怎么能写出这等清新婉美之辞？“家临九江水，来去九江侧。同是长干人，生小不相识”，他也许会说，我曾受过唐诗人崔颢的《长干曲》的指点。当代台湾名诗人余光中曾经写过一首《纸船》，

“我在长江头，你在长江尾。折一只白色的小纸船，投给长江水”，他是不是又遥承了李之仪此词的一脉心香呢？

欢情

恋情当然有令人意乱神迷的欢乐，但那毕竟还只是男女之情的初始阶段，如同一支乐曲的前奏，如同一朵花苞的半开，如同一年四季中的早春。而男欢女爱的灵与肉结合的欢情，则是乐曲的华彩乐段，是花朵的嫣然怒放，是如火如荼的夏天。

爱情是存在于男女之间的一种特殊的感情。男女之间一见钟情或再见钟情，如果没有外部的阻力与压力，没有内部的不合与不和，如胶似漆的恋情必然会升温为郎怜女爱的欢情，好像风涛汹涌的海上必然会掀起九级浪。然而，真正的欢情是什么呢？

如同南极之与北极，对包括欢情在内的爱情，历来有不同甚至对立的看法。除了孟子说过“食色性也”之外，中国人以前向来讳言“性”，仿佛这是一个一引即爆的雷区，而西方人则不惮于公开谈论。古希腊的柏拉图认为：美的爱情是纯精神的爱恋，应该排除一切肉欲。德国的黑格尔是他的同调，他主张的也是心灵与理性之爱：爱情绝不是性欲，爱情里确有一种高尚的品质。而弗洛伊德则完全相反，他认为性欲是人的基本需求，男女接近和相爱，都是为了性欲的满足。那么，美好的爱情和爱情中的欢情究竟是什么呢？好像绿叶之与红花，有似水流之与河床，如同青天之与明月，美好的爱情应该是性爱与情爱在互爱基础上的和谐统一。性爱是情爱的基础，情爱是性爱的灵魂；性爱是生理上的快感，情爱是心理上的美感；性爱会随年龄的增长而减退甚至消失，而情爱却因白头偕老而愈益深厚绵长。

中国古代佚名的《四喜诗》说："久旱逢甘雨，他乡遇故知。洞房花烛夜，金榜挂名时。"其中的第三喜不仅是指爱情，而且是指爱情的高潮，指爱情的果实因成熟而摘落的欢情。中国有一句专用的成语名为"鱼水之欢"，也是另一种绝妙的比喻与形容。宋代的词人，以他们对于生命和爱情的深切体验，为我们留下了一些抒写欢情的优秀篇章，唐代的爱情诗似乎还不及它们的细腻和开放。如欧阳修的《南歌子》：

凤髻金泥带，龙纹玉掌梳。走来窗下笑相扶，爱道"画眉深浅入时无"？

弄笔偎人久，描花试手初。等闲妨了绣功夫，笑问"鸳鸯两字怎生书"？

这首词写的是一对青年夫妇的喜乐之情，而以女主人公的心理与情态为主，而且上下阕均以她的问话作结，一问引自前人的成句，一问出自她的慧心，别有风情而令人销魂。唐诗人朱庆余有一首《近试上张水部》诗："洞房昨夜停红烛，待晓堂前拜舅姑。妆罢低声问夫婿，画眉深浅入时无？”诗的本意，在于试探主考官是否欣赏自己的应试诗文，欧阳修当然无法征求朱庆余的同意了，但读者却会欣然同意这种借用与化用实在恰到好处。这位新嫁娘不仅服饰倩亮，而且情态更是如小鸟依人，还明知故问地问她的夫君，“鸳鸯”二字如何书写？在中国的传统文化中，鸳鸯是情侣或夫妇的美好象征，这位新嫁娘的问话颇具象征性与暗示性，是情话而非荤话，在那样一个封建礼教夜气如磐的时代，那位新嫁娘真算得颇为开放，清新活泼如春日的霞光。

北宋的晏殊和晏几道是父子词人。晏殊虽贵为执宰，久居相位，势高望重，门生故吏多据要津，但晏几道因秉性耿介恬淡，不愿依靠父亲的余荫和新贵们的关照，因而位沉下僚而仕途多舛。他是位多才多艺又多感的词人，常常将自己的感情寄托于那些美慧有才的歌女，如《鹧鸪天》：“小令尊前见玉箫，银灯一曲太妖娆。歌中醉倒谁能恨？唱罢归来酒未消。　春悄悄，夜迢迢。碧云天共楚宫遥。梦魂惯得无拘检，又踏杨花过谢桥。”如果这一词作还不免感伤，有如一管幽怨的洞箫，那么，另一首《鹧鸪天》，就是一出小型的悲喜剧：

彩袖殷勤捧玉钟，当年拼却醉颜红。舞低杨柳楼心月，歌尽桃花扇底风。

从别后，忆相逢，几回魂梦与君同？今宵剩把银釭照，犹恐相逢是梦中！

晏几道在自撰的《小山词序》中，曾提到的友人沈廉叔、陈君龙家的歌女莲、鸿、苹、云诸人，多所赞美，后来沈去世而陈卧病，他所钟情的这些歌女也就风流云散。上述此词前阕忆旧，缤纷绚烂如同彩虹，有似梦幻，明代剧作家孔尚任的《桃花扇》，该是从其中的名句中得到过灵感吧？下阕为写实，杜甫在“安史之乱”中辗转流离，在山野荒村和妻儿相见，“夜阑更秉烛，相对如梦寐”（《羌村》），晏几道和情人久别重逢，这个令他魂牵梦萦的意中人，是否就是他最难忘怀的歌女中的一位呢？悲尽喜来，“今宵剩把银釭照，犹恐相逢是梦中”，在凄怆的人生之旅中，这毕竟是一个令双方都悲喜交集而以喜为主的高潮，他写到这一高潮就戛然而止，优美而不像今日某些诗人作家笔下的恶俗，后事如何，留给读者的是无尽的柔情绮思。

字美成的周邦彦是北宋的名家，自号“清真居士”，其词被称为“清真词”，在章法结构和音乐之美方面，对词之发展颇多贡献。其作品前期多为流连歌台舞榭之作，忧患中年之后，他的词才面向较广阔的社会人生，风格由妩媚而趋于沉郁。他二十六岁从钱塘远去京都为太学生，四年后被擢为太学学正。风流倜傥的他，常在瓦舍倡楼消磨，其《少年游》真是少年之游：

并刀如水，吴盐胜雪，纤手破新橙。锦幄初温，兽烟不断，相对坐调笙。

低声问："向谁行宿？城上已三更。马滑霜浓，不如休去，直是少人行。"

这首词，以前许多人捕风捉影，附会于京师名妓李师师、作者和微服私行狎妓的宋徽宗之间的三角私情，其实，它只是写自己少年时的一次冶游欢会而已。杜甫曾说"焉得并州快剪刀"，李白也说"吴盐如花皎白雪"，周邦彦信手拈来，自创天成的偶句，也为女主人纤手破橙待客做了铺垫。闺房暖暖，香烟袅袅，调笙是相对而坐，真是转轴拨弦三两声，未成曲调先有情。夜已深沉，人宿何处？女子的探问和自答，柔情似水而又婉曲浓至，不说留宿而问"向谁行宿"，不说"休去"而道"马滑霜浓，不如休去"，而且夜已深沉，行人稀少，只怕路上的人身安全都成问题。没有淫辞秽语，只有玉润珠圆，欲知后事如何，全凭读者想象。

高雅的词人写欢情也绝不会低下恶俗，如周邦彦之前的秦观，也只是点到"消魂。当此际，香囊暗解，罗带轻分"（《满庭芳》）为止，接着还要像杜牧那样，对自己作"赢得青楼薄幸名"作自我批评。当代的某些作者写到这种场面，总不免要口角涎流到肚脐眼以下，津津乐道床第之私，真是令人感叹人心不古而掷卷叹息！

离 情

“黯然销魂者，惟别而已矣”，早在一千五百年前，江淹在他的《恨赋》中就如此悲怆地咏叹。在人的丰富复杂的感情中，离情是最常产生而最具普遍意义的一种，因为人生天地之间，除了一次即成永诀的死别，就是无数次地和友人、情人与亲人的生离。

死别是令人痛苦的，这种痛苦有如雷轰电击，即时打击的强度很大，但因为逝者已矣，生者已是完全绝望而再无希望，所以在雷电过后，随着时间流逝，心境也许会逐渐趋于平伏，天空总会要出现一角蔚蓝。生离却往往更为令人神伤，因为生离的双方虽然失望，但却仍怀重见或重圆的希望，有如绵绵苦雨飒飒凄风，不知何时才会雨过天晴？尤其是交通与通信均十分落后的古代。现代的分别虽然也十分频繁，但只要双方有情，即使不能随时相见，也还有电报即拍即至，传真即传即达，电话即打即通，微信即发即知，虽然身不能至，至少也可临时紧急治疗两地的相思渴念，不像对死别那样毫无疗效，因为任何灵丹妙药，逝者都已无法收到并及时临床服治。人啊人，如果不是心如铁石，应该都体验过“离情最苦”吧？离别之中，亲人之间的离别固然刻骨铭心，而情人之间相见难期的离别，尤其令当事人肝肠寸断。这样，就难怪古典诗文中写离情的作品为什么那么多产，而以“自君之出矣”为题目或为起句的诗歌，竟可以汇成一阕主题相同而繁音竞奏的交响曲。这里，我们还是先听听词坛浪子柳永《雨霖铃》的自弹自唱：

寒蝉凄切。对长亭晚，骤雨初歇。都门帐饮无绪，留恋处、兰舟催发。执手相看泪眼，竟无语凝噎。念去去、千里烟波，暮霭沉沉楚天阔。

多情自古伤离别，更那堪、冷落清秋节！今宵酒醒何处？杨柳岸、晓风残月。此去经年，应是良辰好景虚设。便纵有千种风情，更与何人说？

《雨霖铃》曲本是唐玄宗的创制，他在“安史之乱”中采取逃跑主义而避难巴蜀，在栈道雨中闻凄凉的铃声，触景生情而忆念屈死的杨贵妃，精通音律的他采其声而作《雨霖铃》曲。柳永在汴京悲叹与心爱的歌姬离别，感叹南下远游的天涯羁旅之情，他采用此曲已经够引人联想的了，而词史上这种双调慢词《雨霖铃》，他虽无专利之权，却有首创之功。“执手相看泪眼，竟无语凝噎”，流泪眼看流泪眼，断肠人对断肠人，古往今来的有情人，有多少人演出过这黯然神伤的一幕啊，地点与时间不同，情节却古今不变。在上阕抒写分别的情景之后，下阕写的是别后的相思。“悲哉，秋之为气也，萧瑟兮草木摇落而变衰”，两千多年前的宋玉，早就慨乎言之也概乎言之地悲秋了，柳永却从刹那见永恒，从特殊到普遍，“多情自古伤离别，更那堪、冷落清秋节”，便成了传诵千古的哲言与警语，如果条件允许，有情人的离别似乎都应该选在这一季节。而“杨柳岸，晓风残月”呢？它虽然也许是从温庭筠《菩萨蛮》的“江上柳如烟，雁飞残月天”，和韦庄《荷叶杯》的“惆怅晓风残月，相别”点化而来，但却青胜于蓝，以至于他人特别将其与苏东坡“大江东去”作不同风格的比较。至于结语，柳永先是在《慢卷袖》里说“对好景良辰，皱着眉儿，成甚滋味”，后来又在《应天长》中表白：“把酒与君说，恁好景佳辰，怎忍虚设？”而在此词中更是信誓旦旦：“此去经年，应是良辰好景虚设。便纵有千种风情，更与何人说？”事实证明，柳永南游之后又有新欢，他后来的情词大都为一合肥歌妓而作，前后持续有二十年之久，作品也有二十首左右。但他能不忘前好旧情就算不错了，今日之无情无义者比比皆是，我们又何必苛求古人呢？何况他写得情真意挚，他的这一代表作不仅是他的名牌产品，也是宋元时期流行的“十大金曲”之一，时至今日也仍然令读者口颊留香。今日歌坛流行的一些所谓“天王”的“金曲”，不知有哪一首“天”长地久如“金”石之固而能流传后世？

北宋前期的词坛，还有一位主将张先。他前与晏殊、欧阳修以及柳永并驾齐驱，因其有八十六岁高龄和与年龄等高的成就，以后又曾和晚出的苏轼、秦观同台咏唱。他的词婉约雅丽而又清新淡远，清歌与美酒，伴随了他的一生。在听歌赏舞依红偎翠之时，他不仅深知女妓们的生活与心曲，而且和其中的某些女子未免有情。一时盛传的《一丛花令》，就是他这位多才多情的男子所作的闺音：

伤高怀远几时穷？无物似情浓。离愁正引千丝乱，更东陌、飞絮濛濛。嘶骑渐遥，征尘不断，何处认郎踪！

双鸳池沼水溶溶，南北小桡通。梯横画阁黄昏后，又还是、斜月帘栊。沉恨细思，不如桃杏，犹解嫁东风。

“人生无物比多情，江水不深山不重”，张先曾在《木兰花》一词中如此比喻。他的这首《一丛花令》表现的虽是“闺思离愁”这一中国文学的传统母题，但他却有新颖的发现与表现，这就是结句的“沉恨细思，不如桃杏，犹解嫁东风”。张先的词作对“影”的描绘有二十余处，其中有三句他最为得意，那就是“云破月来花弄影”，“娇柔懒起，帘压卷花影”，“柳径无人，堕风絮无影”，故他自称“张三影”，除此之外，他还有“张三中”的嘉号，即“心中事，眼中泪，意中人”。此词一出，他又多了一个新的美名。张先年长欧阳修十七岁，他去看欧阳修时，后者兴奋得倒屣相迎，连称此乃“红杏嫁东风郎中”，于是张先就一身而三任了。浪花飞溅的河流有它的源头，一天的云锦有它最早的霞光，张先这一无理而妙的结句，应是受到唐代二李的启发。李益的《江南曲》说：“嫁得瞿塘贾，朝朝误妾期。早知潮有信，嫁与弄潮儿。”李贺的《南园》说：“可怜日暮嫣香落，嫁与东风不用媒。”我以为张先写离愁之句虽然语妙天下，但却其来有自，不免有“偷窃”之嫌，“偷”其词且“偷”其意，不知张先愿不愿从实招来？

晏殊是晏几道的父亲，我可以将一句俗语反其道而用之，即“有其子必有其父”，晏几道的成就自有他的家学渊源。作为北宋的宰相，晏殊刚毅正直而好提携后进，如曾向朝廷推荐范仲淹、韩琦等人，但作为北宋早期词坛的重镇，晏殊的词也多写离愁别恨，如《玉楼春》的“无情不似多情苦，一寸还成千万缕。天涯地角有穷时，只有相思无尽处”，如《木兰花》的“美人才子传芳信，明月清风伤别恨。未知何处有知音，长为此情言不尽”，又如为王国维所激赏的《蝶恋花》：

槛菊愁烟兰泣露，罗幕轻寒，燕子双飞去。明月不谙离恨苦，斜光到晓穿朱户。

昨夜西风凋碧树，独上高楼，望断天涯路。欲寄彩笺兼尺素，山长水阔知何处？

此词表现的，正是晏殊词清婉高华的风格，主题是“离恨”，主人公性别不明，属于“模糊美学”的范畴。“昨夜”三句写登高怀远之情，逼出结句之虽有彩笺尺素，但水阔山长无由可达，将离恨表现得格外刻骨铭心。凡是有过类似伤离怨别的生命体验的人，心的弦索都会被这首词敲响，但王国维却心如止水，无动于衷，他说的是“昨夜”三句是古今成大事业大学问者必经的第一个境界。三句不离本行，这位大学问家真是别有会心，我们在钦敬之余，也只有徒唤奈何了。

怨 情

如同硬币之两面、剑之两刃，人生，是美满与不美满的统一，是追求完美和不可能尽善尽美的统一。感情领域内的爱情，何尝不是如此？人生不如意事常八九，前面所说的离情，就已经具有悲剧色彩了，而较之离情更深重性质也有别的“怨情”，则更具悲剧的意味。离情，好像天空有轻云薄雾，但云雾总会消散，阳光迟早会来给你的生活镀金；而怨情则如秋雨潇潇，气象预报大约也永远没有由阴转晴之日。

当女娲和夏娃分别走下她们的神坛，象征母权制的结束，在漫长的历史进程中，女性都头戴荆冠或背负沉重的十字架，扮演的大都是悲剧的角色。宋代由于城市商业经济的发达，士人们发扬了唐代醇酒美人的余风，加之或由于寻找感官的刺激，或由于寻求包办婚姻之外的精神慰藉与补偿，他们常常流连于秦楼楚馆，而妻子们在家独守空闺，寂寞与痛苦就像青草一样在心中疯长，忧愁与怨恨就像决堤之水一样在心房泛滥。欧阳修的《蝶恋花》，就是从怨妇的角度写这种带有普遍意义的怨情：

庭院深深深几许？杨柳堆烟，帘幕无重数。玉勒雕鞍游冶处，楼高不见章台路。

雨横风狂三月暮。门掩黄昏，无计留春住。泪眼问花花不语，乱红飞过秋千去。

起句就为后来的李清照所激赏，她写了好几首词，就是以此句开篇。词中的这位贵家少妇，生活在高门深院之中，生活当然早已进入并超过小康，但她的丈夫却经常走马章台，于“三陪小姐”中寻花问柳，她的内心该是何等苦闷？尤其是那样一个妇女极少心灵与人身自由的时代，她既不能去有关部门投诉，甚至也不便向自家的亲人一吐衷肠，更不能像现代人一样吊尾跟踪，或请私家侦探盯梢破案，她只能高楼伫望，清泪双流。“雨横风狂”，既是指自然的气候，也是暗示她的生活环境，而“春”是指时令的春色，也是暗指她的青春年华。眼见得春天将逝，自己的华年也将付之流水，如何能不怨从中来，不可断绝？有情的人间既然无处可诉，那就去询问无情之物的花吧。“泪眼问花花不语，乱红飞过秋千去”，情景交融，以景结情，虽说是从温庭筠《惜春词》之“百舌问花花不语”，和严浑《落花》之“尽日问花花不语，为谁零落为谁开”化出，然而学生已经胜过老师，欧阳修此词结句的名声，已远在后二者之上。前人说此二句中包含四层意思，正是说明这一怨情的意蕴丰富，慧心的读者自可寻绎，像根据路标的指引去名胜之地寻幽访胜，我就不必自充导游而在此喋喋不休了。

古代男女之间的诸多怨情，常常是由不合理的婚姻制度所造成。今日的现代人，选择对象和结为婚姻的自由，已远非古人可比，但今日的许多夫妻，有的因终成怨偶而离散，如风扫浮云各自东西，有的虽仍在同一屋檐下，却貌合神离，同床异梦，如各自设防城门紧闭的城堡，何况古代的男女呢？不过，在以男性为中心的社会里，品尝苦果最多的却仍然是妇女。例如朱淑真的《减字木兰花·春怨》：

> 独行独坐，独倡独酬还独坐。伫立伤神，无奈轻寒著摸人。
>
> 此情谁见？泪洗残妆无一半。愁病相仍，剔尽寒灯梦不成。

宋词中许多写闺怨的作品，都是男性作家故作多情地“变性”，自告奋勇充当女性的代言人。有的虽然写得可以乱真，但总使人有隔靴搔痒或隔岸观火之感。才貌出众的朱淑真却以女性的立场现身说法，这首词，在艺术表现上虽不一定超过那些男性作家的名作，但至少并非是经过变性手术之后的“假冒”产品，而是出自肺腑可以验明正身的真品。朱淑真相传出身于书香之家，但所嫁非偶，夫家一说是市井俗民，一说是官场俗吏，总之先是身不由己，后是苦海无边，有她的许多作品为证，如《愁怀》：“鸥鹭鸳鸯作一池，须知羽翼不相宜。东君不与花为主，何似休生连理枝。”《减字木兰花》的标题为“春怨”，其实并非怨春，虽然“无奈轻寒著摸人”，春寒当然使人更感孤独冷寂，更易撩惹人的愁情，同时代的李清照也在《声声慢》中说过“乍暖还寒时候，最难将息”，但朱淑真怨的更是自己的悲剧命运。孤独的她，后来终于返回母家独居，投水而逝，人生之路已经走到了无路可走的悬崖，她最后只得将自己的生命和诗篇一起交给了死水。

怨情，当然不是女性和女性词人的专利。吴文英，与姜夔一样是南宋词坛婉约派的旗手，他行将弱冠之年直到二十八岁，在京都杭州生活了十年，并与一女子有过绸缪缱绻的恋情。此后他在苏州又有一回艳遇，但不久就即告分袂。杭州女子死去后，吴文英再度居杭又达十年之久，这种旧日的恋情，如今日流行歌曲所唱的“无言的结局”，使他怀想无已。他的作品除了忧怀时局国事，就是抒写个人的爱情悲剧。他的小令名曲《唐多令》开篇的“何处合成愁？离人心上秋”，就是名曲中的名句，两句拆字而兼句法倒装，从中可见他深曲密丽的词风。他的《踏莎行》，就是一首感梦怀人抒写其哀思怨绪之作：

润玉笼绡，檀樱倚扇。绣圈犹带脂香浅。榴心空叠舞裙红，艾枝应压愁鬟乱。

午梦千山，窗阴一箭。香瘢新褪红丝腕。隔江人在雨声中，晚风菰叶生秋怨。

梦境，是现实生活与心理的折光，所谓日有所思、夜有所梦。吴文英在秋日的午梦中，忽然见到了他昔日的恋人，一觉醒来，她的音容笑貌乃至服饰都历历在目，一直到日落黄昏，风声簌簌，雨声沥沥，他仍在神思恍惚之中，禁不住满怀的秋日之怨。他念兹在兹而形诸梦寐的女子是谁？她虽来到梦中但是否仍在人世？“秋怨”的具体内涵是什么？作者并没有说明，他是宋词中的现代派，只是以近乎现代派意识流的手法，写出他的梦境与梦醒后的心情。如同一个谜语，谜面已经展示，而谜底呢？就只能让读者凭借自己的人生体验去猜测去破译。

悲 情

人生天地之间，有生即有死。摇篮，是人生的起点，死亡，是人生无可避免的最后的驿站。西方一位哲人说过，从我们诞生的那一刻起，死亡就已经开始。也就是说，当你躺在襁褓之中，爱神在右侧蔼然俯视，死神也早已在左侧眈然虎视。在中外文学的长河中，“死亡”也是永恒的主题之一，西方文学史上最伟大的剧作家莎士比亚，人称是最深刻地表现了死亡主题的巨匠，而中国诗人由于对时间飞逝的敏感和对短暂生命的珍惜，也无数次地表现了这一主题，如同明知是一个万劫不复的雷区，也要纷纷前来以笔甚至以身探险。

表现死亡主题的作品，最感人的莫过于爱情领域的悼亡词了。爱情是一座姹紫嫣红的花园，但花园也有凋零荒芜之时，男女主人公或先或后不再重来，恨地悲天，暂时留守的不胜悲凄，如果身为诗人，他或她就会一发而为悼亡之作。中国诗歌史上较早也最为有名的悼亡作品，是魏晋时代潘岳的《悼亡诗》三首。自他之后，“悼亡”成了丈夫哀悼亡妻或妻子追怀亡夫之诗作的专有名词，潘岳之后的名作，要推唐代元稹的悼亡之诗。元稹有悼亡诗多首，追悼二十岁出嫁二十七岁亡故的爱妻，其中以《遣悲怀》三首最为脍炙人口，承潘岳于前，启苏轼于后，成为古典诗歌史上悼亡诗的又一座里程碑。宋词中抒写死生异路的爱情悲剧的词作也不少，但以词这一体裁悼亡并写得摇撼人心的，却要首推一代才人苏轼，他的那首《江城子·乙卯正月二十日夜记梦》，令昔日的他肠断，也令今日的我们断肠：

十年生死两茫茫。不思量，自难忘。千里孤坟，无处话凄凉。纵使相逢应不识，尘满面，鬓如霜！

夜来幽梦忽还乡，小轩窗，正梳妆。相顾无言，惟有泪千行。料得年年肠断处，明月夜，短松冈！

苏轼因梦而写作此词之时，正在密州（今山东诸城）任知州，时在宋神宗熙宁八年（1075）正月。他十九岁时，与十六岁的王弗在故乡四川眉山结为连理。王弗颇有文学修养，美而且慧，伉俪感情甚笃，如两株合抱之树，如两线和谐之弦。例如，王弗随苏轼在颍州时，正月之夜见月色清明，梅花盛开，她就说：春月胜于秋月，秋月让人惨凄，春月令人和悦，可招朋友于花下饮。苏轼高兴地赞扬“真诗家语”，并作《减字木兰花》词说“春庭月午，摇荡香醪光欲舞……不似秋光，只与离人照断肠”，由此可见他们之琴瑟和谐，心灵默契。他们本来要牵手走完人生的长途，不料十年后王弗在开封和苏轼有告而别，归葬于四川故乡。苏轼后来虽娶王弗的堂妹王润之为妻，但对于王弗却念念未能忘情。王弗的倩影与魂魄频频入梦，又是十年之后的正月二十日，在山东密州太守任上的苏轼，终于在多回旧梦一场新梦之后握笔挥毫，写下了这一首悼亡词中的千古绝唱。全词写梦前的怀想，梦中的相逢，梦后的惆怅与悲伤，其所概括的夫妻之间的生死离别，已然超出了具体的个人的范围，而提升为普遍的人生情境。你如果心非铁石或木石，感动莫名的潮水也会拍击你的心房吧？

在宋代男性词人的悼亡之作中，堪与此词称为双璧的，应该是贺铸的《半死桐》：

重过阊门万事非，同来何事不同归？梧桐半死清霜后，头白鸳鸯失伴飞。

原上草，露初晞。旧栖新垅两依依。空床卧听南窗雨，谁复挑灯夜补衣？

也许是因为贺铸是宋代宗室之后，他的夫人赵氏也出身皇族，贺铸怀文武之奇才而官冷如冰，位沉下僚，始终未能风云际会而化为展翅凌云的大鹏，然而，他的夫人却任劳任怨，伴随他到年届五十的半生。此词本名《鹧鸪天》，贺铸改题为《半死桐》，源于汉代枚乘的《七发》之文。枚乘说龙门之桐，其根半死半生，斫以为琴，声音为天下之至悲。男人的一半是女人，贺铸借用于此，一以喻自己已是半死之身，一以喻此词也是至悲之哀音。苏轼之词全用白描，写来情深一往，九曲回肠，贺铸则巧用典故，善用比喻，尤其动人的是结尾化抽象的椎心泣血之情，为新鲜独创的补衣之细节性意象。词人三十九岁在河北磁州供职时，早就写过一首《问内》，写的就是妻子在炎炎夏日为他补衣的情景，如今雨打南窗，一灯独对，睹物思人，情何以堪？全词本已浪涌波翻了，至结尾更轰然而成九级之浪！阊门为苏州西门，二十世纪末之春尾夏初，我曾有苏州之行，去苏州大学忝列台港澳暨海外华文文学研讨会，和先后同窗曹惠民、朱蕊把袂同游，寻访阊门故地。但无论我们如何寻觅叩问，却再也找不到贺铸的任何踪迹，只有他巨痛沉哀的《半死桐》，一句句，一声声，如他当年南窗的苦雨，敲奏复敲打在我们的心中。

如果要举行宋代悼亡词的评奖，而且名额只限三个，那么，站在领奖台上的除了苏轼与贺铸之外，就应该是李清照。她的《孤雁儿》虽说不能压倒苏轼与贺铸，却可以压倒其他的须眉：

藤床纸帐朝眠起，说不尽、无佳思。沉香断续玉炉寒，伴我情怀如水。笛声三弄，梅心惊破，多少游春意。

小风疏雨萧萧地，又催下、千行泪。吹箫人去玉楼空，肠断与谁同倚？一枝折得，人间天上，没个人堪寄。

这首词，词牌本名《御街行》，变格之名为《孤雁儿》，李清照弃前者而取后者。正是对自己悲苦境遇的一种比喻和象征。词前原有一小序："世人作梅词，下笔便俗，予试作一篇，乃知前言不妄耳。"李清照表面咏梅，实则借咏梅而悼亡。她十八岁和太学生赵明诚结婚，两人志趣相投，除了诗词酬唱，就是流连于金石书画之中，可谓琴瑟和谐。建炎三年（1129）八月，吹箫人去玉楼空，南渡后不久赵明诚在金陵病逝，李清照顾影自怜孤影更自怜，真是肠断与谁同倚。多年以后她写有一首《偶成》："十五年前花月底，相从曾赋赏花诗。今看花月浑相似，安得情怀似往时？"十五年后尚且不能自已，何况是新寡之后？上述这首词，写于赵明诚新逝之后，感情更为炽烈与沉痛。南朝刘宋人陆凯折梅并作诗赠北方的友人范晔，诗题是《赠范蔚宗》："折梅逢驿吏，寄与陇头人。江南何所有，聊赠一枝春。"

陆凯尚有人可寄，而李清照呢，“一枝折得，人间天上，没个人堪寄”。我不禁联想起李后主的“流水落花春去也，天上人间”，一个缅怀家国，一个追悼亡人，绝望如同无底的深渊而哀痛则好像无边的广宇，这就难怪时过境迁，李清照心头的创痛却永远无法平复，连时间这位疗伤救苦的顶尖级的良医，都束手无策。

恋情炽烈，欢情甜美，离情凄清，怨情伤痛，悲情哀苦。宋词的爱情五弦琴啊，弹奏的是五音繁会也五味杂陈的乐曲，你爱听的是哪一弦呢，大约是恋情与欢情之弦吧，亲爱的读者朋友？

美人·隐者·烈士

在百花之中，世间常见的是浓桃艳李，还有东方那号称花王的樱花，和西方那象征爱情的玫瑰。然而，我却要赞美中国的梅花，那在冰雪中才能相逢一笑的梅花。

梅花，原产我国，商代已开始栽培，在远古时代《诗经》的《召南》篇中就登场了。不过“摽有梅，其实七兮”，“梅”谐音男女婚嫁的“媒”，而且它说的是梅实而不是梅花。如果要设立诗歌的“梅花奖”，首先就应该颁给南北朝刘宋时的陆凯，“折花逢驿使，寄与陇头人。江南无所有，聊赠一枝春”，他的《赠范蔚宗》一诗，是中国诗史最早赠给梅花的一束心香。然而，从六朝到隋唐，梅花还并没有从百花丛中突围而出，唐诗人生活在国力鼎盛物质繁荣的时代，他们在生活中与诗歌中更偏爱宏丽豪华的牡丹，即使有咏梅之作，除了“寄远”与“报春”，就是感叹它的随时而“零落”，在审美的主体感情方面，尚无更多的深远寄托。梅花啊梅花，要到何时才能从群芳竞艳中脱颖而出风格独标呢？

曾经的电视荧屏上，经常可见的广告词便是“全国首创”，其实许多均名不副实，而陆凯则确实是咏梅诗的首创者。中唐的朱庆余也有先行之功，他在《早梅》诗中赞美梅花“自古承春早，严冬斗雪开”，而应该“堪把依松竹，良涂一处栽”，第一次将梅花与松竹并列，可谓独具慧眼，而且开宋代咏梅词风气之先，我们也应该在他胸前佩戴一朵红花，以示表彰。宋代国运不昌，但梅花却“花运”大振。宋代是我国历史上植梅最盛之时，而咏梅词不仅是宋代咏梅诗歌的主体，而且也是中国诗史咏梅诗词的高峰，后人似乎只能在山下仰望或于山腰瞻望。也许是宋代的知识分子更普遍强调精神修养与道德气节，而整个社会的审美情趣都趋向高雅吧，如果翻开《全宋诗》或《全宋词》，在那年深月久逐渐泛黄的卷帙里，封闭不住仍然夺卷而出的，竟是那永远也不会消散的梅花的芬芳。

二

世上第一个将花与美人相比的，大约是英国的唯美才子作家王尔德，他说第一个将花比美人的是天才，第二个是庸才，第三个是蠢材。不过，此语也不尽然。“第一个”即使名姓不传，其首创之功也功不可没，然而，天工人慧，世上的真理与美言，却绝不可能由一人包办或者垄断。花意象与美人意象之间，历代不知有多少诗人渡水而过，在二者之间架起无数美丽的桥梁。宋代的词人，他们当然更是来来往往于梅花与美人之间的津渡。唐代徐坚《初学记》还曾记载，宋武帝刘裕之女寿阳公主卧含章殿下，梅花落额上拂之不去，因而六朝以来妇女美容就流行“梅花额”的妆扮。“天山路旁一株梅，年年花发黄云下。昭君已没汉使回，前后征人谁系马”，唐代王建的《塞上咏梅》，也竟然将塞上的梅花想象为和蕃远嫁的王昭君的魂魄。这些历史的故事，激发宋代诗人的，当然都是梅花与美人之间的绮思与幻梦。

大自然中没有两片完全相同的树叶，何况是美人与花之间的单喻或互喻？主体梅花与喻体美人之间有很大的相同或近似之处，那就是“美丽”。不过，“美丽”是所有花卉的共性，即使有毒的罂粟花，它也有天生的迷人外表。除了共有的美质，千花百卉又各有其不同的样态、色泽与芬芳。梅花呢？它的美质属于哪一种类型与风标？桃花冶艳，梨花素淡，蔷薇俏丽，水仙清香，而梅花之色多为素白或淡红，还有绿萼、绛紫、洒金等色，它的美质与风姿应该是清雅幽远吧？不然，苏东坡怀念和他患难与共生死以之的爱妾朝云，怎么会想到以梅花为喻？

绍圣元年也即公元1094年，苏轼一月之内三次被贬，该年最后贬为建昌军司马惠州（今属广东）安置。此时他已年近花甲，远徙瘴疠之乡，在此间时近四年。多年相依为命又从河北陪他千里远来的朝云，却于绍圣三年（1096）一病不起，除了《朝云墓志铭》和《悼朝云》诗之外，当时昏昏的烛光，还看见苏轼在莹莹的泪光中写有如下的《西江月》：

玉骨那愁雾瘴，冰肌自有仙风。海仙时遣探芳丛，倒挂绿毛么凤。

素面常嫌粉涴，洗妆不褪唇红。高情已逐晓云空，不与梨花同梦。

朝云姓王，名子霞，钱塘人，少时归苏轼，与其历经患难。恶贬炎方，他人纷纷离去，而朝云却毅然跟随苏轼南来，无怨无悔，这种男女之至爱而兼患难之真情，今天固然已是人间难得几回闻，当年也弥足珍贵。“玉骨”，即梅花枝干的美称，此词将悼亡与咏梅合二为一，宋代惠洪的《冷斋夜话》曾提供证明。不过，苏东坡取喻的，更像梅花家族中红白相间分外高贵娇美的“洒金型”梅花，全词从外形到品格，为梅花更为朝云吟唱了一曲深情绵邈的颂歌。“高情已逐晓云空，不与梨花同梦”，苏轼自注“诗人王昌龄梦中作梅花诗”，“晓云”当是暗示“朝云”，“不与”则是反用王昌龄“落落寞寞路不分，梦中唤作梨花云”之诗意，表示斯人已去高情已歇，自己也从此除却巫山不是云了。享年三十四岁的朝云地下有知，当会为苏轼的钟情重义而感到安慰，而地上的梅花有知呢，也会感谢苏轼的描花咏美的才笔。

苏轼的《西江月》乃文人之词，其咏梅是他喻，而洪惠英的《减字木兰花》为民间之词，其咏梅则是自喻。曾编纂唐人万首绝句的洪迈守会稽时，曾于其地听洪惠英歌唱她自己创作的这首词，并在《夷坚乙志》中记叙了这位弱女子的心声：“梅者，惠英自喻，非敢僭拟名花，姑以借意。雪者，指无赖恶少也。”全词是：

梅花似雪，刚被雪来相挫折。雪里梅花，无限精神总属他。

梅花无语，只有东君来作主。传语东君，且与梅花作主人。

洪惠英是宋光宗时绍兴府一位以演唱为生的女艺人，才艺双胜。她到绍兴府刚及一月，即被一些衙内恶少三番五次地“性骚扰”。莎士比亚有一句名言：“弱者，你的名字是女人。”何况是那种社会那样地位低微的女人呢？但是，弱者也可以抗争，洪惠英在不轨之徒面前，大约不是严词相斥，就是婉辞相拒，有才的她还以“词”来自卫与祈求。“东君”本指春神，词中代指“清官”。她在那没有民主与法制的昏朝浊世找到“东君”没有呢？洪迈作为一方之守，在听到上述倾诉之后是否能为民作主？他似乎还颇有正义感，如果他也像当今某些媚上而欺下爱财而兼爱色的官员，那后事就不堪也不必闻问了。然而，这位以梅花自喻的弱女子后来的景况到底怎样？时至今日，仍然令人萦念，但叫我到哪里去打听她的消息？

在宋代词史上，以梅花喻美人而格高韵远的，还是应该首推南宋姜夔的《暗香》与《疏影》，即使是才高八斗的苏轼，恐怕也会承认后生可畏而逊让三分。不过，我还得先以洒金红笺，向诗人范成大拍一封贺电，没有他的促成之功，中国词史也许就会减少两颗珍珠，如同灯火辉煌的殿堂，少了两盏不可或缺的华灯。1191年冬，时年三十七岁的姜夔冒雪冲寒，乘船至苏州石湖探望退隐田园的前辈诗人范成大。范成大爱梅成癖，于住地广植梅花，并撰有世界上最早的梅花专著《梅谱》。他要求姜夔作词，姜夔一而再地超额完成，用林逋《山园小梅》中“疏影横斜水清浅，暗香浮动月黄昏”之句，对自创的新调取名《暗香》与《疏影》。词前的小序说：“辛亥之冬，予载雪诣石湖。止既月，授简索句，且征新声。作此两曲，石湖把玩不已，使工伎隶习之，音节谐婉，乃名之曰《暗香》《疏影》。”姜夔除夕乘船回湖州，范成大赠以能歌善舞曾经演唱过上述词章的家伎“小红”，清贫而多情的姜夔其喜洋洋者矣，在路过今江苏省苏州市的垂虹桥时，大约是现代心理学所谓的“高峰体验”吧，他即兴而吟的《过垂虹》便在水上飞扬：“自作新词韵最娇，小红低唱我吹箫。曲终过尽松陵路，回首烟波十四桥。”姜夔吹箫伴奏，而小红低唱的音调清婉娇美的“新词”，便是《暗香》与《疏影》。当时没有稿费，但因为两首词而得到美人之贻，而且词名千古，那真是不虚此“词”而令后人艳羡。一九九九年八月，台湾名诗人余光中应邀赴湘讲学，在以“诗与音乐”为题的讲演中，他就不止一次地提及并吟诵姜夔此诗，可见爱美（美诗与美人）之心，人皆有之。姜夔两词如下：

旧时月色，算几番照我，梅边吹笛？唤起玉人，不管清寒与攀摘。何逊而今渐老，都忘却、春风词笔。但怪得、竹外疏花，香冷入瑶席。

江国，正寂寂。叹寄与路遥，夜雪初积。翠尊易泣，红萼无言耿相忆。长记曾携手处，千树压、西湖寒碧。又片片、吹尽也，几时见得？

苔枝缀玉，有翠禽小小，枝上同宿。客里相逢，篱角黄昏，无言自倚修竹。昭君不惯胡沙远，但暗忆、江南江北，想佩环、月夜归来，化作此花幽独。

犹记深宫旧事，那人正睡里，飞近蛾绿。莫似春风，不管盈盈，早与安排金屋。还教一片随波去，又却怨、玉龙哀曲。等恁时、重觅幽香，已入小窗横幅。

姜夔对梅花也情有独至，他的《白石道人歌曲》，存词八十六首，咏梅之词即占三分之一。以上二词虽有寄托，却词意朦胧，有人甚至以为它们表现了作者的家国之恨与兴亡之感，究竟是否有此意旨，那就只有请姜夔自己出面做证。而确凿无疑的是，此二词均是梅花与美人合二为一，《暗香》将梅花和玉人合写，《疏影》则连用了五个与美人有关的典故，境界空灵，笔致幽美，给读者提供了联想与想象的广阔天地，让他们的艺术再创造振翅而飞。

美玉中有一种造型别致的玉，即两个玉环相连在一起。《暗香》《疏影》，既是一胎所生神形逼肖的姊妹篇，也是从不分离也永不破损的玉连环！不过，我要指出的是五代南唐的江为有残句云："竹影横斜水清浅，桂香浮动月黄昏。"清人顾嗣立的《寒厅诗话》早就记载，明末诗人兼画家李日华说林逋"改二字为'疏影''暗香'的咏梅，遂成千古绝调，所谓点铁成金也。"林和靖改用于前，姜夔化用于后，我们都不要遗忘江为的开创之功。

二

宋词中的梅花，不仅与美人联姻，而且与隐士结盟。

梅花与隐士签订盟约，一方面是因为梅花登场的时空背景和它本身的精神气质，一方面得归功于北宋的隐者，那位身隐而名著的林逋。

月明林下美人来，梅花象征美人，是因为外形美丽而暗香幽远。而象征隐士呢？隐士，是中国古代社会一种特殊的人物和文化现象，除了以退为进走终南捷径的假隐士之外，真正的隐者远离世俗的功名利禄，对当局采取敬而远之的不合作态度，隐逸于山林，处江湖之远，表现的是一种超尘脱俗孤傲不群的文化性格与生活方式。梅花开放的时间，是腊已尽而春将来，冬与春正在商量交接。当其他的花树尚未从冬眠中醒来，梅花却已在雪地冰天中迎风自笑了。它开放的空间，除了后来人为有意地将其移植于庭院花圃，多是与高山幽谷为伴，与荒村水驿为邻，远离尘世的浮华与喧嚣，只有寂山野水欣赏它的孤独与清高。雪满山中高士卧，这位大自然中花的家族里清华远俗的高士，与人世间芸芸众生中凛然自处的隐士，不是有许多相似之处吗？

不过，若论梅花与隐者的订盟，就必须提到订盟仪式的主持人林逋。林逋名和靖，字君复，杭州钱塘人，结庐隐居于西湖孤山，足迹二十年不及城市，屡征不就。他不是那种口头上声明“看得很淡”，而骨子里却热衷于官场生涯与飞黄腾达的“高人”，那种人既要文名也要官名，或者既要官名也要文名。林逋爱梅成癖，喜养白鹤，终身不娶而人称“梅妻鹤子”，他以隐逸之真性，发爱梅之至情，并且写了多首咏梅的篇什，如“池水倒窥疏影动，屋檐斜入一枝低”（《梅花三首》），但其中最有名的还是为欧阳修所激赏的《山园小梅》：

众芳摇落独喧妍，占尽风情向小园。
疏影横斜水清浅，暗香浮动月黄昏。
霜禽欲下先偷眼，粉蝶如知合断魂。
幸有微吟可相狎，不须檀板共金樽。

人与花融为一体。这首诗中的梅，就是林和靖自己隐士形象的化身，尤其是颔联，一语双关，不仅是梅的逸群绝尘的写照，也是神清骨秀的诗人自己的象征。此诗一出，梅花与隐士之盟就大典告成。至于该联改自江为的残句，前已说明，此处不赘。

前后观赏这一经典仪式的诗人络绎不绝。首先是文坛盟主欧阳修，他说，“前世咏梅者多矣，未有此句也”；晏几道《诉衷情》中的“暗香浮动，疏影横斜，几处溪桥”，原封不动地将林逋的名句据为己有，也不加任何说明；苏东坡在《书林逋诗后》一诗中，赞扬他“先生可是绝伦人，神清骨冷无尘俗”；南渡词人陈与义《和张规臣水墨梅》诗，也说“自读西湖处士诗，年年临水看幽姿。晴窗画出横斜影，绝胜前村夜雪时”；姜夔自创新词，更是以林逋诗中的“暗香”与“疏影”作为词牌。不知何故，他们观礼时都未提及林诗的来龙去脉。在众多观礼的词人之中，南宋一位“庆元府学教谕”楼槃——相当于今日的人民教师，宁波人，他写有两首《霜天晓角·梅》，其后一首出之以第一人称，以“我”代“梅”，别开生面，构思之新、想象之奇，如一颗造型别致的小小钻石，照亮我也会照亮你的眼睛：

剪雪裁冰。有人嫌太清，又有人嫌太瘦，都不是、我知音。

谁是我知音？孤山人姓林，一自西湖别后，辜负我、到如今。

为了赏梅，并寻觅它时近千年前的知音，我曾从长沙远访西湖之孤山。不过，我去时已是初夏，梅花的香雪海的大展已经闭幕，埋怨我姗姗来迟。孤山上倒是有几株老梅，据说梅寿可达千年，不知是不是林逋手植的那几株？除了梅香至今仍然暗送的诗句，林逋早已不见踪影，一自西湖别后，也不知他又复隐居何处。其实，不乏浪漫也不乏空间的古代尚可隐遁，而在天网恢恢的现代，你遁向哪里？已没有一处安静的绿洲，已没有一块世外的乐园，已没有一隅可以避隐之地。且不要说现在已处于闹市的西湖孤山，就是深山大泽也无远弗届，如果林逋有幸千载后再来，他也是无所隐更无所逃于天地之间的了。

然而，在中国古代，不论是治世还是乱世，不论是暴政还是仁政，真正想疏离人间投身山水，还是不乏全身而退潜心而修之所，至少梅花作为隐士形象，就令许多读书人心向往之。例如，词人兼画家杨无咎以画梅著名，宋高宗屡征，他因不愿依附秦桧而屡不应召。他“平生厌见花时节，惟只爱、梅花发”（《御街行》），曾先作《柳梢青》咏梅十首，以后画未开而欲开与盛开而将残之梅，又以《柳梢青》词牌各赋词一首。如其中之一：

为爱冰姿，画看不足，吟看不足。已恨春催，可堪风里，飞英相逐。

只应自惜高标，似羞伴、妖红媚绿。藏白收香，放他桃李，漫山粗俗。

这位隐居不仕的高人，不仅情动于中，发而为诗，而且手之舞之，发而为画。古往今来，一些名家的作品容易流于熟与滥，而某些非名家而确有才华者，他们的作品往往具有强烈的新鲜感与勃发的生命力。如不甚著名的南宋福州词人郑域，他的咏梅小词《昭君怨》，也写得清新可喜，不亚于某些大名鼎鼎的名家之作：

道是花来春未，道是雪来香异。竹外一枝斜，野人家。
冷落竹篱茅舍，富贵玉堂琼榭。两地不同栽，一般开。

是花春天却还没有到来，是雪却有一股异香，那远离尘俗的山野，本来是梅花的故乡，虽然有人将它强行移植于玉堂琼榭，但梅花的本性却是高洁自持，超尘绝俗，它向往的永远是竹篱茅舍，野水人家。郑域所顶礼的，依然是梅花的隐者的格调与风标。

当今之世，贵在参与，重在竞争，天下熙熙皆为利来，天下攘攘皆为利往，既富且贵是许多男人与女人追逐的人生目标。只有极少数道行高深者，面对“外面的世界多精彩”，可以心如止水，可以大隐于市，可以勘破扰攘的红尘与纷繁的人事。然而古代高人的那种归隐已无可能，如果真以为生当现代还有什么世外桃源，那恐怕真是不知有汉无论魏晋吧？

三

梅花，有空谷俏佳人的韵致，有林间隐君子的风神，同时，它更具有烈士的慨当以慷的标格。

梅花凌风犯雪，岁寒不凋，冲霜雪而弥劲，经严寒而益坚，与冰雪对抗，与寒冬对话，先春而发，所谓万花敢向雪中出，一树独为天下春，既有卓尔不群的风采，更具坚贞刚毅的秉性。由于我们民族在长期的审美过程中感情的投入与体验，时至宋代，梅就成了与松竹合称的“岁寒三友”，真正结成了“兄弟般的牢不可破的同盟”，而在“梅兰竹菊”所谓“四君子”之中，梅更是高居首位，套用一句现代的程式语言，就是以它为“核心”了。

“独凌寒气发，不逐众花开”(《华林园早梅》)，“知君有意凌寒色，羞共千花一样春”(《梅花坞》)，唐代的方内诗人郑述斌与陆希声早就这样写过了；“不是一番寒彻骨，争得梅花扑鼻香”，这一名句众口喧传，但是否知道它是唐人裴休赞颂黄蘗希运禅师的警语？梅花啊梅花，传扬着中华民族坚韧不拔的精神，象征着烈士坚贞不屈的性格，而为这种性格与精神做证，引人瞩目的是南宋爱国诗人陆游其人其诗。

陆游，是中国诗歌史上的不朽诗人，也是中华民族史上的千古烈士。他言行合一，为苦难的祖国而歌唱，为挽救民族的危亡而战斗，力主抗战，反对投降，连朱熹老夫子都为之忧心忡忡："恐不合作此好诗，罚令不得作好官也。"为了国家与民族，陆游诗词的锋芒所向，其意直指以赵构为首的一伙结党营私腐败媚敌的民族败类。个人的功名利禄早已无足轻重了，有志不伸然而绝不妥协，他就将一腔心事满怀悲愤托付给他以心相许的梅花。他一生写了一百三十七首咏梅诗，"凌厉冰霜雪愈坚，人间乃有此癯仙。坐收国士无双价，独立东皇太乙前"(《射的山观梅》)，咏梅花的坚贞气节而实兼自喻；"闻道梅花坼晓风，雪堆遍满四山中。何方可化身千亿，一树梅花一放翁"(《咏梅》)，真是与梅花心心相印，同呼吸而共命运。而他的词作呢？也曾向梅花再三致意，如《朝中措·梅》：

幽姿不入少年场，无语只凄凉。一个飘零身世，十分冷淡心肠。

江头月底，新诗旧梦，孤恨清香。任是春风不管，也曾先识东皇。

借梅花的形象表现自己孤恨清香的坚贞情志。虽然"凄凉"，虽然"飘零"，虽然"冷淡"，生不逢时，怀芳不遇，但梅花却不改它的雪骨霜魂，高标傲骨，诗人自己又当如何，自然于言外可想。这首词，虽然不及他的另一首《卜算子·咏梅》

有名，但却别有角度与境界，是后者的姊妹篇，它们合而为陆游咏梅词二重奏：

驿外断桥边，寂寞开无主。已是黄昏独自愁，更著风和雨。

无意苦争春，一任群芳妒。零落成泥碾作尘，只有香如故！

南宋，是昏君当道奸臣弄权的时代，是天崩地坼日落西山的时代，也是志士仁人知其不可为而为之的抗争时代。“全宋词”中有题可考也有作者可考的咏梅词，约六百首，南宋则多达五百首，而将梅花作为贞士甚至烈士来咏唱的词，多集中于国难当头的南宋，陆游的咏梅词更是其中杰出的代表。他上述咏梅之作，是苦难时代的写照，自身遭遇的咏叹，对奸恶之徒的鄙夷，自己的节操怀抱的自白。烈士暮年，壮心不已，陆游的咏梅作品，凸显和最后完成了梅花的烈士形象，如同一位杰出的雕塑家，在前人之后，完成了一座永远屹立在时间的风中的不朽之作。

在“梅花—烈士”的主题大合唱中，陆游是领唱而兼主唱，但还有其他人的伴唱与合唱，不然，合唱会就变成了陆游的独唱会了。在南宋那个日之夕矣而志士们仍拔剑斫地企图挥戈反击的时代，许多人是陆游的知音与同调。如向子湮《虞美人·梅花盛开，走笔戏呈韩叔夏司谏》：

> 江头苦被梅花恼，一夜霜须老。谁将冰玉比精神？除是凌风却月、见天真。
>
> 情高意远仍多思，只有人相似。满城桃李不能春，独向雪花深处、露花身。

向子湮生活在宋王朝的南渡之初，是一位坚决的主战派，因为不愿附和屈从秦桧，罢官后退居于故里江西清江五柳坊，名其居第曰“芗林”——香草之林。上述之词就是他的身份证。我特别应该向他表示敬意的是，建炎三年（1129）金兵进犯我的故乡长沙，兵围城下，有人劝守土有责的他弃城而遁，他严词拒绝，亲冒矢石率领军民血战九昼夜。另一位爱国诗人陈与义在《伤春》诗中赞美他：“稍喜长沙向延阁，疲兵敢犯犬羊锋。”八百年后，在长沙遗址尚存的古城墙上，我仿佛还看到他翻飞在箭雨中的旌旗，听到他在劲风与硝烟中的呐喊。

英雄词人辛弃疾，不仅常常于戎马倥偬之中，咏唱吴钩宝剑，也往往于村头水畔，吟咏雪里梅花。如他的《临江仙·探梅》：

> 老去惜花心已懒，爱梅犹绕江村。一枝先破玉溪春。更无花态度，全有雪精神。

剩向空山餐秀色，为渠著句清新。竹根流水带溪云。醉中浑不记，归路月黄昏。

“更无花态度，全有雪精神”！如晴空的一抹朝霞，如暗夜的一星灯火，如霜天的一声号角，是此词的灵魂，也是辛弃疾年既老而不衰的志节与精神的自我写照。被称为辛派词人的刘克庄，也是一位忠肝义胆的英豪，慨当以慷的壮士。嘉定年间，他任福建建阳令时，因为赋《落梅》诗有“东风谬掌花权柄，却忘孤高不主张”之句，被告密的小人指控为“讪谤当国”，贬废十年之久，这是宋代有名的与苏轼“乌台诗案”前后“比美”的“落梅诗案”。他后来在《病后访梅九绝》中，以刘禹锡、李泌咏桃花与杨柳得罪当权者为例，说“梦得因桃数左迁，长源为柳忤当权”，而自己“幸然不识桃并柳，却被梅花误十年”。在《贺新郎·宋庵访梅》中，又说“老子平生无他过，为梅花受取风流罪。簪白发，莫教坠”。在腐朽反动的当权者如磐夜气的高压之下，他不改初衷，“变本加厉”，一生前后写了一百三十多首咏梅诗词，如《沁园春·梦中作梅词》：

天造梅花，有许孤高，有许芬芳。似湘娥凝望，敛君山黛；明妃远嫁，作汉宫妆。冷艳谁知，素标难亵，又似夷齐饿首阳。幽雅意，纵写之缣楮，未得毫芒。

曾经诸老评章，只一个孤山说影香。便诏书存问，漫招处士；节旄落尽，早屈中郎。日暮天寒，山空月堕，茅舍清于白玉堂。宁淡杀，不敢凭羌笛，告诉凄凉。

真是凛凛冽冽，堂堂正正，乾坤浩气，冰雪精神。如果是生性软弱或见风使舵的人，早就缄默不言或连连检讨甚至卖身投靠了，然而，刘克庄却不是无怨无悔，而是有怨无悔。应该坚持的人生理想与道德操守，是他的精神的战壕，他从没有想到要保全一己之身而向后撤退，当然，他更没有想过要向误民误国的奸佞之徒举起白旗。

南宋末期的词人萧泰来，临江（今江西清江）人，他大概不仅引前述的向子湮为同乡，而且引向子湮和刘克庄为同好与同志吧，他现今所存两首词中，就有一首《霜天晓角·梅》：

千霜万雪，受尽寒磨折。赖是生来瘦硬，浑不怕、角吹彻。

清绝，影也别。知心惟有月。原没春风情性，如何共、海棠说？

梅花铁骨铮铮，霜心耿耿，既不畏雪压霜欺雨暴风狂，也不想与凡花俗卉争一时之风光一日之短长。萧泰来生当半壁王朝的末世，蒙古灭亡金国后铁骑南侵，国势危如累卵，但昏君佞臣们继承的却是宋高宗与秦桧的并不光辉的传统，而许多士大夫也仍然只知争权夺利，享乐宴安。萧泰来的词，其中该寄托了他的末世之激愤吧？

梅花啊梅花，抗霜犯雪的梅花，超尘绝俗的梅花，冰清玉洁的梅花，古代的文人学士引之为知己，志士仁人比之以自况。当今之世，滚滚红尘，有谁还心仪梅的傲骨，长记梅的幽香？

今天，美人往往只有美丽的外表而没有美丽的灵魂，争名于朝争利于市使隐者也已几近绝迹。只有梅花，从远古至今日仍然傲立在天地之间，惊喜那依旧顶礼它的眼睛；只有那些咏梅的杰出词章，仍然洋溢着香远益清的芬芳，熏香中国诗歌的史册，在众生的心头和华山夏水之间传扬。

千古凭高

生活于平地或低处的众生，最初该是出于提升自己的高度以开阔视野的愿望，才有“登高”的吧？孟子说：孔子登蒙山而小鲁，登泰山而小天下。孔子登上鲁国的蒙山居高远眺，觉得鲁国低狭，及至登上东岳泰山俯瞰神州，提倡“温良恭俭让”的他，此时也睥睨八方，气吞河岳，连天下也因之觉得狭小，他真是中国最早最知名的登山家或登高家。《荀子·劝学篇》中的一段话虽然是为学的比喻，但是，“吾尝跂而望矣，不如登高之博见也”，文质彬彬的他，想必也有相当的登高经验，才能道出这种登高而博见的经验之谈。

中国诗歌表现登高，远从《诗经》就开始了。“陟彼南山，言采其蕨”，但那还是与初民的日常劳动生活结合在一起，处于很原始的初级阶段。“登昆仑兮四望，心飞扬兮浩荡”（《九歌·河伯》），《楚辞》中的登临，就颇有文人志士言志抒怀的气象了。经过汉魏六朝的发展，唐代的登临诗已蔚为壮观，且不要说陈子昂的《登幽州台歌》了，那是登临诗永恒的纪念碑；“欲穷千里目，更上一层楼”，王之涣《登鹳雀楼》的登高望远的召唤，时隔千年仍然敲叩我们的耳鼓；“无边落木萧萧下，不尽长江滚滚来”，杜甫的七律压卷之作就题名《登高》，那浩阔高远而苍茫的时空之感，千年已逝却依然震颤我们的心弦。而宋词呢？继不朽的唐诗之后的宋词呢？那是一个千葩竞放永远也不会闭幕的花展，其中的登高之词，就是别具色彩与芬芳的一枝——

一

所谓“登高”，是相对于平地而言，登高之“高”，并没有舆论必须一致的统一规定，有峻极于天的山岳，也有横看侧观的峰岭，有凭高而建的楼台，有依山而修的亭阁，海拔的高度虽然参差不齐，或相去甚远，但它们却同样可以供登临者离开“平视”，而从不同的高度“仰观”“俯望”与“远眺”，至于精神上的振羽飞扬，凭虚御风而直上重霄，那就更是一种别有寄托与境界的登高。

黯然销魂者，唯别而已矣。古人对离别分外敏感，尤其是男女之间的别离，或因博取功名，或因社会战乱，或因萍踪无定，或因好事多磨，男女之间往往会少离多，加之交通与通信远远不如今日，今日之喷气机绝云而至，刹那之间天涯即可缩成咫尺，而电话、电报、传真、微信之类也可即拨即通或即发即达，总之，现代科技可以急救和暂时疗治今人的别绪与离愁。而古人呢？何日是归程？长亭更短亭！江上的帆船，山道的老马，较之现代天上的一鸟冲天和地上的千轮飞转，完全不可同日而语。而一封素笺或华笺的抵达，总是经月复经年，有时还难免不为殷洪乔之流所误，常常令寄信者度日如年，而收信人望穿秋水。词的兴起，本来就与音乐和歌妓密切相关，而宋词尤其是其中的婉约词，更是“以艳为美”，不大可能在诗与文中多事渲染的男女恋情，在词中却可以得到相对的自由和解放，于是，那一充盈于天地之间的至性至情，在前代犹如颇受束缚的水流，而有了宋词这一前所未有的宽阔河床，自然就飞珠而溅玉，激浪而扬波了。

登高，除了自然界的山岭峰岳，大抵就是生活中的楼阁亭台。唐宋以来，随着古典建筑艺术的发展，楼台亭阁的修建已相当普遍而颇具规模，而宋代更是“燕楼歌馆，举之万数”。绕室徘徊，灯前独坐，当然都可以忆远怀人，但登高毕竟更能令人望远，在心理上得到一种因空间扩展与提升而获得的慰藉。于是，我们在宋词中，就读到许多登楼履阁而怀人念远抒写离愁别恨与儿女私情的篇章。如柳永的《凤栖梧》，词牌又名《蝶恋花》：

伫倚危楼风细细。望极春愁，黯黯生天际。草色烟光残照里，无言谁会凭栏意？

拟把疏狂图一醉。对酒当歌，强乐还无味。衣带渐宽终不悔，为伊消得人憔悴！

柳永这位怀才不遇而流连于歌楼舞榭的词人，他与风尘中女子的恋情之多，大约只有他自己才心中有数。他的词，多登高怀人之作，如“陇首云飞，江边日晚，烟波满目凭栏久。立望关河萧索，千里清秋”(《曲玉管》)，“江枫渐老，汀蕙半凋，满目败红衰翠。楚客登临，正是暮秋天气”(《卜算子慢》)，“望处雨收云断，凭阑悄悄，目送秋光。晚景萧疏，堪动宋玉悲凉”(《玉蝴蝶》)，“对潇潇、暮雨洒江天，一番洗清秋。渐霜风凄紧，关河冷落，残照当楼”(《八声甘州》)，看来他登楼伤离凭栏念远的频率颇高，真是一位登高的多情种子。这首《蝶恋花》，也是“伫倚危楼”之作。为“草色烟光”所撩起的春愁何所指呢？他开始没有明言，而反问“无言谁会凭栏意”，其实，前代牛希济的《生查子》，早就说过“记得绿罗裙，处处怜芳草”了。最后，柳永终于按捺不住而不打自招：“衣带渐宽终不悔，为伊消得人憔悴”。当然，词中的“伊”的芳名香姓，我们不必多加追问，因为这是柳永的“隐私”，而且诗词中向来有保密规定，一般不予说破，大学问家王国维也不去考证索引，而是王顾左右而言他，在《人间词话》中引用这两句妙语，论定是古今之成大事业、大学问者必经之第二种境界，这真是他的别有会心。

柳永的词当时就闻名遐迩，凡有井水处就有人唱他的词。但薛燧却是一位名不见经传的词人，一般的宋词资料中找不到他的名字，连《中国人名大辞典》这样厚如砖石的专书，也遗忘了他的大名。《全宋词》只说他“字子新，号独庵”，收其《南乡子》一首，名虽不彰但这首“绝唱”却具有相当水准：

柳色锁重楼，楼上轻寒不满钩。堆径落红深半指，悠悠，飞絮帘栊几许愁。

逐日望归舟。暖藕全宽玉臂鞲。待得君来春去也，休休，未老鸳鸯早白头。

这首词的抒情主人公是位女性，她眉头心上的“君”大约远行日久，音问少通。从春初到春残，她天天登楼眺望，人都为相思而消瘦了，但“归舟”却毫无踪影，使我们不禁想起温庭筠《望江南》的“梳洗罢，独倚望江楼。过尽千帆皆不是，斜晖脉脉水悠悠”，这两位女主人公真是异代相隔而同病相怜，不过，温庭筠发出的是“肠断白苹洲”的哀而且痛之言，而薛燧的“未老鸳鸯早白头”却是哀而且怨之语。词中的她到底早白头了没有，我只能诉之想象，如果黑发等成了白发，也许有一天她登楼怅望之时，思念的人已挂帆归来，喜不自禁下楼奔去迎接的她，白发会一夜返青却也未可知。

二

登高，常常是为了览胜。“胜”，多是指自然景观，特别是自然景观中的山水。山，是自然界中一种最普遍的景象；水，是自然界中一种无所不在的元素。山水之美，是自然美的主要范畴，也是人类生活中重要的审美对象。“胜”，当然也包括人文景观，就是登高临眺时所见到的现实情状，以及奔来心头眼底的历史人物和如烟往事。

宋代词人登高览胜的佳作，有的只是状自然的胜景而抒一己的审美之情，虽是素色的花，却仍然悦目赏心；而有的则自然之景与人文之胜一管兼写，如同色彩缤纷的花，当然更是摇荡人心了。如陆游《好事近·登梅仙山绝顶望海》：

挥袖上西峰，孤绝去天无尺。拄杖下临鲸海，数烟帆历历。

贪看云气舞青鸾，归路已将夕。多谢半山松吹，解殷勤留客。

绍兴城东北七里，有山名梅仙山。陆游晚年隐居家乡绍兴时，曾攀登此山之西峰绝顶，作一日之游，并写此词。大约因为中国以前是一个内陆封闭之国，大陆文化是中国文化的主流，海洋文化不够发达，所以古典诗歌中写到海洋的作品不多。陆游登高而望鲸鱼出没的东海，气豪景壮，颇为少见。不久前我远去绍兴，游沈园，访兰亭，也曾忙里偷闲远望梅仙山，遥想陆游当年扶杖下山时，松风留客，他差点将自己即兴所作的新词遗失在山上的白云里。

我在宋词这座宝山中游览，在一个不起眼的山脚，竟然和章谦亨的《浪淘沙·云藏鹅湖山》不期而遇。陆游和他的作品是大名鼎鼎的了，但章谦亨却籍籍无名，只知他是吴兴（今浙江湖州）人，曾作铅山（今江西铅山县）令，因境内有鹅湖山而作此词，但此词却不见有人提及：

台上凭栏干，犹怯春寒。被谁偷了最高山？将谓六丁移取去，不在人间。

却是晓云闲，特地遮拦。与天一样白漫漫。喜得东风收卷尽，依旧追还。

这首词的“词眼”，就是题目中的“云藏”二字。词人登台仰望，不见往日历历在目的鹅湖山，他幻想飞扬，上天下地，开始还以为是被谁偷去，又怀疑是天神六丁移走而不在人间，后来云散天开，原来是闲得无事的朝云的一场即兴游戏，待到东风将行云收卷干净之后，就把鹅湖山追还回来了。全词虽然受到曾寓居于此的辛弃疾戏赋云山的《玉楼春》词的影响，但想象新奇，语言脱俗，是无名词人的上品之作，置之著名词人的佳作之中也毫不逊色，可见古已有之于今为烈的以名取文或以名论文，颇多弊病，至少就埋没了一些俊彦之士和优秀之章。即使是章谦亨这首词的著作权，又有属南宋初期的高官参知政事陈康伯之说，孰是孰非，我就管不得这一桩公案或者说“词案”了。

以上之词所写的都是江南美景，北方尤其是西北的边塞风光，很少进入宋词，这大约是因为宋代是一个积贫积弱的时代，御边的将帅们很少能词，而诗人们又很少亲临前线，所以宋词就无复唐代边塞诗的壮观。登高观塞，除了范仲淹的“千嶂里，长烟落日孤城闭”的《渔家傲》，最精彩的，就应是陆游的《秋波媚·七月十六日晚，登高兴亭，望长安南山》：

秋到边城角声哀，烽火照高台。悲歌击筑，凭高酹酒，此兴悠哉。

多情谁似南山月，特地暮云开。灞桥烟柳，曲江池馆，应待人来！

孝宗乾道八年（1172），陆游年已四十八岁，应抗金的四川宣抚使王炎的邀请，从夔州去西北边境的重镇南郑，担任“左承议郎权四川宣抚使干办公事兼检法官”，度过为时九个月的戎马生涯。七月十六日晚，他登上南郑内城西北角正对终南山的高兴亭，对月豪饮，登高赋词。上阕实写边塞风光，时历八百年，而词中所写的号角月光悲歌烽火，仍然奔来我的眼底与耳畔，而下阕写无知的灞桥烟柳曲江池馆，都等待收复失地的宋军到来，那浪漫主义的激情与想象，八百年后也仍然使我这一介书生热血如沸。

在山川风色和史迹名胜的描绘中，不着重表现自然之美，而是寄寓自己的历史追怀与现实感慨，著名的作品有王安石写长江与金陵的《桂枝香》，和上述陆游的《秋波媚》。南宋不太知名的袁去华，他的《水调歌头·定王台》也是一首上品之作：

雄跨洞庭野，楚望古湘州。何王台殿？危基百尺自西刘。尚想霓旌千骑，依约入云歌吹，屈指几经秋。叹息繁华地，兴废两悠悠。

登临处，乔木老，大江流。书生报国无地，空白九分头。一夜寒生关塞，万里云埋陵阙，耿耿恨难休。徙倚霜风里，落日伴人愁！

袁去华是我的近邻江西奉新人，绍兴年间进士，此词应作于他任善化（今长沙市内）县令之时，但也许是文坛只重名家的积习由来已久吧，过去很少有人提到过他的名字和作品，虽然他当年得到过豪放派词人张孝祥的赞赏。长沙定王台，是汉代定王刘发的台榭，姜夔《一萼红》中也有“野老林泉，故王台榭，呼唤登临”之句。袁去华登台怅望，全词时间邈远，空间阔大，描绘与抒情的重点不在景物而在人文，既有历史的怀想，也有现实的感慨，在铜钲高响与箫管低吟之中，我们听到的是历史、现实与生命的登高三重奏。

三

公元1127年的“靖康之耻”，宣告了北宋的灭亡。随着赵构登基，宋廷南渡，南宋建都于杭州，残破的皇旗在城头风雨飘摇了一百多年。北方的大好河山已拱手赠敌，长江与淮水退而成了国境前线。一方面是昏君与权臣奸相酣歌醉舞，妥协媚敌，不少士大夫逐舞征歌，优游山水；另一方面，许多志士仁人英雄豪杰仍然在奔走呼号，希望回国运于已颓，挽狂澜于既倒。先是金兵后是元蒙大军南侵日急与日亟，北国山河已不可复得与复见，词人们再不可能北登幽州台东上泰山而咏唱了，他们只能在南方登高而北望，关注民瘼，忧心国事，发而为慷慨凄凉的浩歌。在南宋词坛，登高望远感时忧国的词作大量出现，其盛况为北宋词坛所未有，也与一般的登山临水流连风物之作大不相同，这绝非偶然。

南宋词坛的许多登临之作，以悲壮为其基本音调，以忧怀家国的爱国之情为其基本内涵，以开阔深远的时空为其基本艺术架构。时代的凄风苦雨吹刮敲打在心头，强敌的铁蹄弓矢捶打呼啸在耳畔，我们今日在吟诵之余，也仍然不免热血贲张，要和那些词作者一起去闻鸡起舞，一道去击楫中流。这种境界全新的登临之篇，由并非纯粹的词人而是抗战的武人的李纲拨弦前奏，“客中重九共登高，逼烟霄，见秋毫。云涌群山，山外海翻涛。

回首中原何处是？天似幕，碧周遭”，见于他的《江城子·九日与诸季登高》。而领唱者呢？我以为无论从身份还是从时间而言，应该首推岳飞。“遥望中原，荒烟外，许多城郭”，他的《满江红·登黄鹤楼有感》，不知感发和沸腾了多少志士仁人的幻梦与热血。自李纲与岳飞登高一唱，南宋词坛的登高感时之作，就构成了一阕极具特色的“登高大合唱”。我只能从中录取几个灿烂的乐句，而大合唱则有待读者去细细观赏，悠悠倾听。如张元干的《贺新郎·寄李伯纪丞相》：

曳杖危楼去。斗垂天，沧波万顷，月流烟渚。扫尽浮云风不定，未放扁舟夜渡。宿雁落、寒芦深处。怅望关河空吊影，正人间鼻息鸣鼍鼓。谁伴我，醉中舞？

十年一梦扬州路。倚高寒、愁生故国，气吞骄虏。要斩楼兰三尺剑，遗恨琵琶旧语。漫暗涩、铜华尘土。唤取谪仙平章看，过苕溪、尚许垂纶否？风浩荡，欲飞举！

字伯纪的李纲，是南宋初年力主抗金的著名将领，张元干是他的僚属兼友人。1137 年，被排斥在外的李纲，在今江西南昌之洪州上书反对和议，再次遭到贬斥，罢归他的家乡福建长乐。与他天各一方的张元干，曳杖危楼，登高作赋，表示对国事的忧心，对李纲的声援。因时在南宋之初，宋王朝虽早已日过中天，但还没有夕阳垂地，时人以为国事尚有可为，“风浩荡，欲飞举”，张元干的词沉郁而悲壮，说明南渡之后宋王朝虽一蹶不振，但宋词却从酒宴歌筵啼香怨粉中突围而出，开始面向时代的大苦难与大悲欢。

南宋的词人们登高北望，吊古伤今，以他们的词章展示了特定的地理风景和特异的时代风景。陆游的《水调歌头·多景楼》，张辑的《月上瓜洲·寓乌夜啼，南徐多景楼作》，就是同一题材而风格各异之作：

江左占形胜，最数古徐州。连山如画，佳处缥缈著危楼。鼓角临风悲壮，烽火连空明灭，往事忆孙刘。千里曜戈甲，万灶宿貔貅。

露沾草，风落木，岁方秋。使君宏放，谈笑洗尽古今愁。不见襄阳登览，磨灭游人无数，遗恨黯难收。叔子独千载，名与汉江流。

江头又见新秋，几多愁。塞草连天何处是神州？

英雄恨，古今泪，水东流。惟有渔竿明月上瓜洲。

镇江东北北固山上的甘露寺内，多景楼北临大江，三十九岁的陆游作为镇江府通判前来登临时，金兵盘踞淮北，镇江已是江防前哨。陆游本来怀抱狂飙烈火般的爱国之情，何况敌人近在咫尺，奔突的马蹄捶击他深宵难寐的心？他这首登临之词，记眼前风物，吊千古兴亡，是境界宏阔寄意深远的登高名篇，同游的词人张孝祥为之作记并刻之崖石，词人毛幵也曾次韵以和，题为“次陆务观陪太守方务德登多景楼”。张辑之词，也同是秋日登多景楼之作，也同是关山北望，感伤家国，陆游之词如同悲壮的交响诗，而张辑之词则有如悲凉的独奏曲，前者催壮士起舞，后者令志士低回。二十五年之后，陈亮则以《念奴娇》赋多景楼，四十年后，辛弃疾登京口北固亭怀古，作《永遇乐》（千古江山）和《南乡子》（何处望神州）二词，他们当时的心中，曾经回荡陆游和张辑之作的永不消失的旋律吗？

辛弃疾，这位喜欢登高望远一寄怀抱的诗人，多次写到登楼或登高，如《水龙吟·登建康赏心亭，呈史留守致道》《菩萨蛮·书江西造口壁》《菩萨蛮·金陵赏心亭为叶丞相赋》《水龙吟·过南剑双溪楼》等，都是他的登临名篇。“何处望神州？满眼风光北固楼。千古兴亡多少事，悠悠，不尽长江滚滚流。　年少万兜鍪，坐断东南战未休。天下英雄谁敌手？曹刘。生子当如孙仲谋”，他的《南乡子·登京口北固亭有怀》，是他于六十五岁的晚年知镇江府时所作，登高怀往而借古讽今。烈士暮年，他不已的壮心，还飞扬在同时期所作的《永遇乐·京口北固亭怀古》一词之中：

千古江山，英雄无觅、孙仲谋处。舞榭歌台，风流总被，雨打风吹去。斜阳草树，寻常巷陌，人道寄奴曾住。

想当年，金戈铁马，气吞万里如虎。

元嘉草草，封狼居胥，赢得仓皇北顾。四十三年，望中犹记，烽火扬州路。可堪回首，佛狸祠下，一片神鸦社鼓。凭谁问：廉颇老矣，尚能饭否？

明人杨慎在《升庵词话》中说："辛词当以京口北固亭怀古为第一。"这首词，确是辛弃疾词作的美中之美，吊古幽思，沧桑感喟，怀古议今，沉郁苍凉之中不乏壮声英概。他的生命虽然如一轮即将沉没的落日，但在词中燃烧的，却仍是富于生命力与创造力的朝霞。八百年后，我曾和家居金陵的友人、老诗人丁芒前往镇江，寻寻觅觅，原来的北固亭早已不在，把酒临风悲歌慷慨的辛弃疾也早已不见影踪，不过，当我们登高远眺，神驰千古，那寥廓江天之上，隐隐传来的仍是他的词的回声。

在南宋词坛，辛弃疾高扬的是豪放派的帅旗，他的旗帜在风中召唤，许多和他心心相通的词人先后来归，在登临望远之中吟唱了许多悲壮之歌、英雄之曲。1188年春天，陈亮登上镇江北固山上甘露寺内的多景楼，叹息说"危楼还望，叹此意，今古几人曾会"(《念奴娇·登多景楼》)，指点江山，胆识锋芒具备。武昌黄鹤山上的安远楼又名南楼，建于1186年，刘过"二十年重过南楼"，其时韩侂胄当国，危机四伏，他面对残山剩水，不禁感慨"黄鹤断矶头，故人今在不？旧江山浑是新愁"(《唐多令》)；1221年，武昌吞云楼建成，"轮奂半天上，胜概压南楼”，戴复古登斯楼而览胜，他说“筹边独坐，岂欲登览快双眸”，奔来眼底与心头的是，“浪说胸吞云梦，直把气吞残虏，西北望神州。百载一机会，人事恨悠悠？”（《水调歌头·题李季允侍郎鄂州吞云楼》）这个时代的爱国词人，他们登山临水当然不免赏玩山水之美，但他们绝不只是玩山赏水而丧志，而是感时忧国，壮怀激烈。刘克庄就是其中的一位，但他的《沁园春·梦孚若》却非实写而是摹状梦中的登临：

何处相逢？登宝钗楼，访铜雀台。唤厨人斫就，东溟鲸脍；圉人呈罢，西极龙媒。天下英雄，使君与操，余子谁堪共酒杯？车千乘，载燕南赵北，剑客奇才。

饮酣画鼓如雷，谁信被晨鸡轻唤回。叹年光过尽，功名未立；书生老去，机会方来。使李将军，遇高皇帝，万户侯何足道哉？披衣起，但凄凉感旧，慷慨生哀！

宝钗楼与铜雀楼，故址在陕西咸阳与河北磁县，俱在北方，此时早已沦于敌手。孚若，是刘克庄志同道合的亡友，刘克庄的“登”与“访”，实际上是一场英雄的美梦，写的是梦境中的登临，寄寓的是直捣中原恢复神州的梦想。梦醒之后，家国黍离之感，怀才不遇之情，知其不可为而为之的悲凉，一齐逼人而来，令我今日读来也不免扼腕而长叹息。刘克庄啊，你对华夏山河的眷眷之情，你的英雄失路的悲戚之意，你的文人的历史感与担待感，在后代的才人志士的心中，该搅动了多少雷霆，掀起了多少风雨？

四

世上的众生，总不满足匍匐行走于平地，如同低矮的丘陵，气象有限，而盼望攀登高处和绝顶，开阔视野与胸襟，像展翅的鹏鸟凭空俯瞰大地，眺望四野八荒。前面所说的几种登高，或欣赏山水自然之美，或寄托昵昵儿女之情，或感怀家国、人生与历史，那些千古凭高所得的千古华章，都提升了我们的视界与心灵。他们的登高大都是登临实地，即所谓“脚踏实地”，更有一种登高，不是踏实而是蹈虚，是浪漫主义精神的高扬，是不羁心灵的飞举，那种登高不能以现实的尺度衡量，不能以人间的标准测度，可上九天揽月，未羽化而飞升，那也可以说是一种特殊形式与意义的登高吧？

这种登高的首创者与示范者，是才情过人的苏轼。人类乘宇宙飞船登月，还只是近些年的壮举，但早在那首咏中秋而怀手足的《水调歌头》里，苏轼却已有乘天风而去月宫的幻梦了。但他又恐怕“高处不胜寒”，此中的“高处”，既是指九天的月中宫殿，更是寓指君在九重的朝廷。他的另一首《念奴娇·中秋》，虽然不及前一首之名传遐迩，然而却另有一番境界，实地的登高和想象的登高合而为一：

凭高眺远，见长空万里，云无留迹。桂魄飞来光射处，冷浸一天秋碧。玉宇琼楼，乘鸾来去，人在清凉国。江山如画，望中烟树历历。

我醉拍手狂歌，举杯邀月，对影成三客。起舞徘徊风露下，今夕不知何夕？便欲乘风，翻然归去，何用骑鹏翼？水晶宫里，一声吹断横笛。

《水调歌头》写于宋之密州今之山东诸城，时在熙宁九年即1076年；知州任上六年之后的元丰五年（1082），苏轼在黄州中秋赏月而作此词。词的开篇说“凭高眺远”，虽然立足高处，但对九天明月还是从一种仰望的视角来描绘，而在酒神的鼓舞下，诗人不禁想象飞腾，凌虚而起，直上月宫去吹奏他的横笛。《水调歌头》由天上而人间，《念奴娇》则由人间而天上，后者虽仍有人间烟火宦海浮沉的历史与人生背景，但更多的则是表现了诗人自我解脱的精神，飘逸不羁的神思，和夐绝尘寰的宇宙意识。一片空明，一番奇想，一种前人未曾创造过的千古凭高的高远境界。

前有苏东坡，后有辛弃疾。作为“后来人”的辛弃疾呢？除了在北固楼赏心亭等地登高作赋，以寄托忧时伤世的怀抱之外，他也企图登月，但他尚不认识今日的宇航员，乘坐的也不是现代的阿波罗飞船，而是幻想的羽翼。光宗绍熙五年（1194），辛弃疾被免去福州知府兼福建安抚使之任，于江西铅山的瓢泉隐居，和友人赵昌父、吴子似等人酬唱，其时，他作了一首《水调歌头·赵昌父七月望日用东坡韵，叙太白、东坡事见寄，过相褒借，且有秋水之约。八月十四日，余卧病博山寺中，因用韵为谢，兼寄吴子似》：

我志在寥阔，畴昔梦登天。摩挲素月，人世俯仰已千年。有客骖麟并凤，云遇青山赤壁，相约上高寒。酌酒援北斗，我亦虱其间。

少歌曰："神甚放，形则眠。鸿鹄一再高举，天地睹方圆。"欲重歌兮梦觉，推枕惘然独念：人事底亏全？有美人可语，秋水隔婵娟。

此词步苏轼《水调歌头》词的原韵，可见辛弃疾虽身未能至，但他的心却曾远去黄州苏轼的"雪堂"拜访，并决心完成屈原"昔余梦登天兮，魂中道而无航"(《九章·惜诵》)的遗愿。从地球人视点看来，天之高，是高出于地球上所有制高点之高了，而心高志远的诗人所梦在于"登天"，这真是心比天高的千古登高。他登天而望，与月为伴，俯仰之间人世已经千年，而在浩浩茫茫的太空，遇到素所崇仰的太白与东坡，于是相约偕行，直上广寒。屈原在《九歌·东君》中说"援北斗兮酌桂浆"，他们也援北斗作酒勺而痛饮。诗人敬礼前贤，说凡俗的自己虽只能追随左右，但也如鸿鹄之高翔远引，居高临下地俯眺大地尘寰。在“欲重歌兮梦觉”之后，诗人终于从幻梦的天上跌回到现实的人间，余音袅袅，让读者兴发许多现实的与历史的联想。因为梦中的浪漫情怀，正是俗世红尘中痛苦与忧思的净化与升华啊！

“便欲乘风，翻然归去”，是苏轼月夜想象的登高；“畴昔梦登天”，是辛弃疾白日梦或夜晚梦中的登高。他们或是写个人的失意，或是抒发对国事的隐忧，都创造了一个时空广远阔大极具宇宙意识的世界。其实，巾帼不让须眉，在苏轼之后，于辛弃疾之前，李清照娇柔素手中所握的如椽之笔，即已在今日浙江温州的江心屿挥洒过一首《渔家傲》了：

天接云涛连晓雾，星河欲转千帆舞。仿佛梦魂归帝所。闻天语，殷勤问我归何处？

我报路长嗟日暮，学诗谩有惊人句。九万里风鹏正举。风休住，蓬舟吹取三山去！

女词人写的大约也是她梦魂中的登高。她凭虚御空，下视云涛与海雾相连，近观银河流转千帆飞舞。她不仅听到天帝的殷勤相问，而且还向天帝一吐衷曲。全词所营造的辽阔壮美而颇具神话意味的境界，在两宋词中极为少见，可以与上述的苏辛词鼎足而三。梁启超曾经说：“此词绝似苏辛派，不类《漱玉集》中语。”其实，李清照的词虽归于婉约的门庭，但她也有出墙的红杏。这首《渔家傲》就证明她能秀亦能豪，亦豪亦秀，至于说她此作像苏辛派的词，这固然不错，但辛弃疾的生平与创作均在她之后，如果我们能在哪里与辛弃疾相逢并相问，辛弃疾一定会如实相告，他的《水调歌头》不仅得到过苏轼的灵心启发，也源于李清照的慧心启示。

宋代词人当年的登高，大都是楼台或山岭，而秉承了前人登高的心理积淀和向上传统，中国登山队已经登上了五大洲五个最高的山峰，完成了人类登山史上的壮举，征服了地球上人力难以企及的高度。

宋代词人早已在精神上将登月作登高了，时近千年，人类才实现他们的梦想，宇航员才乘坐宇宙飞船，带去人类对别的星球的问候，在宋代词人梦天与登天的瑰奇辽阔的词句中飞行。

我们这些生活在红尘俗世中的凡夫俗了呢？大都被关闭在城市的水泥高墙之内，囚禁在鸽子笼一样的居室里，视野狭窄，天地局促，精神的羽翼也不得高举飞扬。除了精神上的登高，也让我们多多到大自然中去登高吧，如果你说没有多少机缘，那你至少也可以一读宋词中登高的篇章，长吟短咏逸兴遄飞之际，你也可以和他们一起同游把袂，一道千古凭高。

一去不还惟少年

少年啊少年，是含苞初放的蓓蕾，是正上蓝天的鹰翅，是大江东去的源头，是地平线上一轮刚吐的红日，是一年四季初到人间生机勃勃的早春，也是人到中年或老年后常常不禁蓦然回首的最美好的时光。

人生只有一次的生命是值得珍惜的，尤其是花样年华的少年时代。但少年不识愁滋味，咏叹少年的动人之作，多出自回首少年的中年人或老年人之手，因为他们历尽沧桑饱经忧患，对一去不回的少年时光念念不忘，特别是在生命的黄金散尽或行将散尽的时候。

流光如水，我的生命已是秋日。唐诗人韩偓说："四时最好是三月，一去不还惟少年。"（《三月》）我常常怀念我人生的少年，犹如怀念永远遗失而无从寻觅的珍宝。而宋代词人写他们的少年人生的篇章，也如同一支支红烛，曾经点亮了他们的记忆，也在千年后将我的记忆一一点亮。

一

朝中措

送刘仲原甫出守维扬

欧阳修

平山栏槛倚晴空，山色有无中。手种堂前垂柳，别来几度春风。

文章太守，挥毫万字，一饮千钟。行乐直须年少，尊前看取衰翁。

在北宋文坛，欧阳修领袖群伦。《全宋词》收他的词作近二百四十首，其词以婉约为宗，继承的是南唐与花间的余绪，然而，他的副题为“送刘仲原甫出守维扬”或“平山堂”的《朝中措》，儿女柔情已然失踪，英风豪气扑面而来，在欧阳修词中是一阕音调别具的异响，透露的是宋代豪放词风最早的消息。

扬州，宋代也称维扬。1048年，时年四十岁的欧阳修任扬州太守，在城西的蜀冈上建平山堂，次年春即徙任今安徽阜阳之颍州。八年之后，刘仲原（敞）出守扬州，在汴京任翰林学士的欧阳修写此词送行。九百年后，在欧阳修《朝中措》大开大阖的韵律里，我来到早已心向往之的现代的扬州。昔日欧阳修筑建的平山堂早已不在，他手植的垂柳也早已不在，它们都无法抗拒九百年时间的流水、时间的风沙。但可以和时间一较九百年长短的，却是欧阳修的词。时间的洪流，冲洗不掉它的一音半韵，时间的风沙，磨损不了它的半句一词。

原来读欧阳修此词，我以为“蜀冈”一定地势高峻，四望空阔，因为“平山栏槛倚晴空”啊。“平山堂”，虽然不一定如滕王阁那样上出重霄，但也该是高天迥地吧？实地登临，却不过尔尔，未免令人有些失望。然而，欧阳修的词却是永远也不会让人失望的，他化用王维《汉江临眺》的“江流天地外，山色有无中”，而自成登高临远的壮阔气象，就像从他人手中贷款，一夜经营而成了百万富豪。壮阔的晴空山色和细微的春风杨柳，不仅构成了大小巨细的强烈对比，也抒写了词人对故地往事的眷眷深情，难怪后来的苏东坡要作《水调歌头·快哉亭》，向他的前辈和师长表示敬意：“长记平山堂上，欹枕江南烟雨，杳杳没孤鸿。认取醉翁语，山色有无中。”

欧阳修颇有抱负而又颇为自负，他对自己的创作充满自信：“文章太守，挥毫万字，一饮千钟。”此句虽是恭维刘仲原，但实为自诩，极有李太白斗酒诗百篇的豪兴与遗风。他的后辈秦少游，读此词后印象大概十分深刻，曾经在《望海潮·广陵怀古》一词中效法前贤说：“最好挥毫万字，一饮拼千钟！”然而，在如上一番豪情胜概的挥写之后，如同刚刚还是丽日中天，忽然就夕阳西下：“行乐直须年少，尊前看取衰翁。”

欧阳修写作此词时，年已五十。唐人四十岁就可称“老”，宋人五十岁称“衰翁”更是人之常情。年少时光不再回来而只能回忆，如同东逝的流水不再回头而只能回想。有人说，欧阳修词的结语，表现的是他人生易老必须及时行乐的消极思想，我以为不然或并不尽然。欧阳修在《醉翁亭记》中曾经写道：“醉翁之意不在酒，在乎山水之间也。山水之乐，得之心而寓之酒也……人知从太守游而乐，而不知太守之乐其乐也。”欧阳修的“乐其乐”的“行乐”是什么？从这首词来看，一是山水，二是文章。山水乃地上之文章，要趁年轻时尽情欣赏；文章是案头之山水，也需要趁年轻时着力经营啊。如果以为欧阳修只是耽于声色犬马的少年“行乐”，如他同时代的许多人那样，如当今许多年轻人和并不年轻的人那样，也许就太形而下了。

人生天地之间，只要不是苦行僧和禁欲主义者，自然会有许多乐趣，我们应该享受人生或享乐人生。然而，“乐”是各种各样的，有种类之分，也有高下之别，对于以文学为生命的人，写作应该是人生不是唯一但却是最大的快乐。年既老而不衰，读欧阳修的词，我虽然常常感到老之将至，但更多的却是健笔在握的慰藉与欢欣。如同黄昏时投林的鸟飞进树上的鸟窝，那首我少年时就熟悉的王洛宾整理加工的新疆民歌，如今常常飞进我的心窝：“太阳下山明早依旧爬上来，花儿谢了明年还是一样的开。美丽小鸟一去无影踪，我的青春小鸟一样不回来，我的青春小鸟一样不回来……”青春之鸟一去不回，但仍可以梦想它的高翔远扬，少年岁月虽然不再，但春花不仍然可以在笔下嫣然盛开吗？

二

江城子

密州出猎

苏轼

老夫聊发少年狂，左牵黄，右擎苍。锦帽貂裘，千骑卷平冈。为报倾城随太守，亲射虎，看孙郎。

酒酣胸胆尚开张，鬓微霜，又何妨！持节云中，何日遣冯唐？会挽雕弓如满月，西北望，射天狼！

少年之时，无论心理或生理都年轻气盛，血气方刚，如海上那一涌而出的朝日，如天边那一挥而就的早霞，颇有一番名之为“狂”的豪气豪情。待至年事已高，朝日变成了夕晖，早霞幻成了夕彩，虽然赞之者说是无限好，但毕竟斜晖脉脉，热量已消耗殆尽，暮霭已逐渐沉沉，余光再难以回头偷渡夜色严守的边境。所以，连文质彬彬的大学者王国维，也要在《晓步》一诗中将春日与少年作比：“四时可爱惟春日，一事能狂便少年。”而当代的诗人郭小川呢？他在湖北咸宁向阳湖边，也以

《五律》记录了他胸中郁闷的雷声："原无野老泪，常有少年狂。一颗心似火，三寸笔如枪。流言真笑料，豪气自文章。何时还北国？把酒论长江！"

远在郭小川和王国维之前，在诗词中抒写少年狂气，最有名的便是苏轼了。熙宁七年也即1074年，苏轼任密州即今日山东省诸城市太守，正当不惑之年。次年冬因天旱去常山祈雨，回程时与同官梅户、曹会猎于铁沟。他本来理想在前，抱负在胸，健笔在手，加之性格豪放，而且差一点置他于死地的"乌台诗案"还没有发生，虽然宦海浮沉，但命运毕竟还没有押送他到死神准备接手的站口，他仍然是意气风发的。也许是骏马的奔蹄沸腾了他心中的热血，苍鹰的劲羽高扬了他胸头的期冀吧，为此次密州出猎，他写下了《江城子》一词。在《与鲜于子骏书》中，他曾颇为得意地说："近却颇作小词，虽无柳七郎风味，亦自是一家，呵呵。数日前猎于郊外，所获颇多。作得一阕，令东州壮士抵掌顿足而歌之，吹笛击鼓以为节，颇壮观也。"可见他有意与柳永缠绵婉约的词风分庭抗礼，在历来长于抒写香艳软媚的儿女之情的词国，高扬一股横槊赋诗的英雄之气。这首词，举行的正是宋代豪放词的奠基礼，由苏轼正式剪彩，他手中的金剪一挥奠礼告成之后，宋代的豪放词家就要纷纷登场。

让我越过九百年的历史长河，做一回不速之客，前往密州观赏那一场豪壮的奠礼吧：

我看到的是苏东坡飞扬的“狂态”：年虽四十，却如同英姿勃发的少年，左手牵着黄犬，右臂架着苍鹰。随从的武士们个个头戴锦蒙帽，身着貂鼠裘，戎装一派，千骑奔驰，嘚嘚的蹄声如急鼓敲打大地，飚飚的骏马如飓风卷过山冈。他传令侍者告知全城的百姓，快去看太守打猎吧，他弯弓射虎，像当年的孙权一样。

我看到的是苏东坡高扬的“狂情”：三杯下肚，酒酣气壮。虽然微霜已悄悄侵上两鬓，但他的豪兴更加飞扬。辽国在北方虎视眈眈，西夏在西边频频骚扰，什么时候朝廷像汉文帝任命魏尚为云中太守一样，让他投笔从戎，抗击强敌在边疆？虽然已不再年少，但臂力仍在，雄心犹壮，会把彩绘的强弓拉成满月，打败北辽与西夏，射落天上的星斗天狼。

参观苏东坡主持的这一奠基礼，如同看多了小桥流水，忽见长虹卧波而大江浩荡；如同听惯了昵昵儿女之语，忽闻壮士长啸而风起云飞，真是大开眼界，也大开耳界。此词不仅词风豪放，冲决了“词为艳科”的传统藩篱，扩大了词的原本颇为局促的疆土，丰富和提高了词的品位，其少年的狂情，因以心报国以身许国的内涵，而获得了美学中所谓的“崇高之美”。时下文坛某些纯粹以个人为中心的“少年”，动辄全盘抹杀不可抹杀的前人，全盘否定不可否定的传统，互相吹捧，目空一切，不知地厚天高，这种“狂”，近似于古老的《诗经》中所说的“狂童”之狂，与苏东坡词中所歌唱的“少年狂”，有如火之与冰，好像呜咽的独弦琴之与宏大的交响乐，它们岂能同日而语？

三

虞美人

宜州见梅作

黄庭坚

天涯也有江南信，梅破知春近。夜阑风细得香迟，不道晓来开遍向南枝。

玉台弄粉花应妒，飘到眉心住。平生个里愿杯深，去国十年老尽少年心。

清代诗人鄂西林《感怀》一诗说：“人生四十犹如此，便到百年已可知。”我没有他那样悲观，人生虽然不满百，但我的少年心还没有老尽，比起旷古未有的浩劫过后生命已逝或已是黄昏的人，我遭逢的已是不幸中的大幸了。许多有为之士在历经坎坷饱尝创痛之后，沉重的夜色已经凛然袭来，生命的帷幕即将怆然降下，他们只能如九百年前的黄庭坚那样，喟然长叹“老尽少年心”，为自己的悲剧人生画上最后一个句号。

北宋词坛宗匠黄庭坚，是宋代最大的诗派“江西诗派”的掌门人。他在苏轼任徐州知州时投赠《古风》二首，蒙苏轼次韵以和热情鼓励，从此位居“苏门四学士”之列，但在诗史上却仍与一代文宗苏轼并称“苏黄”。宋代尤其是北宋的新旧党争，是使宋代元气大伤的重要原因，重视人格操守而有拯世济民抱负的黄庭坚，不幸也被卷入政治斗争的旋涡之中，划入“旧党”之列，仕途坎坷，多次贬谪而至生之暮年。《虞美人》词中的“去国十年老尽少年心”，不仅是他垂暮之时的生活实录，也是他含恨以终之前的一声长长的叹息。

绍圣元年即1094年，哲宗亲政，吕惠卿等人复官掌权，黄庭坚由京官而改知今湖北鄂城的鄂州，次年贬为涪州别驾，于今日四川彭水的黔州安置，在这一穷荒之地送走了六度凄凉落寞的秋月春花。1101年正月，徽宗即位，皇太后向氏听政，黄庭坚的境况有所改善，崇宁元年即1102年正月，他离荆州东归，想归去“江南”——故乡江西修水，于巴陵写下了《雨中登岳阳楼望君山》二首：

投荒万死鬓毛斑，生入瞿塘滟滪关。
未到江南先一笑，岳阳楼上对君山。

满川风雨独凭栏，绾结湘娥十二鬟。
可惜不当湖水面，银山堆里看青山。

黄庭坚的七绝可圈可点之作不少，这两首诗更是他七绝中的翘楚。唐宋诗人咏唱洞庭与君山的诗作很多，如果要组成一个评委会来进行选拔，我相信黄庭坚此作定会名列前茅。犹记我在岳阳楼边生活的那几年，黄庭坚的这两首诗，在登楼远望之时，不止一次地从九百年前飞上我的心头。如果我忝列评委，面对如此动静相映雄奇结合而极富原创性的作品，我当然绝不会吝惜手中“神圣的一票”，虽然在当今的许多评选活动中，有些票距离“神圣”已相当遥远，而与“不神圣”却毫无距离。

还没有回到故乡，就已自登楼一笑了，黄庭坚此时心情的欣慰可想而知。然而，命运没有让他笑到最后，就在次年，流寓鄂州（今湖北武汉）的黄庭坚竟被列入“元祐党籍”——那是其时黑而又黑的黑名单，随即被除名羁管，放逐软禁于宜州，即今之广西宜山。除了新旧党争，直接原因是他两年前寄寓荆州时作《承天院塔记》，有一个叫陈举的转运判官附庸风雅，如同现在许多既贪官名又图文名的庸官俗吏一样，想将自己的名字附于碑尾，正人君子的黄庭坚决不同意，陈举伙同与黄庭坚不和的副宰相赵挺之，举报诬告黄庭坚“幸灾谤国”。欲加之罪，何患无辞，于是诗人就被恶贬到那穷山苦水的南荒之地。

古代交通不便，怎么能像现在或千轮生风，或一鸟绝云，朝发而夕至？等到诗人在大雪纷飞中携家带口行行复行行，将家属留在今日湖南之永州昔日柳宗元的贬逐之地，自己只身到达贬所时，已是五六月间的炎天沸日了。龙游浅水遭虾戏，虎落平阳被犬欺，这是过去对英豪落难后的形容，写尽了某种人间世相。一个人失势或失意之后，世人投去的多是白眼而非青眼，多是箭石而非桃李，这大约也是从古至今的人情之常吧？宜州不仅是未经开化的恶地，地方官也是狗眼看人的恶吏，城内不准安身，他只好蜷缩在城头的戍楼中度日如年。从绍圣元年（1094）被贬离京，已十有一年，此词中所谓“去国十年老尽少年心”也。次年九月，年方六十一岁的一代诗坛宗匠，就在窄狭潮热的戍楼中，闭上了他该是永不瞑目的眼睛。

四

六州歌头

贺铸

少年侠气，交结五都雄。肝胆洞，毛发耸，立谈中，死生同，一诺千金重。推翘勇，矜豪纵。轻盖拥，联飞鞚，斗城东。轰饮酒垆，春色浮寒瓮，吸海垂虹。间呼鹰嗾犬，白羽摘雕弓，狡穴俄空。乐匆匆。

似黄粱梦。辞丹凤，明月共，漾孤篷。官冗从，怀倥偬，落尘笼。簿书丛，鹖弁如云众，供粗用，忽奇功。笳鼓动，渔阳弄，思悲翁。不请长缨，系取天骄种，剑吼西风。恨登山临水，手寄七弦桐，目送归鸿。

贺铸的《六州歌头》，半阕青春与生命的壮曲，半阕时代与志士的悲歌。

谁没有过自己的少年时代呢？芸芸众生，其少年时代各不相同，但像贺铸所歌咏的那种豪迈的年少生涯，九百年后都会令人热血沸腾。贺铸，是宋太祖原配贺太后的五代族孙，济国公赵克彰的女婿，可谓贵胄。但宋太祖传位于长弟赵光义，作为宋太宗的赵光义，却逼死幼弟廷美和太祖、贺后之子德昭，将江山传给了自己一系的子孙。贺铸虽为宗室，却徒有贵族门第的虚名，他出身于一个七代担任武职的军人世家，十七八岁便离开家乡卫州共城（今河南辉县），因门荫去京城担任低级的侍卫武官，度过了六七年“少年侠气”的生活。

也许是血管中仍奔流着贵族的血液，又来自一个弓刀戎马的军人世家，同时他本人的性格又近似于羽人剑客吧，贺铸三十七岁那年写下这首《六州歌头》，对当年京都的“少年行”仍禁不住笔舞墨歌。“少年侠气，交结五都雄”，一句喝起全篇，如同一阕宏大交响乐的振聋发聩的前奏，既“侠”且“雄”，既“雄”且“侠”，从性格，从风采，从行事，我们都会想起汉乐府和唐诗歌中那屡见不鲜的游侠少年。游乐之场，任侠之客，少年的贺铸和他们有相似之处，然而又有哪些不同呢？不同之点，就是贺铸不仅是飞鹰走狗肝胆照人的侠少，而且是位卑未敢忘忧国的志士仁人。

贺铸的《六州歌头》一词，是贺铸的词集《东山词》的压卷之作，是与苏东坡的《江城子·密州出猎》并称的双璧之篇，也是北宋词坛可和后来的岳飞、张孝祥、陆游、辛弃疾等人的爱国忧时词作相媲美的唯一篇章，它在鸣奏青春与生命的壮曲之后，以“乐匆匆。似黄粱梦”急转直下，弹唱出时代与志士的悲歌。

宋代从一开始，就是一个积贫积弱内忧外患的王朝。北有强邻辽国时时入侵，西有党项族的西夏频频犯边。元祐三年（1088）秋，贺铸在和州任上写作此词，正值执政的旧党推行妥协投降的路线之时，他们对西夏割地赔款，节节退让，胸怀报国大志的侠义之士如贺铸，则有志难伸，报国欲死无战场，只落得身上的佩剑在西风中龙吟虎啸，只落得胸怀文韬武略却徒然抚琴度日登山临水目送飞鸿。时代啊时代，一个好时代可以造就千千万万英才，可以使万万千千的英才各展其能；但一个坏时代呢？却可以埋没甚至残酷地扼杀许许多多的人中之龙，人中之杰！古往今来，莫不如此，贺铸的遭际不就是这样吗？

贺铸文武全才，是赳赳武夫，也是彬彬文士。时人许景亮说他有后汉邓禹、东晋谢安那样的将相之具，李清臣向朝廷推荐他“老于文学，泛览古今，词章议论，迥出流辈”，在地方小吏的岗位上，他也充分表现了不一般的行政才能。然而，这样一位奇才异能之士，出仕四十年，历宦三朝，却始终位居下僚，叨陪末座，而那些庸碌贪鄙之辈却一个个飞黄腾达，直上青云，他只得在五十八岁那年申请提前退休。在二十年前写作上述词章时，他已在低微的武官位置上沉浮了十年有余，时任“管界巡检”（负责地方上训练甲兵，巡逻州邑，捕捉盗贼等事宜，大约相当于现在的基层派出所所长、公安局长之类）。他为什么请缨无路报国无门？因为宋代重文抑武，对外一向执行妥协退让的方针，本是国家多事之秋，然而英雄无用武之地。除了时代的悲剧，还有性格的悲剧，贺铸不是阿谀权贵的小人而是堂堂正正的君子，不是没有原则的庸人而是烈烈轰轰的丈夫——在任何时代，小人与庸人都易于得志，而贺铸即使是对显赫的权要，也敢于直言抨击他们的谬论恶行，“鼠目獐头登要地，鸡鸣狗盗策奇功”(《题任氏传德集》)，就是他直言无忌的表现。他在监太庙之祚时，有“贵人子监守自盗”，“贵人子”，大约类似今日之高干子弟或干部子弟，他也竟然法律面前人人平等，并亲自执杖责罚，痛打之下，那个纨绔子弟只好“叩头祈哀”。犹如烈火之与寒冰，清泉之与浊流，如此正道直行，还能见容于那个腐败的社会和那个腐朽的封建集团吗？

贺铸终于未能效命抗敌的疆场，一位侠气干云的少年，最后成了隐于林泉终于僧舍的老者。九百年后，我已经无法前往宋代一睹他的英风壮采，和他一起快饮高歌了，但他腰间的剑啸、弦上的琴音，却仍然从他的《六州歌头》铿然而泠然地传来，叩响并敲痛我的未老之心。

五

丑奴儿

书博山道中壁

辛弃疾

少年不识愁滋味，爱上层楼。爱上层楼，为赋新词强说愁。

而今识尽愁滋味，欲说还休。欲说还休，却道天凉好个秋！

博山，在今江西省广丰区西南三十余里，山南、溪流唱着当地的山歌与民谣，山头常有无心而出岫的云彩。辛弃疾于1181年被宵小之徒弹劾，落职罢任，正当边境多事之秋，英才效力之日，他却于四十二岁的壮年退居信州，即今日之上饶。他在博山寺旁筑“稼轩书屋”，常常来往于博山道中，写有十多首诗词，这首《丑奴儿》即是其中之一。博山中的哪一块石壁，有幸让一代词宗挥毫泼墨的呢？我今日如果远去博山，那一方石壁历经时间的雨打风吹，是否还安然无恙？我还能和它有期而遇吗？

还是不识愁滋味的少年，我就在父亲的案头初识年代已经颇为遥远的辛弃疾了。小小少年的我，为他的英雄豪气壮士情怀所震撼，并不很了解他的生平和他的苦闷与愁情。及至年岁既长，原先是如同雾里看松，云消雾散，才拜识高松的虬枝铁干和它的每一圈年轮。

英雄词人的辛弃疾，曾经拥有豪情壮采不同凡俗的少年。他出生在山东济南，在金人统治的北方沦陷区度过青少年时代，由于家庭的教育和时代的感召，他学文而兼习武，希图他日有所报效自己的家国。“记少年、骏马走韩卢，掀东郭”（《满江红·和范先之雪》），“少年握槊，气凭陵、酒圣诗豪余事”（《念奴娇·双陆和陈仁和韵》），就是他中年以后对少年的回忆，如同日到中天，回首初升的霞光。刚过弱冠之年，二十二岁的辛弃疾就聚众二千，高擎的抗金旗帜，在朔风中猎猎翻飞。他以孤胆之勇，率五十轻骑奇袭五万人马的金营，擒斩叛徒张安国而回归南宋。时迈千年，我对此仍然心往神驰，如果早生千载，我定要去追随他燃烧长天的旗帜和擂动大地的蹄声。

辛弃疾晚年闲居铅山瓢泉时，“有客慨然谈功名，因追念少年时事，戏作”《鹧鸪天》一阕。此词一开篇就是天风海雨，豪气逼人：“壮岁旌旗拥万夫，锦襜突骑渡江初。燕兵夜娖银胡䩮，汉箭朝飞金仆姑。”人人都有自己的少年时代，如同追念已经失去而不可复得的珍宝，人到中年或老年之后，总不免常常回首前尘，重温旧梦，辛弃疾对自己的少年而且是苦难与英雄的少年，该是何等追怀与珍惜。他说“少年不识愁滋味”，岂是真正的“不识”吗？山河破碎的家国之愁，早已如磐石重重地压在他的心上，只是少年时涉世未深，还未尝尽人世的艰难险阻而已。何况他强调的“不识”，好像黑白两色的对比，他是要以此反衬后半生“识尽愁滋味”之后挥之不去的满怀愁情啊！

少年辛弃疾率师南渡，满以为可以实现自己待从头收拾旧山河的报国之志，然而，在那个昏君当道奸佞弄权的时代，他有志难伸，而且常遭贬逐。四十岁在上饶带湖投闲置散，一晃就是十年黄金岁月。后虽蒙复用，但不久又被罢职，这一回虚掷光阴，又是于他人也许无谓，于他却是珍贵的八年。二十二岁至四十二岁的二十年沉浮，十年的英雄赋闲，有如骏马不让其奔驰，有如宝剑不让其出鞘，够他细细咀嚼那刻骨铭心而忧心如焚的忧愁了，难怪《丑奴儿》一词之外，他还有许多诗句都离不开一个“愁”字。在罢职闲居前的1176年，他任江西提点刑狱，路经万安县西南皂口溪与赣江汇合处的造口，就写有一首“书江西造口壁”的《菩萨蛮》，其结句就是“青山遮不住，毕竟东流去。江晚正愁予，山深闻鹧鸪”。其中的“正愁予”，还成了今日台湾旅美名诗人“郑愁予”的名字。而在1168年任建康通判时，他有多首词赠志在恢复河山的建康留守史正志，其一是《念奴娇·登建康赏心亭，呈史留守政道》，开篇就愁情满纸：“我来吊古，上危楼，赢得闲愁千斛。虎踞龙蟠何处是？只有兴亡满目。”辛弃疾早已愁肠百结，如今赋闲在家，更是被迫马放南山，刀枪入库。国事不堪闻问，满眼是肃杀败落的寒冬之气，真如当今流行的俗语所言，“不说白不说，说了也白说”，他怎么能不欲说还休呢？

人秉七情，感物斯应。但即使是七情中的愁情，也还有深浅与高下之别，如同潭水之有深沉与清浅，山陵之有高峙与低平。并不是随便什么轻愁浅恨或深仇大恨，都可以引起时人或后人的共鸣。辛弃疾的“欲说还休”，虽然脱胎自李清照《凤凰台上忆吹箫》词的“生怕离怀别苦，多少事、欲说还休”，但却比李清照更胜一筹，这一筹之胜，不仅是艺术上的，更是感情的和价值取向上的。不过，后世的读者在歌吟“欲说还休”而长叹息时，似乎更欣赏“少年不识愁滋味”这一名句，因为一天之计在于晨，一年之计在于春，人的一生呢？最珍贵最少忧愁的还是少年时光，那是大江的浩阔源头，那是春日的绚丽朝霞啊！

六

唐多令

刘过

芦叶满汀洲，寒沙带浅流。二十年重过南楼。柳下系舟犹未稳，能几日，又中秋。

黄鹤断矶头，故人今在否？旧江山浑是新愁。欲买桂花同载酒，终不似，少年游！

刚领略过辛弃疾的新愁旧恨，现在又要品尝刘过的旧恨新愁。文人本来多愁善感，何况是南宋那种内忧外患的艰难时世？何况是对历史对民族具有担当感与责任感的文人？

武昌黄鹤楼上的“南楼”，又名安远楼，是唐宋时文人骚客观赏登临的胜地，李白早就有“清景南楼夜，风流忆武昌”的歌吟，范成大也有“今古一南楼”的咏唱。而今，你如果来到黄鹤山上，但见大江如昔，而景物与人物全非，南来北往的火车千轮飞转，在江桥的铁轨上日夜演奏它们的现代敲打乐，山上山下的华灯万花齐放，远远近近的霓虹灯炫示的是现代的文明。然而，你若穿过长长的时间隧道，却仍可以看到当年高峙江岸的南楼，仍可以听到南宋词人刘过深婉而悲凄的吟唱。

南楼，本来位于华中腹地，它熟识的是诗酒风流，升平歌舞，几曾见过刀兵水火，铁马金戈？然而，自从宋王朝仓皇渡江，历史将北宋写成了南宋，这里就濒临先是抗辽后是抗金的前线，岳飞等许多志在恢复的将领曾在这一带秣马厉兵，刘过等许多心忧家国的志士，也曾在这一带奔走呼号。现在你再来这里，当然已找不到南楼的踪影，但如果你有心，仍不妨凭栏吟啸，对江歌哭。那个时代已经远逝了，但那个时代仍长留在诗人的词章里。

刘过是吉州太和（今江西泰和县）人，屡试不第，终身布衣。但他却以慨当以慷的词作，跻身以辛弃疾为主将的豪放派词家的阵营，并在宋代词史上铭刻下自己不可磨灭的名字。“便尘沙出塞，封侯万里；印金如斗，未惬平生。拂拭腰间，吹毛剑在，不斩楼兰心不平”（《沁园春·张路分秋阅》），“中兴诸将，谁是万人英？身草莽，人虽死，气填膺，尚如生”（《六州歌头·题岳鄂王庙》），如此爱国襟抱，慷慨词章，真是可以使懦夫立志而壮士起舞。在写作《唐多令》一词之前二十载，那时刘过正当而立之年，虽然家国飘摇，危机四伏，但年轻的热血正在周身汹涌，方刚的锐气还没有被挫折消磨。他屡次应试希图一展抱负，屡试不第仍然多次上疏直陈恢复方略，并且亲至抗金前线重镇襄阳观察，多次往来于武昌与襄阳之间，希望能为国家兴亡略尽匹夫之责。然而，这一切努力终归虚幻的泡影，而二十年的大好时光也白白交给了一去再不回头的流水。二十年后旧地重来，大约在嘉泰四年即1204年，其时刘过已经五十岁，垂垂老矣，而且两年后即病逝于寄居的友人家中。因此，读《唐多令》一词，你如果感到有卷地的悲风起于纸上，有问天的悲愤溢于行间，那就是你的心弦已经为之共振了。

这首词前还有一小序：“安远楼小集，侑觞歌板之姬黄其姓者，乞词于龙洲道人，为赋此《唐多令》。同柳阜之、刘去非、石民瞻、周嘉仲、陈孟参、孟容。时八月五日也。”江山如昨，而国事不可收拾，心境与人物也已全非，真是“旧江山、浑是新愁”啊！诗人虽欲重温旧梦，强颜为欢，却已不可再得了。

“莫等闲，白了少年头，空悲切”，少年时光是美好的，但年华老大壮志不伸，再回首当年，剩下的就只有不堪回首的悲凉与悲怆。在作此词之前，诗人就曾在《贺新郎》中惊叹“万里西风吹客鬓，把菱花、自笑人如许。留不住，少年去”，这是叹息自己年华已老；作此词的同时，他又于武昌作《六州歌头·题岳鄂王庙》：“年少起河朔，弓两石，剑三尺，定襄汉，开虢洛，洗洞庭”，这是赞扬岳飞少年英武。如今华年已逝，国事日非，英雄末路，报国无门，诗人不禁发出“欲买桂花同载酒，终不似，少年游”的叹息，这一声叹息是如此沉重悲怆，至今仍撞击着后人的胸膛。

刘过的《唐多令》，如同一阕“悲怆奏鸣曲”，荡起的是袅袅不绝的余音。周密因为词中有“重过南楼”一语，就改这首词的词牌为“南楼令”，而南宋末年刘辰翁“丙子中秋前闻歌此词”，就用原韵追和了七首之多。元代蒋子正《小房随笔》还记载说：“刘此词，楚中至今歌者竞唱之”，可见在元代统治者的高压之下，强项不屈的楚人，仍不肯收敛他们竞唱此词的歌喉。而明末清初的爱国志士李天植，还追和刘过的原韵写了一首《唐多令》，以寄寓他的易代之悲：“新绿满沧洲，孤帆带远流。更甚人同倚南楼？一片伤心烟雨里，犹记似，别时秋。　　华发渐蒙头，相思如旧不？怪江山不管离愁。二十年前曾载酒，都作了，梦中游！”作者早已死了，而作品至今活着，时间之神可以收回世间的生命，真正优秀杰出的作品，它却永远无权也无法收回。

七

鹧鸪天

姜夔

巷陌风光纵赏时，笼纱未出马先嘶。白头居士无呵殿，只有乘肩小女随。

花满市，月侵衣，少年情事老来悲。沙河塘上春寒浅，看了游人缓缓归。

南宋词人姜夔，虽然是鄱阳（今江西波阳）人，但少年时曾客游今日称为湖南常德的武陵。古城野水，夏日荷湖，曾赠他以“嫣然摇动，冷香飞上诗句”的妙语。我多次去常德探访他的消息，但荷花阵里已找不到他的身影，哪怕一角青衫。江湖浪迹，他早已去了南宋的都城临安。

北宋王朝在金人的铁蹄声中覆灭以后，君臣仓皇南渡，且把杭州作汴州，更名临安。临安临安，上上下下希望稳定，祈求长治久安，但今天看来，历史是不是只有临时安顿之意呢？南宋王朝又得苟延残喘一百五十年。只要不四面胡笳，兵临城下，上至偏安的昏君下至苟且的达官贵人，他们全是要将避难地作安乐窝的。不久，临安就成了市列珠玑、户盈罗绮的人口有一百多万的繁华都市，似乎忘记了异族入侵者的铁蹄，随时都可能如暴风骤雨卷地而至。

正月十五是上元节，又称元宵或灯节，始于唐代的上元节燃灯的习俗，到了宋代更为兴盛。临安的街市届时连续几天举办灯展，上演百戏歌舞，仅宣德门广场就燃放万余架灯火，同时还陈放五彩缤纷的花卉近百种之多，其繁华热闹为各种节日之冠。“东风夜放花千树，更吹落，星如雨”，那早已熄灭的灯火，当时曾照亮过辛弃疾灿烂的词章。元宵节前几天，就开始举行花展与灯展，谓之预赏，流落临安的姜夔的《鹧鸪天》写“正月十一日观灯”，他观看的就是未雨绸缪的预赏。

姜夔此时已四十三岁，词名已盛而功名未立，官衣未得仍是一介布衣。离元宵节虽然还有几天，但大街上早已张灯结彩，鲜花满目。公子王孙佳人仕女们信马由缰，随从们手举纱灯前呼后拥，一派莺歌燕舞的景象，似乎全然不知国变日亟，时局日危，秋高马肥之时，北方的强敌又要挥鞭南下而牧马。而白头诗人呢？形单影只，只有坐在肩上的小女相随。夜深人散之后，凉风袭肘，水月侵衣，他不禁油然而生“少年情事老来悲”之感。

什么样的“少年情事”呢？它怎么会使得诗人的感情决堤，在元宵节前夜泛滥悲愁的潮水？

此中当然有山河破碎而个人失路之悲。作为词人与音乐家，他历经南宋高宗、孝宗、光宗、宁宗四朝，向朝廷上进的是《大乐议》《琴瑟考古图》，而非如刘过、陈亮等人那样以布衣之身高歌慷慨，陈进恢复中原的方略。然而，他虽是在野的知识分子，纯粹的艺术家，却仍然关心时事，心怀家国。他二十二岁时写的《扬州慢》，成了后世传诵的名篇，其中的“自胡马窥江去后，废池乔木，犹厌言兵”，就是字字血泪的名句。二十年过去，南宋已成了一轮即将沉没的夕阳，他自己的生命也早已日过中天，他如何会不“少年情事老来悲”呢？

使他老去兴悲的，更有他少年时一段铭心刻骨的爱情。姜夔是一个笃于友情与爱情的人，婚前十年，大约是在写《扬州慢》的同时，他在合肥遇到一位善弹筝琶的歌女，两情相悦，他多次来去合肥，至光宗绍熙二年（1191）冬分袂，彼此因故未能再见。姜夔先后所写与合肥歌女之恋的词，有二十首左右，是现存作品的五分之一。元宵节前于临安观灯，良辰美景奈何天，赏心乐事谁家院？乐景触发悲情，他人的欢乐更反衬出自己的凄清，于是就难免更忆念自己的年轻时的恋人了。过了四天，日有所思夜有所梦的姜夔，又再度和他的恋人梦中相见，又用同一词牌《鹧鸪天》抒写他的“元夕有所梦”：“淝水东流无尽期，当初不合种相思。梦中未比丹青见，暗里忽惊山鸟啼。　春未绿，鬓先丝，人间别久不成悲。谁教岁岁红莲夜，两处沉吟各自知。”“红莲夜”即元宵灯节之夜，因宋时元宵之夜多张莲花之灯。姜夔在合肥时，该曾和恋人于元夜共赏花灯吧？不然，他为什么会这样触景生情因情入梦因梦而成词呢？

姜夔的词清刚雅健，在婉约与豪放两大词家阵营之外，另行高扬一面旗帜，在南宋的夕阳晚照之中，上述这首《鹧鸪天》就是证明。老年人回首少年，常不免百感交集，这是人所普遍共有的一种情感，何况世人大多都有初恋，许多人也曾有过年轻时虽然有情却终于未成眷属的恋人。如果那恋情在心中如同不会消逝的朝霞，如果那恋人在心中如同不会凋谢的春花，那么，年华老大之后，该好好读读姜夔这首词，回首华年，难道不会油然而兴“少年情事老来悲”的感慨？

八

虞美人

听雨

蒋捷

少年听雨歌楼上，红烛昏罗帐。壮年听雨客舟中，江阔云低断雁叫西风。

而今听雨僧庐下，鬓已星星也。悲欢离合总无情，一任阶前点滴到天明！

少年时读蒋捷的《虞美人》词，只觉得优美而凄怆，对全词的深层意蕴并不甚了了。就像儿童过年喜欢灯笼花炮一样，少年时读此词，最吸引我的就是“少年听雨歌楼上，红烛昏罗帐”一语，虽然情窦未开，但也不免有一种朦朦胧胧的神秘之感。而今，时间的长风早已吹老了华年，再来读蒋捷的《虞美人》，就如同重逢年少时结识的好友，另有一番滋味在心头。

我在楼上之书房写这篇短文时，正逢春雨缠绵，窗外虽然不见修竹而只有高架桥凌空，没有芭蕉而只有霓虹灯闪烁，但春雨淅淅沥沥，春雨点点滴滴，真叫我半信半疑，它们是不是从蒋捷的词中飘逸而出远道而来的呢？

人生的美是各种各样的，不同的人也各有自己确认的美之人生。但是，“少年”毕竟是人生中一段最美的时光，它也许不是生命中的华彩乐段，这一乐段常常谱写在生命与事业的巅峰之前，它是生命交响曲美好动人的前奏。而“少年听雨歌楼上，红烛昏罗帐”，至少是美好人生中的一种美好境界，如果你曾经有过值得珍惜的爱情和婚姻，读这两句词，将会有如品尝余味绵长的醇酒。生于阳羡（今江苏宜兴县）的蒋捷，虽然生活在南宋末世，但江南毕竟是佳丽之地、温柔之乡。度宗咸淳十年（1274）他考取南宋末科进士时，大约三十岁。虽然不久元丞相伯颜就率军攻破临安，偏安的南宋王朝终于流水落花春去也，但蒋捷三十岁之前毕竟还有一段风华岁月。“少年听雨歌楼上，红烛昏罗帐”，是写自己新婚宴尔的旖旎温柔呢，还是写那个时代的文人常所不免的诗酒风流？不必前去南宋征求蒋捷的回答了，也没有必要去考证前人的隐私，反正它是一段甜蜜的回忆，一种美好的象征，一方动人的境界，当然，也是一种乐极悲来的强烈的反照。

时代的罡风烈雨，不仅吹熄了罗帐外的红烛，也覆灭了整个南宋王朝。随着祥兴二年（1279）陆秀夫在广东新会县海中的崖山背负帝昺跳海而亡，南宋王朝最后也就寿终不正之海寝。从此，经历了大汉、盛唐与隆宋的中国人及其子孙，第一次品尝到亡国的撕心裂肺的痛苦，第一次品味到为异族所战胜的羞耻与屈辱。三十曰壮，蒋捷壮年时正值南宋灭亡，他流离道途而四处奔走，“小巧楼台眼界宽。朝卷帘看，暮卷帘看。故乡一望一心酸。云又迷漫，水又迷漫”，“深阁帘垂绣，记家人、软语灯边，笑涡红透。万叠城头哀怨角，吹落霜花满袖。影厮伴、东奔西走”，有他的《一剪梅·宿龙游朱氏楼》《贺新郎·兵后寓吴》及其他许多词章为证。后来他隐居于太湖中的竹山，自号竹山先生。元成宗大德年间，有人先后向朝廷荐举他，但他始终不肯出仕。“壮年听雨客舟中，江阔云低断雁叫西风”，三十岁以后，他饱尝国破之巨痛，易代之深悲，孤舟大江漂泊，何况云迷雁唳，雨打秋篷！秋意凄凄，情怀也凄凄，由外景而内心，由个人而家国，这不是一喉而二歌，一管而二写吗？

《虞美人》是蒋捷沧桑历尽的暮年悲歌，词的下片由过去的“少年”“壮年”而逼近眼前的现实。且不说李商隐的无限好的夕阳，连刘禹锡的为霞尚满天的夕彩都不见了，有的只是一阶寒雨，两鬓秋霜，以及和雨水交流在一起的泪水。晚唐温庭筠

《更漏子》词曾写到听雨："梧桐树，三更雨，不道离情正苦。一叶叶，一声声，空阶滴到明。"北宋万俟咏的《长相思·雨》也曾回应以他年的雨声："一声声，一更更，窗外芭蕉窗里灯，此时无限情。　　梦难成，恨难平，不道愁人不喜听，空阶滴到明。"他们的词都是写男女相忆之情，在艺术上启发了蒋捷，但却远不及蒋捷词感情世界的包孕深广。由个人到个人，春蚕到死丝方尽虽然哀感动人，但那毕竟是作茧自缚；由个人而普遍的人生而广阔的时代，心事浩茫连广宇，境界就天高地阔得多了。蒋捷写暮年听雨，明表身世之感，暗寓家国之恨、荆棘铜驼之憾与黍离麦秀之悲，我们今日遥遥听到并为之感动的，是他瘦弱垂老的胸膛里滚动的绝望雷声。

蒋捷的词典丽尖新，他在七百年前赠给我们的，是一席精神和艺术的盛宴。"红了樱桃，绿了芭蕉"，他曾在两首词中分别写了上述得意之句，意象动心，音韵动耳，使得我们今天还可大饱眼福与耳福。不过，他的《虞美人》以"听雨"一线贯穿，以"少年""壮年""而今"的意象并列而层递，不胜乱世余生之苦，不尽人生易老之悲，更是动我情肠，撩我愁思。何况我的窗外，一连数日，虽然时空阻隔，水远山遥，但晚上有风来自南宋，风声簌簌；白天有雨自蒋捷词中来，春雨潇潇！

请君试问东流水

缘水而居。水，是世上生命的源泉，是哺育文明的乳汁，是催放诗歌之花的甘醴。

地球表面百分之七十由水构成，天下芸芸众生，有谁能离得开水呢？早在两千多年前，孔子就将山与水分举并论：“智者乐水，仁者乐山。”他那哲人的玄思，启发了后人不止于山水审美的智慧。前人的《四喜诗》说人生四大赏心乐事，即所谓“久旱逢甘雨，他乡遇故知。洞房花烛夜，金榜挂名时”，这一偏于世俗的快乐，竟然也要请久旱之雨这种“水”来领衔。

水，更是中外诗人讴歌顶礼的对象。“关关雎鸠，在河之洲”，揭开《诗经》的封面，只见一片北方的水色河光照人眉睫；“嫋嫋兮秋风，洞庭波兮木叶下”，翻开《楚辞》的篇页，你会看到南方的湖波江浪，浸湿了屈原本就涕泪交侵的诗行。先秦时代的水流，流过汉魏六朝，流过唐代划分为初盛中晚的诗人的篇章，在宋词中也波光潋滟，浪花飞扬。

一

在一般的常态之下，水性是温柔的，成语说“柔情似水”“好风如水”，就是将水比为人的内在柔情和自然界的外在好风。曹雪芹在《红楼梦》中通过贾宝玉之口，说“女儿是水做的骨肉”，也是将水和儿女柔情联系在一起。水性柔和，而人世间山长水远的友情和如鱼得水的爱情，也使人在友情爱情与水之间，常常不免一线相牵，更何况舟船是古人的主要交通工具，津口与渡头，常常成了友人或情人举手长劳劳两情各依依的场所。同时，流水又象征着韶光飞逝永不回头，而人生易老，相见难期，因此，许多抒写友情或爱情的宋词，就更是与水结下了不解之缘。水意象，在这种题材的词作中，有十分重要的地位，如树之于山，如花之于树。今人送别友人或情人，除了少数因乘船是在江岸河畔之外，人都是在火车站的月台或在飞机场的大厅，只有车声与机声的隆隆，而没有流水的潺潺与波光的滟滟，其间当然也仍有水，不过，那不是售货亭小卖部的矿泉水，就是彼此之间夺眶而出的泪水了。

唐诗人许浑喜水，他的诗中多用“水”字，人称“许浑千首湿”。宋词呢？除了水柔，友情之情与爱情之情也柔；许多宋词之所以被水打湿，还因为在宋代的词人之中，南方人占百分之八十以上，而宋词特别是其中的婉约词，更是典型的南方文学；从地理环境观之，南方是所谓水乡泽国，尤其是南方中的“江南”，在水乡泽国这样的大背景下演出的友情与爱情，当然更是水灵灵而水淋淋的了。如王观的《卜算子·送鲍浩然之浙东》：

水是眼波横，山是眉峰聚。欲问行人去那边？眉眼盈盈处。

才始送春归，又送君归去。若到江南赶上春，千万和春住。

这是一首到口即消而新鲜脱俗耐人玩赏的送别词。浙东即今浙江东南部，宋代属浙江东路，简称浙东。王观以横流的眼波比水，以蹙皱的眉峰喻山，以眉眼盈盈象征位于江南的浙东山水清嘉，并寄寓自己对友人的惜别与祝福。这首词，宛如一阕活泼亮丽的轻音乐，没有离别的感伤，而只有俏皮的描绘与祈愿。但是，如果没有对水的别开生面的奇想，这首生花之词就会花叶飘零，那妙曼的琴弦也会喑哑了。

苏东坡的《虞美人》就要沉重得多，据说，此词是他在淮上和秦观饮酒话别之作：

波声拍枕长淮晓，隙月窥人小。无情汴水自东流，只载一船离恨向西州。

竹溪花浦曾同醉，酒味多于泪。谁教风鉴在尘埃？酝造一场烦恼送人来！

秦观是“苏门四学士”之一。苏东坡慧眼识珠，对秦观逢人说项，揄扬引荐不遗余力，秦观对苏东坡也深怀知遇之情，绝不像现在某些人之过河拆桥，见利忘义。元丰七年（1084）十一月，两人相会于高邮，秦观渡淮相送二百余里，于淮上依依惜别。东坡别后作此词。词的上片写刚刚分袂之后的别绪离愁，下片追忆往年同游无锡、吴兴等处之乐，以相识相知却不得长相聚而徒增烦恼的反语作结，表现了他们之“友谊地久天长”。无情流水有情人，如果没有那条无情的汴水，诗人的有情啊友情，就不会反衬得如此动人情肠了。“无情汴水自东流，只载一船离恨向西州”，这一名句成了后人朝香的经典，苏东坡的门人张耒的“亭亭画舸系春潭，只待行人酒半酣。不管烟波与风雨，载将离恨过江南”（《绝句》），就是模仿他的老师，而从李清照的“只恐双溪舴艋舟，载不动许多愁”（《武陵春》）之中，也可见苏东坡的流风余韵。

水与爱情的关系，似乎比水与友情更为密切。水，是柔情蜜意悠悠无尽的爱情的象征，也是古代情人惜别几乎不可缺少的见证。水之悠长，好像爱情之天长地久；水之曲折，有如爱情之好事多磨；水之深广，仿佛爱情的深沉广远；水之汹涌，似若爱情的起伏波澜。隐居杭州西湖孤山二十年的林逋，爱梅喜鹤，终身未娶，人称“梅妻鹤子”，但这位似乎不食人间烟火的诗人，我怀疑他也曾经在爱河中泅泳过，不然，他很难写出那首情长语短悱恻缠绵的《长相思》：

吴山青，越山青，两岸青山相送迎。谁知离别情？
君泪盈，妾泪盈，罗带同心结未成。江头潮已平。

钱塘江为古代吴越两国的分界线，江北为吴，江南为越。滔滔江水，不知见过多少有情人的离合悲欢，而今又成了这首词的抒情主人公的见证。莎士比亚说过：眼泪是人类最宝贵的液体，不能让它轻易流出。情动于中而形于泪，在潮水已平船帆欲发之时，这一对即将分离的恋人双双止不住热泪盈眶，泪水与潮水一起泛滥。自白居易以来，《长相思》词调多用于抒写男女情爱，而将情爱与水结合起来表现却又十分出色的，当少不了林逋这位单身贵族。

在宋词中，从人间到天上，水与爱情真是一水牵情万里长。北宋谢逸曾作蝴蝶诗三百多首而颇多佳句，遂得“谢蝴蝶”的美名。他在《鹧鸪天》中就曾写道：“愁满眼，水连天。香笺小字倩谁传？梅黄楚岸垂垂雨，草碧吴江淡淡烟。”他写的是地上之水与爱情。而秦观呢？他的名作《鹊桥仙》中的“纤云弄巧，飞星传恨，银汉迢迢暗度。金风玉露一相逢，便胜却人间无数”，咏唱的却是天上之水与爱情了。词咏长江，本来是由南人而且是蜀人的苏轼夺得冠军，“大江东去，浪淘尽，千古风流人物”，可以说无人能出其右了，但身为北人籍贯山东无棣县的李之仪，却要南下挥毫，根据他于患难中得到珍贵爱情的深切体验，以一首《卜算子》企图与苏东坡来争不是一日，而是一江之短长：

> 我住长江头，君住长江尾。日日思君不见君，共饮长江水。
>
> 此水几时休？此恨何时已？只愿君心似我心，定不负相思意。

此词的气象与内涵不能与苏词相比，如同武林中的一般高手不能与顶尖的超一流高手相比一样。但此词“我”“君”对举，“长江”一线相牵，写来也情深意挚，回环婉曲，颇具创意。苏词如黄钟大吕，此词似洞箫横吹，同时代的苏东坡读了，只怕也要拍案击节吧？我曾听过台湾旅美名歌唱家施义桂唱过这首词，那浑厚的男高音真是令我心如醉。当代台湾名诗人余光中《纸船》的“我在长江头 / 你在长江尾 / 折一只白色的小纸船 / 投给长江水 // 我投船时发正黑 / 你拾船时头已白 / 人恨船来晚 / 发恨水流快 / 你拾船时头已白”，他遥承的，不也正是此词的一脉心香吗？

二

人生天地之间，有大漂泊与小漂泊，而“漂泊”本来从水，小漂泊和水结下的更是不解之缘。

在茫茫的宇宙之中，人本来就如一叶浮萍。李白早就说过“天地者，万物之逆旅；光阴者，百代之过客”（《春夜宴从弟桃花园序》），他将天地比喻为万物主要包括人在内的临时旅舍，实际上是指生命短暂的人，在无穷无尽的时空中有如一次漂泊，此为“大漂泊”。而“小漂泊”呢？今日之人一生尚且迁流升沉不定，何况是命运更难自己握在掌中的古人？去边塞征战，赴都会赶考，宦海浮沉，移居迁徙，游贾四方，战争离乱，虽然安土重迁是中华民族的传统观念，但众生仍然不免自觉或被迫四处漂泊，加之古代的交通与通信原始落后，既无汽车的四轮或火车的千轮驰地，也无现代的超音速飞机一鸟冲天，出门在外靠的是李贺的“蹇驴”，顶多是李白的“五花马”，再不然就是张继的载满夜半钟声的“客船”。古代传说中虽然已有“顺风耳”“千里眼”的想象，但电报、传真与可视电话、电子邮件这些现代科技，古人远远无缘和现代人一起“有福同享”。本来就漂泊无定，加之音问不通，后会不是有期而是难期，众生的乡愁与忧思就愈加绵长，而那种不知归宿无所凭依的悲凉与悲怆之感，也就愈加深重。宋代的词人们纷纷登台对此发而为词，时已现代，似乎仍然没有从台前退到幕后，听众席上的我们，也仍然在痴痴地侧耳倾听他们的吟唱。

漂泊的旅人，在《诗经》中就可以看到他们最早的身影，在先是大发展后是大动乱的唐代，也不知诞生过多少羁旅行役的诗章，何况是开国一度繁荣后来又偏安江南的宋代？宋代写漂泊生涯的词，大多表现了中国人那种根深蒂固的乡愁，那种偏于地理与亲情的对故乡的怀想。例如柳永，在宋词人之中，他是萍踪浪迹最多的一位，也是写乡愁最多的作者，他先世河东，后来南迁定居于崇安（今属福建），青年时期活动于汴京，复又浪游江南各地，遍历淮岸楚乡。其中他回过福建故里，在《题中峰寺》诗中有“旬日经游殊不厌，欲归回首更迟回”之句，对故乡一往情深。他有一首《八声甘州》，苏轼极为欣赏，认为其中佳句“唐人佳处，不过如此”：

对潇潇暮雨洒江天，一番洗清秋。渐霜风凄紧，关河冷落，残照当楼。是处红衰翠减，苒苒物华休。惟有长江水，无语东流。

不忍登高临远，望故乡渺远，归思难收。叹年来踪迹，何事苦淹留？想佳人妆楼颙望，误几回、天际识归舟。争知我，倚阑干处，正恁凝愁！

浪萍风梗飘转四方的柳永，对他的故乡可谓中心藏之，何日忘之。在《归朝欢》中，他说“一望乡关烟水隔，转觉归心生羽翼”，在《满江红》里，又说“遣行客、当此念回程，伤漂泊”。这位最善于表现游子情怀的词人，在《八声甘州》这首名作中抒写他的旅人望远之怀，客子思乡之念，行役羁旅之愁，登高临远之思，就是以秋日黄昏的长江为背景，从头至尾，长江的波浪拍痛了他的乡愁也拍湿了他的诗行。

南宋末年的蒋捷是一位颇具创造性的诗人，他写于南宋灭亡之后的《虞美人·听雨》，自是千古传唱的于个人于时代都是丰碑式的作品。他的《一剪梅·舟过吴江》呢？写水与漂泊，写漂泊与离愁，也是青钱万选之作：

> 一片春愁待酒浇。江上舟摇，楼上帘招。秋娘渡与泰娘桥。风又飘飘，雨又潇潇。
>
> 何日归家洗客袍？银字笙调，心字香烧。流光容易把人抛。红了樱桃，绿了芭蕉！

蒋捷是江苏宜兴人，在太湖之西岸，而吴江则是太湖东岸的吴江市。词人在东漂西泊的旅途中，船过吴江，又逢春雨，他自然地怀念不远的家乡和家中亲情的温馨，并发出年华逝水有家难归的人生慨叹。“红”与“绿”本是形容词，在这里被创造翻新，让它们兼职打工成为动词，照亮照花了历代读者的眼睛。其中的“绿了芭蕉”也许是从李煜的“樱桃落尽春归去”点化而来，但贵为帝王才子的李煜，也会承认蒋捷青出于蓝而胜于蓝吧？犹记有一年在京华的三五友人的聚会上，我有幸聆听京剧与歌曲表演艺术家李元华清唱此词，不是目读而是耳闻，真是一场妙处难与君说的美的享受。

漂泊，大约也是诗歌的一个永恒的主题了。在当代，海峡彼岸认同大陆尊重民族文化如割不断的脐带的众生，远在他邦异域海角天涯的炎黄子孙，他们的灵魂深处，大都不免有一种深重的漂泊之感，他们常常在海风中西风里回首他们血脉相连的故国。余光中早年曾有名诗《乡愁》与《乡愁四韵》，与江水和海水相关，最近他在《母亲与外遇》一文中，又说“大陆是母亲，台湾是妻子，香港是情人，欧洲是外遇”，而“那无穷无尽的故国，四海漂泊的龙族叫他做大陆，壮士登高叫他做九州，英雄落难叫他做江湖”。而另一位台湾名诗人洛夫呢？他当年就曾借李白的酒杯，浇自己胸中的块垒，在《床前明月光》一诗中，他就说“不是霜啊 / 而乡愁竟在我们的血肉中旋成年轮 / 在千百次的 / 月落处 / 只要一壶金门高粱 / 一小碟豆子 / 李白便把自己横在水上 / 让心事 / 从此渡去”。当代台湾优秀诗人所写的漂泊之感，许多都与“水”相连，而且大都能从唐诗宋词中找到它们的渊源与血缘，犹如一株花开千年的老树，新花虽然已不是旧花，但植物学家仍可以为新花寻根问祖。

三

水与漂泊，有时还只是个人的离合悲欢，诗的出发点本来应是个性化的对生活独特的体验，如果这种体验能和他人相通，表现得又颇为艺术，即使是独弦琴，也同样动人。然而，有的词人写水，正如一滴水珠可以反射太阳的光芒，他们的作品却反映了一个时代，虽然仍是个人的独奏，但弓弦响处，却宏大深沉有如一阕交响乐章。

问君能有几多愁，恰似一江春水向东流。翻开《全宋词》，你可以听见在那个国势日衰变乱日亟的朝代与时代里，江河湖海演奏了多少时代的怨曲与悲歌。已没有“黄河之水天上来，奔流到海不复回”的豪情，也没有“山随平野尽，江入大荒流”的胜概，那都是前朝的景象与昔日的光荣了。在宋代尤其是南宋的许多词章里，呜咽的是至今仍然盈耳我们却不忍卒听的水声。

如同河之两岸，由北宋而南宋，词风由绮思柔情珠帘绣幌而感怀家国悲歌慷慨，南渡之初的陈与义、朱敦儒架设的，即是过渡的桥梁。靖康元年（1126）十一月，金兵渡黄河而攻洛阳，原是洛阳人的朱敦儒仓皇南下，加入难民队伍，与凄惶的风声与凄厉的鹤唳一起，入两湖历江西而至两广，沿途写了好几首北宋前所未有的“难民词”。如果中国有“难民文学”，朱敦儒的作品就可占有其中重要的篇页。如《采桑子·彭浪矶》：

扁舟去作江南客，旅雁孤云。万里烟尘，回首中原泪满巾。

碧山对晚汀洲冷，枫叶芦根。日落波平，愁损辞乡去国人。

“彭浪矶”，在今日江西彭泽县的长江边，江中有大小孤山与之相对相呼。这首词，是朱敦儒南奔途中经过此地即景抒怀之作。时代本来就是一个愁云惨雾的时代，何况节令又正当北雁南飞枫叶荻花秋瑟瑟的秋天？此时的长江，在去国怀乡辗转避难的词人眼里心中，当然已经全然不是苏轼词中的豪壮景象，更引不起“小乔初嫁了，雄姿英发”的绮思与豪情，而是阴风怒号，浊浪排空，一水牵愁万里长了。

原籍洛阳的朱敦儒如此，他的同乡陈与义呢？靖康之难，金兵南侵，陈与义自河南陈留仓皇南奔。建炎三年（1129）腊月，他在今日湖南衡山县，和流寓于此的同乡友人席大光不期而遇，北调南腔，言及家国剧变时都不胜唏嘘。次年元旦后几天，陈与义离衡山经衡阳去邵阳，在离筵上作《别大光》诗，并作《虞美人·大光祖席，醉中赋长短句》：

张帆欲去仍搔首，更醉君家酒。吟诗日日待春风，及至桃花开后却匆匆。

歌声频为行人咽，记著樽前雪。明朝酒醒大江流，满载一船离恨向衡州！

陈与义携家南奔，辗转道途，和友人小聚之后又匆匆言别，而此去邵阳，先要经过一百二十里外的衡州，即今日之湖南衡阳。全词忆昔思来，首呼尾应，而无知的千里湘江之水，此时担负的却是“满载一船离恨向衡州”的重任。这虽然是化用苏轼在扬州别秦观时所作《虞美人》中的名句，但却并不是前人的重复，而包容了前者所不具有的时代内涵。他的这种“离愁”，不仅是友朋之间别离的“小苦”，同时更有国破家亡的“大忧”。我也曾在衡山做客，小作勾留，当然不免忆起陈与义匆匆来去的前踪往事，不知我的上述想法是否合于他的初心？本想和他杯酒言欢，把袂谈词，可惜已再也找不到他的影踪了。

登山临水而放眼时代，宋词中的代表人物当是辛弃疾。人称有“词人之词”与“志士之词”，辛弃疾不仅是笔花飞舞的词人，更是心忧国家与民族的志士。他登高望远，临水伤怀，他写水的词章，水光如镜，映照的是时代的苦难；水流如歌，吟唱的是志士的心声。如“江头风怒，朝来波浪翻屋”（《念奴娇·登建康赏心亭，呈史留守致道》），寓指时局的艰危；如“旧恨春江流不断，新恨云山千叠”（《念奴娇·书东流村壁》），抒发身世与家国之恨；如“江头未是风波恶，别有人间行路难”（《鹧鸪天·送人》），写有志者处处掣肘甚至横遭陷害，真是古今同慨；“何处望神州？满眼风光北固楼。千古兴亡多少事？悠悠，不尽长江滚滚流”（《南乡子·登京口北固亭有怀》），指斥当政者的庸懦苟安，抒写对英雄功业的向往，悠悠不尽滚滚而流的是江潮，不也是他自己的心潮？他的《菩萨蛮·书江西造口壁》更是如此：

郁孤台下清江水，中间多少行人泪？西北望长安，可怜无数山。

青山遮不住，毕竟东流去。江晚正愁予，山深闻鹧鸪！

郁孤台在赣州城西北角，章、贡二水至台下汇为赣江，即词中之“清江”，经造口、万安及今之吉安与南昌，北注鄱阳湖入长江。造口又名皂口，在万安县西南六十里。建炎三年（1129）一月，金兵分两路大举南侵，东路渡江攻陷建康和临安，高宗被迫浮舟海遁，西路则自今日湖北之黄冈渡江，直入江西穷追隆祐太后。近半个世纪之后，辛弃疾提点江西刑狱而驻节赣州，旧地新来，追昔抚今，他眼前的赣江，恍惚之中竟满是四海南奔的天下伤心人的泪水，重重青山虽挡不住江河行地，但令人怆然神伤的是国事越来越不堪收拾了。《菩萨蛮》原为抒写儿女柔情的小令，辛弃疾以他的射雕之手写来，却包举今昔之感家国之悲，慷慨苍凉，直追李太白的同调之作。写一条小江水却可以反映大时代，辛弃疾提供的是不朽的诗证，建造的是永远也不会坍塌的纪念碑。

南宋之时，有人不断提供这类诗证。南宋灭亡之后，福州人陈德武的《水龙吟·西湖怀古》，为其词集《白雪遗音》压卷，也是为那一多灾多难的时代所作的诗的总结：

> 东南第一名州，西湖自古多佳丽。临堤台榭，画船楼阁，游人歌吹。十里荷花，三秋桂子，四山晴翠。使百年南渡，一时豪杰，都忘却、平生志。
>
> 可惜天旋时异。藉何人、雪当年耻？登临形胜，感伤今古，发挥英气。力士推山，天吴移水，作农桑地。借钱塘潮汐，为君洗尽，岳将军泪！

临安是东南第一名州，也是南宋的京城，而西湖是名州的钻石、京城的花冠，而今钻石易主，花冠凋零，原因不在于外敌的强大，而在于内里的腐败。陈德武此词，是他用笔饱蘸西湖之水，为一个不能不亡的昏庸腐朽之王朝所谱写的招魂曲，也是为一个一去不可再回的时代所写的闭幕词。

四

凡人从水中见到的是生活的实用，哲人从水中悟出的是生命与人生的哲理。

“子在川上曰，逝者如斯夫，不舍昼夜”，孔子临流感叹的，是人生有限而宇宙无穷；“民归之犹水之就下，沛然谁能御之”，孟子指出的，是民心如流水而无法抵挡；“君者，舟也，庶人者，水也。水能载舟，亦能覆舟”，荀子对政权与人民的关系之喻，给中华文化留下了发人警醒的“载舟覆舟”的成语；荀子的学生韩非则反师道而行之，鼓吹什么“为人君犹盂也，民犹水也，盂方水方，盂圆水圆”，芸芸百姓似乎只能做俯首听命的羔羊。老子呢？他既说“天下莫柔弱于水”，又看到水的“莫之能御”的力量。庄子呢？他体悟到一滴一滴之水虽然微不足道，但聚集起来，其力量却可以负载“大舟”。孙子呢？这位大军事家三句不离本行，他从水的流动形态中悟出的是克敌制胜之道：“故兵无常势，水无常形；能因敌变化而制胜者，谓之神。”

先秦时期是中国思想史的黄金时代，以上诸位哲人对水的思索与感悟，如同遥远的烛光，摇曳在两千多年前的时间的风中，永远也不会熄灭。诗歌中的景象又当如何？《诗经》中写山的诗句不少，写水的诗句则更多，而在《唐诗三百首》中，写河八十一处，海三十六处，浪二十一处，泉十八处，湖与池十七处，其他涉及水的七十九处，可见作为自然美的主要范畴的水，在人类生活与诗歌创作中的重要地位。咏水而兼及哲理的名篇，唐代王之涣的《登鹳雀楼》，宋代朱熹的《观书有感》，一大一小，一豪壮一深婉，一咏千里黄河，一写半亩方塘，可称各有会心，其中蕴含的人生哲理，至今仍如不涸的甘泉，灌溉着读者的心田。

宋词中写水的篇什如星辰丽天，我以上所摘引的，只是其中的几颗，而宋词中那些写水而及于人生哲理的篇章呢？我且再采撷几朵星光，如赵师侠的《江南好》：

> 天共水，水远与天连。天净水平寒月漾，水光月色两相兼。月映水中天。
>
> 人与景，人景古难全。景若佳时心自快，心还乐处景应妍。休与俗人言。

词人写的是江南月夜的水乡景色，有如一阕水乡小夜曲，而其中的“景若佳时心自快，心还乐处景应妍”，抒写的是审美主体与审美客体的对应关系，道出了旅游美学或自然鉴赏美学的真谛，富于哲理。同是宋人的范仲淹，其《岳阳楼记》中写的“淫雨霏霏”与“春和景明”两种景色，以及由此而激发的两种不同的内心感受，不就正是如此吗？

赵师侠是方内之人写“人与景”的关系，方外之人又当如何？且听主持湖州甘露寺名为圆禅师的诗僧所写的《渔家傲》：

> 本是潇湘一钓客，自东自西自南北。只把孤舟为屋宅，天宽窄，幕天席地人难测。

顷闻四海停戈革，金门懒去投书册。时向滩头歌月白，真高格。浮名浮利谁拘得？

以舟为家，以水为伴，鄙弃和疏远的是红尘俗世的蝇头小利、蜗角微名，这是一种生存方式与人生态度，也是看破红尘后一种高远的精神境界。世上的芸芸众生包括我自己，有多少人能从形形色色的名缰利锁中突围而出呢？读这位诗僧的悟道之词，我真想前去焚香顶礼，请他开启我这个凡夫俗子的愚蒙，在我六根未净的心上惠施去火清心的甘露。

与圆禅师心念相通的，在宋代至少有大诗人苏轼。元丰五年（1082）的一个秋夜，被贬于黄州的苏轼与几位客人泛舟长江，对月痛饮，归而作《临江仙·夜归临皋》：

夜饮东坡醒复醉，归来仿佛三更。家童鼻息已雷鸣。敲门都不应，倚杖听江声。

长恨此身非我有，何时忘却营营。夜阑风静縠纹平。小舟从此逝，江海寄余生！

诗人由长江的浩浩荡荡而无穷，不由联想到人生的匆匆忙忙而有尽。长江无拘无碍，奔流万里，人生多灾多难，举步维艰。佛家有言，万念皆从心起，“长恨此身非我有，何时忘却营营”，这是苏轼从仕途风波和眼前大江得到的人生感悟。奔波竞逐在纷纷扰扰的名利场是非地的众生，要获得这种哲理感悟已非易事，要真正做到更是谈何容易？

“穷则独善其身，达则兼善天下”，《孟子·尽心章句上》的这一立身处世的原则毕竟是苏轼的人生信念，何况他本是一位有拯世济民抱负的磊落志士，苦难和贬逐并没有冷却他心头的热血，他所向往的毕竟是积极有为的人生。元丰五年（1082）三月，他在贬居黄州期间游蕲水清泉寺时，见寺前兰溪西流，坎坷困顿的他胸中豪情陡生，闪过灵感与哲思的电光石火。为那电光石火定格存照的，就是《浣溪沙·游蕲水清泉寺，寺临兰溪，溪水西流》：

> 山下兰芽短浸溪，松间沙路净无泥。潇潇暮雨子规啼。
>
> 谁道人生无再少？门前流水尚能西，休将白发唱黄鸡！

人生有限，宇宙无穷。花有重开日，人无再少年。自然的铁面无情的法则不可抗拒，所以诗歌史上多的是叹老嗟卑感时伤逝之曲。即以写水的词而言，晏殊《清平乐》说“人面不知何处，绿波依旧东流”，廖世美《烛影摇红·题安陆多景楼》说“催促年光，旧来流水知何处”，张抡《阮郎归》说“寒来暑往几时休？光阴逐水流。浮云身世两悠悠，何劳身外求”，毛滂《相见欢》说“中庭树，空阶雨，思悠悠。寂寞一生心事、五更头”，人生的悲剧意识本无可厚非，但诸如此类大同小异的音调，已经疲劳了我们的耳朵，因此，苏轼引吭一曲，就使我们耳目为之一新。人有生理年龄也有心理年龄，有生理的青春也有心理的青春，年轻的王勃不也说过“命途多舛，宁知白首之心”吗？何况是旷达而生命力创造力蓬勃的苏轼？兰溪呵兰溪，不知今天是不是依然健在？是不是依旧西流？溪名美丽，水泽深长，是它启发了年已四十五岁的苏轼，唱出了一首哲思长存词也长留的青春之歌。

水，是自然界中一种最普遍而且是普惠众生的物质；山，也是自然界中一种最常见而且是造福众生的景观。好水好山，常常携手为邻，相依为伴，“望北山而流涕兮，临流水而太息”（《九章·抽思》），屈原早就作过山水的合唱了，而中国诗歌从曹操《步出夏门行》的第一章《观沧海》开始，也早就繁衍了一支名为“山水诗”的高贵清华的家族。

宋词中有不少山水合写的篇章，但更有一些作品分别绘山咏水。打开《全宋词》，已经是水光耀眼“水”不胜收了，青山虽然妩媚，但百忙中的我却一心未能二用，只顾赏水而未暇看山。只好暂时割爱，啊，割“山”，请宋词中那些妩媚的青山多多包涵，不要怪我。

后　记

岁云暮矣。现在不仅时令已到深冬，一年将尽，而且我的人生之旅的驿车，也早已驰过杜甫《曲江二首》中所说的“人生七十古来稀”那个站口。因为要给自己的“诗文化散文三部曲”写一篇后记，那就不是如年轻时的豪气满怀地前瞻，而是晚霞在天时的蓦然回首了。

犹记在小小少年时，由于家严李伏波先生是诗词家和书法家，在他的楚音湘调的吟诵声中，在我似懂非懂的线装古典诗词集里，我自幼耳濡目染，竟萌生了先是对诗词后是对新诗的爱好。一九五六年考入北京师范大学中文系，负笈京华，眼界大开耳界也大开，尚未及弱冠之年的我，便决心继承古代诗论家的余绪，立下做一名新时代的诗论家的宏图大愿。发愤攻读并执笔为文，当时的《诗刊》名望与台阶甚高，今日《上海文学》的前身《文艺月报》也是一方重镇，我大学时代即于其上发表诗歌论文，如今看来虽不免青涩，但却是我个人值得珍重和怀想的啼声初试。

大学毕业后的几年，在艰难困苦的环境和日子里，得到当时的名诗人与革命前辈郭小川“有志者事竟成，望你努力”书信的鼓励，我一本初衷，不改素志，白天枵腹从公，晚上仍在读写的天地里肃肃宵征，于《湖南文学》《四川文学》《长江文学》《解放军文学》等刊物发表了一系列诗评诗论文章，直到文化大革命的暴风雨袭来才被迫停笔。流光容易把人抛，及至一九七六年，星移斗转，我已届“不惑之年”。朝阳照我，夕照留我，深宵不寐的灯光伴我，让展卷的书页计算白昼有多长，让不倦的健笔测量夜晚有多深，日夜兼程，我痴心梦想去挽回虚掷已久的青春岁月。二十年中，我写出并出版了五十余万言的《诗美学》，以及《诗卷长留天地间——论郭小川的诗》《诗学漫笔》《写给缪斯的情书——台港与海外新诗欣赏》《楚诗词艺术欣赏》等十种诗学著作，文坛前辈冯牧先生和资深评论家阎纲、刘锡诚共同署名主编的“中国当代文学评论丛书”，我的“文学评论选”也有幸忝列其中，而中国社科院文学研究所与少数民族文学研究所编撰的《中华文学通史》（江苏文艺出版社 2011 年修订版），在“当代卷”中也曾将我与另一位诗评家谢冕辟专节论述。

二十世纪九十年代中期，由于种种原因，原因之一应该是对逻辑思维的倦怠，我改弦更张，对诗论评挥一挥衣袖，转而致力于表现对象为古典诗歌的散文创作，先在海南大学后在同济大学执教的喻大翔教授曾撰文评论，将其定义为“诗文化教文”，此语一言抉要，也深得我心。中国优秀的古典诗歌，是中华民族的骄傲，是传统文化的经典，是诗歌美学的宝库，是当代新诗和传统诗词创作足为范式的高标，是现代中国人永恒的精神家园，也是我个人从童稚之年到耄耋之年始终不渝的至爱。如同青青子衿时决心于诗论评写作，时至花甲，我又决心发挥学者与作家兼具之长，以散文而非学术研究、以形象思维而非逻辑思维的方式，尽量亲临和再现作品的现场，去展示和表现中国古典诗歌从内蕴到艺术的种种美质，以及它们的当下意义与现代价值，与此同时，也力图抒发和表达数十年来我和它们携手同行的感悟、认识和发现。

古典诗词是仪态万方的美人，为大致对得起她的天生丽质，我以前的诗词欣赏和新诗论评的文章著作就注意讲求文采，而作为另类的散文或云散文的另类，当然更要力求写成所谓的美文了。又一个二十年，除了心有所属时的其它论著，我的笔下出产了《唐诗之旅》《宋词之旅》《元曲之旅》《绝句之旅》《清诗之旅》等五本专题诗文化散文著作，先后在长江文艺出版社和中国青年出版社出版并不断再版，得到了许多读者的厚爱、众多作者的高评、不少朋友的鼎助，而由郭英德、郭预衡两位资深教授主编，刘锡庆、张国龙教授任分册主编的《中国散文通史》（安徽教育出版社 2013 年版），其“当代卷”也辟有专节对其论说。

因编审、出版家彭明榜先生引荐，中国工人出版社垂青，我在整合修改旧著的基础上推陈出新，奉上《唐诗天地》《宋词世界》与《元曲山河》，由中国工人出版社印行新书。新书当有新的景观，除书名颇具气象，也可以和唐诗宋词元曲相匹配之外，文化学者、散文评论家古耜先生百忙中慨然赐序，胜义纷呈，奖誉有加。我趁此机缘对三书也作了前所未有的逐字逐句的细校，改正错字，修正讹误，对文字作必要的修饰和补充，增补了几篇新写的文章，而责编宋杨女士、姚宁女士、李骁先生和严春先生也以高度的敬业精神，函电交驰，劳心劳力，切磋琢磨，力争拙著从内蕴到外观臻于完善甚至完美。秀才人情纸半张，我谨于此向出版社和古耜先生以及各位责编道一声谢谢！

元代诗人叶颙《乙酉新正》诗说："天地风霜尽，乾坤气象和。历添新岁月，春满旧山河！"人生易老，华夏长春，让我携拙著一起向广大读者贺岁，共同迎接疫瘴消尽、春暖花开的新年！

作者

2022 年岁末于长沙